T0115140

ELLA NO ESTÁ

TAMSIN GREY

Cualquier forma de reproducción, distribución, comunicación pública o transformación de esta obra solo puede ser realizada con la autorización de sus titulares, salvo excepción prevista por la ley. Diríjase a CEDRO si necesita reproducir algún fragmento de esta obra. www.conlicencia.com - Tels.: 91 702 19 70 / 93 272 04 47

Editado por HarperCollins Ibérica, S.A.
Núñez de Balboa, 56
28001 Madrid

Título español: Ella no está
Título original: She's Not There
© 2018, Tamsin Grey
© 2019, para esta edición HarperCollins Ibérica, S.A.
Publicado por HarperCollins Publishers Limited, UK
© Traducción del inglés, Carlos Ramos Malavé

Extracto de *James and the Giant Peach* de Roald Dahl utilizado con permiso de Penguin Books.
© Roald Dahl 1961.

Extracto de *The Courtship of the Yonghy-Bonghy-Bò* de Edward Lear.

Todos los derechos están reservados, incluidos los de reproducción total o parcial en cualquier formato o soporte.
Esta edición ha sido publicada con autorización de HarperCollins Publishers Limited, UK.
Esta es una obra de ficción. Nombres, caracteres, lugares y situaciones son producto de la imaginación del autor o son utilizados ficticiamente, y cualquier parecido con personas, vivas o muertas, establecimientos comerciales, hechos o situaciones son pura coincidencia.

Diseño de cubierta: Micaela Alcaino

ISBN: 978-84-9139-383-2
Depósito legal: M-16324-2018

En memoria del artista
Michael Kidner RA
1917-2009

JULIO 2018

JULIO 2018

1

La invitación de Dora Martin le provocó a Jonah un vuelco en la tripa, como una criatura que se despierta en lo profundo de un pozo.

—¿Es obligatorio ir? —preguntó, sabiendo que sí era obligatorio.

El viaje a Londres para ver a los Martin se había convertido en una tradición del mes de julio. Apartó su tazón de cereales al recordar la reunión del año anterior: los abrazos y las exclamaciones de bienvenida; la discusión, larga y pesada, sobre política; y, después, la vigilia en el jardín de atrás, con el espantapájaros, los móviles de viento y los conejos.

Al llegar el día, un viernes sofocante, resultó que todo el mundo iba a casa de Frank para nadar después del colegio. Jonah esperó hasta después del ensayo con la banda para decirle a su amigo que no podría ir.

—Qué mal —respondió Frank con el ceño fruncido mientras guardaba la guitarra en su funda. En la sala de ensayos hacía fresco, las cortinas estaban echadas para protegerse del sol. Como Jonah tenía la mano mal, utilizaba un arnés para ayudarse a sostener su trompeta. Frank le vio quitárselo—. ¡Viene Lola!

La sonrisa astuta de su amigo le hizo sonrojarse. Se dio la vuelta y vio al señor Melvin cruzar la habitación, abrir la puerta y salir hacia la luz cegadora.

—Además, ¿quiénes son los Martin? —preguntó Frank.

—Los conocimos cuando vivíamos en Londres. Dora y mi madre eran muy amigas. —Las cortinas se agitaron con una súbita ráfaga de viento y Jonah recordó las sábanas agitándose en la cuerda de tender de los Martin, el ruido creciente de los móviles de viento y a Dora, espatarrada en su tumbona, con los pies metidos en un cubo de agua.

—Vamos, chicos. —Los demás miembros de la banda habían desaparecido y el señor Melvin estaba esperando para cerrar la puerta con llave. Jonah guardó su instrumento en la funda.

—Escaquéate. Di que estás enfermo. —Frank cerró la cremallera de la funda de su guitarra y frunció de nuevo el ceño.

—Es que no puedo, en serio. —Jonah puso cara de arrepentimiento, pero su amigo ya no le miraba—. Es una especie de... aniversario. Preparan pollo asado.

—¿Pollo asado? Qué mal. Pero si hace como treinta grados. —Frank se dio la vuelta y se dirigió hacia la puerta.

—Era nuestra comida favorita. Bueno, más bien la de mi hermano —explicó, pero más para sí mismo, porque Frank se agachó por debajo del brazo del señor Melvin para salir—. Pollo asado y patatas asadas. —De pronto se acordó de Raff, que tenía seis años, devorando un muslo de pollo.

2

Habían acordado que Jonah podría ir a casa de los Martin directamente desde el colegio en vez de tener que volver andando hasta su casa para ir con los demás en el coche. La idea del viaje le emocionaba. Nunca había viajado él solo a Londres. En el tren, colocó la mochila y la funda de la trompeta en el compartimento de equipajes, se quitó la cazadora y se despatarró ocupando dos asientos, para disfrutar de su independencia a lo grande. Habían estado tocando una mezcla de *Summertime* y *Motherless child* en el ensayo de la banda, y las melodías entrelazadas sonaban en su cabeza mientras contemplaba las nubes lentas a través del cristal veloz. *Cumulus humilis.* Se había obsesionado con las nubes aquel verano, se había aprendido todos sus nombres. Vio las sábanas blancas alzándose de nuevo, las enormes gafas de sol de Dora, su vestido amarillo, el vello desgreñado de sus axilas.

Dora Martin. Una artista bastante famosa últimamente. Había escrito la invitación, con su elegante letra cursiva, sobre una postal en la que aparecía uno de sus cuadros: *Ya ha llegado el momento otra vez y estoy deseando que lo pasemos juntos.* Advirtió que la criatura —una especie de densidad emocional cautiva— se despertaba de nuevo, así que cambió de postura y apoyó la cabeza en su brazo doblado. Estaría bien ver a Emerald, que había sido compañera suya de clase y le pondría al día sobre Harold y el resto de los chicos de Haredale.

Sometimes I feel like I'm almost gone. Cerró los ojos y dejó que aquella melodía somnolienta y triste se mezclara con el ritmo del tren.

Soñó que volaba muy por encima de Londres, entre las nubes frías y silenciosas, contemplando la ciudad resplandeciente. *You were our home.* Sintió un vuelco de esperanza y se dejó caer, buscando alguna señal de bienvenida, pero las grúas se levantaron y se agitaron, como catapultas, el río brillaba como una tira de papel de aluminio y, hacia el oeste, una columna de humo se elevaba desde una franja ennegrecida. Se lanzó como Superman, rodeando sus antiguos lugares habituales: el Cheese Grater, el Shard, el Knuckleduster. Más hacia abajo, entre las chimeneas, a través de la mugre de los siglos, y después hacia el este, por arterias y venas. Ahora la calle principal, su calle principal: La Casa del Pollo, Uñas de Hollywood, Compramos Oro. Subiendo a la izquierda por Wanless Road, por debajo del puente, el taller mecánico, y ese olor del almacén. Al caer al suelo, volvió a ser un niño de nueve años: pies descalzos sobre la acera caliente, unos dedos que se arrastran por la valla. Enfrente, las cuatro tiendas, dormidas, con el cierre echado. Y en la equina, allí estaba, su casa, tan familiar, pero ya olvidada. Había alguien mirando a través de la ventana de la sala de estar, alguien esperándolo. ¿Mayo?

El tren entró en un cañón urbano, las ondas sonoras rebotaban entre el hormigón y el cristal. Se incorporó, se secó la baba de la barbilla y apoyó la frente en la ventanilla. Los edificios altos habían quedado lejos y las nubes estaban altísimas. Cumulonimbos. De pronto se acordó del póster de las nubes, pegado con masilla a la pared del dormitorio que compartía con Raff, y el sueño le vino otra vez a la mente: el vapor frío, el silencio inquietante, la caída mareante por el cielo; y su antigua casa, ahí mismo, tan descuidada, hasta el más mínimo detalle. No la había visto desde que se fueron, nunca pasaban por allí con el coche; pero ahora se daba cuenta de que podría ir a echarle un vistazo en su camino desde la parada del autobús hasta casa de los Martin. Daría un pequeño rodeo para

14

poder retroceder cinco años en el tiempo. Otra vez ese movimiento; la criatura, sin palabras y sin aliento, como una cría de foca ciega, mientras oía la voz de su hermano Raff, alta y clara, a través de los años. «Necesitamos una máquina del tiempo». Los dos juntos, en aquella cocina desordenada, tratando de decidir qué tenían que hacer. Con las manos en la tripa, advirtió su propio reflejo en el cristal, sus dos ojos fundidos en uno solo. Entonces el tren pasó por encima del puente y se quedó sin respiración. El río de un millón de años, marrón y brillante, lleno de barcos, y las torres, como androides gigantes, oteando el futuro con su mirada vidriosa.

3

El taller mecánico estaba en silencio, con el candado echado en la verja, pero seguía existiendo ese mismo olorcillo a cebolla que salía del almacén. El mismo clima, por supuesto, y la criatura empezó a moverse de nuevo. Era curioso; cuando estaba dormida —casi siempre lo estaba últimamente—, se olvidaba de que estaba allí, de que alguna vez hubiera existido. Se detuvo en la curva de Wanless Road, dejó en el suelo la funda de la trompeta y se secó las palmas de las manos en los pantalones. Su casa seguía oculta a la vista, pero vio, al otro lado de la calle, las cuatro tiendas. Los ultramarinos, la casa de apuestas, el picadero y el sitio de los kebabs. El sitio de los kebabs y la casa de apuestas tenían las persianas bajadas, y los ultramarinos estaban tapiados con tablones, pero el picadero, en apariencia una peluquería, parecía estar abierto.

«¿Por qué se llama picadero, Mayo?».

«Por todos los clientes que van a ver a Leonie».

«Pero ellos no llevan caballo, Mayo. Así que debería llamarse de otra forma».

Ella se había reído y le había dado un beso, y él se había llenado de orgullo. Le encantaba hacerla reír. Allí de pie, contemplando la tienda de Leonie, se daba cuenta de que aquel recuerdo le había provocado la misma sonrisa en su cara de chaval de catorce años.

Recordó que acostumbraba a hablar con ella en su cabeza cuando no estaban juntos; le contaba chistes y veía su cara al reírse. Recogió la funda de la trompeta y siguió caminando.

Después de cinco años, había allí muchas cosas en las que fijarse. Para empezar, había un nuevo edificio donde antes estaba la Casa Rota. Estaba rodeado de andamios y no tenía ventanas, solo los huecos vacíos para que después las instalasen. Frente a él, una nueva verja, más alta y sólida que la anterior, con carteles de *No pasar*. Un pequeño hueco y, después, la casa de la esquina entre Wanless Road y Southway Street, al final la hilera de casas de Southway Street; era una casa curiosa en forma de cuña, que antes había sido una tienda y había sufrido muchas transformaciones. Su casa.

Salvo que ya no era su casa. Se quedó mirándola con los ojos vidriosos. La misma forma y el mismo tamaño, pero la habían limpiado y embellecido, con paredes azul claro y jardineras llenas de lavanda.

«Eres un idiota, un estúpido», pensó mientras se frotaba los ojos con la manga. La casa se había vendido muy deprisa, mientras él seguía en el hospital. Hacía cinco años que era la casa de otra persona. Dobló la esquina hacia Southway Street y contempló la puerta de la entrada, nueva y reluciente; le dieron ganas de arrodillarse y asomarse por la rendija del correo. En su lugar, se dio la vuelta y miró hacia Wanless Road, hacia los pisos donde antes vivía su amigo Harold y donde Raff y él habían tenido el encontronazo con aquellos chicos mayores. Después volvió a mirar en dirección a donde había venido. Las pasionarias habían sobrevivido, con sus caras mustias y estridentes colgando por encima de la verja.

«Se parecen a la Yaya Mala». Era la voz de Raff con seis años. Dio un paso hacia delante y examinó una de las flores con atención. La pasiflora, una planta de América del Sur llamada así por la pasión de Jesucristo. Tocó la corona de espinas, pero con mucha suavidad.

17

—¿Jonah? —Una voz de verdad, estridente y familiar, sonó en su cabeza. Otra vez Raff: «¡Corramos!». Se preparó y se dio la vuelta. La mujer tenía la cabeza asomada a la puerta. La saludó y ella salió a la calle como un pavo real en horas bajas.

—¡Hola, Leonie!

—¡Jonah! ¡Sabía que eras tú! ¡Pat, mira quién ha venido! —Volvió a asomarse al interior de su local y después se giró y le hizo un gesto para que se acercara. Él cruzó la calle y se detuvo dejando cierta distancia entre ellos, pero Leonie se acercó, lo agarró por los codos y sus ojos saltones se quedaron mirándolo con la franqueza de un niño. Jonah trató de contener el viejo impulso de levantar su mano buena para ocultar la cicatriz e intentó devolverle la mirada. «Mujerona», solía llamarla Raff, porque tenía un cuerpo enorme de levantador de pesas y resultaba imponente. Ahora, en cambio, solo le llegaba por la barbilla. Sin embargo, seguía igual de musculosa; y con los mismos pechos, que intentaban escapar de su corpiño de satén azul. Se apresuró a volver a mirarla a la cara.

—Hola, Leonie —repitió, consciente de la incomodidad de su sonrisa.

—Se te ha curado bien. —El olor fuerte de su aliento. El mismo peinado, con cuentas en las trenzas, aunque con menos trenzas ahora, entrelazadas con hilos plateados. Las mismas uñas de plástico con lentejuelas; le pasó una de ellas por la cicatriz—. Te da personalidad. Y mira lo bien que has crecido. ¿Cuánto tiempo hace? Debe de hacer por lo menos cuatro o cinco años.

—Cinco.

Ella asintió.

—Eso me parecía. —Se quedó mirando su antigua casa—. ¿Qué estás haciendo aquí? ¿Es la primera vez que vienes desde entonces?

—Sí. Quiero decir que he venido más veces, a visitar a amigos, pero no aquí... —Nunca habían pasado por allí con el coche;

siempre se quedaban en la carretera principal y giraban a la altura del parque.

—¡Pat! —Volvió a gritar Leonie en dirección a la tienda, con la mano apoyada en la puerta—. No me oye. ¿Has venido solo? ¿Y tu familia?

—Me reuniré con ellos en casa de nuestros amigos. He venido en tren y ellos vienen en coche.

—¡Pat! Dónde narices se habrá metido esa idiota. —Abrió la puerta del todo con el hombro—. Será mejor que entres.

Él miró el reloj y volvió a oír la voz de Raff a través del tiempo. «¡Ni hablar! ¡Es la MUJERONA y sus caramelos están RANCIOS!».

—Solo cinco minutos. Tómate algo fresquito. Si no llega a verte, me llevaré un gran disgusto. —Le hizo pasar y allí estaba, la misma sala alargada llena de espejos y el zumbido de los ventiladores eléctricos. Como si fuera su propio fantasma, la siguió y vio las tres sillas de peluquería y la vieja secadora de pelo; y el escritorio, con el teléfono y la caja de pañuelos. La cortina de cuentas en el umbral de la puerta, el sofá blanco y mullido, los caramelos en un cuenco y —una excitación vergonzosa, el codo de Raff en sus costillas— *las revistas*.

—Cómete un caramelo.

«¡RANCIOS!».

—No me apetece, gracias.

Leonie volvió a dejar el cuenco y se quitó los zapatos.

—¡Pat! —Caminó hasta la cortina de cuentas y sus pies grandes y planos dejaron marcas de humedad sobre las baldosas—. Se está quedando sorda. No paro de decírselo, pero no me hace caso. Será mejor que te sientes.

Los ventiladores zumbaban y zumbaban. Las huellas del suelo se evaporaron y las cuentas de la cortina de la puerta se quedaron quietas. Encima de la puerta, a través de un pequeño monitor, se veía el patio lleno de basura donde los clientes de Leonie esperaban para entrar. Se la imaginó de pronto desnudándose, dejando caer al suelo su vestido de satén azul. Se estremeció y trató de pensar en otra cosa. Se sentó en el sofá, que estaba tan mullido y blando como siempre, pero ahora ya era lo suficientemente alto como para llegar a tocar el suelo con los pies. «Las revistas. Oh, no». Se inclinó hacia delante al recordar el entusiasmo y la sorpresa de Raff. La de arriba del todo parecía bastante decente —una de esas guías de televisión—, pero la que había debajo... Se quedó mirándola un momento y después volvió a poner encima la guía de la tele. De pronto se sintió muy incómodo y miró hacia la puerta. Sería muy grosero por su parte salir por piernas. Se recostó en el sofá, cerró los ojos y se dejó acariciar por aquella brisa eléctrica.

—El pequeño era el que miraba. Este siempre fue un poco retraído. —Pat, la pequeña y delgada Pat, con su pelo rizado y su cara de zorro; llevaba una jarra y unos vasos de plástico—. Con el mundo sobre sus hombros. —Dejó el refresco y los vasos y se sentó junto a él en el sofá—. Parece que la vida le trata mejor ahora. —Le agarró la solapa de la cazadora y contempló el escudo de armas que llevaba en el bolsillo de la pechera—. Muy bien, puntadas de verdad... nada de pegatinas de esas.

—Colegio privado. —Leonie se sentó en la silla que había junto al escritorio y entrelazó las manos sobre su tripa—. A tu familia entonces le va bien.

Jonah abrió la boca, pero volvió a cerrarla. Explicar lo de la beca sería como alardear.

—¿Un refresco? —Pat alcanzó la jarra.

—No me apetece, gracias.

Pat miró a Leonie.

—Debe de tener sed en un día como este.

Leonie se encogió de hombros.

—Quizá no le guste el refresco. Quizá sea demasiado dulce para él.

—¿Y su mano?

20

Leonie se encogió de hombros otra vez.

—¿Por qué me preguntas a mí?

Jonah se sacó la mano mala del bolsillo y se la mostró.

—Es la derecha, ¿verdad? —Pat se la agarró y Leonie se acercó a mirar—. ¿Eres diestro?

—Sí, pero no importa. Puedo hacer casi de todo. —Agitó el pulgar y el otro dedo que le quedaba.

—Espero que no se metan contigo. —Pat le dejó la mano sobre el regazo—. ¿Saben tus amigos del colegio lo valiente que fuiste al intentar salvar a tu hermano pequeño?

—No quiere hablar de eso —intervino Leonie, y Pat se llevó la mano a la boca, avergonzada.

—No importa —dijo Jonah, y señaló la funda con la cabeza—. El caso es que toco la trompeta.

—¡La trompeta! —Pat alcanzó la funda y se la colocó en el regazo. La abrió y la trompeta apareció reluciente en su cama de piel azul oscuro—. ¡Toca para nosotras!

Jonah vaciló.

—No sé si...

—¡Solo una canción rapidita! ¿O necesitas beber algo antes? ¿Le traigo un vaso de agua? —Pat volvió a mirar a Leonie.

—Es que me esperan en casa de los Martin.

—Los Martin. Me acuerdo de ellos. —Leonie asintió con la cabeza—. Con la niña pequeña. Tenía tu misma edad. Coletas rubias a cada lado. ¿Así que aún viven por aquí? Nunca pasan por esta zona. Y, si pasan, yo nunca los veo.

—Su madre estaba enferma —respondió Pat—. Debe de haber muerto ya.

—No. Está mejor —aclaró Jonah.

—¿Mejor? Oí que había muerto. —Leonie parecía confusa.

—Dora está bien. Vamos... vamos a cenar pollo asado.

—Hace un poco de calor para comer pollo asado —comentó Pat—. En un día como este, mejor con una ensalada.

—Pero qué bien que hayáis seguido siendo amigos —dijo Leonie.

—¿Y el padre? ¿Te acuerdas, Leonie? Con las cajas de verduras. ¿Sigue con el negocio?

Jonah negó con la cabeza.

—Ahora vive en el campo. En una ecoaldea.

—¿Una ecoaldea? —preguntó Pat.

—Viven de la tierra —explicó Leonie—. Sin electricidad ni nada. Hacen sus cosas en el bosque.

Pat negó con la cabeza.

—Así que abandonó a su esposa enferma.

—No. Ella ya estaba mejor —insistió Jonah—. Y de todos modos siguen casados. Dora y Em van a verle con mucha frecuencia y se quedan allí.

—En la ecoaldea —murmuró Leonie, pensativa, como si estuviese planteándose marcharse allí de viaje—. ¿Y él viene a Londres? ¿Estará ahí ahora? ¿Para veros?

—Eso imagino. —Intentó recordar si Dora lo mencionaba en su *e-mail*. Después se levantó, lo cual fue un esfuerzo, dado lo mucho que se había hundido en el sofá, y se puso la mochila.

—Tienes que irte —comentó Leonie con un suspiro, incorporándose ella también.

—O el pollo asado se le enfriará —añadió Pat mientras le ofrecía la funda de la trompeta.

—Sí. —De pronto se sintió muy masculino junto a aquellas mujeres de mediana edad; se sintió alto, fuerte y joven. Agarró la funda y se volvió hacia la puerta con la intención de despedirse de manera apropiada, pero de pronto le envolvió Leonie. Su olor metálico, sus pechos, sus axilas húmedas... Tuvo que pegar los pies bien al suelo para no perder el equilibrio con el abrazo. Leonie parecía estar llorando. Sin soltar el asa de la funda de la trompeta, le rodeó la cintura con el brazo que tenía libre.

—Leonie aún se siente mal —comentó Pat, que de pronto se había quedado apagada.

—¿Mal? ¿Por qué?

—Se pasaba aquí todo el día, mirando por la ventana, y nunca vio que pasara nada raro. —Le dio a Leonie una palmadita en el hombro—. Ya basta, señorita. El joven tiene que irse a comer pollo asado. Y el de las seis y media llegará enseguida. Hay que arreglarse.

—El de las seis y media siempre llega tarde. —Pero, aun así, Leonie lo soltó y alcanzó un pañuelo de papel de la caja que había en el escritorio. Se secó los ojos, parecía vieja, y Jonah sintió mucha ternura hacia ella.

—No te sientas mal. Te portaste muy bien con nosotros. Fuiste muy amable. —Era tan distinta, tan ajena a él y a los suyos... y aun así tan familiar. Le dio una palmadita en el otro hombro.

—Me alegra... —Le temblaba la voz, llena de lágrimas—. Me alegra que te vaya tan bien.

—Será mejor que se marche. —Pat le dio un pequeño empujón, pero él vaciló.

—¿Sabéis una cosa? —Miró hacia la calle soleada y después comprobó la hora en el reloj. Ambas mujeres se quedaron mirándolo—. Tal vez sí que me dé tiempo a tocar algo rápido. Si... si es lo que queréis.

—¡Sí! —Avergonzada por su propio entusiasmo, Pat volvió a llevarse la mano a la boca.

JULIO 2013
LUNES

4

El lunes por la mañana, Jonah se despertó intentando decir algo. Estaba haciendo pequeños ruidos con la boca, tratando de pronunciar las palabras, con la sábana enredada en las piernas. La habitación estaba inundada de rayos de sol, debido a la cortina caída, y fuera los pájaros piaban como locos.

Se incorporó mientras terminaba de retirar la sábana con los pies y miró el reloj: las 4.37. El sol debía de haber salido en ese mismo minuto o, mejor dicho, la tierra se había inclinado lo suficiente hacia él. Estaba desnudo. Había pasado tanto calor durante la noche que se había quitado la camiseta y el pantalón del pijama. Su sueño era como una palabra en la punta de la lengua. Los pájaros se habían calmado, pero había un perro ladrando, y ahora había un hombre hablando, abajo, en la calle, justo debajo de la ventana abierta.

Se recostó y trató de recordar qué era lo que quería decir, pero la extraña voz que siseaba fuera no paraba de decirle a alguien que cerrara la boca. Nadie más respondía, así que el hombre estaría hablando solo o por teléfono. Se tocó con la lengua el diente que tenía suelto y lo movió un poco. «Este diente se te mueve», le había dicho Lucy, su madre, la noche anterior a la hora de acostarse, con su voz de médico zambiano, mientras se lo tocaba suavemente con el dedo. «El miércoles se te caerá».

Se dio la vuelta en la cama y miró el libro que les había estado leyendo la noche anterior, tirado en el suelo, abierto, rodeado de ropa. Era un libro de poesía escrito por un hombre llamado Edward Lear. Su madre les había leído *El cortejo del Yonghy-Bonghy-Bò*, una historia muy triste sobre un hombre muy pequeño con una cabeza enorme. Era su favorito. Raff y él preferían *El pato y el canguro*. Al contemplar el dibujo de la señorita Jingly Jones, rodeada de sus gallinas, diciéndole al Yonghy-Bonghy-Bò que se fuera de allí, recordó que, mientras les leía, él sintió que su madre era una extraña, perdida en un mundo desconocido. Una sensación muy rara, difícil de explicar.

Se tiró del diente. Había apostado con ella una libra a que se le caía antes del miércoles, y estaba seguro de que ganaría. Desvió la mirada hacia su póster de nubes. Las nubes estaban agrupadas en familias y especies. Su favorita era *Stratocumulus castellanus*. Junto al póster de nubes estaban los tres pósteres de atletas de Raff: Usain Bolt, Mo Farah y Oscar Pistorius. Raff era un buen corredor. Lo que le recordó que... «Lo que me recuerda, Mayo». No, Mayo no, había empezado a llamarla Lucy para ser más adulto. «Lo que me recuerda, Lucy». ¿Qué era lo que quería decirle? Se fijó en que la esquina superior izquierda del póster de Oscar Pistorius estaba doblada, separada del puntito de masilla azul. Ah, sí, el Día del Deporte. Era eso. El Día del Deporte había sido cancelado la semana anterior debido a la lluvia, pero todos se quedaron tan decepcionados que el señor Mann había decidido organizar una versión reducida ese mismo jueves. Habían enviado una carta para informar a los padres. Lo más probable era que siguiera en su mochila.

Se incorporó de nuevo para mirar el reloj. Las 4.40, número capicúa. Bajó por la escalera de la litera, porque Raff dormía en la de abajo, se puso los calzoncillos y salió sin hacer ruido de la habitación. Había solo tres pasos y medio por el rellano hasta el dormitorio de Lucy. Sus cortinas estaban echadas, la habitación estaba a oscuras y el aire olía a su cuerpo de adulta. Había ropa tirada por el suelo. Pisó una percha y soltó un «Ay», pero en voz baja. Llegó hasta su cama, se subió, agarró la sábana y se tapó con ella. El olor de su madre era allí más fuerte, más secreto, y se giró en la cama para acurrucarse a su lado. Pero no estaba allí.

Rodó hasta el otro extremo de la cama y contempló el montón de cosas que Lucy tenía en la mesilla de noche. Su despertador de campanas tibetanas, una copa de vino con una mancha de pintalabios, las tazas en las que él le había llevado el té los días que se había quedado en la cama. La tarjeta con la X estaba apoyada contra una de las tazas, de modo que la alcanzó. La gente normalmente ponía varias X, pequeñitas, debajo de la firma para indicar besos. Pero esta única X ocupaba la tarjeta entera. Un beso largo, entonces. Se imaginó la cara de Roland, su padre, con labios esperanzados. La tarjeta había llegado con las flores, ¿eso fue el jueves o el viernes? Era una combinación de rosas y lirios; las rosas eran rojas y gordas como repollos, y los lirios de color crema con motitas doradas. Se las había llevado a la cama y ella se había quedado con la tarjeta y le había pedido que metiera las flores en un jarrón. Cosa que había hecho, pero sin agua, así que se habían muerto. Volvió a dejar la tarjeta y se tocó el diente. Volvió a ver la cara de Roland; su ceño fruncido y ansioso, sus orejas puntiagudas. Llevaban siglos sin ir a visitarlo. Tal vez pidiera permiso para llamarlo por teléfono. Primero le contaría lo de la apuesta del diente. Después comprobaría lo de las flores.

Volvió a rodar sobre la cama, hasta el otro extremo, se incorporó y puso los pies en el suelo. Junto al rodapié se hallaba el tubo de aceite de coco de su madre, sin la tapa puesta. El aceite era espeso y blanco, como la cera, y tenía tres marcas donde ella solía poner los dedos para apretar. Salía a borbotones blancos, pero después, cuando se lo extendía sobre la piel, se fundía en un líquido transparente. Se agachó y colocó tres de sus dedos en las marcas del tubo. Estaban húmedas y pringosas; la cera estaba derritiéndose por el calor. Se limpió los dedos en la sábana y fue a ver si su madre estaba en el cuarto de baño.

Sus pupilas, dilatadas por la oscuridad, tuvieron que encogerse de nuevo a toda velocidad, porque la luz entraba a raudales por la ventana abierta, rebotando entre los espejos, los grifos y el agua del baño. El agua de la bañera estaba verde y reluciente, con algunos pelos negros y garrapatosos que flotaban en la superficie. Metió la mano y la luz del techo dibujó pequeñas ondas. El agua estaba tibia y muy grasienta, y cuando sacó la mano tenía uno de los pelos enredado entre los dedos. Agarró un poco de papel higiénico y se la limpió; después tiró el papel al váter. Había pis en la taza del váter, muy oscuro, con un olor fuerte, y tiró de la cisterna antes de salir del baño e ir hacia las escaleras. Miró hacia abajo y el corazón se le aceleró, porque la puerta de la entrada estaba abierta.

Descendió los peldaños y salió a la calle. Bajo los pies, sintió la acera aún fría, aunque la luz era cegadora. Su casa hacía esquina. La puerta de entrada daba a Southway Street, pero la ventana del cuarto de estar y la de su dormitorio daban al otro lado de la casa. Miró hacia allí primero, hacia Wanless Road, que seguía aún en sombra. Al otro extremo de la calle, los cierres metálicos de las cuatro tiendas seguían echados, y en uno de ellos habían pintado con espray la palabra «Coño». Un cubo de la basura con la tapa abierta hacía equilibrios en el bordillo. Entonces Jonah giró la cabeza y se protegió los ojos con la mano para contemplar Southway Street, inundada de sol. Las bonitas casas parecían seguir con los ojos cerrados. Solo la luz se movía, reflejándose en los coches aparcados y en el enrejado metálico que rodeaba los árboles blancos y larguiruchos.

Se dio la vuelta y dobló la esquina para entrar en Wanless Road. Era más ancha que Southway Street, sin árboles, y los cubos de basura estaban colocados a intervalos regulares a lo largo de la acera, como si fueran Daleks. La Casa Rota estaba junto a su casa, pero entre medias había un hueco. La Casa Rota era más vieja que el resto de casas de la calle, más grande y elegante, aislada en mitad de su jardín. Desde la ventana del dormitorio de Lucy podían verla, pero desde aquí estaba oculta por unos altos tablones pegados, que en algunos lugares estaban cubiertos de pasiflora y carteles de *No pasar*. Aunque, de hecho, resultaba bastante fácil entrar. Uno de los tablones estaba suelto y podías empujarlo como si fuera una puerta y entrar.

Jonah recorrió la calle silenciosa como si fuera el único ser viviente que quedara sobre la tierra, arrastrando los dedos por los tablones astillados. El tablón suelto estaba medio abierto, así que se asomó. Las ortigas le llegaban ya a la altura del pecho. La Casa Rota lo miraba desde lejos, como un caballo viejo y triste. Hacía mucho tiempo que no entraba allí. Al darse la vuelta, se sobresaltó al ver a Violet.

La zorra estaba de pie, quieta como una estatua, sobre el capó de una camioneta blanca y mugrienta. Sus miradas se cruzaron y, aunque la conocía bien, actuó con recelo, casi asustado.

—Hola, Violet —le dijo, tratando de sonar normal, pero se le quebró la voz y, de pronto, ella saltó a la acera y huyó por entre la maleza del jardín de la Casa Rota. Los animales sienten tu miedo, recordó que decía su madre, lo huelen, y eso les asusta. Se quedó mirando unos segundos el lugar por donde había desaparecido la zorra y después se fijó en las marcas blancas que sus patas habían dejado sobre la mugre grisácea de la camioneta. Era una forma de V y dos garabatos alargados, como una firma. Se dio la vuelta para regresar a casa y fue entonces cuando vio al Hombre Andrajoso.

Estaba de pie apoyado en la pared de la casa de los okupas; al igual que Violet, tan quieto que no lo había visto. Tenía los pies hacia dentro y los brazos le colgaban como mangas de abrigo. «Recuerda que él también fue un niño como tú», oyó decir a Lucy, pero aceleró el paso y cruzó los brazos sobre su pecho desnudo. El

Hombre Andrajoso era alto, negro y nudoso como un árbol; llevaba un chándal rosa, mugriento y andrajoso que le quedaba muy pequeño. Nunca decía nada, jamás, ni una palabra. «Un niño como tú», repetía Jonah una y otra vez en su cabeza mientras recorría la acera con los pies descalzos y los pasos acelerados. Dobló la esquina en Southway Street y, por el rabillo del ojo, vio que el Hombre Andrajoso se metía la mano en el bolsillo del pantalón del chándal y sacaba algo. Entonces extendió el brazo y abrió la mano... ¿Estaba ofreciéndole algo? Vaciló al llegar a su puerta. El Hombre Andrajoso tenía en la mano un objeto brillante. ¿Una moneda? Se atrevió a mirar su cara de oso un momento. Aquellos ojos grandes y enfadados le devolvieron la mirada. Miró entonces hacia otro lado, entró en casa y cerró la puerta.

5

Solo había estado fuera unos segundos, pero tenía la sensación de haber vuelto de otro mundo. De pie en medio del desorden del recibidor, olió la humedad de sus bañadores, que seguían en la bolsa. Habían ido al Lido el día anterior, domingo, en sus bicis, muy temprano, para evitar las colas. A Lucy le encantaba nadar, pero se había quedado sentada en el borde, con el pelo revuelto protegido bajo un enorme sombrero de paja, con el relicario dorado colgado al cuello y el cuerpo envuelto en su pareo de color rojo. Mientras él se deslizaba como una manta raya por el fondo mugriento de la piscina, levantó la mirada y vio sus pies marrones y fuertes colgando en el agua. «¿Por qué no vienes?», le había preguntado en silencio. Ella llevaba anillos en los dedos de los pies —dorados, como el relicario— y las uñas del mismo color que el pareo.

Su paraguas rojo estaba apoyado en una pared. Raff y él lo habían llevado al colegio el día que llovió. Junto al paraguas estaba la escalera de mano, que Lucy debía de haber sacado del armario que había debajo de las escaleras, como recordatorio para volver a colgar la cortina de su dormitorio. Bajo la escalera vio la lata de gasolina que, semanas y semanas atrás, habían ido a buscar hasta la gasolinera de la carretera principal. Se habían subido con ella al autobús y habían recorrido el sur de Londres hasta el lugar en el que habían tenido que abandonar el coche la tarde anterior. Sin embargo, habían llegado demasiado tarde; el coche se lo había llevado la grúa, de modo que se llevaron la gasolina a casa. Recuperar el coche costaba mucho dinero, que ellos no tenían. De todas formas, tampoco necesitaban un coche. Junto a la gasolina había un montón de zapatos, entre los que se alegró de ver los zuecos de Lucy. Debía de estar allí entonces. Se dio la vuelta y abrió la puerta de la sala de estar.

Pero Lucy no estaba allí. Se fijó en su colchoneta para hacer yoga, tendida como un lago verde en mitad de un batiburrillo de piezas de Lego, mandos de videoconsola y restos de tostadas de queso. Parte del puzle de *Ben 10* de Raff había invadido la colchoneta, como si fuera un embarcadero. Levantó la mirada. A través de la ventana de la sala de estar vio el cubo de basura con la tapa abierta que hacía equilibrios sobre el bordillo.

Lucy había estado quemando incienso en la cocina, pero el olor del cubo era más fuerte que nunca. Llevaban días sin vaciarlo; tal vez semanas. Llevaba enferma algún tiempo, con recaídas. Los platos sucios estaban apilados por todas partes y la ropa sucia que habían juntado para meter en la lavadora estaba amontonada por el suelo. Se abrió paso a patadas entre la ropa y entró en la pequeña terraza interior (si acaso podía dársele ese nombre), en la que había el espacio justo para la mesa, las tres sillas normales y la vieja trona Tripp Trapp de Raff. A las flores muertas se les habían caído más pétalos, justo encima de los dibujos que habían hecho de ellas al regresar del Lido. Lucy había dicho que no le importaba que estuviesen muertas. «Las prefiero cuando se ponen así. Son mucho más interesantes». Tal vez solo quisiera que él se sintiera mejor por ello, pero siguió hablando con su voz tranquila, como en una ensoñación. «Sus cascarones retorcidos, como esqueletos, mientras se convierten en polvo». Jonah recorrió con el dedo la línea que ella había dibujado, el rizo delicado de un pétalo de lirio seco. Su libro también estaba sobre la mesa, el que llevaba

34

semanas leyendo, aunque fuese muy fino. En la portada aparecía la imagen de una máscara, una máscara de aspecto africano, con plumas y las cuencas vacías de los ojos. Había hormigas paseándose por encima del libro y los dibujos, y por la jarra de cristal en la que Lucy había preparado el zumo de naranja. Había una capa negra sobre el centímetro de zumo que quedaba en la jarra: un manto negro de hormigas ahogadas. Las hormigas muertas le hicieron pensar en las vacaciones en la casa de la piscina, y en Lucy, que se pasaba el día rescatando insectos de la piscina, utilizando el recogehojas. La casa estaba en Francia. Los Martin les habían invitado a ir con ellos, como regalo, después del Sábado del Enfado y de que metieran a Roland en la cárcel.

Había dos cosas nuevas en la mesa: una botella verde de vino, vacía; y un mango amarillo, gordo y maduro. La botella era verde y la etiqueta, blanca, muy blanca, con un dibujo gris en el que aparecían unas montañas que asomaban por encima de un mar de nubes como si fueran aletas de tiburón. Las nubes eran estratos, que no resultan muy interesantes de mirar desde abajo, pero desde arriba era todo niebla y ondulaciones. Agarró el mango. Apretó la piel con los dedos.

—Un chaunsa —murmuró. El rey de los mangos. El hombre de los ultramarinos les había presentado los chaunsas, que crecen en Pakistán, pero solo en el mes de julio. El año anterior, les había regalado tres.

Junto al borde de la mesa había tres montoncitos. Al mirarlos de cerca, vio que estaban compuestos por una mezcla de virutas de lápices de colorear, migas de pan y los recortes de uñas de su hermano y de él. Lucy les había cortado las uñas después de hacer los dibujos, y menos mal; las tenían largas, partidas y sucias, como si fueran uñas de bruja. Los montoncitos eran como pequeñas pirámides. Tocó con cuidado uno de ellos, imaginándosela allí, sentada a la mesa, después de haberlos acostado, ella sola, con los labios pintados, recogiendo con los dedos las virutas de los lápices de colorear, las migas de pan y las uñas. Entonces tal vez le hubiera sonado el teléfono y habría sido Dora Martin la que llamaba. Y entonces tal vez Dora Martin se habría pasado por allí con una botella de vino.

Sería agradable que Dora se hubiera pasado por allí. Hacía siglos que no iba y ellos también llevaban mucho tiempo sin ir a casa de los Martin. «Pero siguen siendo nuestros amigos, ¿verdad?». Se dio cuenta de lo mucho que hablaba con ella en su cabeza, en vez de ceñirse a sus propios pensamientos. ¿Sería frecuente que los niños hicieran eso con sus madres, o quizá con sus padres?

No había copas sobre la mesa. Se fijó en la pila de cosas que había en el escurridor y entonces recordó la copa de vino que había junto a la mesilla de Lucy, con la mancha de pintalabios. Si había solo una copa de vino, entonces tal vez su madre hubiera decidido pasarse por los ultramarinos y comprar una botella entera para bebérsela ella sola. Se habría llevado la última copa a la cama. Volvió a mirar la etiqueta. Era un dibujo precioso, y las palabras «Cloudy Bay» estaban escritas con letras finas y delicadas, con mucho espacio entre ellas. No parecía el tipo de vino que pudiera comprarse en los ultramarinos. Entonces vio que una hilera de hormigas se dirigía hacia el interior de la jarra, pese al manto de cadáveres. Pensó en intentar alejarlas de su muerte, aunque lo único que se le ocurrió fue vaciar la jarra y lavarla, pero el fregadero estaba demasiado lleno de platos y cacerolas.

Miró el calendario. Posturas de Yoga 2013. La postura del mes de julio era Ustrasana, o Camello, y aparecía la imagen de una mujer, de rodillas, arqueada hacia atrás. Las páginas de los meses anteriores siempre se llenaban de los garabatos de Lucy, pero esa página se había quedado muy vacía y limpia. Se acercó, contempló las cuatro filas y media de cuadrículas y pensó en que cada cuadrícula era una vuelta completa del planeta sobre su eje. Las primeras dos semanas estaban vacías. Luego, en mitad de la tercera fila, el miércoles 17, había escrito dos letras, D y D. «Un acrónimo». En referencia al Día del Deporte cancelado por la lluvia. Había una palabra garrapateada que empezaba por C en el día 18, y luego, en la cuarta fila, había rodeado el 26 y había escrito tres letras, S, L y C, con rotulador marrón. SLC. Mientras intentaba pensar qué podría significar, extendió el brazo para descolgar el calendario del clavo y lo dejó sobre la mesa. Utilizó un lápiz de colorear azul oscuro para tachar el DD cancelado y escribió uno nuevo el jueves 25. Lo pensó unos instantes. Se dio cuenta de que Lucy no había escrito «Concurso de talentos de Haredale» en el calendario, pese a que Raff llevaba semanas sin parar de hablar de eso. Así que escribió CTH justo debajo de DD. Un día ajetreado. Se detuvo y volvió a repasar las letras, porque el lápiz azul no se veía muy bien sobre el papel brillante del calendario.

Dejó el lápiz, bostezó y miró el reloj de la cocina. Las 5.25. ¿Dónde habría ido su madre tan temprano? Se giró y probó a abrir la puerta de atrás. No estaba cerrada con llave. Roland solía regañarla por no cerrar la puerta de atrás. El patio trasero tenía el suelo de hormigón, con paredes de ladrillo en los tres lados. La Casa Rota se alzaba imponente detrás de la pared del fondo. En mitad del suelo de hormigón estaba el cojín marrón de pana en el que la había visto sentada el día anterior. Había hierbajos con florecillas amarillas que se colaban entre las grietas del hormigón y entre los ladrillos. A las macetas de Lucy también estaban saliéndoles malas hierbas, además de las cosas que había plantado en ellas. Su pala de jardinería cubierta de tierra estaba apoyada contra la pared. Su bicicleta, que era antigua y pesaba mucho, pero estaba pintada de color dorado, resplandecía apoyada en la pared del fondo. Ambos neumáticos estaban deshinchados y las malas hierbas crecían entre los radios de las ruedas. Estaba todo precioso. Vio la regadera y se preguntó si Lucy habría regado las macetas antes de irse.

Un movimiento le hizo dar un respingo y levantar la mirada. La zorra había aparecido en lo alto del muro del fondo. De nuevo, sus miradas se encontraron y, de nuevo, tuvo miedo.

Con el corazón acelerado, se aclaró la garganta y preguntó:

—Violet, ¿me estás siguiendo esta mañana?

Había intentado hablar con tranquilidad, pero la voz le sonó temblorosa y tonta en mitad del silencio. «El miedo es como un imán», oyó decir a Lucy. «Puede hacer que sucedan cosas malas». Se preguntó si el Hombre Andrajoso seguiría ahí fuera, esperando para darle la moneda. Le dio la espalda a la zorra, tratando de lograr que su corazón se calmara, y se quedó mirando la forma que había dejado el trasero de Lucy sobre el cojín de pana. Recordaba los círculos, las líneas y las manchas; tinta azul oscuro sobre una hoja en blanco.

Hoy todo brilla más.

Eso era lo que había escrito, sentada en el cojín de pana. Él se había sentado sobre su regazo, había sentido sus pechos apretados contra su espalda y se había quedado mirando la forma de las palabras. Entonces la brisa había agitado las páginas, que empezaron a aletear y a golpearse unas con otras, todas cubiertas con la caligrafía irregular de su madre. En ese momento, ella alargó la mano seca y marrón y cerró el libro.

Revisó las macetas. Lucy no las había regado, pero, bajo la superficie, el sustrato seguía bastante húmedo por la lluvia de la semana anterior. En la maceta más grande de todas, en la que crecía madreselva y también delfinio, advirtió algo rojo y brillante medio enterrado en la tierra. Un rojo muy particular. Desde luego era un objeto que ya había visto antes. ¿Un juguete? ¿Uno de los viejos cochecitos de su hermano y de él? Lo agarró con los dedos. No era un coche. Ni siquiera un juguete. Lo sacó de la tierra y sintió un nudo en la garganta, porque se trataba de un teléfono móvil, igual que el Nokia con tapa de Lucy. Probablemente fuera el suyo. Pero ¿por qué iba a enterrar su teléfono en una maceta? Con el corazón acelerado de nuevo, limpió el teléfono con el pijama, pero quedó una mancha de tierra, de modo que sacudió el aparato para terminar de limpiarlo y entonces se le desmontó. La parte de atrás de la carcasa y la batería cayeron de nuevo a la tierra. Las recogió y llevó las tres partes del teléfono a casa. Las dejó sobre la mesa, agarró un trapo de cocina y las limpió correctamente antes de volver a montarlas.

Tenía que ser su teléfono. Estaba seguro. Ya nadie usaba esos Nokia. Pulsó el botón de encendido. Se oyó un pitido y la pantalla se iluminó. Mostraba que la batería estaba muy baja, pero parecía que funcionaba bien. Transcurridos unos segundos, se oyó otro pitido y apareció una llamada perdida en la pantalla. *DORA*. Así que ella la había llamado, y era posible que se hubiera pasado por casa con el vino. La última vez que estuvieron en casa de los Martin debió de ser la tarde en que llevaron a Dylan para que se apareease con Elsie. Hacía semanas de eso. El teléfono pitó de nuevo y se apagó. Lo calibró en la mano, preguntándose dónde podría estar el cargador, y entonces recordó aquella tarde fría en el jardín de los Martin, mirando a los conejos.

El cargador no estaba en ninguno de los enchufes de la cocina, ni tampoco en el enchufe de la entrada. Allí, volvió a fijarse en los zuecos de Lucy. Eran zuecos de madera, muy viejos, desgastados, pero muy cómodos, según contaba ella. Eran los únicos zapatos que se había puesto durante semanas. Metió los pies en ellos y recordó ver las uñas rojas de sus pies a través del agua. Sus pies no tardarían en ser tan grandes como los de ella. *DORA*. La palabra daba vueltas en su cabeza. Quizá fueran a casa de los Martin después del colegio. Estaría bien ver a los conejos. Y a Saviour. Vio los ojos marrones y cálidos de Saviour, oyó su voz amable, con ese acento *cockney*. «¿Te importa echarme una mano con la comida?».

Se quitó los zuecos y subió las escaleras. El cargador no estaba tampoco en el enchufe del rellano. De vuelta en la habitación de Lucy, vio que todavía estaba a oscuras y, en vez de continuar con su búsqueda, regresó a su cama, casi con la esperanza de encontrarla allí. Pero no estaba. «¿Dónde te has metido, estúpida Mayo?». No, estúpida Lucy. Cerró los ojos y vio a Dora, tumbada junto a la piscina en la casa de Francia aquellas vacaciones, mientras Lucy, solo con la parte de abajo del bikini, caminaba de un lado a otro con su red. «¡Qué agradable es poder alejarse de todo!». La voz risueña de Dora, sus gafas de sol, su cuerpo largo y esbelto, protegido del sol. «¡Qué agradable es poder alejarse de todo!». No paró de repetir aquello durante todas las vacaciones, como si... ¿Como si qué? Se giró sobre la cama y volvió a ver la red de Lucy llena de insectos mojados, sus pechos y su cara de concentración mientras los dejaba caer sobre las baldosas de piedra; y volvió a tener de nuevo esa extraña sensación, la que tuvo mientras les leía el poema del Yonghy-Bonghy-Bò. Que era distinta a él, que estaba diferente, que era una desconocida; y no era solo porque fuese adulta, o mujer, o africana; eso último iba y venía según su estado de ánimo. Se imaginó las tres pequeñas pirámides de la mesa de la cocina; y después el disco brillante que tenía el Hombre Andrajoso en la palma de la mano; la escalera del recibidor, el paraguas rojo, las marcas que habían dejado las patas de Violet sobre la mugre de la camioneta blanca. Y entonces debió de quedarse dormido, porque lo siguiente que sucedió fue que sonaron las campanas tibetanas.

6

Las campanas sonaban de maravilla. Jonah las escuchó con los ojos cerrados, imaginándose a los monjes en su monasterio, en mitad de las montañas nubladas. Entonces Raff entró corriendo como un torbellino.

—¡Hay un hombre diciendo tacos en la calle! ¡Tienes que oírlo, tío!

Jonah abrió los ojos y vio a su hermano pequeño corriendo alrededor de la cama mientras se sujetaba el pantalón del pijama, cuyo elástico se había dado de sí. Se dio cuenta de que todavía llevaba en la mano el teléfono rojo y lo dejó junto a la copa de vino manchada de pintalabios.

—¿Qué es eso? ¿Dónde está Mayo? ¿Qué haces con su teléfono? —Una de las trenzas africanas de Raff había empezado a deshacerse—. Bueno, da igual, tienes que venir corriendo. ¡En serio, tienes que oírlo!

Jonah apagó el despertador de las campanas y siguió a su hermano hasta su dormitorio, donde lo encontró ya con medio cuerpo fuera de la ventana.

—¡Ten cuidado, Raff! —Se colocó junto a él y le rodeó la cintura con un brazo. Tenía la piel muy caliente y seca.

—¡Oh, Dios! ¡Es el maldito Hombre Andrajoso! —Se inclinó más hacia fuera y Jonah tuvo que sujetarlo con más fuerza—.

¡Pero si nunca habla! —exclamó su hermano—. ¿Por qué dice esas cosas?

Jonah miró hacia abajo y vio que el Hombre Andrajoso se había alejado de la casa de los okupas y ahora estaba justo bajo su ventana.

—No lo sé.

—¡Tiene problemas, tío! ¿Con quién habla? ¡Eh! ¿Estás hablando con nosotros? —Jonah intentó taparle la boca a Raff, pero este se zafó. Empezó a pavonearse y a hacer gestos con los dedos—. ¡No me llames serpiente, jodida rata, jodido vampiro loco! —siseó, intentando poner cara de malo.

—¡Raff, no digas «jodido»!

—¿Por qué? ¡Él lo ha dicho! —Raff se tiró del pantalón del pijama—. ¡Y tú acabas de decirlo, jodido cuello de jirafa!

—Da igual. Es hora de vestirse. —Sus uniformes del colegio estarían abajo, entre la ropa sucia del suelo de la cocina. En la calle, se abrió la puerta de los ultramarinos y el Hombre Andrajoso se quedó callado. El tío de los ultramarinos salió con el gancho que utilizaba para subir el cierre metálico. Raff le apuntó con un tirachinas imaginario, echando hacia atrás la piedra entre los dedos, después la soltó y estiró los dedos al tiempo que, con los labios, hacia un sonido parecido a una pedorreta.

—¡Pffff! ¡En toda la cabeza! —Se le cayó el pantalón del pijama hasta los tobillos y se agachó para volver a ponérselo—. ¿Esta semana es el Concurso de talentos de Haredale?

—Sí. El jueves.

—¡Tomaaaa! —Raff empezó a dar saltos otra vez—. ¿Mayo está escribiendo su diario en el jardín, igual que ayer?

—No.

—¡Oh, Dios! ¡El Día del Deporte también es el jueves!

—Sí. —El señor Mann había dicho que sería un poco de jaleo, pero no quería privar a los atletas de su momento de gloria; y los padres que planeaban asistir al concurso de talentos podrían acudir temprano y matar dos pájaros de un tiro.

—¿Sigue mejor, o está otra vez enferma? —Raff había dejado de bailar.

—Está mejor. —«Todo brilla más». Las palabras garabateadas en la hoja de papel.

—¿Y dónde está? —De pronto su hermano se había quedado muy quieto, mirándolo fijamente con sus ojos de carey.

—No estoy seguro. Lo más probable es que haya ido al parque.

El hombre de los ultramarinos empujó con el gancho y el estruendo del cierre metálico inundó el aire.

7

La botella de leche que había en la puerta ya se había calentado. Debajo tenía una nota del lechero, probablemente la factura. Jonah llevó la leche y la nota a la cocina. El mango y la botella de vino seguían allí, y las hormigas seguían colándose en la jarra de zumo, directas a su muerte. Raff se sentó y Jonah sacó las galletas de cereales del armario. Los únicos tazones limpios que encontró fueron una ensaladera de madera y un cuenco blanco para mezclar. Su hermano miró los cuencos y resopló.

—O también podríamos fregar un poco —le dijo Jonah.

Raff enarcó una ceja.

—¡Ni de coña voy a fregar, Piquito!

—Raff, sabes que no puedes llamarme así.

—¿A quién se lo dices, Piquito asqueroso? —Su hermano se levantó de la silla de un brinco y pegó su cara a la de él.

Jonah se apartó, ignorándolo, que era la mejor política en esos casos, según Lucy, y se ocupó en servir tres galletas en cada cuenco.

—¡Venga, Piquito! —Raff se mostraba desafiante, le enseñaba los dientecillos blancos. Levantó los brazos y le apuntó con su tirachinas imaginario—. ¡Piquito contra el Tirachinas! ¡Pfff!

—¡Cállate, Raff! —Se tapó las orejas con las manos, pero aún seguía oyendo a Raff, que hacía sus estúpidos ruidos de pedorretas.

—Piquito. Jodido Piquito.

—¡No digas tacos! —En un arrebato de ira, empujó a Raff al suelo.

Su hermano volvió a levantarse y se lanzó contra él, ambos trastabillaron por la cocina hasta llegar a la entrada, donde Jonah logró quitárselo de encima. Raff cayó de espaldas contra las escaleras, agarrando a su paso la escalera de mano, que le cayó encima, y empezó a llorar a todo pulmón.

Asustado, Jonah le quitó de encima la escalera de mano y se arrodilló a su lado.

—Lo siento, lo siento —le dijo—. ¿Estás bien, Raff? ¿Dónde te duele?

Raff se limitó a gritar más fuerte, como cuando era un bebé.

—¡Mayo! —gritaba una y otra vez, y Jonah volvió a taparse las orejas con las manos.

—¡PARA!

Raff paró. Se miraron el uno al otro durante unos segundos, entonces su hermano se deslizó por las escaleras hasta el suelo, abrió los brazos, Jonah se arrodilló y lo abrazó. Rodaron hacia un lado y se quedaron allí tumbados, entre los zapatos.

—¿Qué hace en el parque? —preguntó Raff.

—Yoga.

—Pero su colchoneta de yoga está en la sala.

—Sí, pero tu puzle de *Ben 10* está encima de la colchoneta. Seguro que no quería romperlo. —Por el rabillo del ojo, vio la palabra amarilla sobre el rojo oxidado de la lata que habían llenado en la gasolinera. *GASOLINA*. Más cerca de él, junto a la sien, vio el tacón mordisqueado de uno de los zuecos de su madre. «¿Por qué no te has llevado los zapatos?», le preguntó en silencio.

—Jonah —susurró Raff.

—¿Qué?

—¿Va a venir la Yaya Mala?

Jonah se imaginó la cara brillante y colorida de la Yaya Mala y un escalofrío recorrió todo su cuerpo.

—No seas estúpido —le dijo. Su hermano había hablado como un niño realmente pequeño, y eso es lo que era, claro. Le pasó un brazo por debajo de los hombros.

—De acuerdo, mi viejo Piquito —dijo Raff, pero con una entonación *cockney*, no con esa horrible voz de gánster. Jonah se rio.

—¡Es un placer conoceros, lord Piquenton! —le dijo con la voz de Su Majestad, y Raff dio vueltas por el suelo, desternillado de la risa. Jonah se carcajeó. Solía ser Raff quien le hacía reír a él. Entre las risas llegó un sonido, que apenas oyó, pero de pronto su hermano se incorporó y miró hacia la puerta con los ojos muy abiertos.

—¿Mayo? —susurró.

Él también se incorporó. Raff se había quedado muy rígido. Se produjo un momento de silencio.

—¿Qué ha sido eso? —preguntó Jonah.

—Alguien. Alguien estaba mirando a través de la rendija del correo. —Se levantó, pero Jonah lo agarró del tobillo.

—¡No abras!

—¿Por qué?

—Podría ser el Hombre Andrajoso.

—¿El Hombre Andrajoso? —Raff volvió a agacharse y Jonah le dio la mano. Se quedaron mirando la rendija del correo, escuchando con atención. Oyeron un coche que subía por Wanless Road y doblaba la esquina.

—¿Por qué crees que era el Hombre Andrajoso? —susurró Raff.

—No lo sé. Porque antes estaba junto a nuestra casa.

—¿Y quiere entrar?

—No lo sé. ¿Estás seguro de que has visto a alguien?

Raff asintió. Levantó los brazos y apuntó con su tirachinas hacia la rendija del correo.

—Pfff. —Hizo el sonido en voz baja. Después se puso en pie, se estiró y se agarró el pantalón del pijama—. Me pido el cuenco de madera —añadió con voz normal.

8

Tener que desayunar en esos cuencos tan grandes les hizo reír de nuevo, porque tenían que alargar el brazo para alcanzar las galletas con la cuchara.

—¿Quién las envió? —preguntó entonces Raff.

Jonah contempló las flores marchitas y esqueléticas. «Mientras se convierten en polvo».

—Roland —respondió.

—¿Desde la cárcel?

—Pueden enviar cosas a la gente. A ti te envió los pósteres de los corredores.

—¿Me los dio papi?

—¡Sí!

—Pensaba que fue Saviour.

—Fue Roland. El año pasado, cuando las Olimpiadas. ¡Deberías acordarte, Raff! ¡Imagina que Roland supiera que le confundiste con Saviour!

—Que te jodan, Jonah, no le he confundido con Saviour. Solo pensé que Saviour me había regalado los pósteres.

—Da igual. El caso es que ya le había enviado flores a Lucy antes.

—¿Cuándo?

—En su cumpleaños.

—¿Y por qué se las ha enviado ahora?

—Quizá porque estaba enferma. ¿Y yo qué sé, Raff? —A veces las preguntas de su hermano eran interminables.

—Pero ¿cómo sabía que estaba enferma?

—Quizá la llamó por teléfono. —De pronto recordó el hallazgo del teléfono rojo en la maceta e intentó pensar qué había hecho con él.

—Y entonces, ¿por qué no habló con nosotros?

—¡No lo sé, Raff! ¡No sé nada de eso! ¡Ni siquiera sé si fue él quien envió las flores!

—No hace falta que grites, joder, tío.

—¡No digas tacos! ¡No haces más que decir tacos! —Jonah agarró el cuenco para mezclar y trató de meterlo en el fregadero, pero estaba demasiado lleno.

—Tienes problemas para controlar la ira, hermanito. —Raff negó con la cabeza mientras aplastaba hormigas con la cuchara—. Quizá se las envió porque va a salir en libertad conmocionada.

—Se dice libertad condicional. —Tampoco había sitio en el escurridor.

—Quizá salga a tiempo para el Día del Deporte. —Raff examinó las hormigas aplastadas en el dorso de la cuchara—. ¿Te acuerdas de cuando vino al Día del Deporte con la Yaya Mala?

—Sí. —Jonah volvió a dejar el cuenco sobre la mesa. Le sorprendió que Raff se acordase. Era muy pequeño, poco más que un bebé.

—Pero eso fue antes de que ella intentara robarnos.

—Deja de matar hormigas, Raff.

—¿La traerá esta vez?

—Raff, no va a venir al Día del Deporte. No va a salir tan pronto. Lucy nos lo habría dicho.

—Puede que se le haya olvidado. —Raff aplastó algunas hormigas más con el dorso de la cuchara—. Por cierto, ¿por qué ahora la llamas Lucy? ¿Qué tiene de malo Mayo?

—Nada.

—¿Es porque es un nombre zambiano?

—No. Es que me gusta llamarla Lucy. —A ella también le gustaba. Le gustaba que estuviese haciéndose tan mayor.

Raff espachurró unas pocas hormigas más.

—¿Y qué pasa con el Concurso de talentos de Haredale? ¡Seguro que sale para entonces!

—¡Raffy, es el mismo día, recuerda! ¡Y deja de matar hormigas!

—Son hormigas, Piquito.

—¡Las hormigas son increíbles! —Jonah le quitó la cuchara y volvió a sentarse—. ¿Sabías que tienen dos estómagos? —Vio como las hormigas se reorganizaban—. Uno para ellas y otro para almacenar comida que llevarle a su reina.

—Entonces la reina tendrá mucha hambre. —Raff volvió a recuperar la cuchara y la pasó por encima de un grupo entero de hormigas.

—¡Raff! ¡Eso trae muy mal karma!

—Saviour dice que esa mierda del karma es una basura. Dice que es todo aleatorio. —Pero, aun así, dejó la cuchara—. ¿Te acuerdas de la Yaya Mala?

—Sí. —Jonah contempló las cuencas vacías de los ojos de la máscara que aparecía en la cubierta del libro.

—¿Volveremos a verla? Cuando Roland salga en libertad conmocionada. ¿Nos llevará a verla?

Cristal hecho añicos, la cara de loca de Sadie, y el pavo real, gritando.

—No lo sé. —Después de que ella intentara llevárselos del colegio, Dora y Lucy habían hablado de ir a los tribunales para obtener, ¿cómo se llamaba?, una cosa para que no pudiera acercarse a ellos. Pero no sabía si al final lo habían conseguido. Abrió el libro. Era de Dora, había escrito su nombre en el interior de la tapa, *Dora Martin*, con tinta negra y letras muy puntiagudas y torcidas. Debajo, había escrito muchas cosas a lápiz, palabras y algunos dibujos, o no, en realidad era Lucy la que había escrito las cosas a lápiz, se notaba en su caligrafía y en sus dibujos.

—Raff. —Cerró el libro.

—¿Qué?

—¿Qué significa «Piquito» en realidad?

—¡Piquito significa Piquito!

—¡Ja! ¿Te lo ha dicho Saviour?

—No me lo ha dicho nadie. Lo he sacado de mi cabeza. —Raff dejó la cuchara, se levantó y se puso muy recto, con los brazos pegados al cuerpo—. ¡Es esto! —Empezó a mover la cabeza hacia delante y hacia atrás. Parecía un paso de algún baile callejero, pero a la vez era como una paloma picoteando. Jonah volvió a reírse y lo intentó también. Estuvieron caminando alrededor de la mesa picoteando durante un rato.

Raff fue el primero en parar.

—Quizá fue el hombre del Sábado del Enfado el que le envió las flores.

—No pudo ser él. —Jonah se fijó en la hora—. ¡Raff, tenemos que darnos prisa! ¡Vamos a llegar tarde al colegio!

9

Jonah vaciló antes de abrir la puerta de la entrada y miró a un lado y a otro antes de salir a la acera. El Hombre Andrajoso no estaba por allí. Ahora había nubes en el cielo, eran onduladas: cúmulos, no cumulonimbos. Así que no llovería.

—¡Que voy, Piquito! —Raff pasó dándole un empujón. Llevaba la boca manchada de pasta de dientes, la camisa sucia, y deportivas, que no estaban permitidas. Jonah le entregó su mochila y después se puso la suya al hombro. Caminaron por Southway Street, pero se detuvieron en seco al doblar la esquina porque había un zorro tendido junto al bordillo.

—¡Violet! —gritó Raff, y se llevó la mano a la boca, pero Jonah negó con la cabeza.

—No es ella. Aunque podría ser uno de sus cachorros. —La parte trasera del cuerpo del zorro había sido aplastada por las ruedas de un coche, pero la cabeza y las patas delanteras estaban intactas. Se preguntó si habría muerto de inmediato o si se habría quedado allí tirado un rato, tratando de hacer que le funcionaran las patas traseras. Sacudió los hombros para desprenderse de esa idea y le dio la mano a Raff—. Vamos.

El timbre empezó a sonar justo cuando atravesaban la verja del colegio. Jonah acompañó a Raff hasta la zona de los de Infantil y lo vio salir corriendo hacia su clase antes de marcharse él al patio de los de Primaria. Ya casi estaba vacío. Entre los rezagados estaban Emerald y Saviour, así que corrió a saludarlos. Saviour estaba en cuclillas para que Emerald pudiera darle un abrazo de despedida, aunque ya no era necesario que lo hiciera, porque era bastante bajito y Emerald había crecido mucho. Hubo algo en su manera de abrazarse, y en la expresión de Saviour, que hizo que Jonah se detuviera a un par de pasos y esperase a que se fijaran en él. No parecían padre e hija: Saviour más marrón que nunca, tan marrón que uno podría no darse cuenta de que era una persona blanca, mientras que la piel de Emerald había adquirido un tono ligeramente dorado. Iba muy guapa con su vestido del colegio, con el pelo rubio recogido en coletas, mientras que Saviour tenía un aspecto descuidado, con una camiseta rasgada y unas Crocs manchadas de pintura, con trozos de hojas y ramitas enredadas en su pelo rizado. Jonah advirtió que su pelo ahora era más gris que negro y que ya se le adivinaba el cuero cabelludo, duro y marrón como una nuez. Seguía teniendo las cejas oscuras; oscuras y pobladas, lo que le hacía parecer enfadado, o al menos perdido en sus pensamientos; hasta que te miraba, como hizo en ese momento, por encima del hombro de Emerald, con sus ojos amables y curiosos.

—Jonah, colega. ¿Cómo va eso? —Si uno no lo conociera, se esperaría una voz profunda y rasgada, tal vez con acento extranjero, y se sorprendería al escuchar la ligereza y la calidez de su acento *cockney*. Le guiñó un ojo, Jonah sonrió y guiñó también. Saviour extendió el brazo y le chocó los cinco, porque Jonah llevaba semanas intentando aprender a guiñar el ojo.

—¡Catorce carreras! —exclamó Jonah.

Saviour frunció el ceño.

—¡Inglaterra ganó por catorce carreras! ¿No visteis el partido? —Raff y él habían estado pegados a la tele toda la tarde del domingo.

—Claro que sí. —Saviour empezó a tambalearse un poco, porque Emerald lo abrazaba con más fuerza.

—No me gustó lo del ojo de halcón. No me pareció justo —agregó Jonah.

Saviour asintió, se puso en pie y Jonah se fijó en que estaba engordando de nuevo. Había perdido bastante peso tras dejar el alcohol, pero empezaba a ganarlo de nuevo. Emerald se puso de rodillas, le rodeó las piernas con los brazos y Saviour trastabilló y apoyó las manos en sus hombros. No parecía muy interesado en hablar de críquet, así que Jonah dijo:

—Lucy ha estado mala últimamente.

Saviour asintió de nuevo y miró a Emerald. Llevaba la raya del pelo muy recta y las coletas eran como orejas alargadas y plateadas que se agitaban mientras hundía la cabeza en el vientre de su padre.

—Pasó tres días en cama y le preparé tazas de té.

—Muy bien hecho, colega —murmuró Saviour.

—Pero ayer se levantó de la cama. Fuimos a nadar. Aunque ella no nadó. —Saviour había agarrado una de las coletas de Emerald y estaba enrollando su pelo rubio alrededor de sus dedos oscuros—. Y no vio el críquet con nosotros. Se fue a echar la siesta. Aunque en realidad no le gusta el críquet.

Saviour le soltó el pelo a Emerald y miró el reloj.

De pronto Jonah se acordó de la botella de vino.

—¿Se pasó Dora por nuestra casa anoche?

—Dora —repitió Saviour, como si apenas la conociera, pero Emerald se incorporó y se dio la vuelta de golpe.

—No, mi madre no se pasó por vuestra casa. Porque ella sí que está enferma de verdad. ¡Está tan enferma que puede que se muera!

Saviour le puso una mano en la cabeza y Jonah vio que tenía los dedos de color morado oscuro, casi negro, probablemente por estar recogiendo arándanos.

—¡En serio, Emerald! —dijo con una sonrisa y una breve mirada a Saviour, porque Emerald era una auténtica reina del drama.

—Jonah, es cierto. ¿Verdad, papá? —Saviour se quedó mirándola con una sonrisa tensa y Jonah notó que se sonrojaba.

—Mamá está enferma, pero eso no significa que se vaya a morir, Emmy —respondió Saviour—. Al menos, no hasta dentro de mucho tiempo.

Emerald puso su cara de adulta.

—¡Tienes que afrontar los hechos, papá! —le dijo. Y Saviour puso una sonrisa aún más forzada, casi como si estuviera intentando no llorar—. Esta mañana va al hospital. —Emerald se acarició las coletas mientras miraba con sus ojos grises a Jonah y a Saviour—. A por los resultados. Y esta noche cenaremos pollo asado y patatas asadas.

—Ah —dijo Jonah. No se le ocurrió nada más que añadir—. Bueno, será mejor que me vaya.

Se apartó, pero Emerald se soltó las coletas, recogió su mochila y lo agarró del brazo.

—Vale, entonces espérame. ¡Adiós, papá!

Dejaron a Saviour de pie en mitad del patio vacío, como una especie de payaso espantapájaros, con sus Crocs naranjas, sus manos moradas y su pelo ensortijado y revuelto.

10

La señorita Swann ya había empezado a pasar lista en la clase de cuarto. Levantó la mirada por encima de sus gafas de lectura.

—¡Emmy, Jonah, habéis venido! ¡Asombroso! —Lo dijo sonriendo. La clase olía a su agua de rosas.

Cuando se sentó en su sitio, Harold le miró con su sonrisa de chiflado.

—Eh, tío —susurró. Chocaron el puño y después Jonah volvió a mirar a la señorita Swann. Llevaba un vestido veraniego a rayas, con tirantes finos, y cuando se inclinaba hacia delante se le veían los senos colgando, extrañamente largos y finos. No, no eran senos. Así era como los llamaba Lucy, pero nadie más los llamaba así. Casi todos los llamaban «tetas», pero no le parecía correcto referirse así a la señorita Swann. Tal vez «glándulas mamarias». Las glándulas mamarias extrañamente largas y finas. A Lucy le haría gracia. Sonrió al imaginarse su risa. Los de ella eran más bonitos: gordos y redondos, con unos pezones hinchados y marrones.

En la reunión de alumnos ensayaron *Starman*, que cantarían al final del concurso de talentos el jueves por la tarde. Después de cantar, el señor Mann entregó los diplomas y a él le dio uno por su proyecto sobre la Casa Rota, en el que había estado trabajando todo el trimestre como parte del tema de Historia local. En el salón de actos estaban colgados todos los proyectos de Historia local, y después de la reunión, se quedó atrás para mirar el suyo.

La casa de al lado fue construida en 1862 por un comerciante de madera muy rico llamado señor Samuels. Era una finca aparte, con un estilo gótico de pura cepa, engalanado con imponentes tallas en forma de hojas.

Había copiado esa última parte de la página web de London Survey. Lucy y él se habían colado en la casa para hacer las fotografías y mostrar la ruina que era ahora. Una de las fotos era increíble, mirando desde el interior de la casa hacia arriba, hacia el cielo, a través del tejado roto. Se imaginó que llegaría a casa y le mostraría el diploma a Lucy, y le diría que iba a compartirlo con ella, por la foto tan brillante que había sacado; y Lucy colgaría el diploma en la nevera.

—¡Venga, Jonah, deja ya de babear con tu propia obra de arte! —El señor Mann le puso la mano en la espalda y lo empujó hacia la calle.

El patio era un hervidero de niños que corrían, saltaban y gritaban. Todas las nubes se habían esfumado, dejando atrás un vacío azul y misterioso. Recordó que todos los colores están ahí. Es solo que las ondas lumínicas azules son más cortas y pequeñas, de modo que se esparcen más cuando golpean las moléculas. La infinitud del vacío le provocó un vuelco en el estómago, como si estuviera cayéndose. Entonces vio a Harold junto a la verja, observando el patio de los de Infantil.

—¿Se encuentra mejor tu madre? —le preguntó a Jonah cuando este se acercó.

—Sí. —En el patio de Infantil, Raff, Tameron y sus tres coristas estaban ensayando el rap de Camber Sands para el concurso de talentos.

—Entonces, ¿puedo ir a tomar el té?

—Quizá. —Se acordó de la primera vez que Harold había ido a tomar el té, cuando estaban en primero de Primaria. Aquel día Harold no era él mismo. No había querido jugar a nada, ni comer o beber nada, se había quedado ahí, con las manos en los bolsillos, sin hablar. Jonah no sabía qué hacer, hasta que Lucy le preguntó a Harold cuál era su animal favorito. «El halcón peregrino». Lo dijo tan bajito que apenas le oyeron.

«¡El halcón peregrino!», había exclamado Lucy. «¿A qué velocidad vuela?».

«A doscientas cuarenta y dos millas por hora», le había respondido Harold. «Que es lo mismo que trescientos ochenta y nueve kilómetros». Después del té, en el camino de vuelta a su piso, Harold no le había soltado la mano a Lucy en todo el trayecto.

—Tu hermano es la leche bailando.

Jonah apoyó la frente contra la verja de alambre y observó. Se había reunido una multitud en torno a Raff y Tameron y cantaban con ellos el estribillo. «Ohh, Almeja apestosa! ¡Uh, Almeja apestosa!».

—¿Qué es eso de Almeja apestosa, por cierto? —preguntó Harold.

—Es una almeja que encontraron en la playa cuando fueron de excursión con el cole.

—¡Una almeja de verdad!

—Sip.

—¿Y se han inventado ellos toda la letra? Seguro que tu madre les ha ayudado.

—Un poco. —Se imaginó la cara de su madre y se preguntó si habría vuelto ya a casa—. Saviour ayudó más. Se le ocurrieron muchas rimas.

—¿El padre de Emerald?

—Sip. —Se apoyó más contra la verja y sintió que el alambre se le clavaba en la frente.

—Creo que van a ganar. ¿Y tú?

—No sé. —Se imaginó la cara de Raff, resplandeciente con el triunfo; y la cara de Lucy, entre el público, llorando, probablemente. Llorando y aplaudiendo. Sonrió.

—¿Por qué sonríes? ¿Quieres que ganen?

Miró a Harold, que a su vez estaba mirándolo a él, con los ojos empequeñecidos por el grosor de los cristales de sus gafas, con la mejilla apoyada contra el alambre.

—Pero ¿acaso va a haber un ganador? —preguntó—. Pensé que era más un... espectáculo.

—Bueno, si hay un ganador, deberían ser ellos. —Harold volvió a mirar a Raff, que había empezado a hacer *break dance*. Negó con la cabeza—. Puede que tú tengas talento y un don y todo eso, tío, pero tu hermano es la leche en todo. Ganará todas las carreras del Día del Deporte.

Jonah se encogió de hombros. Se echó hacia atrás y notó las marcas que le había dejado el alambre en las yemas de los dedos.

—Estaba pensando en el universo —dijo.

—¿Sí?

—¿Crees que de verdad es infinito?

Harold negó con la cabeza.

—No. Hay otros universos. Millones.

—¿Y luego qué?

—No sé. ¿Puedo ir a tomar el té mañana?

—No estoy seguro.

—Si tu madre se encuentra mejor, ¿por qué no iba a poder?

—Vale, se lo preguntaré.

11

Por la tarde tocaba Religión. En la clase hacía bastante calor. Las tetas de la señorita Swann le colgaban dentro del vestido mientras preparaba las cosas de la pintura. Se le había encrespado el pelo, canoso a pesar de ser muy joven.

—Vamos a hacer todos un dibujo de algo que hayamos aprendido sobre el hinduismo. —Las gotas de sudor perlaban su labio superior—. Poneos los petos, por favor. Isiah, ¿qué vas a pintar tú?

—¡Los cuerpos ardiendo! —respondió Isiah con placer, y todos empezaron a hablar. Llevaban todo el trimestre estudiando el hinduismo: el festival Diwali, algunos de los dioses, la idea del karma y la reencarnación, el símbolo de Om. Fue Pearl la que les habló de los cadáveres que ardían en el río Ganges. Los había visto durante un viaje a la India con su familia.

—Los cuerpos ardiendo. Muy bien. ¿Alguien más? ¿Qué me decís del festival Diwali? —La señorita Swann estaba colocando las pinturas y los cuencos de agua. Parecía cansada.

—¡Sus caras al derretirse! —gritó Isiah—. ¡Y sus cráneos al abrirse! —Los gritos y las risas hicieron que pareciera que hacía más calor.

—Ni siquiera se les ve la cara —dijo Pearl—. Van envueltos en una tela.

—¡Como momias! —gritó Will Rooney, y Jonah pensó en Lucy. «¿Has vuelto ya?».

—¿Cómo los queman? —preguntó Tyreese—. ¿Con gasolina? —Tyreese era el hermano mayor de Tameron, el amigo de Raff. Jonah miró su peto. No quería ponérselo. Hacía demasiado calor.

—No, con madera —explicó Pearl—. Pero algunas familias no pueden permitirse suficiente madera para quemar todo el cuerpo y tiran los restos al río. Así que meten un montón de tortugas en el río para que se coman los restos.

La clase se echó a reír. Jonah guardó silencio mientras decidía qué pintar. Tal vez un dibujo con la idea del karma: muchos bumeranes, que van y vuelven, golpeando a quienes los han lanzado. Pero no, era más complicado que eso. Junto a él, Harold ya estaba pintando, pero Will e Isiah seguían gritando sobre las tortugas devoradoras de hombres. Mientras intentaba pensar cómo hacer los bumeranes del karma, vio que la señorita Swann se secaba el labio superior con el dorso de la mano. En realidad era demasiado complicado. Pintaría a Ganesha, el dios con la cabeza de elefante. Se puso el peto y agarró su pincel. Ganesha tenía la cabeza de elefante porque, cuando su padre regresó a casa después de un largo viaje, no lo reconoció y le cortó la verdadera cabeza al pensar que era el nuevo novio de su esposa. Pensó en Roland y sonrió, porque, claro, Roland sí lo reconocería a él. Recordó la escena del final de *Los chicos del ferrocarril*, el vapor despejándose en el andén de la estación, Bobbie gritando: «¡Papi!». Un final feliz. Cerró los ojos y se imaginó la silueta de Roland en mitad del vapor: alto, con los hombros anchos y una cabeza pequeña con orejas puntiagudas.

Cuando terminaron, la señorita Swann colgó los dibujos para que se secaran en la cuerda que pasaba por detrás de su escritorio. El Ganesha de Jonah había quedado bastante bien. Tenía un ojillo sabio y sonriente. Roxy, la chica que había empezado las clases hacía solo unas pocas semanas, también había dibujado a

Ganesha, pero el suyo no era más que una masa amorfa de color rosa con una trompa. Había muchos cuerpos ardiendo, formas negras entre llamas naranjas.

—Me encanta cómo te ha quedado el fuego, Daniella —dijo la señorita Swann. Daniella había dibujado muchas ondulaciones en tonos rojos, naranjas y amarillos—. Y ya sabéis: el cuerpo, para el alma, es como un conjunto de ropa usada. Quemar el cuerpo es como liberar el alma.

Emerald había dibujado un símbolo de Om y Jonah se quedó mirándolo, tratando de recordar lo que significaba. Algo interesante. Lucy lo sabría, porque lo cantaban en las clases de yoga. Miró el reloj. Faltaban diez minutos para irse a casa. «¿Vendrás a buscarnos?». No solía hacerlo, pero quizá aquel día sí.

—¡Es increíble! —La señorita Swann tenía en la mano el dibujo de Shahana, la única hindú de la clase. Había dibujado un cuerpo ardiendo, pero suspendido en el aire había un bebé, o tal vez fuese un ángel—. Shahana, ¿este dibujo muestra la reencarnación?

Shahana se encogió de hombros.

—¿Quién recuerda lo que significa la reencarnación? —preguntó la señorita Swann mientras colgaba el dibujo de Shahana.

—Es cuando renaces —contestó Pearl—. Tu alma escapa a través de tu cráneo y se queda en el cielo durante un tiempo. Y entonces entra en otro cuerpo.

—Y, si eres malo, regresas como animal —agregó Tyreese.

—¡Eso es! —gritó Isiah—. ¡Yo voy a ser malo! ¡Y volveré como leopardo y me comeré a mis enemigos!

Todos se rieron y levantaron la mano para decir en qué animales les gustaría reencarnarse. Emerald quería ser un conejo y Tyreese quería ser una pitón. Pearl deseaba convertirse en unicornio.

—Halcón peregrino —le susurró Harold a Jonah, y este sonrió. Seguía intentando recordar lo que significaba el símbolo de Om, así que levantó la mano para preguntar.

—¿Los hindúes creen en los fantasmas? —preguntó Daniella.

—¿En los fantasmas? Sí, yo creo que sí. —La señorita Swann miró a Shahana—. Eres un fantasma antes de renacer. Solo durante unos días. ¿No es así, Shahana? Y la cremación del cuerpo y todos los demás rituales ayudan al fantasma a marcharse, a incorporarse a su próxima vida.

—¿Así que un fantasma es lo mismo que un alma? —preguntó Clem. A Jonah empezaba a dolerle el hombro, de modo que cambió de brazo. Todos estaban gritando a la vez, cuando debería ser por turnos.

—No creo que sea lo mismo, no —respondió la señorita Swann—. Creo que un fantasma es un alma atrapada. Pero, en cualquier caso, chicos...

—Una vez vi al fantasma de mi tía —comentó Shahana.

—Ah. —La señorita Swann volvió a secarse el labio superior y se colocó el pelo detrás de las orejas.

—¿Sabes en qué se ha reencarnado? —le preguntó Pearl.

—Sigue siendo un fantasma. Está atrapada.

—¿Por qué?

—Porque fue asesinada.

Hubo algunos gritos de sorpresa. La señorita Swann miró su reloj y después el reloj de la pared.

—¿Y su fantasma tenía un cuchillo clavado?

Shahana se dio la vuelta en su asiento.

—Daniella, ni siquiera la mató con un cuchillo.

—¿Y podías ver a través de ella, o era normal? —preguntó Clem.

—Era normal. Estaba en la cocina y, cuando entré, se levantó y salió.

—¿Te tocó? —preguntó Clem—. ¿Estaba helada?

—¡Shahana tiene alergia! —gritó Daniella—. ¡La tocó un fantasma muerto!

Todos se volvieron locos. A la señorita Swann le brillaba de nuevo el labio superior y el pelo había escapado de sus orejas.

—¡Silencio! Queda tiempo para una pregunta más. ¿Jonah?

—Oh. —Llevaba tanto tiempo con el brazo levantado que tardó un momento en recordarlo—. Señorita Swann, ¿qué significa «Om»?

—¡Es *random*! —gritó Isiah. Todos se rieron y Daniella se inclinó para clavarle un dedo. Entonces sonó el timbre.

12

—¿Está aquí? ¿La has visto? —Raff había salido corriendo de su clase.

—¡Cállate, cállate! —Jonah lo agarró del brazo y tiró de él por el patio de Infantil.

—¡Cállate tú, idiota! —respondió su hermano tratando de darle patadas en los tobillos.

—No hables tan alto. La señora Blakeston podría oírte.

—¿Y qué?

Ya habían salido del colegio y estaban junto al cruce. Saviour y Emerald ya habían cruzado e iban subiendo de la mano por la colina.

—Vamos con ellos —dijo Raff, tirando de él—. Quiero ver a Dylan.

—No, venga. Vámonos a casa para ver si ya está allí.

El zorro muerto parecía mucho más muerto ahora. Jonah se preguntó si su alma ya habría renacido o si sería aún un fantasma que contemplaba su cuerpo aplastado. En Southway Street se cruzaron con Mabel y Greta, y con su madre, Alison, cuando atravesaban la puerta de la entrada.

—Hola, chicos —les dijo Alison—. ¿Va todo bien?

—Sí, gracias —respondió Jonah. A Alison no le caía bien Lucy y no pensaba que debieran ir y volver solos del colegio.

Volvió a agarrar del brazo a Raff y fue más despacio para asegurarse de que Alison y las niñas ya hubieran entrado en su casa antes de que ellos llegaran a su puerta.

Habían pintado la puerta de color granate, pero de eso hacía ya mucho tiempo y la pintura estaba descascarillada, lo que dejaba al descubierto la pintura blanca de debajo. Jonah llamó a la puerta con la aldaba. Después volvió a llamar. Raff no alcanzaba la aldaba, pero gritó «¡Mayo!» varias veces a través de la rendija del correo, mientras él seguía llamando. Entonces pararon. El sol caía con fuerza y Jonah sintió el sudor que le resbalaba desde las axilas. Los huecos blancos en el granate le recordaron a las marcas que habían dejado las patas de Violet en la suciedad de la camioneta, y se quedó mirándolos unos segundos, imaginando que eran una especie de código que, si pudiera descifrar, le diría qué hacer. Se dio la vuelta y miró hacia la casa de los okupas. Su puerta estaba abierta y distinguió el recibidor oscuro, con el papel pintado de color rojo y oro, y el rectángulo de luz al final.

—¿Qué hacemos? —preguntó Raff.

Jonah se quedó mirando el rectángulo, que correspondía a la puerta trasera abierta de los okupas. ¿Eran quizá esas dos puertas abiertas, aquella luz, otra señal, una especie de llamada? Se imaginó atravesando el recibidor y saliendo al jardín. Los okupas estarían sentados, o tumbados, probablemente fumando uno de esos cigarros grandes y gordos que compartían y que ponían mala a Lucy. Notó que su hermano le daba un codazo y se aclaró la garganta.

—Quizá deberíamos preguntarle a Ilaria si podemos esperar con ella —sugirió.

—No, tío —respondió Raff cruzándose de brazos y con la nariz arrugada—. Acuérdate de esas salchichas.

Jonah asintió. Era la única vez que habían estado en casa de los okupas; hacía mucho tiempo, justo después del Sábado del Enfado. Los tres juntos, Lucy con una botella, habían atravesado la puerta abierta y habían recorrido el pasillo, con su alocado papel pintado de terciopelo y su olor a incienso y moho. Ilaria estaba en la cocina, preparando unas salchichas enormes y fantasmales que ella llamaba «rollitos de nori», que eran veganos, según les contó. Les dio uno a cada uno; eran viscosos y blandos, con trozos que asomaban por cada extremo. Ninguno de los dos se atrevió a dar un bocado, así que los pasearon por ahí, sin saber cómo deshacerse de ellos. En el jardín de atrás había una hoguera y los okupas y sus amigos estaban acuclillados alrededor, con las manos junto al fuego y las caras iluminadas de naranja en la oscuridad. Todos eran blancos y andrajosos en comparación con Lucy, que llevaba su mono rojo y los labios pintados del mismo color. El mono rojo tenía una cremallera dorada en la parte delantera y la cremallera se había bajado, así que se veía la parte en la que sus senos se tocaban. Él había estirado la mano para intentar volver a subírsela.

Entonces un hombre le ofreció a Lucy un cigarro enorme y ella dio varias caladas. El hombre tenía una rasta muy larga que le salía de la barbilla, y a ellos no les cayó bien, pero Lucy había empezado a charlar con él, toda risueña y alegre. El hombre de la rasta guardó silencio y, pasado un rato, Lucy dejó de hablar y volvió a entrar en la casa. Raff y él la encontraron en la sala de estar, tumbada en el suelo con los ojos cerrados, gimiendo. Ambos se preocuparon mucho por ella y se turnaron para acariciarle la frente. Ilaria llegó con un vaso de agua y Lucy consiguió incorporarse y beber un poco. Pasado un rato, se encontró lo suficientemente bien para levantarse, y Jonah y Raff se la llevaron a casa.

—Vamos a volver al cole —dijo Raff—. Quizá haya entrado por la otra puerta y siga esperándonos allí.

—De acuerdo. —Jonah lo siguió por el mismo camino que habían llegado.

La verja del colegio ya estaba cerrada, así que no se podía entrar sin pulsar el timbre, pero vieron que ambos patios estaban vacíos al mirar entre las barras de la verja.

—Vale, entonces vamos al parque —sugirió Jonah. Vio a Christine, la directora del colegio, mucho más estricta que el resto de profesores, mirándolos a través de la ventana del despacho—. Vamos. —Tiró a Raff del brazo—. Podríamos practicar para el Día del Deporte.

—Yo quiero ir a casa de los Martin —respondió su hermano.

—No podemos. Tienen una cena especial.

—¿Y qué? No les importará que vayamos.

—Puede que quieran estar solos.

Raff dejó caer su mochila al suelo y le dio una patada.

—Y, cuando Lucy regrese, no sabrá dónde estamos. —Recogió la mochila de su hermano y se la entregó, consciente de que Christine seguía observándolos—. Venga, vamos a casa. Si todavía no ha llegado, podemos entrar por la puerta de atrás.

Atravesaron el cruce y volvieron a subir la colina, Raff arrastrando su mochila por el suelo.

—¡Raff!

Era Tameron. Estaba acuclillado en el bordillo junto al zorro, con Tyreese, de clase de Jonah, y su hermano mayor Theodore, que estaba en Secundaria. Tyreese estaba pinchando al zorro con un palo y los otros miraban.

—No deberían dejarlo así, tío —comentó Theodore.

—¡Mírale el ojo! —gritó Tameron—. ¿Me está mirando, señor Zorro?

—¿Lo quemamos? —sugirió Tyreese, y miró a Jonah—. Ya sabes, como los hindúes. —Theodore se encogió de hombros y sacó un mechero.

—Vamos, Raff —dijo Jonah.

—¡Espera! ¡Quiero ver cómo se quema! —dijo Raff. Jonah se acercó y se asomó por encima de sus cabezas. Theodore no sujetaba el mechero lo suficientemente cerca del animal y, de todas formas, la llama era diminuta. Miró la cara del zorro. Tenía el ojo abierto y, por un instante, fue como si estuviera vivo, tratando de llamar su atención.

—Déjame intentarlo, hermano —dijo Tyreese. Theodore le pasó el mechero y Tyreese logró chamuscar ligeramente la piel del zorro antes de quemarse el pulgar y dejar caer el mechero al suelo. Theodore lo recogió y volvió a guardárselo en el bolsillo.

—No va a arder solo con eso.

—¡Necesitamos gasolina! —exclamó Tyreese.

—¡Gasolina! —gritó Raff—. ¡Nosotros tenemos gasolina!

Los hermanos lo miraron, interesados, y él miró a Jonah, quien a su vez dijo que no con la cabeza.

—¿Por qué no?

—No creo que debamos —respondió—. Además, quizá ni siquiera podamos entrar.

—¿Por qué no? —preguntó Tameron.

—Quizá nuestra madre no haya vuelto.

—¡Tengo que lavarme las manos, tío! —dijo Theodore poniéndose en pie—. Venga, vamos.

—¿Puedes traer la gasolina mañana? —le preguntó Tyreese a Jonah.

—El zorro ya no estará mañana, Tyreese. Se lo llevarán los barrenderos. —Theodore empujó a su hermano y los tres se alejaron colina abajo.

13

Estuvieron llamando a la puerta otra vez, pero no por mucho tiempo.

—¿Y ahora qué? —preguntó Raff.

—No pasa nada —respondió Jonah—. La puerta de atrás estará abierta. Podemos pasar por la Casa Rota.

Al doblar la esquina, deslizó los dedos por la verja astillada, como había hecho esa misma mañana, pero Raff se mantuvo pegado al bordillo porque le daban miedo las pasifloras. Justo al llegar a la tabla suelta, oyeron un grito procedente del otro lado de la calle. Era Leonie, apoyada en su puerta.

—¿Y vuestra madre? —gritó.

—¡Corre, tío! —susurró Raff.

—¡Comprando! —respondió Jonah.

Leonie negó con la cabeza, murmurando entre dientes, y salió a la acera sacudiéndose el pelo y haciendo ruido con sus zapatos de tacón alto. Se detuvo con los pies separados y las manos en las caderas.

Raff resopló.

—¡Mujerona! —susurró.

—No podéis entrar ahí, es demasiado peligroso, ¿me oís? —gritó. El hombre de los kebabs salió de su tienda y Leonie se volvió para mirarlo—. ¡Esos niños se van a matar ahí dentro!

El de los kebabs asintió y se encendió un cigarrillo.

—¡Venid aquí! —les gritó Leonie, haciéndoles gestos para que se acercaran. Jonah ignoró los gruñidos de su hermano, lo agarró de la mano, miró a izquierda y derecha y cruzó la calle. Los senos de Leonie estaban apretados bajo aquel vestido de encaje rosa. Llevaba las uñas pintadas de rosa también, y muy largas, y las trenzas negras le caían desde la coronilla como si fueran una cascada.

—Sé que vosotros tenéis la cabeza en su sitio —les dijo—. Así que me sorprende que queráis entrar ahí. Ese lugar está sucio, ¿me oís? —Al igual que la señorita Swann, tenía gotas de sudor en el surco que había entre el labio superior y la nariz—. Hay cosas feas ahí, veneno, os pondríais muy malos.

Ambos asintieron.

—Y, aparte de eso, la casa se podría venir abajo, aplastar vuestros cuerpos hasta haceros puré.

Jonah asintió de nuevo, apretándole la mano a Raff. Miró al hombre de los kebabs, que negó con la cabeza, se terminó el cigarro y desapareció en el interior de su tienda.

—Vale, venid —dijo Leonie—. Podéis quedaros con Pat y conmigo hasta que vuestra madre baje de las nubes y se acuerde de sus responsabilidades.

—Ni hablar —susurró Raff mientras ella volvía a entrar—. Es una mujerona y sus caramelos están rancios.

—¿Venís o qué? —Leonie sujetaba la puerta abierta. Jonah le apretó la mano a su hermano con más fuerza.

Dentro se estaba bien y no hacía calor, gracias a los muchos ventiladores eléctricos. La mujer de la casa de apuestas estaba peinándose. Era una mujer menuda, muy vieja y muy blanca, y ocupaba tan poco sentada en la silla que apenas alcanzaba a mirarse en el espejo. Pat estaba de pie detrás de ella, poniéndole rulos azules en su fina melena blanca. En el espejo, la anciana desvió sus ojos vidriosos hacia Jonah. Antes permitía que Roland los llevara a su tienda los sábados, pero ahora no pareció reconocerlo. Calculó que debía de tener más de cien años.

—Mira a quién me he encontrado —anunció Leonie.

—¡Los caballeretes! Hace una tarde preciosa, ¿qué hacéis que no estáis jugando al fútbol en el parque?

—La idiota de su madre se ha ido de compras y los ha dejado solos en la calle, ¿te lo puedes creer? No os ofendáis, chicos —dijo Leonie.

Su trasero embutido en encaje rosa se balanceaba mientras los conducía hasta la parte de atrás del local, donde los sentó en el sofá blanco y blando. Frente a ellos, en la mesita del café, había un cuenco de caramelos y una pila de revistas.

—Alguien tiene que llamar al ayuntamiento y que vengan a reparar esa verja, antes de que algún niño se muera ahí dentro —comentó Leonie mientras se sentaba en la silla giratoria de detrás del escritorio.

—Adelante, entonces —le dijo Pat.

—Sí, y quedarme colgada al teléfono toda la tarde y toda la noche —respondió Leonie entre dientes—. Tengo cosas mejores que hacer con mi tiempo. Tomad un caramelo, chicos.

—Gracias —dijo Jonah, pero tampoco a él le gustaban los caramelos de Leonie. Por el rabillo del ojo vio aparecer en el escaparate del local una figura alta y rosa; se puso rígido al percatarse de que se trataba del Hombre Andrajoso. Estaba mirando el interior, o tal vez contemplara su propio reflejo, con esos brazos largos pegados a los costados. Se dio cuenta de que llevaba un chándal de chica. Por eso era rosa y por eso le quedaba tan corto en los brazos y en las piernas.

—¿Qué quiere? —preguntó Pat, haciéndole gestos hasta que el hombre se apartó del cristal.

—Déjalo en paz, pobre alma de cántaro —dijo Leonie.

—¡Dejarlo en paz! ¡No quiero que me mire como si fuera un pervertido!

—No es ningún pervertido. —Leonie contempló al Hombre Andrajoso, que arrastraba los pies hacia delante y hacia atrás, como un coche intentando aparcar en un hueco muy pequeño—. Algo le pasa hoy.

El Hombre Andrajoso desapareció de su vista y Leonie se incorporó en su silla y contempló la pantalla del ordenador, tamborileando con las uñas sobre el escritorio. Pero entonces dejó quieta la mano y se hizo el silencio. Jonah y Raff se irguieron en el sofá viendo como Pat le ponía los rulos azules a la señora de la casa de apuestas. La anciana tenía ahora los ojos cerrados. Quizá hubiera muerto. En su cabeza, Jonah oyó a Lucy reírse. Pero su fantasma estaría allí hasta que quemaran su cuerpo. Miró a su alrededor. ¿Era un fantasma lo mismo que un alma? Intentó recordar lo que había dicho la señorita Swann. Que un fantasma era un alma atrapada, esperando para ir al cielo, ¿o para renacer? «Déjalo en paz, pobre alma de cántaro». Pero el Hombre Andrajoso parecía más un fantasma que un alma; una cosa triste, perdida, a la espera. Leonie sacó un pañuelo de papel de la caja del escritorio, se lo puso bajo la nariz y se recostó en su silla. El estruendo del timbre hizo que los chicos dieran un respingo y la anciana abriera los ojos. Leonie se quitó el pañuelo y anunció:

—Es mi cita de las cuatro.

—Llega un poco pronto, ¿no? —comentó Pat. La anciana volvió a cerrar los ojos.

Leonie se giró en la silla. Estiró las piernas y apoyó las manos en la tripa mientras los chicos y ella observaban al hombre en el pequeño monitor situado sobre la puerta que conducía a la parte de atrás. Era un hombre gordo y blanco, con pantalón corto, chaleco y chanclas. Mientras lo miraban, el individuo miraba a su alrededor y contemplaba el pequeño jardín trasero de Leonie.

—Mejor que me lo quite de encima cuanto antes. No tardará mucho —dijo Leonie, y, con un quejido, volvió a ponerse en pie. La vieron desaparecer por el hueco de la puerta y después vieron su cabeza en el monitor. El hombre avanzó hacia ella y después desaparecieron ambos y el jardín quedó vacío.

Jonah se recostó en el sofá. El ruido de los ventiladores le daba sueño y cerró los ojos. «¿Dónde te has metido, Lucy?». Vio su cara un instante, pero entonces vio acercarse a la Yaya Mala, abrió los ojos y se incorporó. Sintió el codo de Raff en las costillas y miró la revista que tenía abierta sobre su regazo. Fotos de mujeres y hombres desnudos, teniendo sexo. Raff se reía en silencio, emocionado, pero le quitó la revista y volvió a dejarla en la mesita.

—Vámonos —le dijo en voz baja.

Pat tenía las manos ocupadas con el pelo de la anciana. Pasaron caminando por detrás de ella sin hacer ruido hasta llegar a la puerta. Cuando Jonah tiró del picaporte, la anciana abrió los ojos y volvió a mirarlos.

—Hasta luego, caballeretes —dijo Pat—. Saludos a vuestra señora madre.

14

Raff parecía nervioso, como el hombre del jardín de Leonie.

—No son más que flores —le dijo Jonah. Había cientos de ellas a lo largo de la valla de la Casa Rota, mirándolos en silencio, con sus pestañas moradas y sus bocas amarillas invertidas.

—No me gustan. Se parecen a la Yaya Mala.

Jonah resopló, pero Raff estaba tenso.

—No se nos va a caer encima, Raff. Lleva en pie muchos años, no se va a derrumbar de golpe solo porque nosotros estemos dentro.

Su hermano asintió.

—Puedes esperarme en la parte delantera, si no quieres entrar.

Raff negó con la cabeza.

—No quiero quedarme solo.

—Vale, está bien, entonces ven.

Jonah entró primero, abriéndose camino con cuidado por el estrecho sendero que serpenteaba entre la vegetación cubierta de basura. Miró la casa y pensó que sus ventanas tapiadas eran como ojos en blanco, y el umbral sin puerta de la parte de atrás era como una boca que pronunciaba un «Oh» silencioso. Pensó que llevaba allí, abandonada, muchísimo tiempo, y trató de recordar cuál era el cuento de hadas en el que el príncipe ha de abrirse camino por el bosque para llegar al castillo durmiente.

Dentro, todo estaba oscuro y hacía fresco, olía a polvo y a caca de pájaro. Oyeron a las palomas, cientos de ellas, revoloteando y gorjeando por entre las vigas del techo. La puerta trasera daba directamente a la cocina, que estaba en bastante buen estado, con suelo y techo. Había un horno enorme y dos mitades de un fregadero mugriento de cerámica colocadas en el suelo, bajo dos grifos. La luz que se filtraba desde la entrada incidía en la mesa situada en el centro de la estancia, y Jonah vio que, sobre ella, había un viejo *camping* gas, además de una tetera de metal, un limón de plástico y varias botellas y frascos. Junto a la mesa había dos sillas, o estructuras de silla, ya que les faltaban los asientos, lo que le hizo pensar en el poema del Yonghy-Bonghy-Bò. «Dos sillas viejas, medio cabo de vela y una jarra vieja sin agarradera: estos eran sus míseros trastos. En el corazón de un bosque nefasto». Contempló la cara de robot, grande y cuadrada, que alguien había pintado con espray en la pared del fondo. Había una ventana justo en mitad de la cara, se asomó por ella y observó la oscuridad mohosa y maloliente que había sido el comedor. Al darse la vuelta, Raff estaba junto a la mesa, examinando uno de los frascos.

—Miel —susurró—. ¿Vive alguien aquí?

«Estos eran sus míseros trastos. En el corazón de un bosque nefasto». Jonah se acercó a la mesa.

—Puede ser —respondió. Había un encendedor, una vela por la mitad y una cucharilla de aspecto pegajoso. Las botellas estaban vacías, salvo una, que contenía un tercio de un líquido oscuro. Levantó otro frasco, lo abrió y olisqueó el interior. Una especia. No se sabía el nombre. Volvió a dejar el frasco—. Vamos —dijo.

El recibidor era más peligroso, porque le faltaban casi todas las tablas del suelo. Había allí más grafitis, dibujos y símbolos, y algunas palabras, sobre todo nombres. A su izquierda salía la escalera, aún imponente, aunque una de las barandillas se había roto al caerle encima un trozo de techo. La luz entraba por el agujero que había dejado ese trozo, y ahora oían a las palomas con más claridad. A su derecha, el recibidor daba a la puerta principal, que a su vez habría dado a la calle, de no haber estado tapiada, y a la valla levantada frente a ella. La puerta estaba intacta, con su vidriera policromada. Además había ganchos en la pared situada junto a la puerta. Quedaba incluso un abrigo colgado en uno de ellos. Frente a los ganchos había una mesilla con un cuenco encima, un cuenco de porcelana china, y Raff, superado ya su miedo por la curiosidad, se acercó y metió dentro la mano. Sacó un par de guantes, pero después los dejó caer rápidamente, con un grito ahogado, y se sacudió una araña del brazo. Corrió de nuevo hacia Jonah y ambos se asomaron a la sala de estar.

Era enorme, mucho mayor que la cocina. Jonah sabía que, en un origen, habían sido dos habitaciones, pero habían derribado la pared que las separaba. No estaba seguro, pero creía que había sido en los años 70, cuando la casa era un albergue para menores. Se la imaginó como la sala de juegos de los niños, con pufs, una mesa de pimpón, una casita en miniatura para los más pequeños. Ahora era más una cueva que una habitación. El techo se había desprendido, y también el techo que había encima de este, de modo que, si mirabas hacia arriba a través de las vigas que aún quedaban, veías las siluetas de los dormitorios de arriba: las ventanas tapiadas, las puertas, las chimeneas e incluso algunos tramos del papel pintado. Las tablas del suelo también habían desaparecido, habían caído al sótano junto con montones de ladrillos y escombros de los pisos superiores.

Jonah saltó sobre los escombros y varias palomas salieron volando hacia arriba. No era una caída demasiado alta, pero era fácil hacerse daño, porque el lugar donde aterrizabas tendía a moverse. También estaba oscuro, salvo por la luz que se colaba por el agujero del tejado. Se volvió para ayudar a Raff a bajar y avanzaron un poco hasta alcanzar el haz de luz. Jonah miró hacia arriba.

«¡Es como una piscina! ¡Podríamos sumergirnos en ella!». Eso era lo que había dicho Lucy el día en que entraron juntos para sacar las fotografías. Al mirar a través de las vigas y contemplar el rectángulo torcido de cielo azul, pasó por delante un diminuto avión plateado. Al verlo atravesar el agujero del tejado de un extremo al otro, recordó una película que habían visto una tarde en televisión, una película muy antigua titulada *Jasón y los argonautas*. Mientras Jasón intentaba encontrar el vellocino de oro, los dioses lo observaban desde un palacio blanco, con sus togas, a través de un rectángulo azul lleno de agua.

Cayó una caca diminuta del cielo y Raff dijo:

—¡Puaj! —Jonah miró hacia abajo y vio que la caca había caído justo delante de ellos. Levantó de nuevo la mirada, hacia la viga que formaba uno de los bordes del rectángulo. Estaba cubierta de palomas. Vio sus colas asomadas, negras sobre azul.

Miró hacia delante y, entre la oscuridad, distinguió la cama. Era una cama antigua, con cuatro postes de madera. Debía de haberse precipitado desde el piso superior cuando el techo se vino abajo. ¿Habría habido alguien durmiendo en ella? Qué sorpresa debió de llevarse. Lucy se había acercado a ella y le había sacado varias fotografías, pero él se había mantenido apartado. Le daba demasiado miedo, con el colchón, las mantas y las almohadas tan ordenadas, como si aún la usara alguien. «Estos eran sus míseros trastos. En el corazón de un bosque nefasto, estos eran los míseros trastos del Yonghy-Bonghy...». En un intento por alejar de su cabeza aquella voz cantarina, Jonah apartó la mirada de la cama y se fijó en el lugar hacia el que se dirigían, el trozo de luz situado en la pared del fondo. Le susurró a Raff que fuese detrás de él y pasó por encima de un enorme trozo de alfombra con dibujos de ceros y cruces. Los escombros subían y bajaban, a veces de forma pronunciada, y no podía levantar la mirada del suelo para no perder el equilibrio. Vio dos pelotas de pimpón, pálidas, como perlas gigantes. A su derecha estaba la casita infantil. Lucy también le había sacado una foto. «Qué bonita casita, Joney. Es como una muñeca rusa, una pequeña casa rota dentro de otra mayor». Detrás de la casita había un trozo de tubería de hormigón. La última vez se había colado dentro, a gatas, pero ella era demasiado grande. Ahora sus pies pasaron entre un montón de libros, casi todos abiertos, como pájaros caídos. Entre los libros había más pelotas de pimpón, un tren de juguete y un tablero de Monopoly. Más allá, un muñeco, boca abajo y con un solo brazo —sí, recordaba ese muñeco, y el deseo de darle la vuelta para verle la cara—. Era consciente de la presencia de la cama, a su izquierda, pero mantuvo los ojos fijos en el suelo frente a él. Y por fin llegaron, justo debajo del agujero en la pared que antaño era una ventana. La tabla que antes lo cubría estaba apoyada contra la pared en la parte inferior, proporcionando una rampa para ascender hasta lo que había sido el alféizar. Habría resultado bastante fácil para Lucy, o para cualquier adulto, dar un par de zancadas amplias para subir por la tabla, pero era complicado para los niños. Raff se rasguñó ambas manos con la cornisa de ladrillo y Jonah se hizo daño en la rodilla. Una vez situados en el estrecho hueco que había entre la Casa Rota y la pared trasera de su casa, examinaron sus lesiones y se sacudieron el polvo. Después estudiaron la pared, que parecía sorprendentemente alta desde aquel lado.

—¿Cómo consigue saltarla Mayo? —preguntó Raff.

Jonah observó la silla de la cocina que estaba colocada contra la pared a su izquierda. Tenía el respaldo roto, pero las patas y el asiento parecían estar en buen estado.

—Así —respondió—. Vamos.

Se subieron juntos a la silla y Jonah le ofreció la pierna a Raff para que se incorporase antes de auparse él. Se quedaron sentados sobre el muro, con las piernas colgando contra el ladrillo cálido,

78

observando el hormigón agrietado de su jardín, las flores brillantes, la bicicleta dorada, el cojín de pana y la regadera. Él bajó primero, descolgándose hasta quedar agarrado con los dedos a lo alto del muro. Después se soltó y se acordó de doblar las rodillas al aterrizar. Luego ayudó a bajar a Raff y juntos entraron en casa por la puerta de atrás.

15

La casa olía muy mal ahora, peor que la Casa Rota, y había muchas moscas negras y gordas revoloteando por allí. Jonah abrió la puerta trasera y las ventanas para dejar pasar aire fresco. Después fue al cubo de la basura y lo abrió. La peste le golpeó en la cara y se apresuró a volver a cerrarlo.

—Tengo sed —le dijo Raff. Jonah agarró un vaso del escurridor, lo enjuagó y lo llenó de agua, que salpicó sobre los platos sucios acumulados en el fregadero. Se lo pasó y después abrió el cajón donde Lucy guardaba el incienso. Sacó dos palitos del paquete y la caja de cerillas. Raff se bebió el agua y dejó el vaso a un lado—. Tengo hambre.

Jonah abrió el frigorífico. Vio un bote de mostaza, uno de pepinillos, uno de kétchup y un puñado de cebolletas medio pochas. Tenían que ir a la compra. Se sintió enfadado con ella durante unos instantes. Pero entonces recordó su diploma y lo sacó de la mochila.

—Mira.

—Vi cómo te lo entregaban en la reunión, idiota.

Encontró un hueco en la puerta del frigorífico, entre las fotografías, postales y demás diplomas anteriores.

¡BIEN HECHO, JONAH!
En reconocimiento por tu excelente trabajo
en el proyecto de Historia local.

Dio un paso atrás y recorrió las fotos con la mirada. Eran de cuando era un bebé, e incluso de antes. En una aparecía Lucy con un bikini, que a él no le gustaba, aunque al menos llevaba puesta la parte de arriba. Era una foto de mucho antes de que él naciera. Ella estaba más delgada y sus senos —no, tetas— parecían aún mayores, y en la imagen sacaba pecho con las manos en las caderas. Le lanzaba un beso al fotógrafo, que probablemente fuera Roland, aunque costaba trabajo imaginársela así con Roland.

—¿Qué cena especial tienen los Martin esta noche?

—Pollo asado —respondió Jonah mirando el rostro joven de su madre, intentando imaginársela enamorada de Roland. Se habían conocido en unas vacaciones de yoga en Egipto. La foto podría ser de aquellas vacaciones, aunque Lucy se había pasado casi todo el tiempo enferma. Roland la había oído en mitad de la noche, gimiendo en el baño, y había cuidado de ella. Examinó de nuevo todas las fotos, en busca de Roland. Aparecía en una en la que debía de ser un adolescente, rodeando con los brazos a Rusty, su perro. Rusty miraba a la cámara y él miraba a Rusty, de modo que se le veía de perfil, con su nariz protuberante y su tupé.

La otra foto en la que aparecía era del día de su boda. Estaban los dos de pie en unos escalones, Roland de traje y Lucy con un raro vestido azul de cuello blanco. Él sonreía, pero ella estaba seria. Aparecía ligeramente apartada de él, aunque estuvieran agarrados de la mano, y ya se le notaba la barriga, en la que nadaba un Jonah renacuajo. Habían arrancado un tercio de la foto, probablemente porque en ella aparecía la Yaya Mala.

En la foto de al lado aparecía Raffy, de bebé, recién nacido, sujetando con el puño su mono de juguete a rayas. Jonah le había regalado ese mono en el hospital. Lucy estaba incorporada en una cama enorme y alguien lo había puesto a él sobre su regazo y después le había colocado al pequeño Raff encima, y su hermano recién nacido lo había mirado a los ojos. A todos les había asombrado su manera de sujetar el juguete. «¡Qué bebé tan fuerte! ¡Qué bebé tan fuerte!». Jonah sacó una cerilla de la caja y encendió los dos palos de incienso.

—A lo mejor quedan dulces. —Raff estaba mirando el calendario de Adviento, que estaba sujeto en la puerta de la nevera con cuatro imanes en las esquinas. Lo habían fabricado juntos el año anterior con trozos de fieltro rojos y verdes. Le habían cosido veinticuatro bolsillos y la palabra «Navidad» en lo alto. Cuando terminó la Navidad, Lucy dijo que estaba tan orgullosa del calendario que no quería quitarlo.

Se acercaron juntos y metieron los dedos en los bolsillos, pero ya no había caramelos, se los habían zampado todos. Sin embargo, en el bolsillo número 17 estaba la estilográfica de Lucy.

—Estaba escribiendo con esto en el jardín —declaró Raff mientras se la arrebataba. Él asintió. Había sido un regalo de Dora, junto con el cuaderno de las páginas gordas.

Hoy todo brilla más.

—¿Dónde está su diario? —Se dio la vuelta y escudriñó el desastre de la habitación.

—Aquí están sus llaves. —Raff utilizó la estilográfica para rescatarlas de entre dos pilas de platos sucios. Jonah agarró las llaves y observó el llavero en forma de elefante. Siempre se le olvidaban las llaves. El elefante le recordó a su dibujo de Ganesha y al pequeño ojo sabio. El aroma dulzón del incienso iba inundando el aire. Dejó las llaves sobre la mesa y se fijó en el calendario, en los cambios que había hecho esa misma mañana. Las primeras dos semanas seguían muy vacías, pero ahora, con sus añadidos en azul oscuro, la tercera y la cuarta fila parecían algo desordenadas. Estudió la palabra que empezaba por C y luego trató de pensar en lo que podría significar SLC. Retrocedió hasta junio. Vrischikasana, o Escorpión. Una postura muy difícil: era como hacer el pino, pero colocando los dedos de los pies por encima de la cabeza, como si fueran la cola de un escorpión.

Junio había sido un mes más ajetreado. Había muchos garabatos dispersos. Pasó el dedo por las filas de números, retrocediendo en el tiempo. *Dentista*. Al final no se habían molestado en ir, no recordaba por qué. *Los Martin con D*. Ah, sí, el día que llevaron a Dylan para que pudiera aparearse con Elsie. Se habían sentado en una manta en el jardín, viendo como los conejos se ignoraban mutuamente. Saviour había sacado té y pastel. Pastel de ruibarbo. Hacía bastante frío.

—Ojalá tuviéramos una máquina del tiempo —dijo Raff. Había desmontado la pluma y estaba examinando el tubo interior.

Jonah seguía mirando el calendario. El tiempo, un mes entero, un ciclo de la luna, convertido en treinta cuadrículas en una página.

—¿Para qué? —preguntó.

—Para llevarnos al momento en el que vuelve a casa. Así no tendríamos que esperar.

—O podría llevarnos hasta esta mañana. Antes de que se fuera. —Devolvió el calendario al mes de julio—. Así podríamos impedir que se marchara. —Colocó el dedo bajo la palabra que empezaba por C. Podría ser «Clic». O quizá...

—Eso no se puede hacer.

—¿El qué? No hagas eso, Raff. La tinta se va a esparcir por todas partes.

—Cambiar cosas que ya han sucedido. —Raff seguía retorciendo el tubo de la pluma, que de todas formas no tenía tinta—. De lo contrario, todo explotaría. No tiene sentido volver atrás. Solo hacia delante.

—Pero, si vas hacia delante, pierdes parte de tu vida —razonó Jonah—. Bueno, no si luego retrocedieras otra vez.

—Podrías avanzar —convino Raff—, ver lo que va a ocurrir, por ejemplo, a quién le van a dar un diploma en la reunión de alumnos, y después retroceder y apostar sobre ello.

—Bueno, podrías apostar en una carrera de caballos —apuntó Jonah—. Podrías apostar todo tu dinero, vender tu coche y tu casa, porque estarías seguro de qué caballo iba a ganar.

—¡A papá le encantaría eso!

Jonah frunció el ceño al mirar la fotografía de Roland y Rusty. El perro había muerto hacía siglos, antes de las vacaciones de yoga en Egipto. Estaba enterrado en el jardín de la Yaya Mala. Habían puesto una lápida con su nombre.

—No creo que le gustara. Pensaría que es trampa. Y es verdad. —Volvió a mirar el calendario. SLC. En el último día del trimestre—. Además, si ya has avanzado en el tiempo y luego retrocedes, sería como volver al pasado. Así que apostar en el pasado haría que todo explotara.

—No, porque apostarías en un nuevo tiempo, una nueva era que se produjo cuando viajaste al futuro. Es una parte en la que nada ha sucedido aún.

SLC. Miró las letras con el ceño fruncido, pensando en los viajes en el tiempo.

—Pero, cuando estás en el futuro, viendo la carrera de caballos, en realidad es el presente, ¿no es así? Y el tiempo anterior a la carrera de caballos ya habría sucedido, de lo contrario... —Cerró los ojos y vio la negrura extraña del tiempo por escribir—. Creo que lo que debe de ocurrir es que te divides en dos. —Abrió los ojos. Raff estaba manoseando de nuevo las partes de la estilográfica—. Así que tu antiguo yo sigue avanzando y no hace la apuesta, pero, entonces, tu nuevo yo... —Se detuvo de nuevo, tratando de entenderlo. Era muy complicado.

—De todas formas, las máquinas del tiempo no existen, estúpido Piquito. —Raff dejó las partes de la pluma sobre la mesa y salió de la habitación.

16

Sus zuecos seguían allí, y el paraguas y la lata de gasolina y la bolsa con las cosas de la piscina. La escalera de mano estaba tirada, ocupando mucho espacio. Jonah la recogió y la dejó apoyada en la pared. Sin decir nada, fueron recorriendo juntos una habitación tras otra y terminaron en el dormitorio de Lucy, donde el aire aún olía a su cuerpo. Raff se subió a su cama y se tumbó.

—¿Por qué van a cenar pollo asado?

—Por el cáncer de Dora.

—Hace siglos que lo tiene.

—Había mejorado. Pero Em dice que ahora está realmente enferma y podría morirse. —Jonah examinó la habitación. El enorme desgarrón en la lámpara de papel dejaba entrever la bombilla rizada de dentro. La puerta del armario estaba abierta, había ropa por ahí tirada, y dos de los cajones de la cómoda estaban abiertos. La bata roja de seda de Lucy, la que tenía el dragón en la espalda, se hallaba colgada de uno de los postes de la cama, y en el otro estaba esa chaqueta maloliente de punto gris que había tomado prestada el día que llevaron a Dylan a casa de los Martin. En el suelo, junto a la cama, estaban la camiseta de flores y los vaqueros cortos del día anterior; sus bragas de encaje rosa seguían metidas dentro de los vaqueros. Había una mancha oscura en la parte de algodón donde iba el culo.

—¿La crees?

—No lo sé.

—Mayo dijo que no era tan grave. —Raff retiró la colcha de la cama a patadas. Sus deportivas habían dejado manchas en la sábana bajera.

—¿Cuándo dijo eso?

—No sé. —Raff se incorporó y dejó colgar las piernas para quedar sentado en el otro lado de la cama, frente al tocador de Lucy, que no era más que una mesa normal con un espejo apoyado en la pared. Jonah se sentó a su lado y ambos se miraron en el espejo grasiento y polvoriento. Él se parecía más a Roland, que era blanco, con la nariz larga y fina, mientras que Raff se parecía más a Lucy, con una piel más marrón y pelo afro, y esos enormes ojos dorados.

Raff se inclinó hacia delante y alcanzó el pintalabios de Lucy, que estaba tirado entre pañuelos de papel manchados. No tenía la tapa puesta y estaba aplastado y derretido. Jonah advirtió que a su hermano se le habían soltado dos de sus trenzas africanas. Lucy se las había hecho hacía semanas, bien apretadas, para que durasen, pero nada dura eternamente. Vio cómo se pintaba los labios y recordó que Lucy había hecho lo mismo la noche anterior. Había terminado el partido de críquet y él había subido a buscarla. Ella estaba de espaldas y sus miradas se encontraron a través del espejo. Se había recogido el pelo en un moño apretado y alto que le otorgaba un aspecto extrañamente hermoso. «Ese peinado te queda bien, Mayo», le dijo. «Lucy, quiero decir», se corrigió con una sonrisa, pero ella no le devolvió la sonrisa; además, llevaba los labios demasiado pintados.

—¿Qué pasa? —preguntó Raff con los labios rojos.

—Nada —respondió, pero el recuerdo le había producido frío en la tripa—. Pareces tonto con el pintalabios.

—¡Me queda guay, *baby*! —Raff se volvió para mirar por encima del hombro hacia el espejo y se lanzó un beso a sí mismo.

Después fue al armario y sacó los zapatos brillantes de fiesta de su madre—. El pollo asado es mi favorito. ¿Por qué no podemos ir donde los Martin? Podríamos dejarle una nota.

Jonah se acordó de la casa de los Martin: recordó estar metido en el hueco de detrás del sofá, acurrucado, oliendo lo que se cocinaba y escuchando hablar a Dora y a Lucy. Al poco de conocerlos, cuando Emerald y él estaban en primero, solían pasarse por allí casi todos los días.

—O podríamos decirle a Dora que la llame —sugirió Raff.

El teléfono. Jonah se volvió hacia la mesilla de noche. Seguía allí, junto a la copa de vino.

—¿Has visto su cargador?

Raff metió los pies en los zapatos y recorrió a trompicones la habitación.

—Está ahí abajo. —Señaló el enchufe situado bajo el tocador. Jonah se agachó y conectó el teléfono a la corriente.

—¿Por qué no se habrá llevado el teléfono?

—Se le debe de haber olvidado. Igual que se olvidó las llaves.

—Pero ¿dónde está?

El teléfono se estaba cargando, así que intentó pulsar el botón de encendido.

—Jonah. —Era otra vez la voz infantil de Raff.

—¿Qué?

—¿Crees que la Yaya Mala vendrá e intentará robarnos otra vez?

—Robar no es la palabra adecuada.

—¿Por qué no?

Jonah frunció el ceño. Era la palabra que utilizaba Lucy cuando contaba la historia, pero él sabía que había una manera mucho más adulta de hablar de ello.

—La yaya creía que a Lucy no debería permitírsele cuidar de nosotros. Pero eso no es lo mismo que robar.

—¿Volverá a intentarlo?

—No. No creo. —El teléfono no se encendía.

—Quizá debamos decirles a los Martin que Mayo no está aquí.

—Creo que no deberíamos hacerlo.

—¿Por el cáncer?

—Porque podrían decidir llamar a la policía. Y entonces la policía se lo dirá a la Yaya Mala.

—Y vendrá y nos robará. —Raff hablaba ahora en un susurro. De pronto el teléfono pitó. Luego pitó varias veces más, indicando llamadas perdidas y mensajes.

—¡¡¡Sí!!! —Raff se acercó dando traspiés y le quitó el teléfono.

—¡Raff! ¿Qué estás haciendo?

—¡Tenemos un mensaje de Mayo! —exclamó mientras pulsaba los botones.

—¡No van a ser de ella, estúpido! ¡Son de gente que la ha llamado! ¡Dámelo! ¡Vas a borrarlos si no tienes cuidado!

Consiguió arrebatárselo. Había una llamada perdida, un mensaje de voz y dos mensajes de texto. Reprodujo primero el mensaje de voz.

—Es Dora —susurró. Dora parecía triste y enfadada, llorosa incluso.

—¿Qué dice? ¿Dice que se va a morir? —Raff intentó pegar la oreja a la suya, pero la voz de Dora se había detenido.

—Ha dicho que qué sucede, que ignoras mis mensajes y después me llamas al amanecer.

—¿Quién? ¿Mayo?

—Sí. Shhh. —Miró el mensaje más reciente.

En el hospital fatal. Mi marido ha perdido los nervios. Tú y yo tenemos que arreglar las cosas. ¿Te pasas con los chicos después de clase?

—Déjame mirar.

—Espera.

El mensaje anterior, enviado a las 23.07, era en un tono diferente:

Preocuparme por ti es lo último que necesito ahora mismo.
POR FAVOR, CONTESTA, JODER.

—¡Dámelo, Piquito! —Raff se lo arrebató.

—Raff, devuélvemelo. Quiero mirar los mensajes antiguos.

—«Te pasas con los chicos después de clase» —leyó Raff—. Claro, pues vamos. —Se quitó los zapatos dando patadas.

—¿Y qué decimos sobre Lucy?

—Decimos que no ha querido venir. Lo que sea. Vamos, tío.

—Les parecerá extraño. Querrán hablar con ella.

Raff se sentó a su lado, suspirando, pero después volvió a levantarse de un salto.

—¡Eh! ¿Sabes qué? Vamos a fingir que somos Mayo y escribimos diciendo que vamos, pero que ella está muy ocupada.

Jonah frunció el ceño. Era una idea bastante buena, aunque hacerse pasar por Lucy sería como mentir.

—¡Vamos, Joney! ¡Así podremos ver a Dylan!

Dylan. El precioso y suave Dylan. Hacía semanas que no lo veían.

—Vale. ¿Y qué escribimos?

—Pon: los chicos van para allá, pero yo estoy un poco ocupada.

Jonah escribió:

Perdón, estoy bien, pero muy ocupada. Genial si los niños
pueden tomar el té allí hoy. ¿Los envío para allá?

Se lo mostró a Raff, que se quedó mirándolo.

—No se escribe «pero» así. Pones una x y después una o.

Jonah cambió la palabra y envió el mensaje. Raff soltó un grito de alegría y empezó a bailar.

—Ponte las playeras entonces. Y límpiate los labios.

—¡A los Martin les dan igual los labios, tío!

Era cierto. Saviour se reiría y Dora le diría que tenía un aspecto muy glamuroso. Mientras veía a Raff dar brincos por la habitación, se imaginó en la cocina con Saviour, ayudándole con la comida; Saviour lo miraría de reojo y diría: «A saber en qué estás pensando». Él no respondería y Saviour lo miraría con sus ojos tiernos y marrones. «¿Tan grave es?».

—Un poco grave —susurró para sus adentros—. Lucy ha desaparecido y no tenemos comida. Pero el caso es que no puedo decírtelo.

El teléfono pitó. Raff se acercó corriendo para leer la respuesta. Eran tres palabras:

Que te jodan.

—¡Oh, Dios mío! —exclamó Raff con las cejas muy arqueadas—. ¿De verdad Dora ha escrito eso? ¡Qué malhablada, tío!

A Jonah le entraron ganas de llorar y se tumbó sobre la cama.

—¿Es porque se va a morir? —le preguntó su hermano sentándose a su lado.

Jonah hundió la cara en la almohada de Lucy. Raff agarró el teléfono y empezó a pulsar botones. Pasados unos minutos, le dio un toque en el hombro.

—Mira.

Jonah miró la pantalla.

Lo siento muxo. Xfavor no te mueras. bs.

—¿Lo has enviado?

—Sí.

—Idiota. —Volvió a hundir la cabeza en la almohada.

—¿Por qué?

—La gente no dice esas cosas.

—¡Sí las dice! —El teléfono pitó—. ¡¡Sí!!

Jonah se dio la vuelta y le vio mirar la pantalla con el ceño fruncido.

—«Quiero ver a los niños. Mañana, hoy no». ¡Mierda! —Raff tiró el teléfono sobre la cama y Jonah lo alcanzó.

Quiero ver a los niños. Mañana, hoy no. Estoy demasiado cansada. Em está alterada.

—¡Pero si van a cenar pollo asado! ¡Vamos!

—No podemos. —Jonah retrocedió en los mensajes para ver los antiguos. El más reciente había sido enviado el domingo por la mañana.

Esta noche. X.

No era de Dora. Procedía de un número, no de un nombre.

—¿Qué vas a hacer ahora?

—Nada.

—¡Tenemos que hacer algo, Piquito! —Le dio un puñetazo en el hombro.

Jonah se incorporó y se guardó el teléfono en el bolsillo.

—Cálmate, Raff. Vamos a echar un vistazo en el congelador.

17

En el congelador encontraron helado y una *pizza*, que prepararon en el microondas, así que acabó pareciendo más un *frisbee* que una *pizza*. Jonah intentó cortarla, pero se hizo pedazos. En su lugar, troceó el mango, lo cual fue difícil, y se hizo un corte en el dedo. La sangre se mezcló con el zumo del mango sobre la mesa de la cocina. El mango estaba delicioso, pero se quedaron con hambre, así que se comieron el helado, que era de azúcar y mantequilla. Comieron directamente del bote y se lo terminaron. Después les dolió la tripa y fueron a tumbarse en el sofá de la sala de estar. El críquet ya había terminado, así que vieron el Tour de Francia, pero Bradley Wiggins no participaba y era difícil saber lo que pasaba.

—¿Dónde está?

—No lo sé.

—Debe de estar muerta —dijo Raff con un suspiro.

—No digas eso, Raff. No está muerta.

—O muerta, o se la ha llevado algún hombre malo. Si no, ya habría vuelto a casa.

Jonah palpó el teléfono móvil en su bolsillo y notó su solidez.

—El caso es que podría regresar en cualquier momento.

Raff se levantó, fue a abrir la puerta de la entrada y miró a izquierda y derecha. Después se dejó caer en el escalón y Jonah fue a sentarse junto a él. Las sombras habían empezado a prolongarse por la calle y todo estaba en silencio. El cielo seguía muy azul, y Jonah pensó de nuevo en los dioses de *Jasón y los argonautas*, mirando desde arriba para decidir qué sucedería después. Entonces aparecieron Alison, Greta y Mabel, que venían del parque. Alison llevaba una bolsa grande de la que asomaba una toalla, así que lo más probable era que hubieran ido a la piscina infantil. Estaban las tres bastante rosas por el sol y Greta y Mabel iban discutiendo. Alison les decía que no lo hicieran, pero entonces los vio e hizo visera con la mano sobre los ojos para mirarlos. Jonah la saludó con la mano, pero Greta golpeó a Mabel, que se echó a llorar, y Alison se distrajo y no devolvió el saludo. Entraron en su casa y la calle volvió a quedar en silencio. Jonah sintió entonces una pena profunda que le crecía por dentro.

—Jonah. —La voz de Raff sonaba pensativa, se había quedado muy quieto.

—¿Qué?

—¿Por qué no le caemos bien a Alison?

—Porque no es muy buena persona.

—¿Es por el Sábado del Enfado?

Jonah contempló la puerta verde y brillante de Alison.

—Creo que no le caíamos bien desde antes. O no le caía bien Lucy. —Se acordó de una vez, hacía mucho tiempo, con el picor de los granos y Raff sin parar de llorar, y Lucy llorando también, aunque ella había intentado disimularlo—. Lucy las invitó a tomar el té una vez.

—¿En serio? —Raff pareció no creérselo.

—Teníamos los dos la varicela y no podíamos ir a ningún lado, y era un rollo, así que papá dijo que Mabel y Greta ya habían pasado la varicela y que podíamos invitarlas a casa. —Roland siempre le decía a Lucy que debía esforzarse un poco más con la gente.

—No recuerdo que vinieran a tomar el té.

—Tú eras muy pequeño. Pero el caso es que no vinieron.

—¿Por qué no?

Jonah se quedó mirando la puerta verde. Recordó el tiempo tan agradable de aquel día. Raff no paraba de llorar y Lucy había visto a Alison salir de los ultramarinos con las niñas en su carrito. Había dejado a Raff y había ido corriendo a abrir la puerta de casa. Cerró los ojos al recordar a Alison, que lo había mirado y, al ver sus granos, había comentado que sus niñas ya la habían pasado hacía meses.

«¡Entonces podéis venir a tomar un café!», había dicho Lucy, pero al final se fueron al parque porque habían quedado con unas amigas. «¡Pasaos más tarde, entonces! ¡A tomar el té! ¡A las cinco!». Y Alison había respondido, por encima del hombro, que sería un placer. Lucy se había pasado todo el día limpiando e incluso había logrado preparar una tarta, todo eso mientras paseaba a Raff de un lado a otro.

—¿Por el Sábado del Enfado?

—Ya te lo he dicho, Raff, fue antes del Sábado del Enfado.

—Y entonces, ¿por qué no vinieron?

Cerró los ojos de nuevo. No habían acudido a las cinco y ellos habían estado esperándolas, habían ido a sentarse al escalón de la entrada. Y cuando por fin aparecieron, con otras muchas madres con carritos, y Lucy se puso en pie, con Raff en la cintura, y empezó a saludar con la mano, Alison le devolvió el saludo; pero entonces abrió la puerta de su casa y todas las madres entraron con los carritos y cerraron la puerta. Lucy volvió a sentarse y se quedó mirando con ojos tristes y cansados la puerta verde de Alison; y Raff empezó a llorar de nuevo.

—¿Alison es racista?

Jonah abrió los ojos. Enfrente, uno de los okupas, el calvo, salió y se sentó en el escalón de la casa, igual que ellos. Se dio cuenta de que el okupa era lo contrario al Yonghy-Bonghy-Bò. El Yonghy-Bonghy-Bò era diminuto y tenía la cabeza enorme, mientras que el okupa era grande y alto, con una cabeza diminuta.

—¿Lo es? —insistió Raff con un codazo.

—No lo sé, Raff. Probablemente no.

El okupa los miró y los saludó con la cabeza. Después sacó el tabaco y los papelillos de liar. Por fin empezaba a refrescar.

—No viene —murmuró Raff.

Jonah vio como el okupa se encendía el cigarrillo. La tristeza le provocaba dolor de estómago. Volvió a mirar la puerta de Alison. «A Alison no le caes bien, Lucy. No le caes bien a nadie. Ni siquiera a Dora le caes bien ya». El okupa dio una calada. Jonah vio el humo salirle de la nariz.

—Quizá debamos llamar a papá —sugirió Raff.

—No puedes llamar a la gente a la cárcel. Es un poco complicado.

En el silencio, oyeron la voz de Alison, que gritaba a Mabel y a Greta. El okupa estaba inclinado sobre sus rodillas, apagando el cigarrillo en la acera. Después se puso en pie y estiró los brazos por encima de la cabeza.

Raff se levantó también.

—*Slingsmen* —dijo.

18

Jonah era Slygon y Raff era Baby Nail. Jonah ganaba siempre, pero Raff empezó a enfadarse, así que le dejó ganar unas cuantas partidas. Estaba pendiente del reloj, y cuando dieron las nueve de la noche, dijo que era hora de acostarse.

—Eso no es justo. ¡Casi no he ganado ninguna vez! —Raff tiró su mando al suelo y fue a tumbarse en el sofá boca abajo.

Jonah se quedó mirando su espalda. Entonces cerró los ojos con fuerza, para rezar, o para pedir un deseo, o para intentar contactar con ella de alguna forma. «Por favor, regresa». Lo dijo una y otra vez en su cabeza, pero la única respuesta era la melodía de *Slingsmen*. Le rugió el estómago ante el vacío infinito de todo, e intentó imaginarse a algún dios, observándolo: Ganesha, con su ojo de elefante, o el dios cristiano, con esa barba entre las nubes. O quizá un grupo de dioses con toga. ¿Lo que estaba ocurriendo sería una especie de prueba? Si hacía lo correcto, ¿su madre volvería? ¿Estaría ella allí arriba, con los dioses? ¿Estaría esperando a que lo resolviese, a que pasase la prueba, para poder regresar, aguantándose las ganas de gritarle alguna pista?

La melodía de *Slingsmen* seguía sonando, con el «Pfff» ocasional de algún misil lanzado. Abrió los ojos, dejó caer su mando y se sacó el teléfono del bolsillo. Su tamaño reducido, su ligereza, su color rojo con arañazos, su mecanismo de apertura y cierre: era algo tan familiar que casi formaba parte de ella. Lo abrió y miró el mensaje del domingo por la mañana.

Esta noche. X.

Miró a Raff y salió de la habitación.

En la cocina, pulsó el botón verde para llamar y se acercó el móvil a la oreja. Mientras sonaba, espantó una mosca y contempló el cojín de pana del patio. El teléfono sonó y sonó hasta que se cortó. No salió ninguna voz que le dijera que dejara un mensaje; solo silencio.

Cerró el teléfono y lo dejó sobre la mesa. Salió al patio y comprobó que el diario no se hubiera colado debajo del cojín. Volvió a entrar en la cocina y lo buscó por las repisas de las ventanas y entre los platos y cuencos apilados. Después cerró otra vez los ojos con fuerza, intentando imaginarla, conjurar su cara. «No sé qué hacer. ¿Puedes enviarme algún mensaje? ¿O una especie de señal?».

De vuelta en la sala de estar se acercó al acuario de Roland. Los peces habían muerto hacía tiempo, justo después de que entrara en prisión, y le habían quitado el agua. Ahora el tanque estaba lleno de objetos aleatorios: piezas de ajedrez, una bufanda a rayas, una cometa rota. Pero el diario no estaba. Miró detrás del sofá y después metió las manos bajo el cuerpo de Raff, para palpar si el libro estaba allí. Había unas diez moscas posadas en el techo. La forma que hacían podría parecer una J de Jonah. O quizá una L de Lucy. Se quedó mirando los insectos, esperando a que hicieran una forma diferente, para empezar a deletrear una palabra.

No lo hicieron. Raff había empezado a llorar. Jonah se levantó, apagó la tele, regresó y se sentó junto a él.

El golpe inesperado en la puerta les hizo dar un respingo. Corrieron hacia la entrada, Jonah llegó primero y la abrió.

—¿Dónde narices es...? —empezó a preguntar, preparado para lanzarse a sus brazos, pero se quedó callado, porque no era ella. Era Saviour.

19

El sol estaba poniéndose y el rostro de Saviour brillaba con una luz rosada y espeluznante. Llevaba una caja de madera pequeña y seguía teniendo los dedos morados. En circunstancias normales, se alegrarían de verlo, estarían ansiosos por dejarle pasar, pero ambos se quedaron en el umbral de la puerta, mirándolo.

—Hola, Saviour —dijo Raff al fin. Saviour le saludó con la cabeza y se aclaró la garganta, pero, en vez de decir nada, le ofreció la caja a Jonah. Tenía los ojos extrañamente claros: de un tono caramelo, en lugar de su marrón habitual.

—Gracias —respondió Jonah mirando hacia abajo. Ciruelas, no arándanos; ciruelas gordas y amarillas con la piel agrietada, que dejaba ver su pulpa viscosa. Se dio la vuelta y dejó la caja en el suelo, junto a la lata de gasolina.

—¿Vais a dejarme entrar? —La voz de Saviour sonaba ronca y su aliento olía como el quitaesmalte de uñas de Lucy.

—Lucy no está —se apresuró a decir—. Ha ido a yoga. Acaba de marcharse.

Saviour miró hacia Southway Street, como si pretendiera verla doblar la esquina.

—¿Vais a cenar pollo asado? —preguntó Raff.

—Esta noche no —respondió Saviour negando con la cabeza.

Sus palabras sonaban apelmazadas, además de roncas. Debía de haber estado bebiendo.

—¿Dora se va a morir?

—Cállate, Raff —le dijo Jonah. Los extraños ojos de Saviour se fijaron en él. Sus pupilas eran dos puntos negros y diminutos, y de pronto se le ocurrió que un extraterrestre se había apoderado de su cuerpo.

—Puedes entrar si quieres —le ofreció Raff. Jonah le dio un codazo, pero él se lo devolvió y se levantó del escalón—. ¡Puedes jugar a *Slingsmen* con nosotros hasta que regrese!

—Buen plan. —Saviour tomó aliento y pareció volver a su ser. Dio un paso al frente y le puso una mano a Raff en el hombro, pero entonces se detuvo. Había cerrado los ojos y se había quedado con la boca abierta, con sus carrillos de bulldog colgando a cada lado. Como si se hubiera quedado dormido. Debía de estar muy borracho, lo cual resultaba extraño, porque se suponía que había dejado el alcohol para siempre. Entonces comenzó a sonarle el teléfono, que llevaba en el bolsillo de la camisa, y Jonah y Raff dieron un respingo, pero él siguió con los ojos cerrados. Ellos se miraron mientras el aparato sonaba.

—Deberías responder —le sugirió Raff, apartando la mano de su hombro para darle un pequeño empujón. Saviour abrió los ojos, asintió y sacó el teléfono. Cuando lo tuvo en la mano, se quedó mirando la pantalla—. ¡Responde entonces!

Saviour asintió de nuevo y se llevó el teléfono a la oreja.

—¿Papá? —La voz de Emerald se oía pequeña y lejana, pero nítida.

—Sí, cariño.

Emerald comenzó a hablar entre sollozos y Saviour se estremeció y pareció despertar del todo. Se aclaró la garganta.

—De acuerdo, cariño. No te preocupes. Voy para allá. —Ella seguía llorando, pero él colgó el teléfono. Volvió a guardárselo en el bolsillo y miró a Jonah con sus ojos de extraterrestre.

—Saviour. —Era Alison. Probablemente hubiera estado observando la escena desde su ventana. En el rostro de Saviour se dibujó una sonrisa peculiar, pero entonces se llevó la mano a la boca, como si acabara de ser consciente de su aliento.

—Alison. ¿Cómo estás? —preguntó entre los dedos.

—Bien —respondió ella con énfasis y los brazos cruzados. Miró a los chicos—. ¿Qué tal vuestra madre? ¿No es hora de que estéis en la cama?

Jonah asintió.

—Bien. Saviour, me preguntaba si podría hablar contigo.

—No es el mejor momento, Ali. —Sacó sus llaves y miró hacia su camioneta, que había dejado aparcada frente a los ultramarinos.

—Será menos de un minuto. —Alison le agarró del brazo—. ¡Buenas noches, chicos!

De vuelta en la sala de estar, vieron que Alison y Saviour llegaban hasta la camioneta. Ella hablaba y hablaba mientras él metía la llave en la puerta del conductor. Miró hacia donde estaban ellos, y Alison también miró, así que se agacharon y se tumbaron en el suelo.

—¿Crees que se dará cuenta de que está borracho? —susurró Jonah.

—¿Es eso lo que le pasa? —Raff se puso de rodillas y se arriesgó a asomarse de nuevo—. Está demasiado ocupada criticando a Mayo —dijo antes de volver a tumbarse. Oyeron alejarse la camioneta de Saviour y los zapatos de Alison regresar a su casa. Después solo quedó la melodía de *Slingsmen*. Jonah contempló el acuario de Roland y se acordó de los peces de colores. «Cuatro peces loro, tres escalares y ocho guppys». La comida para peces se había terminado y les habían echado cereales, y al final se habían muerto todos.

Raff se incorporó.

—¿Quién va a leernos un cuento? —Su voz sonó muy débil.

—Yo te lo leeré —respondió Jonah—. ¿Qué cuento quieres, Raffy?

20

Arriba hacía mucho calor. Entraron al cuarto de baño y Jonah se subió a la tapa del retrete y abrió la ventana. El cielo ya aparecía veteado y los pájaros cantaban; dulces píos al anochecer. Un par de moscas se había ahogado en el agua de la bañera de Lucy y ninguno de los dos quiso meter la mano para quitar el tapón. Se cepillaron los dientes, se quitaron la ropa y Jonah lo metió todo en el cesto de la colada, pero después volvió a sacar las prendas al acordarse de que no tenían ropa limpia. Raff sacó un libro de su habitación y se fueron juntos al dormitorio de Lucy, porque era allí donde solía leerles a veces, sentada en su cama con uno a cada lado. Se metieron en la cama y cubrieron sus cuerpos desnudos con la sábana. Su olor procedía de las partículas diminutas que había dejado sobre el algodón, y en el aire. ¿Sería eso un fantasma? ¿Millones de moléculas revueltas en un torbellino invisible? Abrió el libro. Era ese que habían sacado de la biblioteca hacía siglos, pero que nunca llegaron a leer; un libro normal, con capítulos y letras muy pequeñas y juntas. Se concentró en la primera frase, tratando de desprenderse de la idea de que Lucy estuviera muerta.

—«Hasta los cuatro años, James Henry Trotter había llevado una vida feliz» —leyó. Pero la tristeza y la preocupación le atenazaron el estómago y dejó caer el libro sobre su regazo. A través de la ventana, por encima de la Casa Rota, vio que el cielo por fin oscurecía y aparecía una estrella solitaria.

—¿Por qué has parado? —Raff se incorporó y lo miró a la cara. Jonah miró el libro. Después lo cerró, se levantó y se acercó a la cómoda de cajones de Lucy.

Parte de su ropa interior asomaba por un cajón abierto, pero la guardó y lo cerró. Trepó por la cómoda, apoyando los dedos de los pies en los tiradores de madera, y alcanzó la bandeja metálica que guardaba su madre en lo alto del mueble. Estaba llena de cartas y trozos de papel, y cuando volvió a saltar al suelo con ella casi todos los papeles salieron desperdigados.

—¿Qué estás buscando?

—Su diario. —No estaba allí. Se sentó y recogió los papeles que se habían caído, en su mayoría cosas impresas que tenían que ver con el dinero: muchos eran de Jobcentre Plus, un par de Smart Energy, algunos de una cosa llamada HSBC. Mientras los recogía, se fijó en una tarjeta del dentista que decía que debían pasar a hacerse una revisión, una carta que hablaba sobre una cita en una clínica, y otra sobre los libros de la biblioteca que tenían atrasados y debían devolver, lo que le hizo negar con la cabeza. Entre los demás papeles impresos destacaba un sobre blanco con letras escritas a mano. Dejó de apilar el resto de papeles y lo miró. Era su dirección, claro, con una caligrafía que reconoció; en la parte trasera figuraba el sello de una cárcel.

—¿Qué estás haciendo? —Parecía que Raff iba a ponerse a llorar de nuevo. Jonah sacó las dos hojas de papel del interior del sobre.

Hola, Lucy.
Para empezar, quiero que sepas que no te culpo por negarte a testificar. En realidad no te culpo de nada.

Raff se había acercado a él. Jonah miró los pies de su hermano, que eran grandes y con las uñas largas, como los de Lucy, y

102

entonces se fijó en la fecha que aparecía en la parte superior de la hoja. La carta era de 2011, el año que Roland entró en prisión. Siglos atrás. Se levantó.

—Creo que deberíamos irnos a nuestra habitación —declaró.

En su cuarto hacía un poco más de frío, pero no olía tanto. Oyeron a Leonie murmurándole algo a alguien, entre largas caladas al cigarrillo, y a la otra persona mascullando de vez en cuando. Raff se metió en su cama y Jonah se sentó en el suelo y sintió la moqueta áspera en su trasero desnudo.

—Lee el Yonghy-Bonghy-Bò —le pidió Raff.

Algunas de las palabras del poema eran difíciles, pero se lo sabía más o menos de memoria. Trató de leerlo como hacía Lucy, con la misma voz suave y cantarina.

> *En Coromandel, cerca de la ribera*
> *donde las calabazas crecen al sol,*
> *en el corazón de un bosque nefasto,*
> *vivía el Yonghy-Bonghy-Bò.*

Mientras leía, recordó de nuevo la sensación de la noche anterior, escuchando la voz de Lucy: su propia madre, desconocida, inalcanzable.

> *Dos sillas viejas, medio cabo de vela,*
> *y una jarra vieja sin agarradera:*
> *estos eran sus míseros trastos.*
> *En el corazón de un bosque nefasto,*
> *estos eran los míseros trastos*
> *del Yonghy-Bonghy-Bò.*

Era una historia muy triste. Un hombre extraño y solitario que ama a la señorita Jingly Jones, que también está sola y habla con sus gallinas. Pero, cuando él le pide que sea su esposa y comparta sus posesiones con él, ella llora y llora y le dice que no.

> *«El señor Jones, Handel por nombre de pila,*
> *y no se le olvide ponerle el "don",*
> *gallinas Dorking me envía todos los días,*
> *¡señor Yonghy-Bonghy-Bò!*
> *Me quedaré, oh, con sus sillas y su vela,*
> *y con su jarra sin agarradera,*
> *¡mas tan solo puedo ser su amiga!*
> *Como mi Jones me mandará más gallinas,*
> *¡yo, mi buen amigo, le daré tres de las mías!*
> *¡Señor Yonghy-Bonghy-Bò!»*.

Raff suspiró y se giró sobre la cama. Jonah hizo una pausa y se quedó mirando el dibujo: la señorita Jingly Jones, con su enorme sombrero de plumas, llorando. ¿Por qué la había dejado allí Handel Jones, en aquel montón de piedras? ¿Y por qué le enviaba gallinas? ¿Y tan mal le iría si se juntara con Yonghy? Entonces se preguntó si Handel estaría en la cárcel, como Roland, y empezó a recordar el Sábado del Enfado. El sexo sobre la mesa y el pavo real, con su grito terrible, y la mano de la Yaya Mala que intentaba alcanzarlo, como una garra. Aunque, a juzgar por la respiración de Raff, ya se había quedado dormido, empezó a leer de nuevo.

> *Por Myrtle y sus laderas resbaladizas,*
> *donde las calabazas crecen al sol,*
> *hasta el mar calmoso y en paz*
> *huyó el Yonghy-Bonghy-Bò.*
> *Allí, en Gurtle, más allá de su insigne bahía,*
> *una tortuga grande y alegre yacía;*
> *«Tú eres para mí un refugio», le dijo al llegar,*

«*¡Sobre tu caparazón, más allá del mar,*
tortuga, tú me has de llevar!».
Dijo el Yonghy-Bonghy-Bò.
Dijo el Yonghy-Bonghy-Bò.

Había otros dos versos, pero estaba demasiado oscuro para leerlos. Se quedó sentado, muy quieto, y sintió que era muy pequeño. ¿Estarían los dioses hablando de él, decidiendo si ayudarle o no? ¿O se habrían olvidado de él? ¿Les habría surgido algo más interesante? Cerró el libro y deslizó el dedo por el título de la cubierta. Las letras negras aparecían estampadas en relieve sobre el cartón rojo, así que podían palparse.

LOS JUMBLIES Y OTRAS CANCIONES DEL SINSENTIDO

El libro era de la madre de Lucy y estaba en las últimas. Lucy le había puesto cinta adhesiva en el lomo para que aguantara un poco más. Antes tenía una sobrecubierta de papel, pero había acabado hecha pedazos. Lo abrió por la primera página, donde la madre de Lucy había escrito su nombre, con letra muy clara. *Rose Marjorie Arden*. Arden, porque lo había escrito cuando era una niña, mucho antes de casarse con el padre de Lucy y convertirse en Rose Marjorie Mwembe. Debajo, con letra mucho más grande y desordenada, figuraba el nombre de Lucy: *Lucy Nsansa Mwembe*. Seguía siendo Lucy Mwembe, aunque estuviera casada con Roland. Últimamente, las mujeres que se casaban no siempre se cambiaban el apellido por el de su marido. Nsansa significaba algo; se lo había contado, pero no recordaba qué era.

Dejó que el libro resbalara sobre su regazo, se inclinó hacia un lado y se hizo un ovillo en el suelo. Se dio cuenta de que no habían cantado la canción, esa canción que ella les cantaba siempre a la hora de acostarse; una especie de oración, dando gracias a Dios por el día, donde le pedían que cuidara de ellos durante la noche. «Dios bendito, en esta noche...». Recitó las palabras en la cabeza, imaginándose a ese viejo Dios cristiano, con la barba blanca, callado, con su aspecto paternal, esperando a ser visto. Entonces se detuvo y pensó en Rose. Había muerto hacía mucho tiempo, cuando Lucy era pequeña. Ella apenas la recordaba, pero sí recordaba la canción de la hora de dormir, que era una canción inglesa; y recordaba que ella la llamaba Mayo, una palabra zambiana que significaba «mami». Guardaba una pequeña fotografía de su rostro en el relicario que llevaba colgado del cuello, donde se veía que había sido una mujer blanca, con un flequillo muy recto de pelo oscuro. Su otra abuela. ¿Estaría ahí arriba con ese Dios viejo y paternal, y con los ángeles y sus alas blancas de gaviota? ¿O habría renacido? ¿En qué se habría reencarnado? Trató de hacerse una idea de cómo era, de ver su sonrisa, su carácter maternal, pero solo recordaba aquella cara diminuta y gastada del relicario.

Ya había oscurecido por completo. Se acurrucó con más fuerza. Tampoco habían conocido nunca al padre de Lucy, ni a sus tres hermanastros, que seguían viviendo en Zambia. Lucy había huido de ellos para irse a Inglaterra cuando era adolescente. Se los imaginó: a su abuelo y a sus tíos negros de Zambia, sentados a una mesa, bebiendo cerveza y comiendo cacahuetes bajo un árbol de flores moradas, un jacarandá. «¿Qué fue de Lucy, por cierto?», preguntaba uno de los tíos, y el abuelo intentaba recordar mientras rompía una cáscara de cacahuete.

Leonie seguía murmurando en la calle y el hombre de los kebabs, porque era con él con quien hablaba, participaba cada vez más, con su extraña voz aguda, pero Jonah no oía bien lo que decían. De vez en cuando se producía una pausa, el sonido de una cerilla al encenderse y una aspiración profunda. Se dejó llevar por un sueño ligero y soñó que era Lucy la que estaba en la calle, fumando y hablando con el Hombre Andrajoso. Él se acercaba a la ventana para mirarlos y un foco los iluminaba sobre la calle, desde lo alto de una grúa muy alta. ¿Era una grúa, o era una especie de arma? Lucy estaba de espaldas a él, la llamaba, pero no le oía. El Hombre Andrajoso sí le oía, y lo miraba directamente con unos ojos que brillaban como monedas de plata.

Cuando se despertó, hacía mucho más fresco y la luz plateada de su sueño había entrado en la habitación. Sorprendido al encontrarse en el suelo, y desconcertado por la luz, se tumbó boca arriba. La luz bañaba su cuerpo desnudo y se reflejaba en el techo. Entonces se puso en pie de un brinco y corrió hacia la ventana. La calle estaba vacía, pero sobre los tejados brillaba una luna enorme. Pensó que en realidad era luz solar, un haz de luz, procedente del otro lado del mundo, que rebotaba en esa bola de piedra; pero costaba creerlo, porque la luna parecía muy viva, como un ser misterioso en el cielo, y su luz poseía la ternura de una caricia. Mientras la observaba, se fijó en el ojo sabio de la luna, igual que el ojo del Ganesha de su dibujo. Y le llegó la voz de su madre. Estaba cantándole la canción de la hora de dormir, con su voz suave y dulce, de modo que se dio la vuelta, se metió en su cama y cerró los ojos para poder quedarse dormido antes de que cesara.

MARTES

21

Jonah se despertó lleno de felicidad. Ella estaba allí, había regresado, había entrado y le había dado un beso. Estaba demasiado dormido para abrir los ojos, pero había sonreído. Después se estiró y miró el reloj. Eran las 6.04. Se bajó de su litera y corrió hacia su habitación.

La cama vacía fue como un puñetazo. Con un nudo en el estómago, recorrió el resto de la casa, corriendo desnudo de una habitación a otra.

Pero no estaba allí.

Regresó al cuarto de baño y se sentó en el retrete, apoyó las manos en las rodillas y se tocó el diente suelto con la lengua. Había dos moscas volando despacio sobre su cabeza y ya había tres muertas flotando en la superficie grasienta del agua de la bañera. Notó el nudo en el estómago, gimió y trató de relajarse. «Tripa relajada, respiraciones lentas... Deja que llegue», la oyó decir.

Apenas quedaba papel higiénico, así que se cuidó de usar solo dos rectángulos. Se lavó las manos y regresó al dormitorio de Lucy, donde se sentó al borde de la cama.

Hoy todo brilla más.

Sintió escalofríos, pero, en vez de acurrucarse bajo la colcha, fue a por su bata. Sintió el frío de la seda roja en la piel. Las mangas le quedaban demasiado largas, así que se las enrolló y se ató el cinturón con un nudo antes de registrar la habitación en busca de su diario.

No lo encontraba. Se detuvo en seco frente a los zapatos brillantes, que Raff había dejado tirados junto al tocador. Cerró los ojos y se concentró antes de ir al armario y sacar el resto de los zapatos de Lucy.

Los ordenó por pares y los colocó en fila por el suelo. Después se sentó en la cama y los miró. Los zapatos brillantes, las botas de invierno desgastadas, los zapatos negros y elegantes con hebillas de oro, las Converse amarillas y las deportivas blancas y medio rotas. Junto con sus zuecos, que seguían abajo, formaban seis pares de zapatos. Trató de recordar si alguna vez le había visto llevar otros diferentes. No se acordaba.

Se imaginó los pies descalzos de Lucy caminando por la acera. Le gustaba estar descalza y tenía las plantas de los pies callosas. Mientras pensaba en sus pies, se llevó la mano al bolsillo de la bata y sus dedos hallaron lo que parecía ser un bolígrafo. Lo sacó. Era suave y blanco, un poco más largo y grueso que un bolígrafo normal. Parecía moderno, tecnológico. Le quitó la capucha. La punta era alargada, más que puntiaguda. Trató de escribir con él sobre su mano, pero no tenía tinta. Saviour sabría lo que era. A Saviour le gustaban los aparatos. A Roland también, pero, estando en la cárcel, no conocería los más nuevos. Volvió a ponerle la capucha y observó el otro extremo, lo que parecían dos pantallas de televisión diminutas. Las pantallas eran blancas, con rayas azules transversales. Volvió a quitarle la capucha y probó a presionar la punta para ver si las pantallas se encendían, pero no lo hicieron. Miró las pantallas más de cerca y fantaseó con que unos extraterrestres habían contactado con Lucy y le habían entregado aquel palo blanco. Ahora estaría en su nave espacial, por encima de él, pero podría verlo a través de las pantallas. Sin embargo, él no podía verla a ella, porque algo estaba estropeado. Se la imaginaba saludándolo, intentando llamar su atención, y entonces pasó la yema del dedo por delante de las pantallas.

—¿Estás prisionera? —susurró—. ¿O querías marcharte?

THERE'S A STAAR-MAAN!

La canción le inundó la cabeza, con aquella historia de un ser triste y raro que vagaba por el cielo, solo, al que le daba miedo dejar sin palabras a la gente. El salto desde *Star* hasta *–man* era una octava entera, y después volvía a caer a la séptima para cantar *waiting*. Igual que el salto desde *Some* hasta *–where* y la caída después hacia *O* en la canción de *Somewhere over the rainbow*. ¿Fue Saviour o Roland quien se lo contó? A los dos les encantaba David Bowie y les encantaban los aparatos, aunque entre ellos nunca se hubieran llevado muy bien. Terminó el estribillo y se quedó mirando de nuevo el palo blanco. Podría llevárselo al colegio, para mostrarlo en clase. La señorita Swann sabría lo que era.

En el recibidor, se agachó junto a la caja de ciruelas y pensó que podrían comerse algunas en el desayuno. Ya estaban cubiertas de hormigas. Tras él, a través de la puerta de entrada, oyó al lechero dejar una botella en el escalón. Esperó unos instantes, recogió la leche y se la llevó a la cocina.

Agarró una taza limpia del escurridor, se sirvió un poco y bebió. Estaba muy rica y fría. Por encima del borde de la taza vio el patio, y las marcas que habían dejado en la pared sus zapatos el día anterior al dejarse caer. Por encima sobresalía la Casa Rota. Había un cuervo contemplando el panorama desde el agujero que antes era una ventana del piso de arriba.

Entonces se fijó en que la puerta de atrás estaba entreabierta.

Solo estaba abierta una rendija. Dejó la taza y recordó haber sentido que ella le besaba mientras dormía.

—¿Lucy? —susurró. No. A oscuras, con los pies descalzos, no podría haber atravesado la Casa Rota y haber saltado el muro.

La cerró. Quizá se la hubieran dejado abierta ellos. O quizá... Pensó en el Hombre Andrajoso y se le aceleró el corazón. Miró a su alrededor por la cocina en busca de alguna señal. Todo parecía estar igual que el día anterior. Pero ¿había entonces una taza limpia en el escurridor? No lo sabía. Posó la mirada en la foto de Roland y Rusty en el frigorífico. ¿Cuándo saldría en libertad conmocionada? Conmocionada no. Eso era lo que decía Raff. Las llaves de Lucy seguían tiradas sobre la mesa de la cocina. Las recogió y se las guardó en el bolsillo de la bata. Entonces encontró sus Crocs en el montón del recibidor y salió a Southway Street.

Estaba todo tan silencioso y soleado como el día anterior. El Hombre Andrajoso no estaba, pero Violet sí, subida en el muro delantero de la casa de al lado. La zorra saltó y aterrizó sin hacer ruido en la acera, a solo medio metro de él.

Se agachó para hablar con ella.

—Violet, ¿has visto a mi madre? ¿Has visto a Lucy, Violet?

Violet se quedó mirándolo con unos ojos que eran como canicas marrones muy pequeñas, y por un momento le pareció que podría responderle, al menos con un gruñido o un ladrido. Entonces recordó haber leído que los zorros no hacen ruido, salvo cuando se aparean o cuando atacan. La zorra pasó caminando frente a él, sin hacer ningún ruido con las patas, y se dirigió hacia la esquina de la calle, desde donde miró hacia atrás un segundo antes de desaparecer por Wanless Road.

Jonah cerró la puerta de casa tras él, con mucho cuidado para no despertar a Raff. Siguió a Violet, dobló la esquina de la casa y pasó frente a la ventana de su sala de estar. Frente a él, la zorra se restregó por la valla de la Casa Rota. Cuando llegó al tablón que estaba suelto, se coló por él, igual que el día anterior.

Se asomó por el hueco y contempló la maleza enmarañada y cubierta de basura. Violet había vuelto a pararse y estaba mirándolo de nuevo. Él se agachó y volvió a susurrarle.

—Pero ¿por qué iba a entrar aquí si no lleva zapatos?

Se incorporó y empujó el tablón suelto para agrandar el hueco y poder seguirla.

—¡Eh, tú! ¿Qué crees que estás haciendo?

Era la voz de un hombre que gritaba en mitad de la quietud de la mañana. Jonah dio un respingo, se volvió y vio al hombre de los ultramarinos, que estaba de pie en el bordillo de enfrente, con su palo para levantar el cierre.

—¿Cuántas veces te lo tenemos que decir? ¡No entres ahí!

Jonah asintió y se apartó de la valla, y el hombre regresó a sus cierres. El estruendo que hicieron al subir reverberó por toda la calle. Le observó mientras sacaba el toldo verde con el palo y colocaba el soporte de las frutas y verduras. Cuando entró en la tienda, Jonah cruzó la calle y entró también detrás de él.

La tienda estaba oscura y olía a especias y a humedad. La radio estaba encendida, pero no la había sintonizado bien. Entre interferencias, emitía palabras extranjeras. El hombre estaba arrodillado apilando patatas en una caja. Le miró un instante, con un mechón de pelo negro cubriéndole un ojo. Su cara era perfecta, como la de una estrella de cine. «Imposiblemente guapo». Eso decían de él Lucy y Dora.

—¿Qué necesitas? —preguntó, con la mirada puesta de nuevo en las patatas—. ¿Necesitas leche o qué?

—La leche nos la llevan a casa.

—¿Entonces? ¿Por qué llevas esa cosa de mujer? Aparta, si no te importa. —El hombre se puso en pie sujetando la caja de patatas y pasó junto a él en dirección a la puerta.

—¿Compró alguien un mango el domingo por la noche? —le preguntó atropelladamente.

—¿Un mango el domingo por la noche? —El hombre de los

115

ultramarinos tenía una mano en la puerta y la caja apoyada en la cadera—. ¿Para qué quieres saber eso?

—Alguien nos compró un mango y quiero saber quién fue. Era un mango chaunsa, así que pensaba que... —Lo siguió de vuelta hasta la calle.

—¡Así que ahora eres un pequeño detective! —El hombre se rio, pero no de manera agradable—. ¿Por qué no preguntas a tu madre quién os dio el mango?

Jonah no respondió. El hombre dejó la caja encima del soporte y algunas patatas se cayeron al suelo.

—¡Diez años y ya espiando a su mamá!

—Tengo nueve años.

El tendero recogió las patatas que se habían caído.

—Vale, Míster Nueve Años, ahora vuelve a casa y déjate de intrigas. Y ponte algo de ropa en condiciones, que pareces tonto con esa bata.

Se oyó un taladro en el taller mecánico, lo que alertó a Jonah de la hora. El despertador ya estaría sonando y tal vez Raff se hubiera despertado. En un momento de pánico, atravesó corriendo la calle mientras sacaba las llaves de Lucy del bolsillo de la bata. No lograba hacer que la llave girase en la cerradura, por lo que empezó a gritar el nombre de Raff mientras la manipulaba con rabia. Por fin lo consiguió y la puerta se abrió de golpe.

22

El sonido de las campanas tibetanas bajaba por las escaleras y sí, Raff estaba despierto, sentado en el recibidor con la espalda pegada a la pared y los brazos alrededor de las rodillas. Levantó la cabeza y Jonah soltó un grito ahogado, porque su piel se había vuelto muy oscura y tenía las mejillas húmedas, y los ojos, la boca y las fosas nasales muy abiertas.

—¡Raffy, estoy aquí, estoy aquí!

Se arrodilló y trató de abrazarlo, pero el cuerpo de Raff estaba totalmente rígido. Emitía sonidos débiles, como si estuviera ahogándose.

Le agarró la cara con ambas manos.

—Raffy, ¡lo siento! ¡Raffy, respira!

Raff tomó algo de aire y le dio un fuerte empujón.

—¡Jodido estúpido... gilipollas! —Se levantó y empezó a darle patadas.

Jonah se alejó de las patadas arrastrándose, llegó hasta la cocina y se metió bajo la mesa. Tenía el corazón acelerado, viendo como Raff volcaba todas las sillas a patadas antes de irse arriba, sollozando. Una vez se quedó solo, salió de debajo de la mesa y se puso en pie, tocándose el diente suelto con la lengua mientras se recuperaba de la sorpresa de ver así a su hermano.

—Necesita estar solo un rato. Para calmarse —susurró para sus adentros. Las hormigas seguían colándose en la jarra y se sintió culpable, porque debería haber tirado el zumo y lavado la jarra para evitar que murieran. ¿Las hormigas tendrían fantasmas? «El cuerpo, para el alma, es como un conjunto de ropa usada». Eso era lo que había dicho la señorita Swann. Miró las flores, más marchitas ya, más cerca de convertirse en polvo, y pensó en la tía de Shahana. ¿Podían hablar los fantasmas? ¿Podían enviar señales?

«¿Estás muerta, Mayo?».

La única respuesta fue el zumbido de las moscas. Contempló a la mujer Camello del calendario. Estaba en el desierto, un desierto muy amarillo, mirando hacia el cielo azul. En una caja, junto a ella, aparecían las palabras: *Para una buena digestión. Alivia los calambres menstruales. Abre el chakra del corazón.* Una mosca había aterrizado en su mejilla. La espantó con la mano y miró en el cajón del pan.

Había un trozo de pan pequeño, pero estaba duro como una piedra, así que abrió el cubo de la basura para tirarlo. El olor que salió del cubo era peor que nunca, pero lo que le provocó náuseas fue ver que la basura se movía. Cerró la tapa de inmediato y después volvió a abrirla para comprobar que fuese cierto. Sí, miles de gusanos diminutos se retorcían entre la comida podrida. ¿Cómo habían llegado hasta allí si el cubo estaba cerrado? Entonces recordó el ciclo de vida de una mosca; un diagrama de su libro de insectos. Las moscas debían de haber puesto huevos en la comida antes de que esta acabara en la basura, y ahora esos huevos habían eclosionado. Contempló aquellos bebés diminutos y asquerosos, tratando de recordar cómo se llamaban. Larvas, eso era. Volvió a cerrar el cubo. Era martes, así que los de la basura pasarían al día siguiente. Tenían que sacar la basura esa noche, no se les podía volver a olvidar. Pero, si ella no regresaba, ¿cómo conseguirían sacar la bolsa del cubo sin que la basura y los gusanos acabaran tirados por el suelo?

Acercó una silla de la mesa y se subió encima para mirar en el armario de la comida. Había algunas latas y frascos, y los examinó uno por uno. Descartó los frijoles, la sopa de champiñones y las anchoas, y se bajó de la silla con un tarro de fruta en conserva. No lograba abrir la tapa, así que lo golpeó contra la encimera unas cuantas veces, como había visto hacer a Lucy. Funcionó: la tapa, una vez floja, se desenroscó con facilidad. El aroma dulce y especiado era delicioso. Encontró una cucharilla y se sentó a la mesa.

—Qué rico —susurró como lo haría ella. A Lucy le encantaban las tartaletas de fruta. Habían preparado un montón una Nochebuena, en la cocina de Saviour. Sacó un trozo de fruta negra y pegajosa y lo olisqueó, recordando la mesa enharinada y las manos grandes de Saviour sobre el rodillo. La primera Navidad después de hacerse amigos. Emerald y él habían terminado el primer trimestre de primero y Dora estaba haciéndole un retrato a Lucy. Vio la cara de Dora, toda emocionada, con una mancha de pintura amarilla en la nariz.

Se llevó la cucharada de fruta a la boca. Era un sabor extraño en una calurosa mañana de verano. Cerró los ojos. Dora y Lucy acababan de bajar del estudio de Dora; esta llevaba el peto cubierto de manchas de pintura, y Lucy, su vestido rojo de terciopelo. La primera tanda de tartaletas estaba en el horno y el aire olía a fruta. Emerald y Raff se estaban peleando por decidir a quién le tocaba usar el rodillo, y Dora contaba que había intentado captar el tono exacto de la piel de Lucy, y lo que era quedarse mirando el rostro de su amiga. Saviour se limpió las manos llenas de harina y sirvió jerez en unas copas muy pequeñas, mientras Dora, con su voz cálida y rasgada, hablaba de los tonos canela, lila y chocolate; entonces le sujetó a Lucy la barbilla con sus dedos manchados de pintura. «¿Lo ves, Saviour? Su boca. La asimetría. ¡Por eso es tan bonita!».

La fruta se le había quedado pegada entre el diente suelto y la encía. Miró la mesa mientras se la despegaba con la lengua. Había dejado la cucharilla allí y las hormigas se dirigían ansiosas hacia ella. Volvió a agarrarla y las vio dar vueltas en círculos, confusas. «Mala suerte». Volvió a meter la cucharilla en el tarro. Dora y Emerald habían ido a vestirse y Lucy se había sumado a la tarea de preparar las tartaletas de fruta; Saviour le había preguntado si tenían tartaletas de fruta en Zambia.

Jonah se sirvió algo más de leche, solo un poco, porque tenía que dejarle suficiente a Raff. Dio un trago y sintió el bigotillo blanco que se le quedaba en el labio superior. Mientras Lucy cortaba los círculos de masa y los ponía en los moldes, les habló de la Navidad en Zambia. Tomaban pavo, pero con *nshima* en vez de patatas. Él ya sabía lo del *nshima*, que se hacía con maíz en polvo. Saviour se mostró muy interesado y le preguntó cómo se hacía, pero Lucy no estaba segura porque nunca había cocinado; no después de la muerte de su madre.

«No sabía que tu madre hubiese muerto». La voz de Saviour sonó sorprendida y tierna. «¿Cómo? ¿De qué?». Lucy había dicho una palabra que empezaba por S, pero él no recordaba cuál era. Algo parecido a «su incendio», pero no era eso. Saviour se había quedado sorprendido. «Lucy, querida», le había dicho poniendo una mano sobre su brazo, pero ella la apartó. Solían preparar pasteles juntas. Cosas inglesas, tartaletas de fruta en Navidad. Su madre y ella tenían una doncella que se encargaba de casi toda la cocina. Y de todo lo demás, pensándolo bien.

«¡Ni siquiera tenía que hacerme la cama!».

«¿Y qué hacías?», le había preguntado Saviour.

«Iba a la escuela. Y también mucho a la iglesia. Cuidaba de mis hermanos pequeños. Hermanastros. Mi padre volvió a casarse enseguida».

—Mis tíos —susurró Jonah. Los tíos que nunca había conocido. De pronto desapareció todo aquello: la cocina, el rostro radiante de Lucy y sus dedos mientras colocaba la masa en los moldes circulares. Él volvía a estar en su cocina, con la bata de seda de su madre, que le resbalaba por los hombros, y las hormigas habían empezado a trepar por el tarro de fruta. Le puso la tapa y se imaginó que sus tíos entraban por la puerta de atrás. Eran altos y delgados, de piel muy oscura, vestían ropa elegante y llevaban maletines. Se quedaron mirándolo.

«¿Sabéis dónde está?».

Guardaron silencio.

«¿Dónde está? ¿Está muerta?».

Sus tíos se miraron unos a otros y después volvieron a salir. Él contempló la cucharilla de la fruta.

«Cenaron fruta picada y trocitos de membrillo», oyó la voz de Lucy. «Usando un cucharón un tanto rarillo».

El búho y la gatita. Un poema que aparecía en el libro rojo del piso de arriba. El libro de Rose. Pensó entonces en la mujer de cara pálida y flequillo negro y recto que guardaba Lucy en su relicario, y se la imaginó leyéndole los poemas a la pequeña Lucy. Después de su muerte, ¿se los habría leído su padre? ¿Y se los habría leído Lucy a sus hermanos pequeños?

—¿Se los leías, Mayo? —susurró.

No hubo respuesta, por supuesto, y en el silencio la vio muerta, con mucha claridad: ahogada, con la cara justo por debajo de la superficie del agua y flores flotando a su alrededor. Y él sentado en la orilla del arroyo, observándola.

Una lágrima había resbalado por su mejilla. Se la secó y se puso en pie. Era hora de ir a ver cómo estaba su hermano.

23

Raff se había acurrucado en la cama de Lucy y seguía con el pantalón del pijama.

—Tenemos que prepararnos para ir al cole —le dijo Jonah. Tiró del cinturón de la bata de seda, pero no se soltaba.

—¿Dónde habías ido? —le preguntó Raff con la voz apagada. Vio que estaba abrazado a uno de los zapatos brillantes.

—A los ultramarinos. —Se acercó y se sentó junto a él—. Raffy, lo siento mucho. No debería haberme ido sin decírtelo. —Le puso una mano en el hombro, pero Raff la apartó. Examinó el nudo del cinturón y empezó a intentar deshacerlo—. Tenemos que vestirnos. Vamos a llegar tarde. —Volvió a ponerse en pie, ya deshecho el nudo, y dejó que la bata cayera al suelo.

—¿Has comprado algo de comida en los ultramarinos?

—No. Pero hay leche. Te la he guardado. Y un poco de fruta picada.

—¿Qué hacen fuera todos sus zapatos? —Raff se giró sobre la cama y los miró—. ¿Estabas viendo cuáles lleva puestos?

Jonah asintió y se acuclilló, desnudo, junto a los zapatos.

—No lleva ninguno puesto, ¿verdad? —Raff se incorporó apoyándose en el codo—. Un hombre malo debe de haberla secuestrado. Si no, no habría salido descalza.

—Puede que sí —respondió él—. Le gusta ir descalza.

—No se quedaría fuera tanto tiempo, sin zapatos. Está en casa del hombre malo. —Raff se incorporó y sacó las piernas de la cama, como si de pronto tuviera mucha prisa—. ¡Está prisionera, tío! ¡Tenemos que llamar a la policía!

—Pero entonces vendrá la Yaya Mala. —Su cara de pasiflora, que asomaba bajo su imponente turbante blanco; sus manos enjoyadas, que parecían patas de pollo, y el pavo real, con sus cientos de ojos.

—Pero ¿y eso cómo lo sabes? —le preguntó Raff mirándolo a la cara.

Se aclaró la garganta.

—La policía la llamará, porque es nuestro pariente más cercano. —Estaba empleando su voz serena de adulto, que normalmente ponía de los nervios a su hermano, pero este guardó silencio, escuchando con atención—. Eso fue lo que hicieron el Sábado del Enfado. Nos llevaron a todos a la comisaría y entonces la llamaron, y ella vino a por nosotros. —La abuela estaba entonces en una boda, y por eso apareció vestida de aquella forma. Se habían llevado a Roland y a Lucy a alguna parte, y Raff y él estaban con una mujer policía, en una habitación muy pequeña de sillas naranjas. Al verla entrar, con ese aspecto tan extraño, Raff se echó a llorar.

—¡Eso es! ¡Se la ha llevado el hombre del Sábado del Enfado! —Raff se puso en pie y dejó caer el zapato brillante al suelo.

—No ha sido el hombre del Sábado del Enfado, Raff.

—¡Claro que sí, tío!

Felix Curtis, leyendo el periódico en el banco del parque; y las gemelas, Scarlett e Indigo, en los columpios, con su melena pelirroja, que rozaba el suelo, y sus piernas largas y delgadas elevándose hacia el cielo.

—¡Debió de entrar por la Casa Rota! —Raff tenía los ojos encendidos—. En mitad de la noche, con la cabeza aplastada, ¡como un zombi!

—Raff...

—Debió de entrar por la puerta de atrás, ¡subió las escaleras y se la llevó!

—Nadie vino y se la llevó, Raffy. No es eso. Habría gritado, ¿no es cierto? Y nosotros la habríamos oído.

—No si le puso una venda en la boca. —Raff caminaba de un lado a otro, agarrándose el pantalón del pijama.

—Raff, escucha. —Se puso en pie y lo agarró cuando pasó por delante—. Alguien vino, pero no le puso una venda en la boca. Le trajeron un mango.

—¿Un mango? —Raff frunció el ceño.

—El que comimos anoche. Y una botella de vino.

—¡Y las flores! —gritó Raff—. Te dije que había sido el hombre del Sábado del Enfado el que le envió las flores. Y después se presentó aquí con un mango y vino, e intentó tener sexo con ella, pero ella no le dejó, así que la ató, la arrastró fuera y la metió en su camioneta...

—¡Raffy, para! —Se sentó en la cama con las manos en las orejas, pero Raff se las apartó.

—¡Tenemos que ir allí, tío! ¡Tú sabes dónde está su casa! ¡Tenemos que rescatarla! —Le tiró de las muñecas, tratando de ponerlo en pie, pero Jonah, en su intento de zafarse, lo empujó con tanta fuerza que su hermano cayó al suelo.

—Es probable que ya ni siquiera vivan allí —le dijo mientras se frotaba las muñecas y pensaba en los Curtis—. De lo contrario, las veríamos por el parque.

—¿Ver a quién?

—A Scarlett y a Indigo. —A veces las llevaba su madre. Llevaba coleta, pero no se acordaba de su nombre. Había aparecido en su casa una vez con los ojos rojos e hinchados, y con la voz gélida había insultado a Lucy.

Raff se había quedado tirado en el suelo boca arriba, pensando. Jonah vio su tripa subir y bajar al ritmo de la respiración.

—¿Así que Felix Cursi era el padre de Scarlett y de Indigo?

—Curtis. Sí, lo era —respondió Jonah rodeándose las rodillas con los brazos.

—¿Y Scarlett e Indigo estaban allí entonces? ¿El Sábado del Enfado? —Raff se había dado la vuelta y tenía las manos metidas en los zapatos brillantes. Empezó a caminar con ellas, seguido de sus rodillas.

—No. Era su cumpleaños y su madre las había llevado a Disneyland París.

—¡Disneyland París! ¡Qué guay! —Raff se sentó sobre los talones y los zapatos resbalaron sobre sus muñecas como si fueran unas pulseras enormes y extrañas. Jonah se rodeó las rodillas con más fuerza. No le gustaba recordar el Sábado del Enfado.

—¿Y nosotros? ¿Estábamos allí?

Jonah asintió.

—¿Y los vimos tener sexo?

Negó con la cabeza.

—Solo Roland entró en la casa. A nosotros nos dejó en el coche.

—¿Por qué nos dejó en el coche? ¿Sabía que estaban teniendo sexo? —Raff se quitó los zapatos de las muñecas.

—Es probable. Sabía que a ella le gustaba.

—¿Por qué le gustaba?

—No lo sé. —Felix Curtis en el banco, con el café en un vaso de papel—. Solía hablar con ella mientras nosotros jugábamos con Scarlett e Indigo.

—¿Y cómo era?

—Pues normal. Pero yo diría que... rico. Con gafas de sol. Y un reloj de oro. —Aquel reloj enorme, y luego la mano que sujetaba el vaso, con las uñas muy limpias. Jonah apoyó la frente en las rodillas.

—¿Por eso le gustaba? ¿Porque era rico?

—No creo. —Se imaginó la cara de Felix Curtis con mucha claridad, al quitarse las gafas de sol, con esos ojos verdes que

125

miraban a Lucy de arriba abajo—. Era muy guapo. Y divertido.
—Ella solía sentarse a su lado en el banco y se reía mucho. Apretó la frente con más fuerza contra las rodillas. Era horrible recordarla riéndose de ese modo.

—¿Y cómo supo papi que ella estaba en su casa?

—Porque había dejado fuera su bicicleta.

Su bicicleta dorada, encadenada a la barandilla, y el pequeño Raffy, en su asiento de bebé, inclinado hacia delante: «¡Mira, papi! ¡La bici de Mayo!». Roland había aparcado el coche y se había dirigido hacia la puerta de la casa. Pasado un rato, se había asomado por la rendija del correo. Había empezado a llover, gotas gordas que caían sobre el parabrisas, mientras Roland rodeaba la casa.

—¿Estaban en la cama de Felix Cursi?

—Curtis. No. Estaban en la cocina. —Raff y él se habían quedado en el coche, esperando, hasta que llegaron la ambulancia y el coche de la policía; pero él sabía bien lo que había sucedido, como si lo hubiera visto con sus propios ojos.

—¿Qué? ¿Estaban teniendo sexo en la cocina?

—Sí. —Había oído la historia dos días más tarde, escondido detrás del sofá de la terraza cubierta de los Martin. Lucy la había contado con voz temblorosa, a saltos, y Dora la escuchaba con gritos ahogados y murmullos mientras servía vino en las copas. Felix y Lucy habían estado bebiendo cerveza y comiendo *ratatouille* frío directamente de la cacerola; y Felix Curtis se había quitado la ropa. Cuando Roland se asomó bajo la lluvia a través de las cristaleras abiertas, vio a Lucy tumbada boca arriba sobre la mesa de la cocina, con las piernas apoyadas en Felix Curtis. Jonah frunció el ceño al recordar cómo había fruncido el ceño aquel día, oculto tras el sofá.

—¡Y papi le pegó! —Raff se levantó y sacó su tirachinas imaginario—. ¡Le golpeó con su tirachinas! ¡Pfff! ¡En toda la cabeza!

—Le pegó, Raff. No tenía tirachinas.

—¡Le dio un puñetazo! —Raff empezó a dar golpes al aire—. ¿Y Furtix contraatacó?

—No. Papá le dio con una cacerola y se cayó al suelo.

—¡Guay! —Raff agarró el mango de una cacerola imaginaria con ambas manos y lo agitó contra una cabeza imaginaria—. ¡Maldito Furtix! ¡Maldito zombi! —Hizo algunos movimientos más y el pantalón del pijama se le cayó hasta los tobillos. Entonces se detuvo—. Pero ojalá la policía no le hubiera pillado. —Se subió el pantalón y volvió a sentarse en la cama.

—No les hizo falta pillarlo, Raffy. No huyó. Papá es un buen hombre. No pretendía golpear a Felix Curtis.

—¿Y por qué lo hizo?

«¿Por qué lo hizo, Lu?», había preguntado Dora. «Quiero decir que... yo nunca he conectado con él, como bien sabes, ¡pero no me lo imagino golpeando a alguien! Y menos con una cacerola». Jonah se apretó las espinillas con más fuerza y recordó la respuesta temblorosa de Lucy; aún seguía sin entenderla, pero sintió náuseas. Felix había visto a Roland primero. Lucy solo se percató de que había alguien ahí por la sonrisa extraña y siniestra de Felix. Giró la cabeza para ver qué pasaba y lo vio allí, en la puerta, empapado por la lluvia. Intentó levantarse, pero Felix la tenía agarrada por las piernas. «Se limitó a... seguir. Fue como si le gustara que Roland estuviera allí». Le gritó que la soltara, y él obedeció, pero Roland ya tenía la cacerola en la mano. «Todo sucedió en un segundo. Como un accidente de coche».

—He dicho que por qué le pegó —le dijo Raff, que estaba empujándole.

—Porque Felix... —Jonah empezó a mecerse, tratando de pensar en lo que había dicho Dora. Se había quedado muy sorprendida y había dicho que Felix era un «violador», pero no entendía muy bien qué quería decir esa palabra—. Porque Felix se limitó a seguir —murmuró contra sus rodillas.

—¿Seguir hacia dónde?

—Roland se enfadó mucho, eso es todo. Pero después se arrepintió y llamó a la policía y a la ambulancia.

—¿Por qué lo metieron en la cárcel, si se arrepintió?

—Porque le hizo mucho daño a Felix Curtis. Le dañó el cerebro.

Raff se quedó callado de nuevo. A juzgar por el ritmo de su respiración, Jonah supo que estaba pensando mucho.

—Jonah.

—¿Qué?

—Si tuvieras una máquina del tiempo, ¿retrocederías en el tiempo y le impedirías hacer eso?

Jonah se imaginó en una pequeña nave espacial, una esfera, del tamaño suficiente para que cupiese su cuerpo, retrocediendo en sus recuerdos. Muy despacio, a lo largo de los dos últimos días, se detuvo un instante en el Lido, abarrotado de gente, y divisó el punto rojo que era Lucy, sentada a un lado. Después los días fueron retrocediendo más deprisa, y también las noches. Se vio a sí mismo y a Raff durmiendo en sus literas; cumpleaños y Navidades; Olimpiadas, aquel estadio enorme. Se detuvo de nuevo, buscándose: allí estaba, entre Raff y Emerald, con Dora en un extremo. Hacia atrás, hasta llegar a las vacaciones de Francia, en otra piscina; Lucy sacando los insectos del agua con su red.

—Bueno, ¿lo harías? —insistió Raff.

¿Que si haría qué? Ah, sí, el Sábado del Enfado. Cerró los ojos y se imaginó saliendo del coche, sintió la lluvia en la piel y siguió a Roland alrededor de la casa hasta llegar a las cristaleras. «¡Papá, no!». Roland se detenía entonces con la cacerola en la mano y los tres adultos se quedaban mirándolo.

—El caso, Raff... —dijo al abrir los ojos—. No sé si todo explotaría, pero... —Se detuvo y trató de concentrarse. Raff bostezó—. Si retrocediera en el tiempo y le impidiera hacerlo, nuestras vidas cambiarían, y la vida en la que estamos ahora no existiría. Y, si esta vida no existiera, entonces...

—Olvídalo, tío. En realidad me da igual. —Raff se puso en pie—. Me muero de hambre. Necesitamos dinero para comprar comida. —Se estiró, miró a su alrededor y recogió los zapatos brillantes del suelo—. Deberíamos venderlos. Seguro que valen mucho dinero.

—¡Pero si son sus zapatos favoritos!

Raff se encogió de hombros.

—Le está bien empleado, ¿no? —Pero dejó caer los zapatos al suelo.

—¡Ya lo tengo! —exclamó Jonah—. ¡Mi hucha!

24

La hucha en forma de cerdito estaba en la repisa de la ventana de la terraza interior, oculta entre una jungla de velas, quemadores de incienso y postales. Era rechoncha y verde, con rayas amarillas, más parecida a una oruga gorda que a un cerdo, sobre todo porque había perdido las patas. Jonah la agarró. La agitó y sonrió: desde luego había dinero suficiente para comprar pan, quizá incluso mantequilla.

—¿Cómo es que tú tienes una hucha y yo no? —preguntó Raff.

—La Yaya Mala me la hizo en su clase de cerámica.

—Qué amable por su parte.

Jonah asintió.

—Incluso me dio algo de dinero para meter dentro.

—¿Por qué no me dio una a mí?

—Fue por mi cumpleaños. Además, tú eras demasiado pequeño. —Colocó el cerdo sobre la mesa, boca arriba, y trató de abrir la tapa de plástico que tenía en la tripa.

—¿Cuánto dinero crees que hay ahí?

—Quizá mucho. Solía meter dentro mi dinero de los caballos.

—¿Dinero de los caballos?

—Cuando apostábamos en los caballos con Roland. Los sábados por la mañana. ¿No te acuerdas?

No se acordaría, era muy muy pequeño, pero Roland siempre les dejaba escoger un caballo a cada uno. Leía los nombres de los caballos en el periódico, les decía cuánto pesaban y qué resultados habían obtenido en carreras anteriores, mientras Raff y él contemplaban las chaquetillas de los jinetes, con unos dibujos brillantes, como los peces del acuario. Después iban juntos a la casa de apuestas y Roland los subía en los taburetes. En realidad, allí no podían entrar niños, pero la mujer de la casa de apuestas les dejaba entrar de todos modos.

Jonah golpeó la cuchara de la fruta picada para quitar las hormigas y la utilizó para levantar la tapa de goma. Una vez fuera, metió los dedos dentro del agujero. Había algunas monedas y un par de ellas eran bastante grandes y gordas. Dio la vuelta al cerdito y lo sacudió sobre la mesa.

—¡Hay un montón! —Raff agarró una moneda—. ¡Mira! ¡Dos libras!

—Dos euros. —Jonah agarró otra moneda—. Un euro.

—¿Así que no podemos comprar nada con ellos?

—No. —Se sentó y estuvo ordenándolos en montones. Cuatro euros, ochenta y cinco céntimos. Recordaba que se los había dado Saviour, hacía siglos, cuando regresaban de sus vacaciones en Francia. «¡Qué agradable es poder alejarse de todo!». Cruzó los brazos sobre la mesa y hundió en ellos la cabeza.

—A lo mejor el de los ultramarinos nos deja usarlos —sugirió Raff, sentándose también, y empezó a mover de un lado a otro las pilas de monedas—. A lo mejor nos deja comprar Coco Pops.

—No nos dejará —le respondió Jonah. Lucy debía de haberle quitado todo el dinero inglés. Se incorporó y de pronto barrió el cerdo y las monedas de la mesa. El cerdo se hizo pedazos, y los trozos y las monedas se esparcieron por el suelo.

—¡Problemas, Piquito! ¡Control de la ira! —Una de las monedas seguía dando vueltas. Raff estiró el dedo del pie para dejarla quieta. Jonah se quedó mirando a la mujer Camello del calendario.

«Te has llevado mi dinero, Lucy. Me lo has robado. Solo me has dejado jodidos euros».

—Al de los ultramarinos no le importará —insistió Raff, se bajó de la silla y empezó a recoger las monedas—. Solo por esta vez.

—Raff, no aceptará euros, ¿vale? —Derrumbado sobre la mesa, se quedó mirando la máscara de plumas del libro de Dora. Bajo la máscara figuraba el título, *El corazón de las tinieblas*. Recorrió las letras con el dedo. Quizá fuera el título lo que hacía que la máscara diese tanto miedo. Lo abrió por donde empezaba la historia. La letra era muy pequeña. El primer párrafo trataba sobre un barco, los preparativos de un viaje. Volvió a mirar los garabatos de Lucy en la cubierta interior, bajo la firma de Dora. Primero, había copiado la firma varias veces. *Dora Martin*. Después había escrito solo *Dora*. Y luego una especie de poema.

Dora. Adora. Adorable Dora.
Que cree que debería leer literatura en condiciones.
Que me ha dado un libro sobre ÁFRICA
Y ha puesto su nombre en él, para asegurarse de que
se lo DEVUELVA.

Luego unos dibujos; flores, caras y peces. Peces, o tal vez ojos.

Pero su verdadero nombre es CORDELIA. ¡Qué poco cordial,
Cordelia!
Darme cosas y después querer que te las devuelva.

—¿Y cómo vamos a comprar el desayuno entonces, tío? —Raff había vuelto a sentarse en la silla y tenía los codos apoyados en la mesa.

Jonah cerró el libro y le acercó el bote de fruta en conserva y la botella de leche. Con sus dibujos había vuelto a recordarle esa imagen suya, bajo el agua, muerta, de modo que se levantó y se fue a la sala de estar. En la repisa de la chimenea había una postal con la imagen de una chica ahogada, sujetando un ramo de flores, tendida en el agua cubierta de flores. La postal llevaba siglos allí, desde que él tenía uso de razón. Le había preguntado a Lucy por la chica ahogada, pero ella había dicho que era de una obra de Shakespeare, pero que no recordaba cuál. La chica se había ahogado porque estaba tan triste que se había vuelto loca. Agarró la postal y le dio la vuelta. No llevaba ninguna dirección, ni sello, solo una fila con tres corazones dibujados con bolígrafo negro. Uno de los corazones estaba atravesado por una flecha y otro tenía un zigzag que lo partía en dos. El último estaba entero, pero los montículos de arriba tenían pezones, así que parecían senos. Debajo de los corazones había una X. Trató de imaginarse a Roland dibujando pezones en el corazón, pero no pudo. En letras pequeñas impresas en la parte inferior derecha, decía:

OFELIA 1851-52
SIR JOHN EVERETT MILLAIS

Volvió a dejar la postal en la repisa.

—¡Raff! —gritó—. ¡Tenemos que ir al cole!

25

—Así que hoy venís a casa Raff y tú, ¿verdad? —Saviour tenía el ceño fruncido. Llevaba la misma camiseta rota y, a juzgar por su olor, tampoco se había cepillado los dientes. Emerald estaba de pie junto a él, pálida, remilgada y estirada, con trenzas recogidas en círculos, como la princesa Leia.

—Eso creo. —Jonah notó que se sonrojaba y vio que Raff corría hacia el patio de infantil y entraba en su clase. Cuando levantó la cabeza, Saviour estaba mirándolo. Volvía a tener los ojos normales, pero debajo tenía bolsas moradas de cansancio. Se miraron durante unos segundos, hasta que sonó el timbre para entrar. Entonces Saviour suspiró y le estiró el cuello de la camisa.

—Muy bien —dijo. Le dio a él una palmadita en la barbilla y un beso a Emerald en la frente—. Os veré luego.

Cuando se marchó, Emerald dijo:

—Anoche no cenamos pollo asado. Mi padre no pudo hacerlo. Lo cenaremos esta noche en su lugar.

—Ah —respondió él, y se fijó en que parecía aún más alta.

—Pero es un pollo bastante pequeño, así que puede que no haya suficiente para Raff y para ti.

—Ah. —Jonah comenzó a caminar hacia la clase.

Emerald lo siguió.

—De hecho no es una buena idea que Raff y tú vengáis a nuestra casa.

—¿Quién lo ha dicho?

—Mi madre. Dijo que mi padre ya tiene que tragar con bastantes cosas.

—Pero ella misma nos invitó.

—Lo sé. Pero esta mañana dijo que tal vez fuera demasiado. Y además...

—¿Qué?

—Dijo que a veces tu madre es muy egoísta.

—Vale, entonces no iremos. —Empujó la puerta batiente y dejó que volviera a cerrarse en vez de mantenerla abierta para que pasara ella.

—¡Jonah! —Emerald se coló antes de que se cerrara la puerta y lo siguió por el pasillo—. Jonah, sí que podéis venir, siempre y cuando juegues conmigo al ajedrez.

—No te preocupes por ello.

—Mi padre puede prepararos salchichas a Raff y a ti. Es que el pollo asado iba a ser un regalo para mí.

—A ti siempre te hacen regalos, Emerald.

—No es verdad. Y mi madre está muy enferma.

Se volvió para mirarla, tan súbitamente que Emerald estuvo a punto de chocarse con él. Forzó una sonrisa para mostrarle los dientes y acercó la cara a la suya. Ella retrocedió, desconcertada.

—Mi madre está muy enferma —le dijo, imitando su voz de sabelotodo—. Y yo soy Emerald, la persona más importante del mundo entero.

Se dio cuenta de que estaba temblando. Era como si su cuerpo hubiera sido poseído por un trol furioso. No estaba gritando, pero su voz sonaba iracunda.

—¿Qué es lo que pasa, Jonah? —preguntó ella con incertidumbre—. ¿Por qué lloras? ¡No llores!

—No estoy llorando, estúpida... ¡gilipollas!

Emerald abrió mucho los ojos, pero él se dio la vuelta de nuevo, secándose la cara, con el corazón acelerado. No podía creerse que hubiera dicho «gilipollas» y eso hacía que le temblaran las piernas. Mientras entraba en clase, sintió que iba a desmayarse por el impacto de la palabra, así que se agarró al respaldo de la silla de Daniella.

—Vosotros dos, ¿otra vez tarde?

Emerald ya estaba en su asiento, pero él seguía aferrado a la silla de Daniella, intentando calmarse y olvidar la palabra tan terrible que había dicho. Raff la había dicho antes, y por eso la tenía en la cabeza, preparada para salirle por la boca. Se concentró en la señorita Swann. Llevaba el mismo tipo de vestido, pero en vez de ser un vestido a rayas, era de seda gris. Llevaba el pelo mejor, pero tenía manchas rojas en el pecho y en el cuello.

—Jonah, ¿te encuentras bien? —le preguntó.

—Sí. —Soltó la silla y se sentó en su lugar junto a Harold.

26

A la hora del recreo, Jonah le mostró a Harold el palo blanco y pequeño que había encontrado. Harold lo agarró, observó las pantallitas y después lo agitó con energía, como una enfermera agita un termómetro.

—¿Dónde lo has encontrado? —Volvió a mirar las pantallas.

—En la bata de mi madre.

Harold le quitó la tapa.

—¿Por qué no le has preguntado a ella lo que es? —Olisqueó la punta—. ¿Le has preguntado si puedo ir a tomar el té?

De pronto se acordó de la vez que fue de visita a casa de Harold, cuando estaban en primero. Era un piso, no un chalé, muy ordenado y limpio, pero demasiado lleno de muebles y adornos. Había dado un sorbo a su bebida antes de que la madre de Harold bendijera la mesa y esta le había reprendido. Harold se había sentido avergonzado. Después de la comida, habían intentado jugar en el diminuto dormitorio de Harold, pero no parecían estar de humor. Fue un gran alivio cuando Lucy llegó para recogerlo.

—Entonces, ¿puedo? —preguntó Harold sin dejar de inspeccionar el palo.

—No se lo he preguntado.

—¿Por qué no?

—No he podido. No está.

Harold lo miró a través de los gruesos cristales de sus gafas.

—¿Dónde está? ¿Cuándo vuelve?

—No lo sé.

—¿Quién está cuidando de vosotros?

—Nadie.

Harold hizo girar el palo blanco con los dedos, como si estuviese moviendo un bastón durante un desfile.

—¿Cuándo se fue?

—Ayer por la mañana. O por la noche. Me desperté y ya no estaba.

Harold dejó de jugar con el palo.

—¿Crees que la han secuestrado?

—Eso es lo que cree Raff. Pero yo no. ¿Por qué iban a secuestrarla?

—Para violarla, quizá. Tu madre está muy buena.

Jonah le arrebató el palo blanco y se dio la vuelta.

—¡Eh, tío! ¡Espera! —Harold le agarró de la muñeca—. ¡Tenemos que analizarlo!

Sin relajar el cuerpo, Jonah permitió que su amigo lo arrastrase hacia atrás.

—Quizá vino un ladrón y ella lo vio, así que tuvo que secuestrarla. —Los ojos de Harold, diminutos tras el cristal, brillaban emocionados—. Para que no lo identificara ante la policía. ¿Entiendes lo que quiero decir?

—Vino alguien, pero no era un ladrón —le explicó—. Trajeron un mango y una botella de vino.

Harold asintió y volvió a quitarle el palo.

—Tendrán huellas dactilares —le dijo—. ¡Será mejor que se lo digas a la policía!

—No podemos llamar a la policía. Y además nos comimos el mango.

—No pasa nada. La botella de vino tendrá las mejores huellas dactilares. Y el ADN.

—¿Qué es el ADN?

—Es algo como... —Harold frunció el ceño—. Son como trocitos de cosas, del cuerpo del secuestrador. Si la policía tiene su ADN, podrá atraparlo sin duda.

—¡Ya te he dicho que no podemos decírselo a la policía, Harold!

Harold se golpeó los labios con el palito blanco, pensativo y con el ceño fruncido.

—¿Por qué no podéis decírselo a la policía?

—Porque entonces la Yaya Mala vendrá a por nosotros.

Harold lanzó un silbido y negó con la cabeza. Sabía quién era la Yaya Mala. Estaba presente la segunda vez que ella intentó robarlos, la vez que vino al colegio. Jonah miró hacia el patio. Habían empezado a jugar un partido de fútbol; eran casi todos chicos de sexto, pero Tyreese e Isiah también estaban jugando.

—Pero, tío.

—¿Qué?

—¿Tu abuela es... no sé... malvada?

Jonah asintió, pero de pronto vio la cara de la Yaya Mala, no su cara de boda, como de pasiflora y estrella de cine, sino su cara de verdad, con su nariz larga y sus ojos tristes e inteligentes.

—¿Qué os hizo? Cuando os robó. ¿Os encerró o...? —Se oyó un grito y algunos vítores. Ambos se volvieron para mirar. Tyreese había marcado un gol.

—Raff le rompió un jarrón —murmuró Jonah—. Era muy pequeño, fue un accidente, pero ella se volvió loca.

—¿Le pegó?

—Más bien... le empujó. —Lo apartó de los cristales rotos, pero con manos duras y enfadadas—. Intentamos fugarnos, pero había un pájaro en el jardín y nos atacó. —Sintió un dolor en la tripa al recordar aquel sonido terrible que hacía, y su cara gigante, con todos esos ojos brillantes.

—¿Un pájaro?

—Un pavo real.

—¡Qué guay! ¿Y qué hacía en su jardín?

—Es suyo —respondió encogiéndose de hombros—. Se lo regaló una estrella de cine.

—¡Una estrella de cine! ¿Y eso?

—Trabaja en el cine. Hace vestidos y conoce a muchas estrellas.

—¿Y quién le regaló el pavo real?

—No me acuerdo.

—¿Fue George Clooney? Seguro que fue él. O quizá...

—Harold, no recuerdo quién fue, ¿vale?

—Vale —respondió Harold, y siguieron viendo el partido durante un rato.

—De hecho, sí que nos encerró —comentó Jonah.

—¿Porque intentasteis huir?

—No. No fue hasta el día siguiente. Ella sabía que mi madre iba a venir a buscarnos, así que nos encerró en el dormitorio. —El dormitorio de Roland, con la foto del caballo en la pared. La yaya había sacado una caja de viejos coches de juguete y les había dado tazas de leche y un plato con galletas, y no supieron que estaban encerrados hasta que oyeron la voz de Lucy y de Dora en el piso de abajo.

—¿Cómo os escapasteis?

—Al final nos dejó salir. —Fue Dora la que la convenció, la que logró calmar la situación.

—Entonces no fue tan malo.

Estaba sonando el timbre y los que jugaban al fútbol habían parado ya. Jonah se encogió de hombros y comenzó a caminar hacia el edificio. Al contárselo a Harold no le había parecido tan malo, pero en su momento, mientras oía a Lucy gritar y llorar, al darse cuenta de que les había encerrado, había sido terrible.

—¿Y cómo era antes de que pasara todo eso? —le preguntó Harold, caminando junto a él—. Antes de que tu padre pegara a ese hombre.

—Siempre se portó fatal con mi madre.

—Y tu madre es muy simpática. —Harold asintió y esperó a que le diera más detalles. Jonah intentó pensar. Solían ir mucho a casa de la Yaya Mala, antes del Sábado del Enfado. Recordaba que le leía los viejos cuentos de Roland y una vez le llevó al jardín para enseñarle la tumba de Rusty. También se habían producido grandes peleas y, en una ocasión, Lucy se marchó furiosa. Él la siguió, salió de casa de la Yaya Mala, llegó hasta la verja y allí Roland lo tomó en brazos. Lucy ya iba corriendo colina abajo hacia el otro lado. «Corre, corre, todo lo rápido que puedas, pero no me atraparás, ¡porque soy el Hombre de Pan de Jengibre!». El Hombre de Pan de Jengibre era uno de los cuentos que le había leído la Yaya Mala.

—Odia a mi madre. Si supiera que nos ha dejado solos, le encantaría, porque así conseguiría que le prohibieran cuidar de nosotros nunca más.

—Y entonces viviríais con ella. Y con el pavo real —comentó Harold.

Él se estremeció. Aquel pico pequeño, con ese ruido terrible.

—El pavo real no estaba... no estaba en su sano juicio, Harold. Quería matarnos.

—Un pavo real asesino. —Harold se quedó pensativo. Habían dejado de caminar y estaba intentando hacer equilibrios con el palito blanco sobre su dedo—. Pero, si tu madre no regresa, entonces al menos... —El palito se cayó. Se agachó y lo recogió—. ¿No sería mejor estar donde tu abuela que estar solo en casa con Raff? Si mete al pavo real en una jaula, claro.

—Pero no querría tener a Raff. —Se le nubló la visión y le arrebató el palo blanco a Harold—. Se quedaría conmigo, pero mandaría a Raff a un orfanato.

—¡Estás de broma! —Harold parecía perplejo—. ¿Por lo del jarrón? ¡Cómo va a hacer eso, tío!

—Eso es lo que iba a hacer. Se lo oí decir por teléfono. Dijo que Raff iría a un orfanato. —El timbre había dejado de sonar y

141

el patio estaba vacío. La señorita Swann estaba esperándolos junto a la puerta, con las manos en las caderas.

—¿Por lo del jarrón, tío?

—Por su pelo —respondió.

—¿Por su pelo?

La señorita Swann se llevó las manos a la boca para llamarles a gritos.

—¡Jonah! ¡Harold! ¡Vamos!

27

La clase de Exposición era después de la hora de comer. Jonah estaba nervioso al levantarse y vaciló antes de sacarse del bolsillo el palito blanco. La señorita Swann sonreía para darle ánimos.

—¿Qué es, Jonah? ¿Qué tienes?

—Es una cosa que he encontrado —respondió levantándolo.

—Increíble. —La señorita Swann entornó los párpados y se acercó para verlo mejor. Se le había vuelto a encrespar el pelo y llevaba el vestido gris todo arrugado y un poco sudado—. ¿Dónde lo has encontrado? —le preguntó mientras se lo quitaba. Ahora parecía desconcertada, insegura, y a Jonah le dieron ganas de arrebatárselo.

—Estaba por ahí tirado —respondió—. ¿Qué es?

La señorita Swann le quitó la capucha al palo y contempló la punta.

—¿Qué crees tú que podría ser? —le preguntó.

—No lo sé. Parece... algo que utilizaría un extraterrestre.

Algunos se rieron.

—Pero los extraterrestres no existen, ¿verdad, señorita Swann? —preguntó Daniella.

—¿Quién quiere responder a Daniella? —preguntó la señorita Swann, y surgió entonces un bosque de brazos levantados.

—¿No puede decirnos sin más lo que es? —preguntó Jonah.

La señorita Swann lo miró, sorprendida, y entonces supo que había sido un grosero. Apartó la mirada de su rostro y se fijó en las manchas rojas de su cuello.

—Es que quiero saberlo, nada más —murmuró.

La señorita Swann miró el palo. Se notaba que estaba pensando mucho.

—Creo que es... una prueba de embarazo —respondió despacio.

—¿Qué es una prueba de embarazo? —preguntó Pearl.

—Si una mujer cree que podría estar embarazada, puede hacerse esta prueba para averiguarlo.

—¿Así que te dice si alguien va a tener un bebé? —preguntó Jonah.

—Sí —respondió la señorita Swann.

—¿Cómo?

—Si una mujer está embarazada, sus hormonas cambian. ¿Alguien sabe lo que son las hormonas?

Se levantaron algunas manos y la señorita Swann escogió a Solomon. Este vaciló mientras intentaba dar una explicación y Jonah volvió a impacientarse.

—Entonces, ¿está embarazada? —preguntó. Solomon cerró la boca y todos le miraron a él.

—¿Quién está embarazada? —le preguntó la señorita Swann.

—La persona a quien pertenece este palo.

La señorita Swann se aclaró la garganta.

—Creo que la prueba está usada —respondió—. Pero no sé si las rayas azules indican un resultado positivo o negativo. Para eso necesitaríamos las instrucciones.

—Pero, si estuviera embarazada y no quisiera estarlo, entonces el médico le succiona al bebé con una aspiradora —dijo Daisy, y todos empezaron a gritar.

—¡Ya basta! —exclamó la señorita Swann.

—Pero es cierto, señorita —aseguró Daisy—. A la hermana de mi amiga se lo hicieron.

Siguieron chillando y la señorita Swann volvió a gritar. Cuando el ambiente se calmó, Jonah levantó la mano.

—¿Me lo puede devolver?

—¿No podemos verlo todos? —preguntó Daniella, inclinada sobre su pupitre para intentar alcanzarlo. Era habitual en clase de Exposición que un objeto pasase de mano en mano, para que todos pudieran verlo de cerca.

—No estoy segura... —respondió la señorita Swann. De nuevo pareció pensativa, incapaz de decidirse—. Si esta prueba de embarazo está usada, y creo que lo está, entonces la punta habría sido sumergida en orina.

Todos parecieron asqueados, y Daniella puso cara de aversión y se metió las manos debajo de los muslos. La señorita Swann levantó las manos para que se calmaran.

—Vamos a seguir con la clase —dijo con cierta brusquedad—. Jonah, gracias por traer este objeto tan interesante. ¡Asombroso! ¿Quién es el siguiente?

—Pero ¿me puede devolver mi palo, por favor?

—¡Jonah quiere su palito de pipí! —gritó Isiah, y se produjeron más risas.

—Joney, creo que el mejor sitio para dejarlo es la papelera —le dijo la señorita Swann.

—Pero en realidad es mío, así que ¿podría devolvérmelo, por favor? —Se lo quitó a la señorita de la mano y ella arqueó las cejas, sorprendida. El aula quedó de nuevo en silencio. Se guardó el palo en el bolsillo y se sentó en su sitio.

—De acuerdo —dijo la señorita Swann—. Shahana, ¿qué has traído tú?

28

Saviour estaba esperando en el patio. Ya había recogido a Raff y estaban de la mano; Raff estaba diciéndole algo y él escuchaba con atención. Raff llevaba el uniforme sucio y el pelo revuelto, pero Saviour se había afeitado y peinado, y llevaba ropa limpia: sus pantalones cortos militares de color verde y una camiseta blanca de manga corta, que hacía que su piel pareciese aún más oscura. Cuando vio salir a Jonah y a Emerald, sonrió, le soltó la mano a Raff y fue a abrazarlos. Olía a chicle y a ropa limpia.

—Bueno, chicos, vamos —dijo al soltarlos. La tripa se le pegaba a la camiseta, pero era un hombre fuerte, así que no importaba; igual que tampoco importaba la fealdad de su rostro, porque tenía ojos curiosos y sonrisa torcida. En el recibidor de los Martin había una foto suya de niño, con la misma sonrisa y las mismas cejas oscuras, bajo una melena de pelo rizado.

Raff iba dando saltos por la carretera por delante de ellos, cantando su rap de Camber Sands. Emerald caminaba con Saviour de la mano, alta y estirada, con sus espirales de princesa Leia todavía perfectas. Jonah trató de ponerse al otro lado de Saviour y darle la mano, pero no había espacio suficiente en la acera, de modo que iba caminando detrás, con la mano aferrada al palo blanco que llevaba en el bolsillo. La cabeza rubia de Emerald le llegaba a Saviour casi a la altura del hombro. De espaldas, uno podría pensar que era su novia, no su hija. Salvo porque era muy desgarbada. Y ningún adulto llevaría el pelo así. Saviour tenía la espalda muy ancha. Se apreciaba una mancha de humedad en el algodón blanco de su camiseta, justo entre los omóplatos. Resultaba agradable estar con un adulto, aunque no fuera Lucy. De pronto se acordó del día en que llegó a casa del colegio y vio, en la mesa de la cocina, aquella primera caja de madera. Champiñones, grisáceos, con unos sombreretes pequeños y tallos largos y finos. Se había llevado un puñado a la nariz; olían a bosques oscuros. Lucy no sabía bien cómo cocinarlos y él no sabía si quería comérselos. Había intentado hervir unos cuantos, solo unos pocos, con espaguetis, pero el agua se había puesto negra y el olor a bosque se había extendido por toda la casa. Cuando Roland regresó del trabajo, preguntó qué olor tan horrible era aquel.

«Nos los ha dado el padre de Emerald. Es recolector».

«¿Qué es un recolector?».

«Alguien que va al campo a buscar comida».

Jonah se había quedado atrás, de modo que aceleró el paso. Roland se alegró de que Lucy hiciera amigos. Se sentía sola y pensaba que no caía bien a nadie, y él le decía que no pensara eso y que se esforzara más. Y entonces, de pronto, aparecieron los Martin. Roland se mostró encantado al principio, pero después...

—¡Almeja apestosa! ¡Uh, uh, Almeja apestosa! —gritaba Raff a todo pulmón, dando saltos como un loco, con las trenzas medio sueltas. ¿Qué haría Roland si supiera que Lucy había desaparecido? ¿Y si se lo decía a la Yaya Mala? No querría que estuvieran solos. Quizá pudieran ir a quedarse con él en la cárcel, en su celda. Tendrían que dormir en el suelo. No, Roland les permitiría dormir en su cama, con la cabeza a los pies del otro. Él dormiría en el suelo, el suelo duro de piedra, solo con una manta gris muy fina.

—¡Dame a Almeja apestosa, por favor, no se la van a llevar! —Estaban ya en el parque y Raff se había subido al árbol de flores en forma de estrella, hasta lo más alto, y se asomaba entre sus hojas de color verde oscuro. En primavera, el árbol florecía con miles de estrellitas rosas y rizadas. Solo duraban unos quince días y a Lucy le gustaban tanto que iban cada día después de clase para poder mirarlas. No era un árbol alto, pero Saviour le dijo a Raff que tuviera cuidado. Y Raff desapareció y luego volvió a aparecer, más abajo, columpiándose de una rama, sonriendo de oreja a oreja. Era así de feliz porque podía olvidarse de cualquier cosa que no estuviese sucediendo en ese mismo instante.

Jonah apartó la mirada.

—¿Vas a tener un bebé, Mayo? —susurró—. ¿Por eso Roland te envió las flores?

Mientras atravesaban el parque, se detuvieron en la camioneta de los helados y Saviour les dejó escoger el que quisieran. Raff eligió un polo con forma de cohete espacial. Emerald escogió un Cornetto de fresa y Jonah un cucurucho de vainilla con virutas de chocolate.

—¿Por qué tú no tomas ninguno? —le preguntó a Saviour.

—Está engordando otra vez —explicó Emerald—. Mi madre dice que él tiene que ser el sano de los dos.

—¿Es porque tienes que tragar con bastantes cosas? —le preguntó Jonah.

Saviour sonrió y le revolvió el pelo.

—Muy buena, colega —le dijo, y se agachó para lamer su helado. Jonah deseó que no lo hubiera hecho. Quizá tuviera mejor aspecto por fuera, pero su interior no debía de estar muy sano, porque tenía la lengua gris y agrietada.

Hacía mucho calor. Pasaron frente a la piscina infantil, que estaba llena de niños pequeños, y luego recorrieron el sendero que conducía hacia el estanque. Jonah caminaba pegado a la barandilla de hierro, pasando por ella los dedos. Al otro lado de la barandilla, bajando por una pendiente cubierta de hierba, se encontraba el aparcamiento del hospital. Los techos de los coches brillaban como el oro y más allá se alzaba, imponente, el hospital donde había nacido Raff. Pensó en todas las personas enfermas tendidas en una cama. ¿Oirían a los niños gritando en la piscina? ¿Desearían poder recuperarse y salir al parque y comer helado?

Saviour, Emerald y Raff se habían detenido a la sombra de los árboles que bordeaban el estanque, disfrutando del fresco mientras miraban a los patos. Emerald y Raff estaban comiendo sus helados. Jonah se dio cuenta de que, en realidad, no le apetecía el suyo porque Saviour lo había lamido. Se estaba derritiendo deprisa. Lo tiró en una papelera llena de avispas y miró los nombres de las personas muertas. Estaban alrededor del estanque, grabados en los bancos de madera. Lucy, Raff y él solían ir allí a menudo y hablaban de la gente muerta, se imaginaban sus fantasmas, sentados en aquellos bancos, charlando.

«Poniéndose de los nervios unos a otros, seguro», había dicho Lucy. «Si yo me muero, no quiero un banco aquí, quiero uno en lo alto de la colina, ¡para poder contemplar las vistas!».

«Pero ¿no estarás en el cielo?», le había preguntado él. «¿La gente muerta no está en el cielo?».

«Creo que hay muchas personas que se quedan por aquí, al menos unos años. Yo, desde luego, lo haría, para teneros vigilados».

Los años que mostraban cuánto habían vivido estaban grabados bajo los nombres, con algunas palabras, un trozo de poema o una frase sin más. El banco favorito de Raff decía *Snowy*. Snowy debía de haber sido un perro, un pequeño terrier de color blanco, como el perro de los libros de Tintín. El favorito de Jonah estaba situado contra el tronco de un viejo árbol nudoso. Las ramas más bajas alcanzaban los laterales del banco, como si estuvieran a punto de abrazarlo. Las palabras grabadas decían:

KUMARI
BELLEZA ETERNA, RADIANTE

No había fechas. Lucy decía que Kumari era el nombre que se daba a las niñas pequeñas que habían sido poseídas por una diosa, y que aquel era el banco más triste, porque era en recuerdo de una niña. «Debe de estar harta de pasar el rato con toda esta gente vieja, alrededor de este estanque asqueroso». Pobre Kumari.

Jonah se situó frente al banco favorito de Lucy.

—Olive Mary Sage —leyó.

«Debía de vestir siempre de verde, ¿eh?», oyó decir a Lucy. «Y tenía los ojos verdes. Era bajita y delgada, y muy lista».

Olive Mary Sage había vivido de 1900 a 1995, casi todo el siglo veinte. Bajo las fechas se leía la inscripción:

NO ESTÁ LEJOS

Se la imaginó sentada ahí, en su propio banco, con la ropa antigua que llevaría cuando era joven. Un vestido verde a rayas, pensó, con la falda larga y mangas acampanadas. Guantes verdes y un pequeño sombrero verde, decorado con ramas de hierbas aromáticas y olivos. Ella lo miró y asintió sin sonreír, de esa manera anticuada tan cortés.

«Puede que fuera sufragista», había dicho Lucy. «Puede que fuera a la cárcel e hiciera huelga de hambre y estuviera a punto de morir. Fue muy valiente. Y también estuvo triste, porque perdió a su amor en la guerra. Nunca lo superó. Por eso nunca se casó».

No estaba claro que no se hubiera casado, pero en el banco no se hacía mención a un marido o a unos hijos. Su vecina de al lado, Hilda Jenkins, era una *Adorada esposa, madre y abuela*, a la que *echaremos de menos*. Hilda no había vivido tanto como Olive, solo de 1907 a 1984. Era demasiado joven para haber perdido a su amor en la Primera Guerra Mundial, según decía Lucy, y luego su marido habría sido demasiado viejo para luchar en la Segunda. Se imaginó a Hilda como una abuelita, regordeta, con un delantal puesto y el pelo blanco recogido en un moño. Habían decidido que Hilda y Olive no se llevarían muy bien y que probablemente sus fantasmas estuvieran hartos de que fueran vecinas.

«Pero ¿por qué no se va Olive al cielo a ver a su amado?», había preguntado Jonah.

«Bueno, a lo mejor están las dos en el cielo», había respondido Lucy. «Olive estará con su amado, besándose todo el tiempo, y nadando desnuda en un lago verde sin fondo. Mientras que Hilda estará en su cocina, preparando pasteles con sus nietos».

«¡Pero sus nietos no están muertos!».

«Ah, sí. Bueno, quizá haya encontrado niños muertos con los que preparar pasteles».

«¡Kumari!», había exclamado él.

—¡Vámonos! —gritó Saviour.

151

29

Subieron caminando por la colina y dejaron atrás a quienes tomaban el sol y hacían pícnics. Todavía hacía mucho calor, pero había empezado a levantarse viento y había cosas volando de un lado a otro. Jonah vio a una mujer en pantalón corto y bikini que corría detrás de una bolsa de plástico. Miró entonces hacia las nubes. Cumulonimbos. Iba a haber tormenta. En lo alto de la colina, los árboles se agitaban formando un fuerte estruendo y los gritos de los niños en la piscina infantil sonaban muy lejanos. Desde allí arriba, la vista era espectacular. Se dio la vuelta y miró. Bajo las nubes gigantescas, Londres se extendía y resplandecía como un enorme tesoro. Se imaginó a Lucy en un rascacielos, con un bebé en la tripa, mirándolo a través de un telescopio. Levantó la mano para saludar.

—¡Jonah!

Saviour mantenía abierta la verja del parque. Emerald y Raff ya habían salido y estaban en la acera, esperando para cruzar. Jonah se reunió con ellos. Las casas de enfrente eran como una hilera de águilas, posadas sobre el parque: altas, con tejados inclinados y ventanas brillantes. Cruzó la carretera siguiendo a los demás y se acordó de la última vez que había ido allí, cuando llevaron a Dylan. Lo habían llevado en coche, así que debió de ser antes de las vacaciones, porque fue durante las vacaciones cuando perdieron el coche. Sí, había sido en primavera, porque los cerezos estaban en flor. Recordó que sujetaba a Dylan y contemplaba las flores rosas mientras Lucy cerraba el coche.

Saviour los condujo a través del jardín delantero, que estaba lleno de estatuas de todo tipo, desde una niña desnuda y gris, a la que le faltaba la nariz y un brazo, hasta un gnomo pintado con aspecto diabólico. También había un retrete del que salía un cactus. Raff y él se habían reído mucho la primera vez que lo vieron. Saviour abrió la puerta principal y entraron todos en la casa.

El recibidor estaba limpio y ordenado, con todo almacenado en el bloque de casilleros de madera que había en la pared. Un rayo de sol incidía sobre la escalera con moqueta a rayas, entrando por la ventana hasta aterrizar en el rellano.

—¿Dora? —dijo Saviour. No hubo respuesta, pero se oía algo que daba golpes con el viento.

Dejaron las mochilas y se quitaron los zapatos y los calcetines. Saviour lo guardó todo en casilleros diversos. Esos casilleros procedían de una oficina de correos y todavía se leían los códigos postales escritos debajo. Jonah respiró el aire seco y limpio de aquel lugar. El suelo era un rompecabezas de piedra marrón, azul y crema; resultaba agradable sentir el frío bajo los pies.

El suelo del comedor y la sala de estar era un zigzag de madera, como el de casa de la Yaya Mala; ligeramente encerado. Además, se olía un poco el abrillantador. A través de la ventana abierta se colaban las voces procedentes del parque. Había un libro de tapa dura abierto sobre el sillón con estampado a rayas situado junto a la ventana y, sobre la alargada mesa de madera, tres velas. El óleo multicolor que Dora le había hecho a Lucy colgaba de la pared de enfrente. Jonah lo miró. Su madre tenía el ceño fruncido, como si no los reconociera. Saviour había entrado detrás de él; sintió su mano en el hombro, que le empujaba ligeramente hacia delante. Siguiendo a Emerald y a Raff, deslizó los dedos por el respaldo del sofá de cuero, que era donde los Martin veían la televisión. Sobre la tele estaban las astas, decoradas con luces de Navidad, que habían dejado encendidas. La máquina de *pinball* estaba apagada, y el taburete que utilizaban para subirse a jugar estaba guardado debajo.

En la cocina, Emerald y Raff tiraron a la basura los envoltorios de sus helados y Saviour encendió el horno antes de abrir el frigorífico. Jonah atisbó el pollo, que ya estaba cubierto de hierbas y trocitos de beicon.

—Está bien —anunció—. ¿Quién quiere ayudarme a pelar las judías?

—¡Yo! —exclamaron Raff y Emerald al unísono, pero Jonah siguió andando y bajó los escalones hasta llegar a la terraza interior.

Era una terraza bastante grande, como las de los viejos tiempos, nada parecido al pequeño mirador de cristal que tenían ellos en su cocina. Las orquídeas de Dora, plantadas en macetas en las repisas, habían florecido, y sus flores —algunas con manchas, otras con motas y algunas lisas— parecían las caras de cientos de gatitos. Los móviles de viento seguían colgados en el techo: pájaros de papel, mariposas y una cascada de espejos finos y alargados. Las cristaleras estaban abiertas y las orquídeas y los móviles se agitaban suavemente con la brisa. Había pétalos de orquídea tirados por el suelo de baldosas, junto con algunas judías que debían de habérsele caído a Saviour al entrar desde el jardín.

Había otra estatua, junto a la puerta, que miraba hacia el jardín. No era una estatua de verdad, sino el maniquí de una tienda, totalmente blanco, salvo por los labios y los pezones, que estaban pintados de rojo. Dora la había bautizado como Ariadna la Triste. Se acercó a Ariadna y contempló su rostro altivo; después se volvió hacia el caballo balancín y le acarició la cabeza. La primera vez que fueron allí, Raff era tan pequeño que podía montarse en el caballito sin que sus pies tocaran el suelo. Había sido en otoño, en el primer trimestre de clase, y recordaba que había un fuego encendido en la estufa y hojas amarillas pegadas a los tragaluces. Se habían encontrado con ellos en el supermercado. Ya conocían un poco a Saviour, porque había hablado con ellos en el patio y les había regalado una caja de champiñones, pero aún no conocían a Dora. Emerald iba sentada en la silla del carrito de la compra, como un bebé, y le decía a Saviour qué galletas quería. Raff se había acercado corriendo a saludar. Roland, Lucy y él le habían seguido, algo incómodos, y había sido un momento vergonzoso, porque Raff le había contado a Saviour que en realidad no les gustaban los champiñones. Entonces había aparecido Dora, con sus largas botas de pirata, agitando una pata de cordero.

Jonah volvió a mirar los sofás, colocados en forma de L en torno a la estufa. El sofá favorito de Dora era de cuero marrón, como el sofá de la tele. Le habían echado por encima una colcha blanca muy suave y algunos cojines marrones. El sofá en el que siempre se tumbaba Lucy era rosa y blandito, más bajo que el de Dora. Se hallaba pegado a la pared, pero el respaldo se curvaba hacia atrás por la parte de arriba, lo que significaba que había un pequeño hueco debajo, entre la base del sofá y la pared. Ese espacio había sido su pequeño escondite. Bajaba los escalones desde la cocina, ellas estaban hablando y hablando, y entonces se ponía a cuatro patas y se arrastraba hacia aquella pequeña guarida polvorienta.

Se sentó en el sofá rosa, pensando en Lucy y en Dora en el pasillo de las galletas del supermercado. Juntó las palmas de las manos, como había hecho Dora al ver a Lucy, y Lucy había hecho lo mismo, y ambas habían hecho una pequeña reverencia. Era como si las dos viniesen del mismo país lejano y no hubieran visto a nadie más de ese país en mucho mucho tiempo. Pero, cuando Dora dijo: «¡Tú debes de ser la famosa Lucy!», su madre sonrió perpleja. Dado que aquello fue antes del Sábado del Enfado, ¿por qué era famosa entonces? Dora se presentó y dijo que su verdadero nombre era Cordelia, pero que no le gustaba nada.

«¡Pero si es precioso!», había dicho Lucy.

«Es horrible. Cuando era adolescente, intenté cambiármelo por Goneril».

«¿Goneril?».

«Sí, por el rey Lear. Para no ser la hermanita mojigata».

Jonah frunció el ceño al recordar el asentimiento de cabeza de Lucy. Siempre sabía cuándo su madre estaba fingiendo. Se recostó en el sofá y se llevó las rodillas al pecho. Dora había descubierto que todo el mundo la llamaba «Gonorrea» a sus espaldas, así que había tenido que volver a cambiarse el nombre. Lucy se había reído mucho al enterarse. Habían hablado de Haredale, y Dora había comentado que a Emerald le aburría el colegio. «Supongo que no está acostumbrada a que la traten como a una niña. Siempre hemos permitido que estuviera con nosotros». Lucy había preguntado por qué Emerald no tenía más hermanos, lo cual a él le había parecido algo entrometido, pero a Dora no le había importado en absoluto. Dijo que le habría encantado tener más, una Ruby y un Sapphire, pero, justo cuando estaba pensando en volver a quedarse embarazada, tuvo cáncer, y por suerte lograron destruirlo, pero también destruyeron todo lo demás. Y entonces les dijo que tenían que ir a almorzar con ellos y ayudarles a comerse la pata de cordero, que era gigantesca.

Jonah observó la terraza interior vacía y recordó los gritos de alegría de Raff en el caballito balancín, y a Lucy y Dora riéndose; a Saviour intentando hablar con Roland mientras repartía unas copas enormes de vino tinto. Y el olor del cordero asado. Emerald había cantado una canción en francés y Raff y él se habían quedado asombrados. Roland había dicho después que a esa niña le gustaba destacar y también había comentado que no sabía que Lucy hubiera leído *El rey Lear*. Lucy se había marchado enfadada a su dormitorio y Jonah había ido tras ella y se había acurrucado a su lado en la cama. Le había preguntado qué significaba «gonorrea» y ella había fruncido el ceño, porque no lo entendía, pero entonces se rio al recordarlo y le dijo: «Para ser tan pequeño, tienes unas orejas enormes», le agarró ambas orejas y tiró de ellas con suavidad.

Jonah se acuclilló en el extremo del sofá para poder asomarse por el hueco de detrás. Los dos cojines marrones sobre los que solía tumbarse seguían allí tirados. Ya era demasiado grande para caber ahí. Se puso en pie, contempló el sofá rosa de terciopelo gastado y se imaginó la huella que el cuerpo de Lucy había dejado allí. ¿Se había tumbado allí el día que llevaron a Dylan? ¿Se había metido él detrás del sofá y había escuchado la conversación de Lucy y de Dora? No, habían salido directos al jardín para presentar a Dylan y a Elsie, y para mostrarles la conejera, y se habían quedado allí fuera hasta la hora de irse. Lucy había estado muy callada, acurrucada con su chaqueta de punto gris mientras arrancaba briznas de hierba del suelo. No se habían quedado a comer ni nada. Dora había abrazado a Lucy cuando se marcharon; fue un abrazo largo e interrumpido por Raff, que intentaba meterse entre medias.

Jonah olisqueó el aire. El pollo ya debía de estar en el horno. Se giró y miró hacia la cocina. Raff estaba intentando pelar las judías, siguiendo las instrucciones de Emerald.

—No, mírame a mí —le decía ella—. Lo estás haciendo mal.

Giró la cabeza y volvió a juntar las palmas de las manos.

—En realidad era algo del yoga, ¿verdad? —le susurró a Lucy. Como lo de Om. Quizá pudiera preguntarle a Dora qué significaba «Om». Ella lo sabría. Miró entonces hacia el jardín.

30

Había unos escalones de piedra que subían hasta el patio, o la terraza, como la llamaba Dora. El viento soplaba con suavidad y los móviles que colgaban de los manzanos se habían vuelto locos. Había muchas sábanas secándose en la cuerda de tender y el viento las agitaba sin parar, permitiéndole atisbar retazos del cuerpo blanco y delgado de Dora, despatarrada de forma extraña sobre una tumbona acolchada. Llevaba la cara y la cabeza cubiertas por unas gafas de sol y una gorra de béisbol; el vestido amarillo, muy corto, le cubría la cintura. Tenía los brazos extendidos por detrás de la cabeza y los muslos separados. Tenía las rodillas dobladas y las espinillas y los pies metidos en un cubo de plástico verde. Jonah pensó en la expresión «estirar la pata» y se preguntó si ya estaría muerta. Entonces el viento cesó y los móviles se quedaron quietos; el sol empezó a calentar con más fuerza. Ya no veía a Dora, solo el cubo, las patas de la tumbona y un libro abierto sobre las baldosas rosas de piedra.

«¿Está muerta?», se preguntó. Subió de puntillas los escalones que daban al patio y se quedó allí, sin atreverse a avanzar más. Le preocupaba que Emerald pudiera llegar hasta allí corriendo y encontrarla. Si realmente estaba muerta, ¿cómo lo superaría Emerald? Se acordó de la anciana de ojos de huevo de la casa de apuestas, mientras Pat le arreglaba el pelo, y recordó que entonces se había preguntado si estaría muerta, y había oído a Lucy riéndose en su cabeza. Ahora veía la cara de su madre con mucha claridad y la mirada muy seria. «Pero ¿qué pasa si soy yo la que ha muerto, Joney? ¿Cómo lo superaréis vosotros dos?».

Cerró los ojos. Si estaban muertas las dos, Dora y Lucy, tal vez estuvieran juntas en el cielo. Se las imaginó tumbadas en sus sofás, bebiendo vino, ambas con una toga blanca, como los dioses de la película. «Se está de maravilla aquí, ¿verdad?», diría Lucy con voz perezosa y el brazo colgando del sofá. Agarraría el tallo de su copa solo con dos dedos. «Pero debería bajar. Me preocupan los chicos. ¿Tú no estás preocupada por Em?». Ambas se girarían sobre sus sofás y se asomarían al rectángulo azul para ver el jardín.

Se oyó el ruido del agua al salpicar y Jonah abrió los ojos. Los pies mojados de Dora aparecieron por debajo de la sábana. Así que no estaba muerta. Pero en uno de los pies tenía un hematoma muy oscuro, y llevaba las uñas gruesas y amarillentas. De pronto le entró miedo y se dio la vuelta con la intención de regresar corriendo a la casa, pero ya era demasiado tarde, porque Dora apartó la sábana y allí estaba, su nueva versión mortecina, incorporada hacia delante sobre la tumbona, mirándolo con aquellos ojos vidriosos de insecto por debajo de la gorra.

—¡Jonah, cuánto tiempo sin verte! —exclamó. Sin duda era su voz, una voz de Nueva Zelanda, ligera, pero con cuerpo, con cierta carraspera. Jonah le devolvió la sonrisa con timidez—. ¿Cómo estás, colega?

—Bien, gracias. —Se sentía incómodo, como Roland; había heredado esa incomodidad de Roland. No debería sentirse así, porque los Martin eran sus mejores amigos.

—Me alegro. —Se colocó las gafas de sol en la visera de la gorra de béisbol. Su cara estaba más o menos igual que siempre. Era un poco más joven que Lucy, pero parecía mayor, porque tenía muchas arrugas, como un pañuelo de papel usado. Aún lucía un diamante en su pequeña nariz y sus ojos todavía se veían grandes, planos y grises, como televisiones. Tenía otro hematoma en el brazo y estaba más delgada que nunca. El vestido amarillo no le quedaba bien, era demasiado grande para su cuerpo esquelético, y el color daba a su piel un tono aún más blanco. Se preguntó por qué no se pondría morena, como Saviour. La recordó haciendo volteretas laterales el día que los llevó a las Olimpiadas y se preguntó si todavía podría hacerlas o si se le quebrarían los brazos.

Dora se levantó de la tumbona y comenzó a descolgar las sábanas, dejando marcas de humedad con los pies sobre las baldosas de piedra.

—¿Qué tal está tu madre? —le preguntó por encima del hombro.

Jonah apretó con los dedos el palo blanco que llevaba en el bolsillo y deseó poder contárselo.

—Se me mueve un diente —dijo en su lugar.

—¿De verdad? ¿Y cuándo crees que se te va a caer?

—Lucy dijo que se me caería el miércoles. Le aposté a que sería antes, así que tiene que caérseme hoy para que gane.

—Bueno, si está lo suficientemente suelto, puedes tirar de él. ¿O sería trampa?

—Eso creo. —Vio como Dora se estiraba y observó su piel blanca y el vello desgreñado de sus axilas—. Dora.

—¿Sí, cariño?

Apretó el palo con más fuerza y trató de decidirse.

—¿Puedo meter los pies en el cubo? —preguntó entonces.

—Por supuesto.

Se metió en el cubo. Sintiendo su mirada, empezó a dar pisotones en el agua, como si estuviera en una piscina infantil.

—Eres una persona asombrosa, Jonah. ¿Lo sabías? —Tenía la sábana doblada sobre el brazo y estaba descolgando otra, con solo una mano—. Sé que a veces debe de resultar difícil ser tú. Pero lo haces muy bien. Te mereces una medalla.

Jonah siguió pisando el agua, notando su mirada. En realidad solo se podía dar un paso dentro del cubo, un paso en cada dirección. Miró el libro que estaba leyendo y se fijó en las palabras de la cubierta. *El hombre en busca de sentido*, de Viktor E. Frankl.

—¿Qué significa «Om»? —le preguntó.

—¿Om? No lo sé. Nada importante. Pregúntale a tu madre, ella lo sabrá.

Él asintió. Dejó de mover el agua, volvió a mirar la cubierta del libro y se preguntó qué significaría la E. Entonces se acordó de otro libro de Dora, el de la foto de la máscara en la cubierta, que estaba en la mesa de la cocina, en su casa. Debería haberlo llevado consigo para devolvérselo. Aunque tendría que borrar primero todos los garabatos de Lucy.

—¡Ah, Jonah, ahora que me acuerdo!

Levantó la mirada.

—¿Qué pasó con la vista para la condicional de tu padre? ¿Vuelve a casa?

—No lo sé. —Con el corazón acelerado, miró hacia la casa. ¿Qué había comentado Raff sobre la libertad «conmocionada» de Roland?

—Ah. —Dora dobló la segunda sábana sobre sus brazos—. Bueno, si tu madre no te ha dicho anda, entonces tal vez...

—¿Qué es una vista para la condicional? —preguntó él mientras empezaba a mover de nuevo el agua.

—Es como... una especie de reunión. La gente del tribunal de la condicional se reúne y escucha las razones por las que al prisionero debería permitírsele volver a casa.

Se imaginó a las personas en torno a una mesa alargada, con los ojos muy abiertos, viendo como Roland les decía lo mucho que lo sentía.

—¿Y entonces deciden? ¿En la vista?

—O quizá después de la reunión. No lo sé exactamente.

—Y, si deciden que puede irse a casa, ¿se puede ir directamente?

161

Dora dejó de descolgar las sábanas y se puso pensativa.

—Supongo que sí. Primero tendrían que... decírselo a la gente. No sé cuánto se tarda en eso. Quizá haya que esperar un poco.

—¿A cuántas personas se lo tienen que decir?

—No son muchas. —A Dora se le despejó la cara—. De hecho, no, ahora que me acuerdo. Tiene una fecha concreta para su salida en libertad condicional. Por eso se celebra la vista, para decidir si puede irse a casa en esa fecha.

—¿Y cuál es la fecha de su salida? —Jonah dejó de mover los pies y vio cómo el agua iba quedándose quieta.

—Eh... creí que era dentro de muy poco, pero no estoy segura. De todos modos, si tu madre no ha dicho nada... —Empezó a poner pinzas de nuevo—. Cielo, probablemente es mejor que yo no diga nada. Es posible que la junta de la condicional haya decidido que tiene que quedarse en prisión un poco más.

—¿Cuánto más?

—No mucho, esperemos.

—¿Unas semanas?

—No lo sé, Joney. Sí, puede ser. —Parecía cansada, como si deseara no haber iniciado la conversación, pero él insistió.

—Y, cuando salga...

—¿Sí?

—¿Vendrá a vivir con nosotros?

—No estoy segura. —Dora tenía ahora las sábanas colgadas del hombro, como una toga—. Al principio, es probable que se quede en casa de su madre. Pero vendrá a veros. Eso será lo primero de su lista.

—Dora.

—¿Sí, cielo?

—Para comprar comida, durante unas semanas...

—¿Qué?

—¿Cuánto dinero se necesitaría?

—¿Dinero? ¿Qué pasa? ¿Lucy está otra vez sin blanca? —El

aburrimiento que había invadido su voz le hizo sentir vergüenza—. Mira, no te preocupes por el dinero. Podemos ayudaros. Hablaré con ella, ¿vale?

—Vale.

—Tu madre se pondrá bien —le dijo—. Pero tiene sus fases, ¿verdad?

Él asintió y miró a través del agua que tenía en los pies.

—¿Te acuerdas de cuando...?

—¿Cuando qué?

—Cuando la madre de Roland quiso que nos fuéramos a vivir con ella.

—Sí. —Dora se volvió para mirarlo por encima del hombro.

—Y Lucy iba a ir a juicio. Para que le dieran una cosa y que ella no pudiera acercarse a nosotros.

—Una orden de alejamiento. Al final no lo hizo. En su lugar, yo le escribí una carta. Y con eso fue suficiente.

Jonah se quedó mirándose los pies. Tenía las uñas demasiado largas. Lucy debería habérselas cortado cuando le cortó las de las manos.

—¿Dora?

—¿Sí, cielo? —respondió ella con un suspiro.

—¿Podríamos venir Raff y yo a quedarnos con vosotros? —Le salió de pronto, sin ni siquiera saber que lo iba a decir.

—¡Au! —Una pinza cayó al suelo, partida, y Dora se llevó el dedo a la boca. Las sábanas que tenía encima del hombro se le resbalaron. Pareció que iba a ponerse a llorar.

—No importa —se apresuró a decir él—. Estaremos bien. —Sacó los pies del cubo. No sabía si abrazarla o dejarla sola y volver a la cocina junto a los demás.

Dora se sacó el dedo de la boca.

—Jonah, ¿tu madre te ha hablado de mi enfermedad?

Jonah negó con la cabeza. Caminó en círculo poniendo un pie justo delante del otro para que sus pisadas quedaran unidas.

163

—El caso es que es bastante duro para Em. Es duro para todos, pero sobre todo para ella.

Él asintió y siguió caminando en círculo.

—Ya sabes cómo es Em. No es dulce y cariñosa como tú, Jonah. Es hija única. Yo he estado mucho tiempo enferma y... bueno, le cuesta mucho compartir.

Jonah no paraba de asentir.

—Claro, Lucy se pone triste, y eso también es como una enfermedad. Pero después vuelve a alegrarse, ¿verdad?

—No pasa nada —dijo él. Volvió a mirar la cubierta del libro. Tal vez la E fuese de Edward. O ese nombre antiguo tan gracioso: Ebenezer. Desde luego, no Emerald.

—Pienso mucho en vosotros dos, ¿sabes? Y ojalá os pudierais quedar aquí, de verdad. Pero creo que a Emerald le resultaría muy difícil ahora mismo. ¿Lo entiendes, cielo?

—Sí.

—Ven aquí. —Extendió el brazo y él se acercó lo justo para que pudiera estrecharle la mano. Intentó abrazarlo, pero se resistió—. Ay, cielo. —Dora suspiró, le soltó y recogió las sábanas—. Hablaré con ella. Cuando venga a recogeros, le diré que pase.

—No va a venir a recogernos —respondió él—. Nos dijo que podíamos volver a casa solos.

—¿Ah, sí? —Dora volvió a chuparse el dedo—. Está evitándome. Es porque estoy enferma otra vez. No puede soportarlo. —El tono descarnado de su voz le produjo un escalofrío.

—¡Mamá!

Emerald corrió hacia Dora y estuvo a punto de tirarla al suelo. Dora dejó caer las sábanas y la abrazó. Saviour y Raff llegaron después. Saviour llevaba una bandeja con vasos y una jarra de un líquido rosa con hielo, que dejó sobre la mesita redonda y blanca.

—¡Hola, Raffy! —exclamó Dora—. ¿Qué llevas en el pelo? —Raff se llevó las manos a la cabeza—. Dile a tu madre que te lo quite. Estás guapísimo con tu pelo afro. —Apartó ligeramente a

Emerald de su lado y volvió a sentarse en la tumbona. Saviour le pasó un vaso de líquido rosa—. ¿Qué tal el cole, chicos?

—Jonah me ha llamado gilipollas.

Jonah notó que se ponía rojo. Saviour estaba mirándolo con las cejas arqueadas, pero Dora miraba a Emerald con el ceño fruncido.

—Eso no puede ser verdad —comentó.

—¡Pero es verdad! ¿A que sí, Jonah?

Dora lo miró entonces. Él se preparó para justificarse, pero se le había cerrado la garganta y tenía la boca muy seca. Alcanzó la bebida que Saviour le había servido. El vaso estaba demasiado lleno y se lo llevó muy despacio a los labios.

Dora apartó la mirada.

—¿Quieres recoger las sábanas, cariño? —preguntó con suavidad. Saviour recogió las sábanas del suelo y descolgó las que quedaban en la cuerda, dejando a la vista el resto del jardín. Después del patio había una franja de césped con parterres de flores a cada lado, y luego estaba el huerto, de donde habían salido las judías, con enrejados y redes y un espantapájaros, que en realidad era un viejo maniquí de sastre. Llevaba puesta una chaqueta de raya diplomática y un sombrero de paja con un pañuelo verde anudado alrededor. Más allá de las verduras se hallaban los manzanos, con sus móviles de viento, y bajo los manzanos estaba la conejera, con su propio jardín vallado.

Dora giró la cabeza para seguir la mirada de Jonah.

—¡Ah! —exclamó—. ¿Quieres ver a las crías de los conejos?

«¡Las crías de los conejos!». Jonah y Raff se miraron con la boca abierta.

—¿No os lo había dicho Lucy? —les preguntó Dora.

Miró a Saviour, que estaba doblando las sábanas y metiéndolas en una cesta de mimbre.

—¿Cuándo nacieron? —preguntó Jonah.

—Hace unos quince días. ¿O hace más? Le escribí para contárselo... —Dora seguía mirando a Saviour mientras su voz se apagaba. Entonces miró a Emerald—. Emmy, ¿por qué no les dijiste lo de las crías?

Emerald se encogió de hombros.

—Supongo que tenía otras cosas en la cabeza. —Dio un sorbo a su vaso y Dora dejó escapar un leve gemido. Saviour depositó la última sábana en la cesta y fue a situarse detrás de ella. Le quitó la gorra y las gafas de sol y le puso en la frente una de sus enormes manos de dedos morados. Dora cerró los ojos y Emerald dejó su vaso—. Venga, venid, chicos.

Había cinco crías de conejo y eran preciosas. Emerald agarró a una, pero, cuando Raff intentó agarrar a otra, le dijo que no debía.

—Están acostumbradas a mí —le explicó—. Tú les darás miedo. Hacemos una cosa, ven aquí y podrás acariciar a Lola si quieres. Siempre y cuando tengas cuidado. —Como si fuera una adulta, agarró a Raff del dedo y lo pasó por el lomo del conejo.

—Pero yo quiero tenerlo en brazos —se quejó Raff quitándole el conejo—. ¿Ves? No tiene miedo. ¡Le caigo bien! —Se acercó el conejo a la cara y lo acarició con la nariz—. Eh, Van Persie, eres mi amigo, ¿a que sí?

—¡Van Persie! ¿Qué es eso?

—Es el nombre de un jugador de fútbol —le aclaró Jonah.

—A un conejo no se le puede poner el nombre de un jugador de fútbol —sentenció Emerald—. Además, es mi conejo y es un conejo chica, así que se llama Lola. —Trató de recuperar al animal, pero Raff se apartó con rapidez y lo apretó con fuerza contra su pecho.

—Es mi conejo, es Van Persie.

—¡No es tu conejo!

—Raff, devuélveselo —le dijo su hermano—. Si Em quiere ese, nosotros tenemos que elegir uno de los otros.

Raff no quería devolverlo y Emerald se llevó las manos a las caderas.

—De todas formas, lo siento, chicos, pero ninguno es vuestro.

—¡Sí que lo son! —gritó Raff—. ¡La mitad son nuestros!

—Me parece que nos los vamos a quedar todos —le respondió ella—. Tienen que estar con su madre.

—¿Y qué pasa con Dylan? ¡Es su padre! ¿Dónde está?

—Dylan está en la conejera. Nunca sale. Últimamente solo duerme. Podéis quedaros con Dylan. Las crías no le necesitan.

A Jonah le entraron ganas de pegarle un puñetazo. En su lugar, tomó aliento.

—Claro que podemos quedarnos con Dylan, porque es nuestro conejo, Emerald. Solo os lo prestamos para que Elsie pudiera quedarse embarazada.

—Y es el padre de las crías, así que la mitad son nuestras —insistió Raff.

—Son cinco, así que no podemos quedarnos con la mitad —razonó Jonah—. Pero posiblemente podríamos quedarnos con dos. —Estaba orgulloso de sí mismo por hablar con tanta madurez, pero Emerald soltó un grito hacia el otro lado del jardín.

—¡Papi! No pueden quedarse con dos de los conejos, ¿verdad?

Saviour se había sentado a los pies de Dora y estaba dándole besos en la cara interna de la muñeca.

—¿No podéis pasarlo bien jugando con ellos, chicos? —preguntó a su vez.

Sin soltar a la cría, Raff se acercó a ellos. Jonah lo siguió, cada vez más nervioso.

—También son nuestros conejos. ¡No podéis quedaros con todos!

—Venga, Raff —le dijo Dora con voz tranquila—. Vamos a esperar a que haya hablado con Lucy, ¿quieres?

—¡Devuélvemelo! —Emerald había logrado arrebatarle el conejo de los brazos y él se puso furioso.

—¡No es justo! ¡Deberíamos quedarnos con Dylan y tres crías! ¡Quiero llevármelos a casa hoy!

Dora volvió a gemir. Fue un sonido débil, pero hizo que Saviour se pusiera en pie de un salto.

—Raff, no queremos pelear por los conejos —le dijo—. Vamos a bajar la voz, ¿de acuerdo?

—Raff, cielo, ven aquí —le dijo Dora extendiendo los brazos desde la tumbona, pero Raff se tiró al césped y empezó a llorar. Jonah se acuclilló a su lado y le puso una mano en los hombros. Emerald se quedó de pie junto a ellos, acariciando al conejo.

—Raff, mi madre está realmente enferma y puede que se muera, así que, si te comportas así, ¡tendremos que enviaros a casa! —le espetó.

—¡Emerald! —gritó Saviour mientras Raff empezaba a chillar—. ¡Deja de portarte mal con Raff! ¡Y deja de decir que mamá se va a morir! —Le arrebató la cría de conejo y atravesó el jardín para volver a dejarla con su madre; después regresó y tomó en brazos a Raff, que seguía gritando.

—Venga —dijo—, ¿quién va a ayudarme a preparar la tarta de arándanos?

31

Era extraño cenar asado en un día tan cálido y soleado. Cenaron sentados a la mesa alargada, bajo el retrato que Dora le había hecho a Lucy. El ventanal estaba abierto todavía y se oía, a lo lejos, el tráfico, además de los gritos y las risas procedentes del parque.

Raff y Emerald comieron los muslos, Jonah y Saviour se quedaron con las alitas y algo de pechuga. Dora se quedó solo con un trocito de pechuga, aunque en realidad no comió nada. Jonah tampoco comió gran cosa. Le costaba masticar por culpa del diente suelto. Se dio cuenta de que Saviour bebía vino, vino tinto, de un tono muy oscuro. La Lucy del retrato los miraba, confusa hasta la eternidad. Tal vez estuviera confusa por todos los colores que Dora había empleado para pintarla, desde el azul marino hasta el amarillo narciso.

Dora se frotó los brazos desnudos con las manos, después se levantó y fue a cerrar la ventana.

—Está cambiando el tiempo —comentó, a nadie en particular—. Creo que va a llover. —Volvió a sentarse—. ¿Podría alguno de vosotros traerme una chaqueta?

Saviour se terminó el vino, se levantó de la mesa y se fue al piso de arriba. Dora se quedó allí sentada, envuelta en su propio abrazo, mirando por la ventana. Jonah siguió la dirección de su mirada y vio que tenía razón en lo de la lluvia. Uno de los cúmulos se había convertido en copa —una nube llamada «píleo»—, lo que significaba que se avecinaba una tormenta. Las grúas que se alzaban en el cielo de Londres parecían apuntar directamente a ella. «Como si fueran catapultas». Raff, Emerald y él se comieron la tarta de arándanos en silencio. Él terminó primero y se escabulló. Sacó de la mochila el móvil de Lucy y se lo llevó al lavabo.

X favor, envía a los chicos a casa. Siento no poder recogerlos. Lx

Lo envió y se quedó mirando la foto enmarcada de Dora que colgaba sobre el inodoro. Era de cuando era muy joven, estaba en una fiesta. Llevaba un vestido plateado ajustado y el pelo de punta. Estaba muy guapa. Recordó estar escondido tras el sofá escuchando como Dora le hablaba a Lucy de cuando conoció a Saviour. Fue en una discoteca y ella estaba drogada y alterada. «Estaba bailando y fue como si subiera cada vez más alto», le había dicho. «Como un globo. Y entonces lo vi mirándome, como un ancla».

Jonah se imaginó a Saviour en el fondo del mar, sentado con las piernas cruzadas, aferrado a un trozo de cuerda. Bajo el agua, parecía una criatura marina, con su boca grande y sus mejillas de cachetes caídos. Además, tenía el pelo hecho de algas. Una burbuja enorme y plateada salía de su boca y subía ondeando hacia la superficie.

Se apartó de la foto. Pensó en Roland y en lo joven y delgado que era. Era lo contrario a Saviour en todos los aspectos. Alto en vez de bajo; imberbe en vez de peludo; serio en vez de tonto. Roland no sabía ser tonto. Pero era amable y nunca sería tan gruñón como Saviour lo había sido aquella mañana. Trató de imaginarse a Roland en una discoteca, pero le costaba. No le gustaba beber alcohol, y solo con mirarlo se daba uno cuenta de que sería un bailarín pésimo; demasiado rígido y tenso. A Saviour le encantaba bailar. «Boogy boogy», lo llamaba. Pero también le encantaba demasiado el alcohol.

El teléfono rojo emitió un pitido. Miró la pantalla.

No hay problema. Mi marido los lleva. Tenemos q hablar d conejos. Bs

Jonah bajó la tapa del váter y se sentó a pensar en los conejos. Raff estaría encantado si pudieran llevarse algunos a casa. Al menos podrían llevarse a Dylan.

Pasó mucho rato redactando el siguiente mensaje, para asegurarse de sonar como Lucy.

¡Conejos! ¿Podemos quedarnos con alguno? Con 2 basta, o incluso uno. Metedlos en una caja y q los traigan los chicos. Y a Dylan. Y algo de comida para ellos. Los chicos pueden volver solos a casa. Bs

Mientras esperaba una respuesta, se levantó, dejó el teléfono junto al lavabo y se miró en el espejo. Se parecía mucho a Roland. Pero más moreno. Pensó en el momento en que el esperma de Roland llegó al óvulo de Lucy; el principio de su existencia. O quizá ya existía de antes, quizá fuese un alma, en el cielo, contemplando el panorama, esperando su próxima vida. Se metió la mano en el bolsillo y sacó el palito blanco. ¿De quién sería el esperma que había creado al nuevo bebé de Lucy? ¿De Felix Curtis? Era improbable. Lo más probable es que ni siquiera pudiera tener un bebé con el cerebro dañado. Se acordó de pronto de las gemelas, Scarlett e Indigo, dando saltos en su cama elástica. Se había olvidado de que había estado en su jardín. En una barbacoa, mucho antes del Sábado del Enfado. Lucy había tardado una eternidad en prepararse, se había probado mucha ropa diferente, pero al final se había decantado por su camiseta roja, los vaqueros cortos y los zuecos. Roland se puso también unos pantalones cortos, aunque no tanto como los de Lucy, y sus sandalias especiales de paseo, además de su sombrero especial de paseo. Lucy se enfadó cuando se puso su mochila. ¿Por qué tenía que aparentar que iba a hacer una excursión de ciento cincuenta kilómetros cuando en realidad iban a una barbacoa a la vuelta de la esquina? Él se quitó la mochila y le enseñó lo que llevaba dentro: cosas como toallitas húmedas y protección solar, además de una botella de vino para regalar a los Curtis. Lucy salió de la habitación hecha una furia. La alcanzaron a mitad de la colina y Roland fue caminando a su lado, mientras que Raff y él iban por detrás, agarrados de la mano. Recordaba el trasero de Lucy moviéndose embutido en aquellos vaqueros ajustados, y la mochila de Roland dando tumbos en su espalda.

Todavía no había recibido una respuesta al mensaje. Salió al recibidor y volvió a guardar el móvil en la mochila. Se metió las manos en los bolsillos y contempló el recibidor de los Martin. Había una foto de Saviour de joven —muy mono, con el pelo rizado—. Se quedó mirando aquella cara antigua. Era en realidad una cara triste, aunque estuviera sonriente. Pensó en Lucy de niña, huérfana de madre, leyendo a sus hermanos pequeños la historia del Yonghy-Bonghy-Bò. Entonces se dio cuenta de que tal vez ya hubiera vuelto a casa. Quizá hubiera estado llamando y llamando, y hubiera tenido que atravesar la Casa Rota, y ahora estaría muy preocupada por ellos, buscando su teléfono móvil por todas partes.

—Ya vamos —susurró, se apartó de la fotografía y notó el corazón acelerado por la necesidad de regresar.

Los restos de la cena seguían en la mesa, pero todos se habían ido. La Lucy confusa del retrato seguía allí, claro, en el marco de la pared. Advirtió que la botella de vino de Saviour estaba vacía. A través de la ventana vio que el sol estaba poniéndose, hundiéndose tras las enormes nubes moradas, que sin duda eran nimbos. Oyó la voz de Dora en la cocina y se detuvo a escuchar.

—Quizá deberías llevarles algunos conejos —decía—. Es un mensaje muy raro, como si los chicos pudieran llevar ellos solos a dos crías y a Dylan por todo el parque, aunque quizá sea buena señal que los quiera.

—Son aún demasiado pequeños —le respondió Saviour.

—No creo. Ya comen comida. Creo que no les pasará nada.

—No pienso llevarme ningún conejo —insistió él.

—¿Ni siquiera a Dylan?

—Mira, vamos a olvidarnos de los jodidos conejos. Ellos no son el problema.

—¿Y cuál es el problema?

—El problema son los chicos.

Se hizo el silencio.

—¿Sabes una cosa? —dijo entonces ella—. Antes Jonah me ha preguntado si podían quedarse aquí.

—Bueno...

—Bueno ¿qué? ¿Crees que deberíamos quedárnoslos?

—Puede ser. Solo unos días.

Se produjo otra pausa.

—Creo que estás en fase de negación o algo así —le dijo entonces Dora con la voz seca—. ¡No sé si te haces una idea de lo que van a ser las próximas dos semanas! —agregó alzando la voz.

—Sí me hago idea. Entiendo perfectamente cómo va a ser.

—Entonces, ¿cómo puedes plantearte la posibilidad de acoger a los chicos?

—Estoy preocupado por ellos. No los está cuidando.

—Saviour, vamos a tener que hacer un gran esfuerzo por cuidarnos a nosotros mismos.

Se produjo otro momento de silencio.

—Lucy mejorará. Siempre mejora. ¡Y quizá, si tiene unos conejos a los que cuidar, espabile de una vez!

173

—¡Dora, por favor!

El grito súbito de Saviour hizo que Jonah diera un respingo. El corazón le dio un vuelco.

—Lo siento. —Dora hablaba ahora en voz muy baja.

—Ya tengo que tragar bastante sin necesidad de pensar en los putos conejos.

—De acuerdo —dijo ella. Parecía como si estuviese llorando. Saviour suspiró y Jonah le oyó moverse por la habitación.

—Lo siento —le dijo—. Cariño, lo siento mucho. No pretendía...

—Es que estoy preocupada por... por la inútil de mi amiga —dijo Dora—. A veces estoy preocupada por ella, pero otras veces querría matarla...

—No pasa nada, todo saldrá bien... —Su voz sonó amortiguada al abrazarla. Dijo algo más y ella volvió a gemir; fue un gemido terrible y sonoro que hizo que Jonah saliera corriendo al piso de arriba a buscar a Raff.

32

Abandonaron la casa ellos solos y empezaron a atravesar el parque, pero Saviour debió de oír cerrarse la puerta principal, porque salió corriendo detrás de ellos. No dijo nada, simplemente los alcanzó y comenzó a caminar a su lado, mirando al frente. El cielo estaba lleno de cumulonimbos, oscuros y amenazantes, pero con retazos rosas brillantes entre medias y, debajo, las grúas tenían encendidas sus luces rojas y pequeñas. Jonah caminaba deprisa y pensaba en Lucy preocupada, buscándolos; se la imaginaba abriendo la puerta para abrazarlos con fuerza. Entonces recordó su cama vacía aquella mañana, su desesperanza y el vuelco en el estómago. Aminoró la marcha y observó el rostro sereno y distante de Saviour.

—¿Sabes lo que es el karma? —le preguntó.

—Sí.

—Raff dijo que te parece una tontería, y que todo sucede azarosamente.

—¿De verdad? —Saviour miró a Raff, que caminaba unos pocos pasos por delante.

—Entonces, ¿da lo mismo que uno sea bueno o malo? ¿No hay nada que podamos hacer para... cambiar las cosas?

Saviour se encogió de hombros. En general, le gustaba responder a preguntas de ese tipo, pero era evidente que no estaba de humor. Mientras caminaban, Jonah volvió a agarrar el palito blanco.

—¿Sabes qué es esto?

Lo sacó del bolsillo y se lo enseñó. Saviour se lo quitó y se detuvo a mirarlo. Se hallaban bajo los árboles que había junto al estanque, al lado del banco de Kumari, pero ya estaba todo bastante oscuro, así que le costaba ver la inscripción del banco y la expresión de Saviour. Sin embargo, los árboles les protegían de la brisa, de modo que oía su respiración, además del croar de las ranas en el agua. Raff había seguido caminando bajo el cielo abierto, pero entonces se dio la vuelta y regresó bajo las copas de los árboles.

—¿De dónde has sacado esto? —preguntó Saviour. Su voz sonaba pastosa y Jonah recordó que se había bebido una botella entera de vino. Miró hacia la verja del parque, quería continuar, pero también deseaba escuchar la respuesta de Saviour.

—Lo he encontrado —respondió—. La señorita Swann dice que es un palo de embarazo. ¿Es un palo de embarazo?

—¿Dónde lo has encontrado?

—En la calle. ¿Sabes lo que significan las líneas azules? ¿Significan que está embarazada?

—¿Quién está embarazada?

Contempló la cara ensombrecida de Saviour, tratando de verle los ojos.

—¿Qué es eso? —preguntó Raff—. ¿Puedo verlo?

Saviour miró hacia abajo y le mostró el palo.

—Es una prueba para ver si alguien va a tener un bebé —explicó, y se volvió de nuevo hacia Jonah—. ¿De dónde lo has sacado, Jonah?

—Estaba en la acera.

Algo revoloteó sobre el estanque, muy deprisa, pero no era un pájaro, sino un murciélago. Raff tenía el palo y estaba quitándole la capucha.

—La señorita Swann dijo que esa parte tiene pis —le advirtió Jonah.

—¡Puaj! —exclamó su hermano, y dejó caer el palo y la capucha al suelo. Jonah se agachó a recogerlo, pero Saviour se le adelantó.

—¿Por qué se lo has enseñado a la señorita Swann? —le preguntó.

—Quería saber qué era. ¿Me lo devuelves? —Empezaba a desear haberse dejado el palo blanco metido en el bolsillo.

—Jonah, ¿para qué quieres una prueba de embarazo que has encontrado en la calle? —le preguntó Saviour con impaciencia—. ¡Lo mejor que puedes hacer es tirarlo a la basura!

—Quiero que me lo devuelvas.

Saviour se guardó el palo en el bolsillo, lo agarró por los hombros y se acuclilló para que sus caras estuvieran al mismo nivel. Jonah vio entonces sus ojos, que volvían a ser pequeños y duros.

—No lo has encontrado en la calle, ¿verdad? —Tenía un aliento horrible—. ¿De quién es? ¿Por qué no me lo dices? —Se quedaron mirándose en la oscuridad. Jonah sentía que su rabia crecía, ardiente y helada al mismo tiempo—. Dime dónde has encontrado esto y te lo devolveré, Jonah —susurró apretándole los hombros con más fuerza. Pero él se mantuvo erguido y rígido y le devolvió la mirada—. Si no me lo dices, no te lo devuelvo.

—Ya te lo he dicho —respondió tras aclararse la garganta.

Saviour lo soltó.

—Vale, como quieras. —Se incorporó y tiró el palo al estanque. Los patos se agitaron, se oyeron un chapoteo y un par de graznidos. Jonah corrió a la barandilla e intentó saltarla. Vio el blanco del palo flotando en la superficie, pero Saviour lo agarró del brazo y lo retuvo.

—¡No deberías haber hecho eso! —le gritó Raff—. ¡Era propiedad de otra persona! ¡No deberías haberlo hecho!

—¡Jonah, por el amor de Dios! —Saviour luchaba por sujetarlo—. ¿Por qué no me dices qué está pasando?

Jonah logró zafarse y saltar la barandilla, pero, cuando miró hacia el estanque, solo vio oscuridad. Se puso en cuclillas y metió las manos en el agua, pero ya no estaba. Se incorporó llorando. Era un llanto ruidoso y apenas podía creer que saliera de él.

—¡No deberías haber hecho eso, Saviour! —gritó de nuevo Raff.

—Lo siento —respondió este—. Lo siento mucho, chicos. —Su voz sonaba extraña y aguda, una voz que ninguno de ellos había oído antes. Ayudó a Jonah a volver a saltar la barandilla y Raff se abrió paso entre ellos para abrazar a su hermano. Saviour se sentó en el banco de Kumari y se quedó encorvado, con las manos en la cara y los dedos clavados en la frente. Ellos lo miraron—. Lo siento, chicos —repitió, aún con esa voz—. Es que no sé qué coño hacer.

Jonah vaciló; estaba impaciente por llegar a casa, pero no quería dejar a Saviour en ese estado. La oscuridad era cada vez más espesa a su alrededor, como un ser vivo. ¿Estarían allí los fantasmas, observándolos, deseando poder ayudar? Se movió el diente suelto con la lengua. Le colgaba de un hilo muy fino de carne. Podría ganar la apuesta, podría tirar de él y ella le debería una libra; aunque eso sería trampa. Se sentó junto a Saviour y le puso una mano en el muslo.

—No pasa nada —dijo—. Todo saldrá bien.

Raff se sentó al otro lado y ambos escucharon los sollozos de Saviour. Entonces Jonah advirtió el sonido del motor de un coche. Entre los árboles vio los faros de la camioneta, que avanzaba despacio colina abajo hacia la puerta de entrada.

—Todo saldrá bien —repitió—. Dora se pondrá bien. Los médicos la curarán. —Se levantó, le dio a Saviour un beso en un lado de la cabeza y se imaginó que la niña diosa Kumari ocupaba su lugar en el banco, con su *sari* dorado y brillante en la oscuridad. Imaginó su cara solemne y la vio levantar la mano con el pulgar hacia arriba. Ella cuidaría de Saviour—. Vámonos —le dijo a Raff—. Van a cerrar el parque.

Corrieron colina abajo y dejaron atrás el hospital con sus murmullos y la piscina infantil, vacía y silenciosa. Cuando llegaron a la puerta de entrada, habían empezado a caer enormes gotas de lluvia.

—Todavía hay un hombre dentro —le dijo Jonah al guarda del parque—. Junto al estanque. Está llorando.

—¿Lo conoces? —preguntó el hombre mientras volvía a subirse a la camioneta.

—Sí. Su esposa tiene cáncer.

El guarda asintió.

—De acuerdo.

33

Corrieron bajo la lluvia agarrados de la mano. Cuando llegaron a Southway Street, se produjo un trueno y comenzó a diluviar. Llegaron a su puerta empapados. Raff llamó, después abrió la rendija del correo y gritó:

—¡Mayo!

Jonah buscó las llaves en su mochila. Mientras lo hacía, vio por el rabillo del ojo que el Hombre Andrajoso estaba allí de nuevo, justo en el mismo lugar, contra la pared de los okupas. Estaba de pie, muy recto, con los brazos colgando, y supo que estaba observándolos. Se dio prisa con las llaves, tenía el corazón desbocado, rezaba para que Raff no se diera cuenta.

Una vez dentro, todo estaba muy oscuro. Cerró la puerta y se quedaron allí parados, conscientes de su ausencia. Encendió la luz de la entrada y un insecto comenzó a zumbar.

—Aquí apesta —comentó Raff.

El zumbido procedía de la caja de ciruelas. Moscas, o quizá avispas. Volvió a apagar la luz.

—¿Por qué has hecho eso?

—Para que los insectos vuelvan a dormir. —En realidad se llamaba «torpor», el estado de descanso de los insectos. Empezó a quitarse la ropa mojada.

—Ojalá Dylan estuviera aquí. O papá. O los dos. Ya no me cae bien Saviour.

—Será mejor que te quites la ropa, Raffy. Tal vez deberíamos darnos un baño.

Raff se quitó la camisa por encima de la cabeza.

—Al menos hemos comido algo —dijo. Jonah tiró su camisa al suelo y lo buscó en la oscuridad. Lo abrazó con fuerza y su hermano le devolvió el abrazo—. Ojalá no hubiera llorado. —Dejó caer los pantalones cortos al suelo y sacó los pies de dentro—. No me ha gustado cuando ha llorado.

—Tiene que tragar mucho —le explicó Jonah—. Por eso está tan gordo —añadió. Raff se echó a reír, pero entonces ambos se quedaron helados, porque había alguien llamando a la puerta.

Se miraron, sin apenas respirar, sintiendo la presencia desconocida al otro lado de la puerta de madera. Jonah distinguió el rostro de su hermano, sus ojos ensombrecidos, sus labios.

—¿Mayo? —oyó que susurraba.

Se llevó un dedo a los labios y se acercó más a él.

—Creo que es el Hombre Andrajoso —le dijo al oído.

Llamaron de nuevo.

—¿Qué es lo que quiere? —preguntó Raff.

—No lo sé. —Señaló hacia las escaleras. Casi habían terminado de subirlas de puntillas cuando oyeron abrirse la rendija del correo. Se quedó helado, aferrado al brazo de Raff, mientras miraban hacia la puerta.

—¡Jonah! —gritó Saviour. El alivio hizo que le temblaran las piernas y tuvo que sentarse en el último escalón—. ¡Jonah! ¡Raff! ¿Estáis ahí?

Raff se sentó junto a él y Jonah volvió a llevarse el dedo a los labios.

—¡Chicos! ¡Chicos, si estáis ahí, abrid la puerta, por favor!

Raff empezó a reírse y se llevó las manos a la boca. Al sentir el cuerpo tembloroso de su hermano junto a él, Jonah empezó a reírse también, demasiado alto.

—¡Jonah! ¿Eres tú? ¿Estáis bien?

El miedo que detectó en la voz de Saviour le hizo recomponerse.

—¡Sí, Saviour! —respondió a través de la oscuridad—. ¡De hecho, nos vamos a la cama! ¡Buenas noches!

—¡Jonah! ¡Ven y déjame entrar!

Se quedó quieto. Raff y él se acurrucaron y escucharon la respiración entrecortada de Saviour.

—Sé que Lucy no está ahí y no quiero dejaros solos. ¿Jonah?

—Sabe que Mayo no está —le susurró Raff al oído. Pero él negó con la cabeza.

—No lo sabe. Es una suposición. Un farol —respondió.

Por fin se cerró la rendija del correo y le oyeron decir «¡Joder!» varias veces, lo que les hizo reír más aún. Cuando le oyeron alejarse, se quedaron sentados, escuchando con atención. Los insectos de la caja de ciruelas debían de haber vuelto a su torpor: solo se oía el murmullo suave de la lluvia.

—¿Estás seguro de que no deberíamos decírselo? —susurró Raff pasados unos segundos.

—No. Dora no quiere que nos quedemos con ellos. Llamarán a la Yaya Mala —respondió, también en voz baja, porque no quería alterar el silencio de la casa.

—¿Por qué iban a hacerlo?

—Ya te lo he dicho. Es nuestra pariente más cercana. Es la persona que todo el mundo cree que debería cuidar de nosotros.

—Los Martin no. Saben que es mala. Fue Dora la que le impidió robarnos.

—Lo sé. Pero ahora es diferente, porque Lucy no está. —Ahora veía mejor. Se puso en pie, pero Raff se quedó donde estaba, con la barbilla apoyada en las manos y los codos en las rodillas—. Raff.

—¿Qué?

—¿Qué dijo Lucy sobre la salida de la cárcel de Roland?

—Solo dijo que saldría pronto.

—¿Dijo algo sobre la vista de la condicional?

—¿Qué es eso? —le preguntó su hermano.

—Es cuando deciden si puede salir o no.

Tal vez Dora tuviera razón, tal vez hubieran decidido que Roland debía quedarse en prisión un poco más.

—Me muero de frío. Venga, vamos a bañarnos. —Cruzó el rellano y abrió la puerta del baño, pero Raff se quedó sentado en el último escalón.

—¿Te acuerdas del Sábado del Enfado?

—Sí. —Se habían dejado la ventana del baño abierta y estaba entrando la lluvia.

—¿Por qué la Yaya Mala llevaba una venda en la cabeza? ¿Papá también le había pegado a ella? —Giró la cabeza para mirar a Jonah.

Él le devolvió la mirada con una sonrisa.

—No era una venda, Raffy, era un turbante.

—¿Un turbante? ¿Es religiosa? ¿Lleva daga? —Le brillaban los ojos.

Jonah sonrió un poco más y se imaginó a Lucy sonriendo con él.

—La Yaya Mala no es una sij, Raff.

—No te rías. No tiene gracia.

—Perdón. —La lluvia estaba cesando, así que no se molestó en cerrar la ventana del baño. En su lugar, volvió a sentarse en el escalón junto a Raff y le rodeó con un brazo—. La Yaya Mala iba así vestida porque estaba en una boda cuando la policía la llamó.

—¿Iba a casarse?

—¡No! Era la boda de otra persona. —De una estrella de cine, probablemente.

—¿Por qué intentó robarnos? —preguntó Raff apoyándose en él.

Jonah suspiró.

—Cree que Lucy es una mala persona. No creía que debiera cuidar de nosotros.

—¿Porque hizo sexo con Furtix?

—Lo pensaba antes incluso del Sábado del Enfado.

—¿Y por qué lo pensaba?

«Es racismo, así de simple». Oyó la voz de Lucy y vio su rostro enfadado. Después, la voz de Roland, más cautelosa: «Creo que es un poco más complicado que todo eso». Se aclaró la garganta y trató de explicarlo.

—Pensaba que en realidad no quería a papá, que lo estaba utilizando para que no la enviaran de vuelta a Zambia. Si no eres de este país, pero quieres quedarte aquí, tienes que casarte con alguien que sí lo sea.

Se quedaron callados.

—La Yaya Mala pensaba que Mayo era mala —dijo entonces Raff—. Pero la mala era ella. —Se sentó con la espalda muy recta y se apartó del brazo de Jonah—. Intentó robarnos, pero solo te quería a ti en realidad. A mí quería meterme en un orfanato. Porque rompí el jarrón.

—Se enfadó mucho por lo del jarrón.

—¡La Yaya Mala tiene problemas para gestionar la ira, tío! —El inesperado tono de voz elevado de Raff le hizo dar un respingo. Su hermano se puso en pie—. De ahí le viene a papá. Por eso atizó a ese hombre en la cabeza. —Recorrió el rellano de un lado a otro agitando el brazo en el aire.

—Raff, Roland no es... en realidad no es así. —Jonah se puso en pie también y se apoyó en la pared del rellano—. Nunca se enfadaba. A veces un poco con Lucy, pero casi nunca. Y nunca se enfadaba con nosotros. —Cerró los ojos y trató de encontrar de nuevo las palabras adecuadas para explicarse. ¿Qué era lo que había dicho Saviour aquella vez, mientras preparaban *crumble* de manzana?—. Lo que le hizo a Felix Curtis... no fue propio de él. No es una mala persona, es una buena persona. Una buena persona que hizo algo malo.

—Entonces, ¿es culpa de Mayo?

Abrió los ojos y vio que Raff estaba mirándolo.

—Eso es lo que cree la Yaya Mala —respondió.

—Eso es lo que cree todo el mundo. Por eso no le cae bien a nadie. Salvo a los Martin.

Volvió a cerrar los ojos y se recordó escuchando escondido detrás del sofá: Lucy llorando, Dora muy alterada, diciéndole que no hiciera caso; tenía razón, la culpa era de ese violador de Felix, así que se lo merecía, pero siempre es la mujer la que carga con la culpa.

—Le rompí el jarrón, pero fue un accidente.

—Desde luego. Eras muy pequeño. —El jarrón estaba en una mesa baja junto al sofá. Acabó hecho pedacitos, desperdigados por el suelo de madera en zigzag.

—Y me gritó, aunque fuera un accidente. —Raff se dejó caer al suelo de rodillas.

—Sí. ¿De verdad te acuerdas, Raffy? —¿Cuántos años tenía entonces? ¿Dos? Tres a lo sumo.

—Me acuerdo de partes. De salir corriendo fuera. Pero allí estaba ese pavo real loco. ¿Qué hacía allí el pavo real?

—Era la mascota de la Yaya Mala.

—Y nos acostó en la antigua habitación de papá. Con el caballo.

—Sí. —La foto del caballo, un póster, sobre la cama de Roland: un amigo de cara triste y comprensiva. Cuando la Yaya Mala se hubo marchado, se levantaron y empezaron a explorar—. Estuvimos mirando las revistas de papá.

—¿Como las revistas de Leonie? —le preguntó Raff, sorprendido.

—No. Eran revistas de carreras de caballos. —Se habían pasado horas mirando esas fotos de caballos, todos amigos.

—¿Y qué ocurrió entonces?

Jonah frunció el ceño en la oscuridad.

—Me preocupaba que pudieras hacerte pis en la cama, porque todavía usabas pañal por la noche. Así que te llevé al retrete. Y fue entonces cuando la oímos.

—Recuerdo que la escuchamos desde las escaleras —susurró Raff—. Hablaba de forma muy rara.

Él asintió. Cuando regresaban del cuarto de baño, se sentaron en las escaleras y se asomaron por la barandilla. La vieron sentada en el sofá, sin el turbante, con el pelo corto y rosa todo revuelto. Gritaba con una voz aguda y estridente, pero después hablaba más bajo. Pasado un rato, él se había dado cuenta de que estaba hablando por teléfono.

—¿Qué decía?

Se quedó mirando la oscuridad y volvió a oír la voz temblorosa de la Yaya Mala: «Esa jodida estúpida. Sabía que estaba chiflada, desde el principio». Roland la había llevado a visitar a la Yaya Mala, y ella había preparado la comida, pero Lucy apenas la había probado. Casi no daba conversación, ni miraba a la Yaya Mala a los ojos. Y Roland iba siguiéndola como un perrillo, tratando de averiguar cómo hacerla feliz. Como un labrador. Eso fue lo que dijo la Yaya Mala. «Como un maldito labrador. Cuando para ella no era más que un pasaporte para quedarse en el país».

—Decía que iba a quedarse contigo y a mí me metería en un orfanato. ¿Verdad?

Jonah asintió.

—Porque yo tengo la piel más marrón que tú.

«Es mucho más oscuro que Jonah. Y ese pelo afro». Su voz se había calmado para entonces. Estaba sentada con las piernas cruzadas, inclinada hacia delante mientras hablaba, revisando unos papeles que tenía sobre la mesita. Jonah cerró los ojos con fuerza. Aparecía todo mezclado en su cabeza: lo que había oído entonces y la historia que Lucy les había contado a Raff y a él. Pero Lucy no había estado allí. Su historia era la historia que él había contado; lo que le dijo al día siguiente, cuando volvieron a casa. ¿La habría recordado bien? ¿Le habría entendido ella bien? ¿Sería esa historia la verdad exacta?

—Si viene la camioneta del orfanato, la veré. Me escaparé y me esconderé.

Jonah abrió los ojos y volvió a rodearle los hombros con el brazo.

—No existe ninguna camioneta del orfanato, Raffy.

—Sí que existe. La conduce un hombre con sombrero. Y sale de golpe y atrapa a los niños con su red enorme.

Jonah sonrió. Era el Capturador de niños de *Chitty Chitty Bang Bang*. «¡Piruletas! ¡Helados!». Esa parte daba mucho miedo.

—Raffy, eso solo era una película. No existe la camioneta del orfanato.

—¿Por qué solo gritaba nuestros nombres?

—¿Quién?

—Saviour. Si solo era un... farrol.

—Un farol.

—Un farol. ¿Por qué no gritaba también el nombre de Mayo?

—Porque estaba tirándose un farol, claro. —Lo dijo como si fuera evidente, pero en su cabeza le resultaba difícil de entender. Se puso en pie—. Venga. Vamos a bañarnos.

MIÉRCOLES

MIÉRCOLES

34

Las campanas llevaban un buen rato sonando en el monasterio tibetano y él estaba a punto de descubrir algo, pero entonces encontró con la lengua el diente suelto, que colgaba de un hilillo, y se dio cuenta de que ya era miércoles.

—Creo que vas a ganar la apuesta —le susurró a su madre, medio en sueños, y ella asintió y sonrió. Rodeó el diente con la lengua, viendo los destellos de su rostro y los destellos del sueño. ¿Habría regresado? No, las campanas estaban sonando, no había regresado, de lo contrario las habría apagado. Pero recordaba haber oído golpes, y un taladro, como si alguien estuviera arreglando algo. ¿O habría sido parte del sueño? De pronto el diente se soltó, con mucha facilidad; él abrió los ojos, se incorporó y lo escupió sobre la palma de su mano. ¡Era tan blanco y pequeño! Miércoles. Lucy tenía razón. Había ganado.

Seguía lloviendo y sintió el aire frío de la habitación sobre los hombros. Con el diente en el puño, se giró sobre la cama y se tapó con la colcha. La noche anterior habían vuelto a poner las colchas en sus camas. Pero no se habían bañado, porque la bañera seguía con el agua aceitosa de Lucy, con los pelos y aún más moscas muertas. Miró el póster de Oscar Pistorius, que finalmente se había descolgado de la pared, de modo que Oscar aparecía sentado, apoyado contra el rodapié, con sus piernas de cuchillas dobladas hacia delante. Le habían visto ganar, obtener su medalla, en el estadio olímpico; Emerald, Raff y él, con Dora sentada en un extremo. Tenía los ojos aún soñolientos, los cerró y se acurrucó en su propio calor.

«Todavía sigue siendo el mejor día de mi vida, pero no lo será por mucho tiempo. ¿Sabes por qué?».

«¿Por qué, Joney?». Su voz sonaba muy sonriente y alegre.

«Porque, cuando regreses, ese sí que será el mejor día».

Oía el gotear de la lluvia, las campanas sonaban y sonaban y sentía dentro el dolor de la preocupación y del deseo de recuperarla. Se incorporó de nuevo y se quedó mirándose el diente en la palma de la mano. Podría enseñárselo a Raff. Miró el reloj; eran las 7.49, hora de levantarse, en cualquier caso, así que se asomó por un lado de la litera.

—Raff —susurró. No hubo respuesta. El libro de poemas seguía abierto entre la ropa del suelo. Contempló el dibujo del Yonghy rogándole a la señorita Jingly que se casara con él—. Su propuesta llega demasiado tarde, señor Yonghy-Bonghy-Bò —susurró. Se inclinó más hacia delante para mirar a Raff. Pero su cama estaba vacía.

Todavía con el diente agarrado, se bajó de la litera de arriba. La almohada de su hermano tenía la marca de su cabeza. Corrió a la habitación vacía de Lucy, después fue al baño y luego bajó las escaleras.

—Raff —susurró. La puerta de la entrada estaba abierta otra vez.

Fuera, el cielo estaba gris y reluciente, y fue levantando el agua de los charcos con los pies descalzos mientras doblaba la esquina hacia Wanless Road. Raff estaba allí, contemplando las pasifloras de la valla de la Casa Rota, con gotas de agua en el pelo y en los hombros.

—Raffy. —Notó una gota de lluvia que le caía en el cuello y resbalaba por su espalda. Caminó hasta su hermano. Las flores brillaban aún más con aquella luz húmeda y gris. Miles de máscaras de la Yaya Mala mirándolos.

—¿Qué estás mirando?

—Ha venido el ayuntamiento —respondió Raff, señalando con una mano mientras, con la otra, se sujetaba el pantalón del pijama.

—¿Qué?

—¿No los has oído?

—Ah, sí. —Los golpes y el taladro que había creído oír en su sueño. Dio un paso hacia delante y tocó los tornillos nuevos y plateados—. ¿Los has visto?

—No, se marchaban justo cuando he salido.

La lluvia iba ganando velocidad. Jonah empujó el tablón, pero no se movió.

—Bueno, ya no podremos entrar así. Tendremos que acordarnos de llevar las llaves.

Raff se dio la vuelta y dobló la esquina, arrastrando los pantalones del pijama por los charcos. Jonah notaba las gotas de lluvia rebotando en sus hombros. Abrió la palma de la mano y miró su diente.

35

El despertador seguía sonando cuando volvieron a entrar en casa y las avispas estaban zumbando tranquilamente en la caja de ciruelas. Raff estaba arriba, sentado en el retrete, hablando para sus adentros. Jonah se apoyó contra la puerta.

—Se me ha caído el diente. Lucy ha ganado la apuesta.

—Me tumbo en la cama con la almeja en la almohada...

Jonah se sentó al borde de la bañera.

—Tienes el pelo hecho un desastre. —La noche anterior, había intentado desenredárselo con un peine, pero Raff no se estaba quieto y no dejaba de quejarse, así que se había rendido.

—Lo que dijo mi madre no me sirve de nada...

—La leche no ha llegado —le dijo a Raff, contemplando sus manos bailarinas—. Creo que es porque no hemos pagado la factura.

—Dame un poco de papel de culo, tío.

—No queda.

—¡Búscame un poco, tío! —Raff le apuntó con su tirachinas imaginario—. Tengo que limpiarme el culo, ¿o qué?

Jonah fue a la habitación de Lucy y apagó el despertador. Contempló la habitación en el profundo silencio. Era mucho más fresca y la luz era más suave, pero todo estaba exactamente igual que el día anterior. Agarró algunos pañuelos manchados de carmín del tocador para dárselos a Raff, pero después se acercó a la ventana y apoyó la frente en el cristal salpicado de lluvia para mirar hacia la Casa Rota. Parecía diferente bajo las nubes grises, no solo abandonada, sino malhumorada; furiosa, incluso. Había palomas agrupadas en la ventana del piso de arriba, como moscas en el ojo de un animal. Se imaginó poder llegar hasta allí con un brazo gigante para espantarlas. La voz rota de la Casa Rota susurró en su cabeza. «Por favor, ven», le dijo. «¿Por qué me has abandonado?».

Se dio la vuelta y su visión borrosa reparó en los pantalones vaqueros cortos de Lucy, que seguían con las bragas rosas en su interior. La ropa aún mantenía su forma. Se arrodilló y pasó los dedos con suavidad por la tela vaquera. Entonces advirtió de nuevo la mancha oscura en las bragas. ¿Era sangre? La mancha tenía un aspecto amarronado y pulverulento, como de sangre seca. Al incorporarse y darse la vuelta, pisó un trozo de papel y vio que estaba de pie sobre la vieja carta de Roland. Se agachó y la alisó.

Hola, Lucy.
Para empezar, quiero que sepas que no te culpo por negarte a testificar. En realidad no te culpo de nada, salvo de dejarte fuera la bicicleta.

—¡Date prisa, tío!
—¡Ya voy! —respondió.

Si al menos la hubieras metido dentro, Raff no la habría visto y habríamos seguido nuestro camino hacia casa para ver las carreras de caballos. Pero allí estaba, tu bicicleta dorada, a plena luz del día, cuando habías dicho que ibas a ir de compras con Dora.

Era extraño leer las palabras que Roland le había escrito a Lucy. Eran las palabras de su padre a su madre, pero parecía como si ambas personas fueran desconocidas, como si estuviera espiando su mundo íntimo de adultos. Se olvidó de Raff y empezó con el siguiente párrafo.

Ya te habrás enterado de que me han caído cinco años. Lo que significa, según parece, que saldré dentro de tres, quizá antes. Mi sentencia debería haber sido mucho más larga, dada la gravedad de la lesión, y debería estar muy agradecido a mi abogado. Al final todo ha quedado en "mens rea", que, por si te interesa, es un término legal para decir "mente culpable". Pero no me siento cómodo con mi sentencia. ¿Qué más da que actuara o no con intención, teniendo en cuenta las vidas que arruiné?

Aunque la caligrafía era fácil de leer, había muchas palabras difíciles. Iba deslizando el dedo por debajo, a veces murmurando el sonido de las sílabas.

Tal como lo explicó el abogado, yo era como una bola, golpeada por una fuerza externa a mí. Se insinuaba, claro, que tú eras quien había golpeado esa pelota, eras la causa. Pero yo no me lo trago, porque, si yo soy una bola, entonces tú eres una bola y el mundo es una enorme mesa de billar. Y nada tiene sentido, porque somos todos bolas de billar, rebotando las unas contra las otras con un impulso eterno.

El siguiente párrafo no era tan ordenado y tenía tachones.

Por favor, sé que puedo confiar en que Serás sensata, ¿verdad, Lucy? Vigila los gastos. Dejar que el dinero fluya está muy bien, pero nunca he visto que fluyera de vuelta. Esta mañana he hablado con mi madre y, Lucy, siente mucho haber intentado quitarte a los niños. Estaba muy enfadada pasando por un mal *momento cuando lo hizo, y ahora sabe que fue algo terrible. Acepta que ~~siempre ha sido~~ nunca ha sido justa contigo, con sus acusaciones y su desconfianza, y de verdad, quiere empezar a construir un vínculo. Sé que ha dicho algunas cosas crueles y ~~estúpidas~~ en estos años. Pero quizá puedas intentar entender el sentimiento de protección que tiene hacia mí. Lucy, <u>por favor</u>, responde a sus llamadas. Quiere ayudarte económicamente, y de cualquier otra manera.*

—¡Jonah! —Raff estaba dando voces desde el cuarto de baño.

—¡Ya voy! —repitió él, pero entonces advirtió el apellido de los Martin escrito más abajo.

Estoy seguro de que los Martin son de gran ayuda y me alegra que puedas contar con su apoyo. Pero no te encariñes demasiado con ellos, Lucy. Dirás que no es asunto mío, pero os tratan como si fuerais sus peleles y no creo que sea sano, ni para ti ni para los chicos. Y, por favor, Lucy, no aceptes más dinero de ellos. Si alguna vez discutís, deberles dinero podría suponer un problema muy desagradable.

—¡Jodido Piquito! ¡Tráeme un poco de papel higiénico, tío!

—¡Vale, Raffy! —Dejó la carta y llevó los pañuelos manchados de pintalabios al baño—. Toma. Esto es todo lo que hay. Y no me llames Piquito, ¿de acuerdo?

—Jodido Piquito —repitió su hermano mirando los pañuelos con desconfianza. Jonah volvió a sentarse al borde de la bañera, pensando en el dinero. ¿Cuánto les habrían prestado los Martin? Les habían comprado a Raff y a él la Wii. No se creían la suerte que habían tenido. Y habían pagado las vacaciones en Francia. Había oído a Dora hablar de cuánto les había costado. Pero ¿le habrían dado a Lucy dinero en efectivo? ¿Y a qué se refería Roland con «peleles»?

Raff había tirado de la cisterna y estaba mirándose en el espejo.

—¿Dónde está mi sombrero? —preguntó mientras se tocaba las trenzas que aún quedaban sin deshacer.

—¿Qué sombrero?

—El de fieltro. Lo necesito para el espectáculo.

—No lo sé. ¿Dónde lo dejaste?

Su hermano se encogió de hombros. Hacía siglos que no se lo ponía.

—Tengo hambre —dijo—. Necesitamos dinero. Tenemos que vender algo.

—Al menos tenemos mi diente. —Se lo enseñó. Raff se dio la vuelta y lo observó con el ceño fruncido—. Así que tendremos algo de dinero mañana. Por lo menos una libra. Quizá más.

—¡Piquito! ¡No me digas que crees en esa mierda del Ratoncito Pérez! ¿En serio? —Le dio un manotazo en la mano y el diente cayó al suelo.

A Jonah se le llenaron los ojos de lágrimas, se levantó y regresó al dormitorio de su madre.

36

—¿Quién me ha robado el diente, señor Pérez?

Raff vino a sentarse al borde de la cama, pero Jonah le dio la espalda.

—Te he traído tu diente, tío. —Le puso la mano en el hombro, pero Jonah se la apartó. Entonces Raff se acurrucó junto a él—. Puedes poner el diente bajo la almohada si quieres, Joney, bonito —susurró acariciándole la cara, como hacía siempre Lucy cuando estaba triste.

Jonah se dio la vuelta y se quedó mirando al techo. Lucy siempre decía que había que creer en cosas o, si no, nada sería cierto. Pero ¿significaba eso que lo que las hacía ciertas era el hecho de creer en ellas?

—Raff, ¿tú crees en Dios?

—No.

—¿Por qué no?

—Porque venimos del mono, ¿no?

—Pero, aun así, Dios podría existir. Aunque la Biblia se equivoque. —Cerró los ojos—. Una vez lo sentí. —Fue en Richmond Park, hacía mucho calor, estaban perdidos y tenían sed. Raffy y Lucy iban por delante, Raff subido a hombros de Lucy, y él iba siguiéndolos entre los árboles, donde hacía más fresco y todo era verde y misterioso, como si estuvieran bajo el agua. Sintió como una corriente que recorría todo su cuerpo, especialmente fuerte en las manos.

—De todas formas, Dios y el Ratoncito Pérez no son la misma cosa —le dijo su hermano.

—¿Por qué?

—Dios se encarga de todo el mundo. El Ratoncito Pérez solo se encarga de los dintes.

—Dientes.

—Ya lo sé, tío —respondió Raff con un suspiro—. Pero «dintes» suena mejor. —Se levantó y se acercó a la cómoda de Lucy—. En fin —dijo, arrodillándose en el suelo para abrir el cajón de abajo—. Mira.

Fue a agacharse junto a su hermano. El cajón estaba increíblemente ordenado, lo más probable era que fuese la única parte ordenada de toda la casa, y de dentro salía un perfume dulce y olvidado, como un fantasma cariñoso. A la izquierda había una pila de ropa de bebé, toda bien doblada. A la derecha había cajitas de cartón de diversos tamaños, desde cajas de zapatos hasta cajas de cerillas; unas con tapa, otras sin ella.

Raff sacó una de las cajas más pequeñas y la abrió.

—Mira, tío —le dijo.

Dentro había unas pelotitas blancas muy pequeñas, como perlas. Jonah se quedó mirándolas con el corazón en la garganta. Metió el dedo en la caja y las contó.

—Ocho —dijo—. Seis son míos y dos son tuyos.

Raff abrió la mano, dejó caer el séptimo diente dentro de la caja y la cerró.

Jonah se quedó mirando el cajón, aquel tesoro oculto y ordenado. Era como si lo que había allí dentro fuesen las joyas más preciadas de Lucy. Sacó otra caja; roja, desgastada, muy antigua. Dentro había trozos doblados de papel. Desdobló uno. El papel era fino y estaba muy seco. Era la letra de un niño, pero no era ni de Raff ni de él. La tinta estaba muy borrada y costaba leerlo.

Hoy a sido dibertido. Emos ido al zoo. Emos visto cro-codrilos y tanbién una serpiente en un tanqe. Estava dor-mida y al lado abía un pajadito. El pajadito estava asustado.

Había un dibujo del pájaro y de la enorme serpiente. El pája-ro eran solo dos círculos, con puntos en los ojos, cruces en las pa-tas y una "v" en el pico, pero sí que parecía asustado.

Sería genial meter al pajadito con la serpiente. ¿Quete pa-reze mayo?
Con carino
LUCY NSANSA MWEMBE. Pdta. Te echo de menos. Besos.

—¿Quién escribió eso? —preguntó Raff quitándole el pa-pel—. ¿Fuiste tú?

—¡Ten cuidado, Raff! No. Fue Lucy. Cuando era una niña pequeña. Es una carta que le escribió a su Mayo.

—Pero ¿nunca la envió?

—Supongo... —Se quedó pensativo, deslizando los dedos por los pliegues del papel—. Quizá, cuando su Mayo murió, se la de-volvieron.

—Está escrita fatal. Debería haber dejado espacios más gran-des entre las palabras.

Jonah sacó otro trozo de papel. Era la caligrafía de un adulto, pero las letras estaban separadas: como lo que le escribe un adul-to a un niño para que lo entienda.

Querida Lucy,
espero que te estés portando bien con la tía. ¡Un pajarito me ha dicho que has ganado la carrera de la Gala! Bien

hecho. Sigue así. Quizá algún día seas campeona mundial.
Hoy estoy cansada, malaika, así que escribo una corta.
　　Te quiere
　　Mayo.
　　Besos

—¿De quién es esa? —preguntó Raff.

—De la Mayo de Lucy.

—Creí que había muerto.

—Así es. Es de cuando estaba viva.

Raff leyó por encima de su hombro.

—¿Por qué está en inglés?

—Hablaba inglés. Era blanca. ¿No te acuerdas de la fotografía? La que lleva Lucy en el collar.

—Ah, sí. Pero, entonces, ¿por qué se llama Mayo?

Jonah se encogió de hombros.

—Seguramente también hablaba zambiano. —No zambiano. Había muchos idiomas en Zambia. El que hablaba la familia de Lucy era el bemba.

Raff entornó los ojos para leer las letras medio borradas.

—«Un pajarito»... ¿Qué tipo de pájaro?

—Uno pequeñito.

—Qué raro. —Raff intentó leer más—. ¡Casi ni se ve, tío! ¿La escribió con tinta invisible o qué? ¿Era espía?

—Es una carta vieja, Raff. —Guardó ambas cartas de nuevo en la caja roja y miró la ropa de bebé. En lo alto de la pila había un pijama azul claro con un estampado de elefantes amarillos. Lo sacó y lo olfateó. Ese olor olvidado a polvos de talco de cuando Raff era un bebé y él un poco mayor—. Me acuerdo de cuando llevabas esto. —Lo sacudió y lo sostuvo estirado—. Ibas gateando, pero las piernas se te salían de las perneras, así que llevabas dos tiras arrastrando por el suelo como si fueran colas.

Raff le quitó el pijama y lo olió también.

—¿Te acuerdas? —le preguntó Jonah.

Su hermano negó con la cabeza.

Jonah metió la mano en una caja de zapatos abierta y sacó dos pequeñas pulseritas blancas de plástico.

—«Raphael Bupe Armitage» —leyó—. Raff, esta era tuya. Te la pusieron para no confundirte con los demás bebés.

Raff agarró la pulsera. Solo le cabían dos dedos en ella. Jonah miró la suya.

—«Jonah Kabwe Armitage». —Kabwe significaba «piedra pequeña», pero no recordaba lo que significaba Bupe.

—¿Qué es esto? —Ese sonido de sonajero. ¡El monito a rayas! Tan pequeño. Raff estaba agitándolo entre el dedo índice y el pulgar.

—Eso fue lo que te regalé cuando naciste. —En aquella habitación de hospital tan grande, Raff era solo un bultito—. Te lo regalé y tú lo agarraste. Eras un bebé muy fuerte, Raffy. —Fuerte y valiente.

Raff resopló y dejó caer el juguete dentro de la caja de zapatos.

—Eso es lo que te dijo Mayo. Tú ni te acuerdas.

—¡Sí que me acuerdo! —¿Se acordaba? ¿O acaso Lucy le había contado la historia tantas veces que ya se la imaginaba en la cabeza como si fuera un recuerdo? Agachó la cabeza para captar mejor el perfume que salía del cajón.

—¿Y los fantasmas, Raff? ¿Crees en los fantasmas?

—¿Como los del estanque?

—Sí, gente muerta. En sus espíritus, que esperan para ir al cielo.

—Puede ser —respondió encogiéndose de hombros—. A veces.

—¿Alguna vez has visto uno?

—¿Y tú?

—Puede ser. —Pensó en cuando creyó ver a sus tres tíos—. No estoy seguro.

—Pues eso —dijo Raff con un suspiro—. ¿Cómo sabes si es Dios, o el Ratoncito Pérez, o los espíritus, o si tu cabeza se lo está inventando todo?

—Lucy dice que puedes hacer que las cosas sean ciertas si crees en ellas.

—Sí, pero es una mentirosa de mierda.

—¡No digas «mierda», Raff! Y, además, no lo es.

—¿Qué es esto? —Raff había encontrado la carta de Roland.

—Es de papá. De cuando entró en prisión.

—Ah. —Se la pasó a Jonah y empezó a hojear el montón de papeles impresos.

Jonah fue directo a la última página de la carta.

El tiempo pasa muy despacio, lo cual cambia mi modo de pensar. Quizá sea porque pienso más en el pasado. Por ejemplo, ahora mismo, me acuerdo de la primera vez que te vi, en Dahab, en la sala de yoga, con la puesta de sol. Llegaste tarde, yo ya estaba tumbado en mi colchoneta y me quedé sin respiración, porque flotabas en la puerta, toda iluminada, y tu cara era como un farolillo chino. Te situaste junto a mí y yo observé tus pies y vi que tenías anillos dorados en los dedos y las uñas pintadas de rojo. Cuando te agachaste para desenrollar tu colchoneta, noté que olías a algas marinas y a coco. Me quedé muy quieto, esperando a que me miraras, esperando a que nuestros ojos se encontraran. Pero, cuando me miraste, no había nada. Yo no era nadie.

Ya había visto antes a chicas guapas y me daba cuenta de que nunca se interesarían por mí. Pero nunca me había dolido tanto. Aunque lo superé. Cuando te pusiste enferma un par de días más tarde, eras alguien que necesitaba cuidados, y eso yo sabía hacerlo. Y estabas tan enferma que me lo permitiste, aunque te resultara muy extraño, porque nadie había cuidado nunca de ti antes.

Así que ahora te he escrito una carta de amor. Te he dicho que tu cara es como un farolillo chino. Me alegro. Siempre he querido decirte eso.

~~*Te quiero.*~~

Ro

P.D. ¿Puedo pedirte una cosa, Lu? Aunque no puedas perdonarla. Deja que Sadie vea a los chicos. Solo de vez en cuando.

—¿Quién es Ro? —Raff estaba mirando por encima de su hombro.

—Papá. Roland.

—No sabía que se llamara Ro.

«¿Qué te parece esto, Ro?». Lucy con su mono nuevo de color rojo. «Lo he comprado en la tienda de Oxfam. ¡Es auténtico de los 70!». Su voz sonaba alegre, con acento *cockney*; pero en general lo llamaba «Roland», con su voz normal de Zambia.

—Escribió «te quiero» y luego lo tachó —observó Raff—. ¿Quién es Sadee?

—Sadie. Es la Yaya Mala.

—«De - ja - que - Sa - dee - vea - a - los - chi - cos». ¿Así que quería que Mayo nos llevase a ver a la Yaya Mala? ¿No sabía que había intentado robarnos?

—Raffy... —Jonah suspiró, porque era demasiado difícil de explicar.

—¿Papá también quiere que me vaya a un orfanato?

—No —respondió él apartando la mirada de la carta—. Papá te quiere de verdad.

—¿Aunque yo tenga la piel más marrón que tú?

—¿Qué más le da a él que tengas la piel más marrón que yo? Raff se encogió de hombros y no dijo nada.

—Nos quiere a los dos por igual, Raff.

—¿Aunque puede que yo no sea su hijo?

—¡Raffy! ¡Claro que eres su hijo! ¡Los dos somos sus hijos! ¡Somos hermanos!

—Bueno, da igual. —Raff ya se había aburrido de pensar en eso. Se puso en pie y volvió a tirarse del pelo—. ¿Qué hacemos con la comida? ¡Tengo hambre, tío!

—Entonces vístete. Vamos a buscar algo para desayunar.

37

La puerta verde oscuro de Alison tenía una rendija dorada para el correo, una aldaba dorada y un número 9 dorado. Jonah intentó alisarse la camiseta. La ropa que llevaban estaba arrugada y húmeda y olía raro, pero se la habían puesto de todos modos. Miró a Raff e intentó alisarle un poco el pelo. No sirvió de nada. Levantó el brazo y empleó la aldaba para llamar.

Esperaron y escucharon como Alison llamaba a Mabel y a Greta. Después oyeron sus pasos acercarse. Cuando se abrió la puerta, salió olor a champú y a café recién hecho.

—¿Sí, chicos? —les preguntó Alison con el ceño fruncido. Su pelo mojado dejaba manchas en su camisa blanca, que además tenía una parte sin meter. Jonah miró hacia la cocina, donde estaban sentadas Greta y Mabel, mirándolo. Tenían frente a ellas los libros del colegio, lo cual le recordó que el miércoles era el día en que se entregaban los deberes—. ¿Qué puedo hacer por vosotros? —les dijo mirando el reloj.

—De hecho... —La impaciencia de su mirada le hizo vacilar. Volvió a mirar hacia Mabel y Greta, que escuchaban con atención. Tomó aliento—. Nos preguntábamos si tendría cereales de sobra para darnos unos pocos.

Alison se quedó mirándolo y después miró por encima del hombro.

—Venga, chicas, daos prisa, por favor. Nos vamos en cinco minutos. —Salió a la calle y miró hacia su casa—. ¿Vuestra madre no ha ido a la compra?

—No se encuentra bien.

—Así que os envía aquí a vosotros. —Alison emitió una especie de lloriqueo extraño—. El caso es que ya hemos terminado de desayunar y las chicas están haciendo los deberes.

—Mi intención no era que entráramos —se apresuró a decir Jonah—. Solo, si tuviera un poco de...

—La verdad es que hoy es mi primer día en un nuevo trabajo, Jonah. Tengo que estar allí a las nueve y media y todavía tengo que arreglarme el pelo.

—Está bien —dijo él—. Vamos, Raff.

—Oh, pero no... —Alison lo agarró del brazo—. ¿De verdad no habéis desayunado nada?

—No importa.

—Voy a tener que hablar con el colegio de todo esto.

—Por favor, no. Lo siento. No volveremos a hacerlo. —Raff había seguido caminando y ya casi había llegado hasta su casa.

—Jonah, no quiero meterte en líos, y sé que no es culpa tuya, pero tu madre no puede enviaros a llamar a la puerta de la gente suplicando que os den comida. —Le tenía agarrado del brazo con bastante fuerza y Jonah empezó a sentirse furioso.

—¡Suélteme! No estoy suplicando. Me refería a si nos podría prestar la comida. ¡Y no la culpe a ella porque ni siquiera lo sabe!

Alison le soltó el brazo y dio un paso atrás, desconcertada. Jonah se dio la vuelta y corrió detrás de Raff.

—¡Mira a izquierda y derecha antes de cruzar! —le gritó ella.

38

—Ha sido una idea estúpida, tío. —Raff estaba otra vez en el dormitorio de Lucy, arrodillado entre su ropa.

—Bueno, pues piensa tú en algo, si eres tan listo.

—Ya he pensado. Bolsillos. —Estaba hurgando en los bolsillos de los vaqueros de su madre—. Estos son los pantalones que llevaba en la piscina, y tuvo que pagar para que entráramos, ¿no?

—Tenemos que ir al colegio, Raff.

—Yo no pienso ir al cole sin desayunar, tío. —Raff levantó los pantalones del revés y los agitó. Las bragas manchadas de sangre cayeron al suelo—. Puaj.

—Espera un momento. —Jonah había empezado a oír un zumbido en su cabeza. Contempló toda la ropa que había tirada por el suelo.

—¿Qué? —le preguntó Raff.

Se fijó en la hilera de zapatos. Solo había pensado en sus pies. Una cosa era salir descalza, pero irse de casa completamente desnuda...

—Estás raro —le dijo su hermano—. ¿Qué pasa?

Con el corazón desbocado, se acercó a la cama y buscó bajo las almohadas de Lucy. Allí estaba el camisón, ese amarillo y viejo que llevaba puesto el domingo por la mañana, cuando estaba sentada en el cojín de pana.

Ni siquiera llevaba puesto el camisón.

—¿Cuánto es esto? —Raff había sacado unas pocas monedas del bolsillo de la chaqueta de punto gris. Eran todas marrones. Jonah negó con la cabeza y fue a mirar en el armario. Algunos vestidos, su mono rojo, algo envuelto en plástico, porque había ido a la tintorería—. ¿No es suficiente para comprar Coco Pops? —Raff se situó junto a él y le vio rebuscar entre la ropa—. Ahí no habrá nada. No tienen bolsillos. Lo que tenemos que encontrar es su cartera.

Su cartera. Sí, su cartera. Se quedó mirando fijamente a Raff a la cara. Su cartera tenía que estar en alguna parte, porque nadie que salía a la calle descalza y desnuda se llevaría la cartera.

—¡La bolsa de la piscina! —exclamó Raff, y salió corriendo de la habitación.

Las avispas zumbaban amenazadoras en la caja de ciruelas cuando sacaron las toallas malolientes y los trajes de baño de la bolsa. La cartera estaba al fondo de la bolsa. Raff la sacó, triunfante, la abrió y la volcó. Cayeron al suelo algunas tarjetas de plástico y unos tiques de compra. Entre ellos, azulado y mugriento, había un billete de cinco libras.

—¿Eso es suficiente? —susurró Raff.

—Es suficiente para comprar Coco Pops, sin duda...

—¡¡¡Sí!!! —exclamó su hermano lanzando el puño al aire.

—... y quizá papel higiénico.

—¡¡¡Sí!!!

—Pero una cosa, Raff —le dijo mientras estiraba el billete sobre su rodilla—. Tenemos que hacer que dure.

—¿Hasta cuándo? ¿Hasta que regrese, quieres decir?

Las avispas zumbaban. Jonah se quedó mirando los bañadores y se recordó a sí mismo deslizándose como una manta raya por el fondo, mirando sus pies con anillos en los dedos y su forma roja por encima de la superficie del agua.

—Espera un momento. —Rebuscó entre las toallas y volvió a la bolsa—. ¿Está aquí su pareo?

—¿Su pareo?

—Lo llevaba en la piscina. —Su pareo rojo de seda, grande como una sábana; otro regalo de Dora. Se envolvía el cuerpo dos veces con él, se lo ataba con un gran nudo en el pecho y le caía hasta el suelo—. ¿Dónde está?

—No sé.

Se puso en pie, corrió de nuevo hasta el dormitorio y empezó a dar patadas a la ropa tirada. Sabía que no lo había visto, pero, solo para estar seguro, miró en su habitación también, y en el cuarto de baño. Volvió al piso de abajo y miró en la sala de estar y en la cocina, después salió al patio.

Había dejado de llover y en el aire se apreciaba de nuevo ese vapor, como el sábado, cuando Lucy seguía en la cama. El cojín de pana estaba empapado y había algo de agua acumulada en el hueco que había dejado en él el trasero de Lucy. Violet estaba allí, olisqueando por los maceteros. Levantó la cabeza y lo miró.

—No está aquí —le dijo a la zorra—. Así que lo lleva puesto. No va desnuda.

Violet se subió de un salto a la bicicleta dorada de Lucy y, desde ahí, saltó hasta la parte de arriba del muro. Jonah la vio caminar con elegancia por el borde antes de desaparecer por el hueco que había entre su casa y la Casa Rota. Entonces apareció una cara por encima del muro.

Era una cara y nada más, como Humpty Dumpty, pero no era Humpty Dumpty para nada, porque era la cara sucia y de aspecto chamuscado del Hombre Andrajoso. Se quedó helado, como un animal. La cara desapareció. Todavía petrificado, se quedó mirando el lugar por donde había aparecido. Y entonces volvió a aparecer, esta vez con manos, hombros y pecho. El Hombre Andrajoso estaba encaramándose a la pared.

Jonah volvió a entrar corriendo en casa, cerró la puerta y trató de echar el pestillo con dedos temblorosos.

—¡Deprisa, Raff! ¡Que viene! —Renunció a cerrar con llave y corrió hacia Raff, que seguía sentado en las escaleras examinando el billete de cinco libras.

—¿Quién viene?

—¡El Hombre Andrajoso! ¡Está trepando por la pared!

—¿La pared de atrás? —Raff se puso en pie y entró en la cocina.

—¡Raffy! —le dijo Jonah.

—¡Dios mío! Hombre Andrajoso, ¿de qué vas?

Jonah lo siguió. El Hombre Andrajoso estaba ahora de pie en lo alto del muro, con su silueta de color rosa recortada frente a los ladrillos mugrientos de la Casa Rota. Lo vieron caminar por encima de la pared, con sus deportivas rotas haciendo ruido y la cabeza bien alta. Se detuvo al llegar al final del muro y se dejó caer hacia Wanless Road.

—¡Dios mío! —repitió Raff.

—Debe de vivir ahí —le dijo Jonah—. Debía de estar durmiendo en esa cama cuando han venido los del ayuntamiento y lo han dejado encerrado.

—Coco Pops —dijo Raff.

39

La radio en los ultramarinos estaba muy alta y, tras el mostrador, el tendero gritaba por el móvil mientras metía las cosas de un cliente en una bolsa de plástico. Raff fue al pasillo de los Coco Pops mientras Jonah agarraba una cesta. Al pensar en el olor de la cocina, se detuvo en la balda del incienso y escogió un paquete de Nag Champa. Costaba 1.99 libras, así que volvió a dejarlo en su sitio. Metió papel higiénico y una lata de alubias en la cesta mientras hacía las cuentas en su cabeza. Raff ya tenía los Coco Pops bajo el brazo y estaba examinando la balda de los dulces.

—No podemos comprar dulces, no tenemos suficiente dinero —le dijo—. Ni siquiera sé si podemos comprar los Coco Pops.

—Es mi dinero —respondió Raff mientras agarraba un paquete de chicles.

—¡No lo es!

—Lo he encontrado yo. Las alubias son asquerosas. —Sacó la lata de la cesta y trató de meterla en una balda llena de chocolatinas.

—Vale, pero tenemos que comprar cosas normales para comer —le dijo Jonah mientras le quitaba los Coco Pops de debajo del brazo.

—¡Y a quién le importa, tío! —Raff volvió a arrebatarle la caja y él intentó quitársela de nuevo, pero su hermano la rodeó con los brazos, aplastándola.

—¡Raff, solo quiero ver cuánto cuestan!

Raff la apretó con más fuerza, espachurrándola aún más.

—¡Raff, tengo mucha hambre, así que deja de hacer el tonto! —Dejó la cesta en el suelo e intentó quitarle la caja de cereales, pero Raff le dio una patada en la espinilla. Forcejearon, la caja rasgada cayó al suelo, Jonah la pisó y la bolsa de dentro se reventó. Notó los Coco Pops que crujían bajo sus pies. Contempló el desastre mientras intentaba mantener a Raff alejado.

—¡Eh, vosotros dos!

El hombre de los ultramarinos apagó la radio. Se miraron en el silencio. Se oyó un chirrido al abrirse la pequeña puerta del extremo del mostrador. Ambos se arrodillaron en el suelo y empezaron a barrer los Coco Pops hacia el hueco que había bajo las estanterías.

—Si nos hace pagar por esto, te mato, Raff —susurró Jonah.

Oyó unos pies arrastrándose por el suelo y aparecieron dos zapatos junto a él. Estaban hechos de ese cuero negro y brillante, pero estaban cuarteados y desgastados, con trozos levantados, así que parecían cucarachas gigantes. De los zapatos surgían dos piernas envueltas en nailon, tan finas que podría haberlas rodeado con las manos y tocarse los pulgares con los índices. Levantó la mirada. Vio unos ojos brillantes y vidriosos bajo unas cejas pintadas y torcidas, un abrigo de piel negro y un sombrero rojo de lana. La mujer negaba con la cabeza y apretaba los labios, pero sus enormes pies de cucaracha se apresuraban a ocultar los Coco Pops bajo la estantería. Después alcanzó la caja y se la guardó dentro del abrigo, justo cuando el hombre de la tienda entró en el pasillo. Seguía con el teléfono pegado a la oreja.

—¿Qué estáis haciendo, idiotas? Mi tienda no es el patio del recreo.

Recogió la cesta del suelo y se la entregó a la anciana. Ella, sin dejar de negar con la cabeza, la aceptó y empezó a alejarse arrastrando los pies.

—Es que esa... —Jonah intentó recuperar la cesta, pero el tendero le dio un manotazo.

—¡Idiota! —le gritó, y de pronto su rabia aumentó hasta unos niveles peligrosos—. ¿Qué hacíais molestando a una anciana? ¿Qué queréis de ella?

La anciana lo miró, moviendo la boca y las cejas torcidas arriba y abajo.

—Pero es que... —Jonah miró la cara enfadada del dueño. Quería explicarse, pero Raff ya se dirigía hacia la puerta y el hombre estaba gritando de nuevo.

—¡Vuestra madre tendrá que enterarse de esto! ¡Antes erais buenos chicos, pero miraos ahora!

Jonah se dio la vuelta y salió corriendo detrás de Raff.

40

Raff iba corriendo por Wanless Road, en una dirección por la que no solían ir, lejos del puente y del taller mecánico, hacia los pisos donde vivía Harold. Jonah corría tras él, mirando por encima del hombro para ver si el de los ultramarinos los seguía. No lo vio por ninguna parte, así que aminoró la velocidad y gritó a Raff, pero su hermano seguía corriendo, alejándose cada vez más. «Corre, corre todo lo rápido que puedas». El Hombre de Pan de Jengibre era un arrogante, pero la historia daba mucho miedo, y al final el zorro le atrapaba, lo lanzaba por los aires y lo devoraba. Aumentó la velocidad de nuevo, tratando de gritar el nombre de Raff, pero ya estaba sin aliento. Logró alcanzarlo justo cuando llegaba a los pisos.

—¿Dónde ibas? —le preguntó, casi sin aire.

Raff se salió de la calle y corrió por un camino lleno de basura que circulaba entre dos edificios. Jonah lo siguió, hacia la derecha, después hacia la izquierda, pasaron el piso de Harold y se metieron en un túnel. Poco después se hallaban en un laberinto de caminos, en dirección al corazón desconocido de la urbanización. No había nadie por allí, solo coches y basura. «Corre, corre todo lo rápido que puedas». De los balcones colgaba la ropa limpia como si fueran banderas, y las paredes y puertas aparecían cubiertas con palabras y símbolos pintados con espray.

Luego oyeron música procedente de alguna parte, una voz estridente que cantaba rap por encima de un bajo eléctrico que te sacudía los huesos. Y un olor a quemado. A Jonah le dolían los pies. ¿Cómo era posible que Raff pudiera correr tan deprisa? Además, no había necesidad: el de la tienda no les estaba persiguiendo. Aminoró de nuevo, lo suficiente para poder mirar a través de una ventana al pasar y ver a un hombre muy viejo viendo la tele solo con unos calzoncillos blancos largos y anchos. Cuando apartó la mirada, ya no vio a Raff. No tenía sentido gritar su nombre, porque la música estaba muy alta. Empezó a caminar, respirando con dificultad. De pronto se le ocurrió que Lucy estaba por allí, en alguna parte, en uno de esos pisos, vestida con su pareo rojo, con su novio y con su bebé en la tripa, como un pequeño renacuajo.

La música cesó. Fue un alivio para sus oídos, pero aquel silencio súbito tenía algo siniestro. Era como si algo estuviese a punto de ocurrir. Se metió por otro camino estrecho y deseó no haber perdido de vista a Raff. El camino le llevó hasta una plaza y tuvo que levantar la mano para protegerse los ojos. La plaza era, en esencia, una zona de aparcamiento, pero había un círculo de hierba en el centro, con un pequeño parque. Raff se había detenido allí y había adoptado la postura de recuperación de los atletas, doblado hacia delante, con las manos apoyadas en los muslos. La plaza parecía desierta, pero podría haber gente observándolos desde las casas. ¿Estaría ella observándolos? Miró hacia los balcones, que sobresalían de los edificios por los cuatro lados de la plaza. Eran como palcos vacíos en un teatro al aire libre, donde en el escenario solo estaban ellos dos.

«Sal al balcón, Mayo». ¿El novio la tendría prisionera? «Da un grito. Iremos a rescatarte». En alguna parte, un perro empezó a ladrar y se esfumó la sensación de que su madre estuviera allí cerca. Le sudaban los pies dentro de los calcetines y los zapatos del colegio, y se dio cuenta de que tenía sed, mucha sed. Miró hacia el parque, donde podría haber una fuente. La valla pintada de verde que lo rodeaba tenía una cinta naranja y blanca alrededor, y había un cartel que decía *No es seguro. No entrar.* De pronto se dio cuenta de que no estaban solos. Dos adolescentes con capucha habían ignorado el cartel y estaban sentados en los columpios, sin moverse.

«Corre, corre todo lo rápido que puedas». Se humedeció los labios resecos. Sentía el cielo muy cerca, como un techo gris, y su luz apagada le producía dolor de cabeza. Los chicos de los columpios debían de estar asándose con las sudaderas. Raff se aclaró la garganta y escupió un lapo al suelo. Entonces los adolescentes giraron sus cabezas encapuchadas.

—Raffy —susurró Jonah. Raff volvió a escupir y se incorporó. Los adolescentes lo observaron mientras avanzaba hacia la valla cerrada y la saltaba—. Raffy. —Pronunció su nombre ahora con voz temblorosa mientras se acercaba a la valla—. ¡Sal de ahí! ¡Tenemos que ir a clase!

—¡Raffy! ¡Tenemos que ir a clase! —le imitó el adolescente más gordo, con una voz aguda y tonta. El otro se echó a reír y dio un trago a su lata de Red Bull.

«Los villanos no existen». Miró hacia los balcones. Si lo deseaba lo suficiente, ¿podría hacer que su madre apareciera? Volvió a mirar a Raff, que se había encaramado a la estructura de barras y estaba trepando hacia lo más alto. Una vez allí, se sacó algo del bolsillo. Un chicle. «¡Ladrón!». Jonah miró por encima del hombro. ¿El de la tienda se habría dado cuenta de que faltaba un paquete? ¿Habría llamado a la policía?

Los adolescentes se pusieron en pie. El que llevaba la lata era muy delgado y llevaba unos vaqueros anchos. El más gordo llevaba pantalón de chándal. Se encaminaron hacia la estructura de barras; las chanclas del más gordo rebotaban en el suelo de goma del parque. Jonah saltó la valla y fue a situarse junto al delgado.

—¡Baja, Raffy! —le gritó a su hermano.

—Raffy, será mejor que obedezcas —dijo el de las chanclas. Era blanco, con pecas naranjas, y olía a sudor y a patatas fritas. El delgado era blanco también, con la piel grisácea y apagada y bolsas bajo los ojos. Al darse cuenta de que Jonah estaba mirándolo, retrajo los labios y le mostró unos dientes largos y amarillos. «El miedo es un imán. Puede hacer que sucedan cosas malas». Pero Roland había dicho que eso era una chorrada. Decía que las cosas malas sucedían de todas formas y que Lucy no debería enseñarles a ser temerarios. Volvió a mirar hacia los balcones. No había nadie más por ninguna parte. Solo ellos cuatro.

—¿Me das un trago de tu lata, tío? —preguntó Raff desde arriba, arrogante como el Hombre de Pan de Jengibre. Ambos adolescentes miraron hacia arriba. Raff, mascando chicle, arqueó una ceja y mostró un hoyuelo. Hubo un momento de silencio y entonces el delgado levantó la lata. Raff bajó un poco y se sentó en una de las barras. Agarró la lata y dejó las piernas colgando.

—Me gusta tu pelo —dijo el delgado.

Raff sonrió y bebió antes de ofrecerle otra vez la lata.

—Termínatela —le dijo el delgado.

—Gracias, tío —respondió Raff. Se sacó el chicle de la boca antes de apurar la lata. Cada vez se sentía más seguro de sí mismo, pero algo en la cara y en la voz del chico delgado le producía escalofríos a Jonah. Le vio sacar un paquete de cigarrillos del bolsillo trasero de los pantalones, encendió uno y sus mejillas desaparecieron mientras succionaba y succionaba, como un esqueleto.

—¿Puedo fumar yo también? —Raff había vuelto a meterse el chicle en la boca y tenía la ceja arqueada otra vez, con esa actitud descarada.

—¡Raffy! —le dijo Jonah. Su hermano sonrió y dejó caer al suelo la lata aplastada.

—¿Es tu hermano? —le preguntó el delgado a Raff—. Tiene que relajarse un poco, ¿no?

Raff sonrió más aún. ¿Por qué era tan tonto? Era un temerario, como Lucy. Jonah miró el paquete que le estaban ofreciendo y dijo que no con la cabeza.

—Venga, tío. Te ayudará a relajarte —le dijo el delgado. Miró entonces al de las chanclas—. Este crío necesita relajarse, Jase. ¿Le ayudamos?

Raff se arrastró por la barra y trató de sacar un cigarrillo del paquete, pero el delgado le gruñó y lo apartó. La sonrisa de Raff se esfumó.

—¿Te he dicho acaso que puedas fumar uno? ¿Te lo he dicho? ¡Enano mestizo! —Le agarró un mechón de pelo y le obligó a saltar al suelo.

«El miedo es un imán». Pero Jonah sentía hielo en la tripa.

—Suéltalo —logró susurrar.

—¡Tienes que vigilar tus modales! —exclamó el delgado—. Te hemos visto escupir. ¿Te parece bien escupir así?

—No. —Raff tenía los ojos muy abiertos y llenos de miedo. El delgado succionó con la boca y escupió. El escupitajo en la mejilla de Raff fue como el impacto de un taco de billar, que golpeó el miedo de Jonah y le hizo explotar de furia.

—¡Suéltalo! —gritó y se lanzó a las piernas del adolescente delgado. El de las chanclas lo agarró y lo arrastró, asfixiándolo con su sudor, y le sujetó los brazos en los costados. El delgado seguía tirando del pelo a Raff, que gimoteaba y buscaba con la mirada los ojos de Jonah. Este intentó moverse, pero no podía—. Por favor, no le hagáis daño a mi hermano.

—Fúmate un cigarro y cierra la puta boca —dijo el delgado, y volvió a ofrecerle el paquete, pero esta vez se lo puso en la cara—. Vamos. —Sacó uno y lo apoyó contra sus labios cerrados—. Agárralo, joder, o le rompo la nariz a este chucho. —Tiró del pelo de Raff con más fuerza y lo levantó un poco de suelo. Raff volvió a gritar.

A Jonah le temblaban las rodillas y tenía los labios secos y cuarteados, pero logró apresar el cigarrillo. Pegado a sus labios, le parecía muy largo y temblaba como su propio cuerpo.

—Dale fuego al crío, Jase —dijo el delgado mientras se guardaba de nuevo el paquete en el bolsillo. El de las chanclas le soltó los brazos y le agarró entonces de la parte trasera de la camiseta. Se oyó algo metálico y entonces vio una llama que se acercaba a la punta del cigarro.

—¡Succiona! —ordenó el de las chanclas—. ¡Tienes que succionar!

Jonah succionó. El humo le llenó la boca y sintió el calor en la parte posterior de la garganta. Tosió y el pitillo se le cayó de la boca y aterrizó en el suelo de goma. El de las chanclas se agachó a recogerlo con un brazo, tirándole de la camiseta con la otra mano, lo que hizo que el cuello de la prenda se le clavara en la garganta. Trató de respirar y se llevó la mano al cuello, sintiendo como el pánico le invadía, pero entonces el de las chanclas gritó y le soltó la camiseta. Se arrodilló y empezó a agarrarse la mano. Raff, fuerte y valiente, había logrado darle un pisotón en los dedos.

—¡He dicho que tienes que vigilar tus modales, mocoso de mierda! —bramó el delgado, y tiró a Raff de la cabeza, pero entonces Jonah lanzó una patada. Fue una patada increíble, como si Karate Kid se hubiera apoderado de su cuerpo. Su empeine golpeó la tela vaquera y el paquete blandengue que había debajo. Se oyó un sonido, sorprendentemente agudo, que parecía salir de la boca del adolescente delgado.

—¡Corre, Jonah, corre! —gritó Raff. El de las chanclas había vuelto a ponerse en pie tambaleándose, gritaba y trataba de agarrarlos, pero el delgado estaba doblado de dolor, con ambas manos en la entrepierna, sin dejar de gritar. Jonah le dio la mano a Raff y salieron corriendo hacia la valla, seguidos del de las chanclas. Si al menos pudieran saltar la valla antes de que lograse alcanzarlos, antes de que el delgado se recuperase... Raff fue primero, tropezó con la tripa y cayó al suelo con las manos y las rodillas. Jonah logró saltar la valla y lo ayudó a levantarse. Salieron corriendo, atravesaron de nuevo el aparcamiento y entraron en el laberinto de hormigón; corrían más rápido de lo que habían corrido nunca y de lo que nunca correrían: más rápido que Oscar, más rápido que Usain, más rápido incluso que un halcón peregrino.

222

41

Habían salido de la urbanización por una calle que no conocían y habían seguido corriendo un rato, sin tener idea de hacia dónde se dirigían. A medida que las calles se volvían más arboladas y las casas más grandes, fueron aminorando la velocidad. Estaban los dos demasiado jadeantes para hablar, así que caminaron uno al lado del otro en silencio.

Jonah reconoció de pronto dónde estaban y señaló la esquina que tenían delante.

—Bellevue Road —dijo con la voz ahogada.

Bellevue Road tenía un aspecto antiguo, con adoquines en el suelo, farolas típicas de Narnia y cestas de flores colgadas de las barandillas. Había algunas personas sentadas en las terrazas de las cafeterías, y Jonah examinó sus caras para ver si era alguien que pudiera reconocerles y preguntarles por qué no estaban en el colegio. Todavía jadeante, Raff lo agarró del brazo y tiró de él hacia Harvey's.

Habían estado en Harvey's varias veces, con Saviour, que consideraba que vendían el mejor *fish and chip* de todo Londres. Siempre había mucha cola, pero merecía la pena, según decía Saviour. Sin embargo, a esa hora del día, estaba vacío, salvo por la chica del mostrador, que estaba leyendo una revista. Raff fue directo a la nevera de las bebidas y abrió la puerta.

—Espera —dijo Jonah. Tenía la boca tan seca que apenas podía hablar, pero sabía que las bebidas en Harvey's costarían mucho más que en la tienda de casa. Raff sacó dos latas de Coca-Cola del frigorífico. Estaban heladas, se notaba por el vapor que desprendían—. Solo una. Podemos compartirla.

Raff se encogió de hombros, dejó una y llevó la otra al mostrador. Jonah se sacó del bolsillo el billete de cinco libras.

—Una libra cincuenta —dijo la chica.

Jonah se quedó con la boca abierta, pero Raff le quitó el billete. Cuando les dieron el cambio, salieron y se situaron a la sombra del toldo. Raff abrió la lata y dejó salir el aire y el líquido transformados en una espuma brillante y cremosa. Jonah observó su garganta mientras bebía.

—Ya es suficiente. —Trató de quitársela, pero su hermano levantó la mano y siguió bebiendo. Cuando por fin le pasó la lata, estaba prácticamente vacía—. ¡Raff! —Notó las lágrimas en los ojos y le dio un empujón.

—¡Te he dejado un poco! —respondió su hermano mientras se enderezaba—. Siempre puedes comprarte otra.

—¡Le has quitado la bebida al tío delgado y casi nos matan! ¡Y has robado ese chicle! Te odio, Raff, porque no eres una bola de billar, tú tienes elección, eres una mala persona que hace cosas malas, ¡y no quiero volver a verte, nunca!

Raff frunció el ceño. Se encogió de hombros y se alejó con las manos en los bolsillos, cruzó la carretera, pasó frente a la floristería y dobló la esquina, mientras él se terminaba la lata de Coca-Cola, la aplastaba, todavía furioso, y la lanzaba a la carretera.

Quedaba extraño, un trozo de basura en mitad de Bellevue Road. Miró a su alrededor pensando que alguien le regañaría. Pero nadie lo había visto. Los gritos habían hecho que se le abriera la grieta del labio inferior y ahora la sangre le caía por la barbilla. Se sentó en la acera con los brazos alrededor de las rodillas y la espalda apoyada en los ladrillos verdes y brillantes.

«Vale, Lucy, tienes que volver ya». Se la imaginó caminando hacia él por los adoquines, con los brazos abiertos para auparlo, pero era todo producto de su cerebro.

—Dios mío —susurró. Juntó las manos y cerró los ojos, tratando de ver la cara de Dios, pero por alguna razón vio la cara del Hombre Andrajoso. «Por favor, Dios». Abrió los ojos, volvió a cerrarlos y trató de librarse del Hombre Andrajoso. «Por favor, haz que vuelva. Por favor, Dios. Haz que vuelva ya». Pero las plegarias solo funcionaban si creías que funcionarían. Cerró los ojos con más fuerza, tratando de creer, de librarse del Hombre Andrajoso y de ver el ojo de Ganesha. Cuando los abrió, solo contempló el vacío de los adoquines, las farolas de Narnia y el cielo gris.

Deseó que Raff no se hubiera ido y observó a la mujer que estaba eligiendo flores de los cubos que había frente a la floristería. Se humedeció los labios ensangrentados y la vio seleccionar dos lirios antes de llevarse los dedos a la barbilla, pensativa, y decantarse entonces por unas rosas de un rojo oscuro.

«Sus cascarones retorcidos, como esqueletos, mientras se convierten en polvo».

Su voz suave, el lápiz moviéndose sobre el papel, sus ojos extraños y tristes, contemplando las flores esqueléticas. ¿Por qué no le habría preguntado quién se las había enviado? ¿Qué le habría respondido de haberlo hecho? La mujer le entregó sus flores al florista, quien se las llevó al interior de la tienda. La mujer sacó la cartera del bolso y extrajo dos billetes. Qué caras. Jonah apretó con el puño las cuatro monedas que le quedaban en el bolsillo. «¿Fue tu nuevo novio, Lucy? Debe de ser muy rico para poder permitirse esas flores». Empezó a rememorar de nuevo el Sábado del Enfado: la casa grande, la puerta de entrada con la vidriera con dibujos de amapola, los gritos, el sonido de la ambulancia, su luz azul. Intentó borrarlo de su mente y se quedó mirando al florista, que había vuelto a salir con las flores, envueltas ahora en un papel verde y atadas con un cordel. La mujer le entregó el dinero.

Jonah sacó las cuatro monedas del bolsillo. Tres libras y cincuenta peniques. Para Raff estaba bien, porque no era el mayor, no tenía que solucionar nada. «Dejar que el dinero fluya está muy bien, pero nunca he visto que fluyera de vuelta». Eran muy pobres desde que Roland fue a la cárcel. Antes de eso, eran solo un poco pobres. Raff no se acordaría, pero Roland tenía que disuadir a Lucy de comprarse cosas a todas horas. ¿Qué clase de cosas compraría? Intentó acordarse. Ropa. Maquillaje. Vino. Y ella le respondía: «Bueno, ¿y qué me dices de tus apuestas?». Y Roland recalcaba que nunca apostaba más de cinco libras y que, además, ganaba con frecuencia.

Miró las monedas. Se palpó con la lengua el agujero que tenía en la boca y oyó la voz de su madre imitando al médico. «Este diente se mueve...». En realidad, a ella le daban igual las apuestas; solo lo decía cuando él le recriminaba por comprarse cosas. A veces incluso participaba, mirando por encima de sus hombros mientras estudiaban las estadísticas los sábados por la mañana, y escogía su propio caballo de la lista que aparecía en el periódico. Ni siquiera fingía interés por el peso del animal, ni por el tipo de terreno que prefería; ella se dejaba llevar por los nombres. En la Gran Carrera del Día Nacional, había escogido un caballo cuyas apuestas eran de 100 a 1 y había ganado, así que consiguió trescientas libras. Roland se quedó asombrado. «Quizá tu sistema tenga algo de bueno». Ella sonrió mientras contaba su dinero, con los ojos brillantes. «No paro de decírtelo. ¡Tienes que creer, Roland!». Recordaba que el caballo se llamaba algo así como Mon Momy. La chaquetilla del jinete era de un verde brillante precioso, con una raya amarilla y un toque morado. Como un pez loro. Como los peces loro de Roland, que murieron.

Cuatro peces loro, tres escalares y ocho guppys. Raff y él se quedaban durante horas frente al acuario mirando los peces de Roland. Dylan también los observaba. Si al menos hubieran comprado un poco de comida para peces en vez de darles cereales para comer. Al día siguiente estaban todos flotando en la superficie, hinchados. Cuando volvieron a visitar a Roland, mientras esperaban con las demás visitas en la sala de cristal, Lucy le había dicho que no dijera nada de los cereales.

«Le diremos que, por desgracia, los peces han muerto y nada más».

«Pero ¿eso no es mentir?».

«No exactamente».

Roland se quedó tan triste y perplejo por el hecho de que hubieran muerto que él acabó contándoselo; se lo soltó desde el otro extremo de la mesa de visitas. A juzgar por la mirada que Roland le lanzó a Lucy, quedó claro que no decírselo sí que había sido una mentira. «Gracias por contármelo, Jonah», le dijo a él, extendió el brazo y le acarició la cara con su mano grande y nudosa. Pero, al llegar a casa, Lucy dijo que una mentira no es una mentira de verdad si la cuentas para evitarle daño o sufrimiento a alguien, y que tal vez Roland estuviera mejor sin saber lo de los cereales.

«¿Eres una buena persona, Lucy?». Agitó las monedas en la mano y se la imaginó contando los billetes con una sonrisa. «No paro de decírtelo. ¡Tienes que creer, Roland!». Se quedó mirando las cuatro monedas. Si creía... si creía en lo que creía ella...

—¿Sabes qué, Raffy? —susurró—. Creo que tengo un plan.

227

42

Partió en dirección a Southway Street con la esperanza de que Raff se hubiera ido a casa. Caminaba deprisa, emocionado mientras pensaba en su plan, pero, al volver a meterse las monedas en el bolsillo, sintió el bulto metálico de las llaves de casa y se dio cuenta de que Raff no podría entrar, ni siquiera por la parte de atrás, ahora que la valla de la Casa Rota había sido reparada. Se pasó las monedas al otro bolsillo para no llevar todo el peso en un mismo lado y, al hacerlo, recordó de pronto su sueño, el del monasterio tibetano. Un destello rojo y una mano que se abría y le mostraba algo; pero entonces se esfumó de nuevo. Intentó recordarlo, pero solo logró captar un retazo, una imagen fugaz; por el rabillo del ojo vio entonces a un adolescente, blanco y delgado, que cruzaba la carretera hacia él.

Fue como si el corazón le explotara en el pecho. Se detuvo, tembloroso, sabiendo que debería echar a correr, pero la fuerza del *shock* le impedía ejercer control sobre sus piernas. Claro que no iban a salir impunes: después de aquella patada, el adolescente delgado se pasaría la vida buscándolos. Probablemente el de las chanclas ya hubiera atrapado a Raff y lo tendría prisionero. Hasta que el otro chico no llegó a la acera y pasó junto a él sin mirarlo, no se dio cuenta de que no era el delgado de antes; no se parecía en nada a él.

Emprendió de nuevo la marcha, con el corazón aún acelerado y las piernas temblorosas. Tenía que encontrar a Raffy. No debería haber dejado que se fuera solo. ¿Y si el tío delgado ya lo había encontrado? ¿Y si, junto con su amigo el de las chanclas, estaba torturándolo en alguna parte? Una camioneta de helados pasó junto a él y la bocina con su alegre melodía le hizo dar un respingo. «¡Piruletas, niños! ¡Venid a por vuestras piruletas!». ¿Y si la camioneta del orfanato había venido y se lo había llevado cuando estaba solo? ¿Y si nunca más volvía a verlo?

Empezó a andar más despacio, tratando de respirar tranquilo. No existía la camioneta del orfanato. No existía el Capturador de niños. Y el tío delgado ya se habría olvidado de ellos. Raff estaría sentado en el escalón de la puerta, esperándolo. Siguió caminando, todavía con miedo. Los coches aparcados lo miraban con sus enormes ojos de cristal y sus bocas llenas de letras y números. ¿Debería mirar con más atención las letras y los números para tratar de averiguar qué intentaban decirle los coches? ¿Estarían los dioses con sus togas mirándolo desde arriba y negando con la cabeza?

Al llegar a Southway Street, vio a un par de okupas frente a su casa: Ilaria, con su habitual ropa blanca y mugrienta, y el de la cabeza rapada y los pendientes que estaba fumando en la puerta el lunes por la tarde. Ahora estaba liándose un cigarro, uno de esos grandes que le habían sentado mal a Lucy; chupaba el papelillo blanco y lo pegaba al otro extremo. El cielo estaba cada vez más blanco mientras el sol intentaba abrirse paso entre las nubes. No había ni rastro de Raff.

En la casa, para ventilar un poco, dejó abierta la puerta de la entrada y se abrió camino entre las moscas para abrir también la trasera. Subió a mirar en el piso de arriba, por si acaso Raff hubiera logrado entrar de algún modo, pero no estaba. Se dejó caer en el suelo de su dormitorio y se quedó allí tumbado un momento, con la cara hundida entre los brazos. «Lo he perdido, Mayo. He perdido a Raffy. No debería haber...». No debería haberle gritado por terminarse la lata. Y no debería haber dejado que se fuera así. Tenía un problema para controlar la ira, como Roland. Así que, o era culpa suya y entonces sería castigado por el bumerán del karma, o era solo una bola de billar, en cuyo caso, ¿qué sentido tenía intentar ser bueno, intentar ayudar a los demás, hacer cualquier cosa?

Se incorporó sobre los codos y miró la pobre cara torturada de Yonghy, y a la loca de la señorita Jingly, llorando y retorciéndose los dedos.

—Mi vida se ha vuelto tan aburrida. —Susurró las palabras de Yonghy mientras recorría con el dedo el cuerpo alargado y esbelto de la señorita Jingly, con su vestido azul antiguo—. Si usted quisiera ser mi esposa, mi existencia sería maravillosa. ¿Por qué no podría olvidarse del estúpido de su marido y vivir feliz para siempre con el Yonghy, y sus sillas, su vela y su jarra rota?

Volvió a bajar a la puerta de entrada y se sentó en el escalón. Un avión atravesaba el cielo blanco y las moscas zumbaban en el recibidor a su espalda.

—La verdad es que me encuentro bastante enfermo —dijo en voz alta, pero Lucy no estaba allí para oírlo. Con ojos vidriosos, observó que había por allí más gente de lo habitual. Ilaria y el okupa calvo compartiendo el cigarro gordo, y el hombre de los kebabs, fumando también, apoyado en su puerta; pero también un grupo de gente arremolinada en torno a los ultramarinos, todos con latas de cerveza. Se fijó con atención en los bebedores de cerveza. No eran adolescentes; eran todos mayores y harapientos. Uno de ellos era el pirata del pañuelo en la cabeza y la cara muy roja que solía cantar canciones pop bajo el puente, junto con su guitarra de dos cuerdas. Una vez, Lucy dejó que Raff y él le echaran unas monedas en el sombrero; de cerca, su olor resultaba terrible.

Pero ¿dónde estaba Raff? Miró hacia Southway Street. Tal vez, si le daba miedo encontrarse con el tío delgado y además tenía hambre, se hubiera ido al colegio. Más tranquilo, volvió a

230

mirar a los bebedores de cerveza. El pirata y dos mujeres: una negra y la otra blanca. También las reconoció a ellas, las había visto pidiendo dinero a la salida de la estación de tren. La blanca era muy bajita, con dos trenzas puntiagudas. De lejos parecía una niña, pero en realidad era vieja y estaba llena de arrugas. La negra era más joven. Llevaba la cabeza afeitada y tenía un diente de oro, además de unos senos enormes que se agitaban bajo un jersey holgado de color negro. No eran senos, sino tetas. Estaban haciendo mucho ruido; el pirata gritaba y las mujeres se reían. ¿Por qué no los echaría el dueño de la tienda?

—¿Tú también estás enfermo?

Era Ilaria, que lo llamaba desde su puerta, sentada en la postura del Loto, con cada pie sobre el muslo contrario. Debía de ser muy flexible. Como Lucy. Llevaba anillos en los pies, como Lucy, pero los suyos eran plateados, no dorados. El okupa calvo debía de haber entrado en casa. Mientras intentaba pensar en algo que decir, miró hacia el interior en penumbra de la vivienda y se fijó en el papel pintado de color rojo y oro. La puerta trasera estaba abierta, igual que el lunes.

—¿Has visto a Raff? —le preguntó.

—Sí. No podía entrar. —Todavía tenía el cigarro gordo en la mano, se lo llevó a la boca y succionó—. No creo que los profesores deban dejaros salir así, sin más. —Negó con la cabeza sin soltar el cigarro—. Sois demasiado pequeños. Sobre todo Raffy. Deberían haber llamado a vuestra madre. —Habló con voz rápida y entrecortada, y entonces el humo le salió por las fosas nasales formando dos nubes, como si fuera un dragón—. Así que, ¿vuestra madre ha vuelto ya?

Jonah vaciló y dijo que no con la cabeza.

—Tengo la llave. —Se la sacó del bolsillo y se la mostró, pero ella estaba mirando a los bebedores de cerveza, que se reían como locos.

Jonah se puso en pie.

—¿Sabes dónde ha ido Raff? —preguntó. Ella lo miró con el ceño fruncido y el cigarro de nuevo entre los labios. Después tosió y se dio varios golpes en el pecho—. ¿Sabes dónde...? —Volvió a intentarlo, porque no parecía haberle oído, pero lo interrumpió.

—Ese amigo tuyo te estaba buscando.

El tío delgado. Notó que se helaba de miedo por dentro.

—¿Qué...? —Se humedeció los labios.

—¿Es Christian? —Ilaria dio una calada más—. Uno bajito. Corpulento. Muy bronceado.

—Ah, Saviour.

—¡Saviour! —Sonrió—. Estuvo un rato aporreando la puerta y gritando. Pero eso fue antes.

Asintió. Saviour se habría dado cuenta de que no habían acudido a clase y habría ido a buscarlos tras dejar a Emerald en el colegio. Aporreando la puerta y gritando. Recordó la pregunta de Raff de la noche anterior.

—¿Nos llamaba a nosotros? —preguntó.

Ilaria fumó y asintió.

—Sí, a vosotros. ¿A quién si no?

—Quiero decir que si... —Se detuvo. Era demasiado complicado—. ¿Sabes dónde ha ido Raff?

—Ha vuelto a clase. —Ilaria señaló con la cabeza hacia Southway Street—. Le he ofrecido que entrara aquí a tomar un zumo de remolacha, pero no ha querido.

—¿Zumo de remolacha? —preguntó él débilmente.

—Sí, acabo de prepararlo. ¿Quieres un poco? Es bueno para el Vata. —Descruzó las piernas, se levantó y tiró el cigarro a la alcantarilla.

—No, gracias. —Sonrió al pensar en la cara de Raff cuando le ofrecieron zumo de remolacha y al imaginárselo luego haciendo cola para comer en la cafetería del colegio.

—Tu hermano tampoco ha querido. —Ilaria se cruzó de brazos—. Sé que le da vergüenza entrar en nuestra casa. ¡Pero somos muy simpáticos! ¿Te acuerdas de cuando vinisteis a nuestra fiesta? Quizá eras demasiado pequeño.

—Lo recuerdo —respondió él—. En fin. —Miró hacia Southway Street, agitando las monedas en el bolsillo. Le contaría a Raff su plan e irían directos después del colegio.

—¿Por qué no entras y esperas aquí a tu madre? —Ilaria estaba ahora en el bordillo, con la mano extendida, invitándole a través del asfalto grasiento de la carretera—. Hemos puesto la hamaca. ¿Quieres tumbarte en la hamaca?

Jonah dijo que no con la cabeza.

—Ahora mismo no, gracias. —Pensar en comida hizo que le sonara el estómago. Estaba deseando ver a Raff, pero se detuvo, sin saber cómo dejar a Ilaria, que había vuelto a cruzarse de brazos y parecía dolida.

—Ilaria.

—¿Sí?

—¿Sabes lo que significa «Om»?

—¿Om? —Se encogió de hombros con las manos metidas en las axilas—. Es el sonido del universo. —Miró hacia el cielo.

Él también miró. Las nubes de estrato estaban cada vez más finas. Pronto aparecería el sol. Echó a andar por Southway Street, agitando las monedas; entonces se dio la vuelta y se despidió con la mano. Ella le devolvió el gesto antes de desaparecer por su pasillo rojo y dorado.

43

Jonah pulsó el timbre de la verja y Christine salió de la secretaría del colegio y bajó las escaleras para dejarle entrar.

—¿Qué horas son estas? —Llevaba su habitual conjunto de blusa y chaqueta, que le daba un aspecto acalorado.

—He estado enfermo —respondió—. Los dos.

—¿Y dónde está la nota? —Lo llevaba hacia el edificio con las manos en los hombros. Al sentir que se encogía de hombros, le clavó los dedos con fuerza entre los huesos y él puso cara de dolor. Entonces lo soltó—. Si no me traes una nota mañana, contará como ausencia no autorizada, Jonah. Y lo mismo vale para tu hermano. —Se remangó la blusa para mirar el reloj—. Si quieres algo de comer, será mejor que te des prisa. Casi han terminado de servir.

Raff no estaba en la cafetería, posiblemente porque ya habría terminado y estaría en el patio. Empezó a comerse su pastel de carne, pero estaba frío y los trozos de carne estaban blandos, como si fueran de goma. Apartó el plato y fue a por el pudin, pero no quedaba ninguno, solo fruta, de modo que se guardó una naranja en el bolsillo. De todas formas, ya no tenía hambre. Lo único que quería era ver a Raff.

Una vez fuera, se asomó a través de la verja hacia el patio de Infantil. No parecía que Raff estuviera por allí. Tampoco Tameron, así que quizá les hubieran dado permiso para practicar su rap en clase. Se dio la vuelta y deambuló entre los niños gritones del patio de Primaria, hasta que divisó a Harold, sentado con la espalda apoyada en la pared de los lavabos.

—¿La has encontrado? —le preguntó Harold, cuyas gafas reflejaron el sol al levantar la cabeza.

—¿La? —Estaba tan centrado en Raff que tardó unos segundos en entender lo que le decía—. Ah, no. —Se dejó caer junto a él y sacó su naranja. La piel era gruesa y áspera. Le clavó las uñas y vio lo sucias que las tenía. Se dio cuenta de que todavía le dolía la cabeza.

—¿Dónde has estado? —Harold estaba mirándolo con sus ojos pequeños y curiosos, visibles ahora tras el cristal.

Se encogió de hombros y renunció a la naranja. Miraron hacia el patio. Emerald y Pearl estaban de pie junto a la valla, hablando muy concentradas.

—A Pearl le están creciendo las tetas —dijo Harold. Tetas. Jonah miró los dos pequeños bultos que tenía Pearl en el pecho.

—Ya sabes, el periodo.

—Lo de la sangre —dijo Harold con el ceño fruncido.

Jonah estiró las piernas, apoyó la espalda y sintió el calor de los ladrillos a través de la camiseta.

—Cuando sale la sangre, es el óvulo que sale, ¿verdad?

—Sí, tío. Asqueroso.

—Pero, si el óvulo se convierte en un bebé, entonces el periodo no sucede, ¿verdad?

—Esto tiene que ver con el palito blanco, ¿verdad? —le preguntó Harold.

Él asintió.

—¿Y bien?

—Nada. Es que quizá el palito decía que estaba embarazada.

—¿Dónde está? Déjamelo ver. —Harold le tendió una mano.

—No lo tengo. —¿Se habría hundido hasta el fondo del estanque o seguiría flotando en la superficie?

—¿Por qué no?

Recordó el ceño fruncido de Saviour y se encogió de hombros.

—¡Qué pasa! ¿Lo has perdido? Pero ¿qué es lo que te pasa?

Jonah apretó la mandíbula. El ruido del patio sonaba demasiado fuerte en su cabeza, así que cerró los ojos.

—¿Todavía tienes la botella de vino? Esa es la mejor pista, por lo del ADN...

—Cállate, Harold.

—¿Qué? —Notó que Harold se tensaba a su lado.

—Nada. Es que... —Mantuvo los ojos cerrados, notó de nuevo el ladrillo caliente y el calor en la cara—. Ya sabes que uno va a la iglesia y reza y esas cosas.

—Sí.

—¿Y Dios alguna vez contesta?

—No. —Harold parecía muy decidido.

—Pero te oye. Y entonces...

—Si te soy sincero, yo ni siquiera creo en él.

—Ah. ¿Y por qué no?

—Piensa en ello, tío. La Biblia dice que Dios creó la luz en un día, ¿no? Al hacer el sol. ¿Y a cuántos años luz se encuentra exactamente el sol?

—No lo sé. —Ya imaginaba dónde quería llegar.

—Digamos que estuviera solo a un año luz de distancia. Entonces Dios tuvo que esperar un año entero antes de poder crear el resto. No tiene ningún sentido. —Harold se estiró e hizo crujir los nudillos—. Fue el *big bang* el que originó todo. Antes de eso, no había nada.

Jonah se quedó callado y recordó la sensación de estar bajo el agua en Richmond Park.

Por debajo de los gritos y las risas del patio se oyeron unos pasos adultos de mujer. Sintió una sombra en la cara y el olor a agua de rosas. La señorita Swann. Abrió los ojos y miró sus piernas, que estaban muy blancas, con pequeños puntitos blancos: pelos afeitados, a punto de volver a crecer.

—Aquí estás. Christine me ha dicho que ya habías aparecido. ¿Dónde estabas, Jonah?

Levantó la mirada. Llevaba otro vestido veraniego, elástico y ajustado, con un estampado azul y blanco. Aún tenía manchas rojas en el cuello y su frente estaba arrugada por el sol.

—No me encontraba muy bien. —Se puso en pie y se sacudió la grava de los pantalones—. Y Raff tampoco.

—¿Y eso? —La señorita Swann miró el reloj—. ¿Por qué no entramos? —sugirió—. Quiero hablar un momento contigo antes de que suene el timbre.

44

En el aula vacía, la señorita Swann acercó una silla a su mesa para que Jonah se sentara. El vestido ajustado dibujaba los huesos de sus caderas y la ondulación de su tripa. Lucy tenía un vestido igual, de color rojo. A ella le quedaba mejor. La señorita Swann se sentó. Olía a sudor además de a agua de rosas.

—Has estado muy abstraído últimamente, Jonah. ¿Sabes lo que significa «abstraído»?

Dijo que no con la cabeza.

—Significa que estás callado y pensativo.

Asintió.

—Y preocupado, quizá incluso triste. —Se metió el pelo detrás de las orejas y él se fijó en sus axilas, depiladas, como las de Lucy; no peludas, como las de Dora.

—¿Estás triste, Jonah?

Él negó con la cabeza. Se acordaba de Dora y de Lucy hablando sobre la señorita Swann, después de la reunión de padres. En los sofás, con él escondido detrás.

«No es fea. Un poco pálida».

«Sí. Podría cuidarse un poco más. ¡Tiene el pelo horrible!».

—No quiero ser indiscreta. ¿Sabes lo que significa «indiscreta», Jonah? Significa cotilla. Espero que no pienses que soy una cotilla.

La miró enseguida a la cara, porque no quería que pensara que la consideraba una cotilla, y vio en sus ojos la ternura y la preocupación. Se quedó mirando el estampado azul y blanco de su vestido y notó que se le empañaban los ojos. «¿Debería decírselo?». Intentó ver la cara de Lucy, oír su respuesta. Pero no pudo.

—No creo que sea una cotilla —le dijo tras aclararse la garganta.

La señorita Swann se inclinó ligeramente hacia delante y de pronto sintió que iba a decírselo. Lloraría aliviado y ella lo abrazaría y lo sentaría en su regazo. Y entonces se lo contaría todo.

—¿Qué sucede entonces? —Hablaba con voz baja y suave.

Jonah abrió la boca, pero, al hacerlo, le interrumpió la voz risueña de Lucy. «¡Tiene el pelo horrible!».

—Estoy bien —le dijo.

—¿Qué tal tu madre?

De pronto empezaron a salirle lágrimas de los ojos. La señorita Swann abrió el cajón de su mesa y sacó su caja de pañuelos. Agarró uno y se secó las mejillas mientras ella lo observaba.

—¿Confías en mí, Jonah?

Asintió.

—Si confías en mí, ¿por qué no me cuentas lo que pasa?

Volvió a quedarse mirando el estampado del vestido. Eran pájaros, pequeñas formas curvas, o quizá peces voladores. Pero ¿existían de verdad los peces voladores?

—Señorita Swann —dijo pasado un rato.

—¿Sí, Jonah? —Se inclinó hacia delante con las manos entrelazadas sobre el regazo.

—Quería saber una cosa sobre el sol.

Ella asintió con el ceño fruncido.

—¿A qué distancia está? O sea, ¿a cuántos años luz?

La señorita Swann se recostó en su silla y se quedó mirando por la ventana, callada, con los labios apretados, y él creyó que no iba a contestarle. Pero entonces dijo:

—En realidad, son más bien minutos luz. No lo sé con exactitud. Pero no es mucha distancia.

Jonah sonrió un poco al pensar en decírselo a Harold.

—El padre de Emerald estaba preguntando por ti. Sabes que él se preocupa también por vosotros.

—¿Qué ha dicho?

—Ha dicho que... —Se quedó callada, y entonces él supo que había decidido no contarle lo más importante que había dicho Saviour—. Me ha preguntado si te había visto. Y también ha preguntado por tu hermano. ¿Qué le pasa entonces a Raffy?

—Dolor de tripa.

—¿Es lo mismo que te pasaba a ti?

Asintió y pensó en Saviour. ¿Qué le habría dicho a la señorita Swann? ¿Sabría que Lucy había desaparecido?

—¿Tú estás mejor?

—¿Qué?

—De la tripa.

—Sí.

—Pero Raff sigue mal.

—No, también está mejor.

—Ah —dijo la señorita Swann—. Entonces, ¿ha venido contigo? Christine no me lo ha dicho.

Jonah asintió de nuevo. En el silencio que se produjo a continuación, oyó el sonido de las manecillas del reloj de la pared.

—¿Has oído alguna vez la expresión: «Las penas compartidas son menos penas»? —le preguntó ella con mucha suavidad.

La miró a los ojos, que eran azules, con círculos externos de un azul más oscuro.

—Si le contara un secreto, ¿lo guardaría y no se lo contaría a nadie? —Se llevó la mano a la boca porque las palabras le habían salido solas.

La señorita Swann volvió a mirar por la ventana.

—¿Es un secreto de hace mucho tiempo? —Probablemente estuviera pensando en el Sábado del Enfado. Se quedó callado y ella volvió a mirarlo—. ¿O es algo que ha ocurrido recientemente? —Se inclinó hacia delante y Jonah le vio los poros de la nariz y los pegotes negros en las pestañas.

—Pero ¿se lo dirá a alguien? —susurró.

La señorita Swann volvió a recostarse. Tenía las arrugas de la frente muy marcadas. Colocó las manos entre los muslos y se meció levemente, hacia delante y hacia atrás, mientras pensaba.

—Jonah, no puedo prometerte guardar el secreto —le dijo con tranquilidad—. Ojalá pudiera. Quiero hacerlo. Pero sé que, si me dijeras que tú o algún otro niño estáis en peligro, entonces tendría que tomar medidas para protegeros. Y esas medidas podrían implicar contárselo a otros adultos. —Hizo una pausa y, en el silencio, Jonah visualizó los cientos de ojos del pavo real y su pico afilado—. ¿Te parece que eso tiene sentido?

El pavo real, gritando y corriendo hacia ellos. El recuerdo era tan fuerte que cerró los ojos y se llevó las manos a los oídos. Los gritos del pavo, los gritos de Raff, sus propios gritos; recordaba haberle dado la mano a su hermano para tirar de él; corriendo y corriendo, en busca de algún lugar donde esconderse.

—Jonah, por favor. ¡Jonah, mírame! —La señorita Swann le había puesto las manos en los hombros y parecía asustada. Él se enderezó y apartó las manos. No quería seguir mirándola. Quería largarse ya, salir al patio, irse a cualquier otra parte y olvidar la conversación—. ¿Estás en peligro? —Ahora le había puesto las manos en la cara, en las mejillas, lo cual resultaba extraño—. Si estás en peligro, debes decírmelo.

Dijo que no con la cabeza y ella apartó las manos.

—¿Alguien que conoces está en peligro?

«¿Estás en peligro, Mayo?».

—¿Qué es lo que pasa, Jonah?

241

—No es nada. Es que todavía me duele un poco la tripa. —Tenía que ir a ver a Raff. No podía esperar a que terminaran las clases. Tenía que verlo ahora mismo. Todavía tenía el pañuelo apretado en el puño, así que lo soltó—. ¿Puedo irme ya?

—Aún no. —Se colocó ese pelo horrible detrás de las orejas y se rascó el sarpullido del cuello, lo que hizo que se le enrojeciera más. Empezó a hablar con voz rápida y temblorosa—. Jonah, eres un niño muy capaz e inteligente, pero llevas demasiado peso sobre los hombros.

Empezó a sonar el timbre. Tenía que salir de allí cuanto antes si quería alcanzar a Raff antes de que entrara en su clase.

—Jonah, necesito saber que estás a salvo. —Se le había quebrado la voz, como si fuera a echarse a llorar.

—Tengo que ir al baño —respondió mientras ella le rodeaba de nuevo la cara con las manos—. Señorita Swann, por favor, ¿puedo ir al baño?

Ella apartó las manos y se recostó en su asiento.

—Adelante, puedes ir.

45

No había logrado llegar a tiempo al bloque de Infantil. La puerta ya estaba cerrada, Christine lo vio cuando intentaba abrirla y lo acompañó de nuevo a Primaria.

—Has tenido toda la hora de la comida para ver a tu hermano —le había dicho—. Ya ha sonado el timbre, tienes que ir a clase.

Estaba sentado en su silla junto a Harold y la señorita Swann estaba leyéndoles.

—David era el menor de ocho hermanos. Le gustaba tocar instrumentos musicales y escribir poemas. —Jonah solo escuchaba a medias, o tal vez no escuchara en absoluto, porque no entendía por qué estaba leyéndoles aquella historia en particular. Miró las palabras que había escrito en la pizarra.

VALENTÍA: HACER LO CORRECTO, AUNQUE SEA DIFÍCIL

—David no era lo suficientemente mayor para ir a luchar contra los filisteos. Tuvo que quedarse en el campo cuidando de las ovejas.

Parecía tan cansada leyendo que eso le produjo cansancio también a él. Cerró los ojos y vio a Raff en toga, con un bastón en la mano, caminando junto con sus ovejas. La toga le quedaba grande, igual que el bastón.

—Pero entonces, el padre de David oyó hablar de un gigante filisteo llamado Goliat, que estaba provocando a los israelíes para encontrar a un hombre lo suficientemente valiente que se enfrentase a él.

Goliat, como el tío delgado, pero mucho más alto, se alzaba frente a Raff con una armadura reluciente.

—El padre de David lo envió junto a sus hermanos. Se llevó comida y también su tirachinas. David era muy bueno con el tirachinas...

El tirachinas. Como el juego de la Wii. Se imaginó al delgado gigantesco por encima de Londres, como un Transformer, con la cabeza entre las nubes con forma de nave espacial. Raff y él manejaban las grúas. Se miraban desde sus pequeñas cabinas, sonreían, levantaban los pulgares y ponían las manos en los mandos para prepararse y apuntar con sus misiles hacia la frente del tío delgado. Las nubes. ¿Cómo se llamaban esas nubes? Era algo que empezaba por L. Entonces se acordó. ¡Lenticulares! Lo dijo en voz alta, como si volviera en sí, y todos se quedaron mirándolo.

—¿Lenticulares, Jonah? —le preguntó la señorita Swann.

Se oyó un silbato en el patio, seguido de gritos y unos pies que corrían. Miró por la ventana y vio a la clase de la señora Blakeston practicando para el Día del Deporte. Tameron iba muy por delante, porque Raff no participaba en la carrera. Porque Raff... Jonah se fijó en todos los niños. Porque Raff no estaba allí.

—¿Qué estás haciendo ahora? —le preguntó la señorita Swann.

—Tengo que irme. Tengo que ir al baño. —Se había levantado y ya se dirigía hacia la puerta, pero ella le cortó el paso. Intentó esquivarla, pero lo agarró de la muñeca—. ¡Tengo que ir ya! —gritó mientras trataba de zafarse, pero ella le apretó con fuerza.

—Jonah tiene diarrea —dijo Daniella—. Debe de haber estado chupando su palito de pis. —Nadie se rio. Todos se habían quedado mirándolo.

—Quedan solo cinco minutos para que os vayáis a casa —le dijo la profesora—. ¿No puedes esperar cinco minutos?

Cinco minutos. Miró el reloj. «¿Dónde estás, Raffy?». Cinco minutos eran una espera demasiado larga. Negó con la cabeza.

—Tengo que irme. Tiene que dejarme ir.

—De acuerdo, pero quiero que regreses. Con tu madre. Deseo hablar con ella. —Jonah volvió a asentir—. ¿Viene a recogeros hoy?

—Sí.

—De acuerdo. Entonces iré a buscarte al patio. —Le soltó la muñeca y él corrió hacia la puerta—. ¡Díselo a tu madre, Jonah! —le gritó—. ¡Tengo que verla! ¡Es importante!

46

«¿Dónde estás, Raffy?». Jonah se detuvo junto al estanque y se apoyó en la barandilla. Estaba jadeando. Llevaba corriendo desde que saliera del colegio y había dado un rodeo para evitar encontrarse con los padres que llegaran. Había subido corriendo la colina y después había atravesado el parque en zigzag. En su camino, había pasado por el árbol de flores en forma de estrella, por la piscina infantil, por el parque y por la rampa de los *skaters*, antes de regresar por la hierba y atravesar los árboles. «Le dijiste a Ilaria que te ibas al colegio, porque no querías probar su zumo de remolacha».

Se quedó mirando el estanque. Los rayos de sol se colaban entre las hojas de los árboles y dibujaban formas doradas sobre la superficie oscura del agua. No había rastro del palito blanco. Se incorporó, con la respiración ya más calmada, y palpó las cuatro monedas que llevaba en el bolsillo.

—Tengo un plan, Raffy. ¿No quieres saber cuál es mi plan? —Se dio cuenta de que estaba hablando en voz alta, hablando solo, o susurrando, y de pronto sintió rabia y dio una patada a la barandilla. Raff se había ido, Lucy se había ido; se había quedado él solo.

Se dio la vuelta y caminó hacia la verja. Los padres y sus hijos estaban entrando al parque para atravesarlo de camino a casa. Se detuvo frente al árbol de flores en forma de estrella. Cuando era pequeño, contemplaba perplejo cómo los niños mayores trepaban por el tronco, pero a Raff y a él ya les resultaba fácil. Ese año, cuando estaba en flor, habían trepado juntos para sentarse entre las estrellitas con olor a limón y mirar desde arriba a Lucy, que los contemplaba con su mirada soñadora. Decidió treparlo, solo hasta el primer punto de apoyo, donde una rama se separaba del tronco en un ángulo de noventa grados. La corteza de la rama estaba suave y desgastada por los traseros de todos los niños que se habían sentado ahí, y esa parte del tronco estaba llena de grabados: letras, números y símbolos.

—Es porque son chicos. Por eso te caen mejor que yo. —Era la voz de Emerald, estridente y quejicosa—. Porque son chicos y son dos, y yo no soy más que una niña aburrida a la que no le gusta el críquet.

—Emmy, no seas estúpida. Eres mi hija. Siempre te priorizaría a ti. —Estaban atravesando la verja. Jonah levantó las piernas para que no lo vieran y los observó a través de las hojas oscuras y rígidas.

—¡Pues no lo parece! Parece que estás harto de mí y que deseas poder ser su padre.

—¡Yo no quiero ser su padre, Em! ¡Dios mío!

Habían pasado por debajo de él y se dirigían hacia el estanque, pero el enfado de sus voces le llegaba aún.

—¡Solo traen problemas! —Emerald se detuvo con los puños apretados. Estaba cada vez más alterada—. ¡Eso es lo que dice mamá! ¡Dice que hemos sido demasiado generosos con ellos y que ahora tienen que aprender a valerse por sí solos!

Siguieron caminando, Emerald por delante de su padre. Jonah oía sus voces, pero no distinguía ya sus palabras. Los observó: Emerald, alta y pálida, con unas piernas largas como tijeras; Saviour, bajito y corpulento, tambaleándose tras ella.

«Aunque sea tan flaco como un berbiquí, y su cabeza haya crecido sin control». Empezó a recitar el poema en su mente. «Más

de lo que su sombrero puede resistir, señor Yonghy-Bonghy-Bò».
Pobre Yonghy. Esa enorme cabeza de bebé, esa cara desdichada,
esa barriga. El cuerpo de Saviour no era en absoluto pequeño,
pero era bajito y tenía algo parecido al Yonghy. ¿Qué sería? Su aspecto cuando lloraba en el banco: un niño atrapado en el cuerpo
de un adulto. ¿Era eso lo que les sucedía a algunas personas? ¿Que
sus cuerpos se volvían adultos, pero ellas no se sentían adultas y
tenían que fingir?

Desaparecieron entre los árboles y Jonah recorrió con la mirada las marcas de la corteza. Una X, como la X de la tarjeta que
acompañaba a las flores, y la X del mensaje de texto sin nombre.
Apoyó la frente en la corteza. ¿Y si todos los adultos eran niños
que fingían? Había oído a la gente decir que el primer ministro
era un idiota. ¿Y si no había nadie lo suficientemente listo para saber lo que había que hacer y estar al mando?

—¡Te odio, joder! —Otra vez la voz de Emerald, muy lejos,
pero gritaba a todo pulmón. Habían salido de entre los árboles e
iban camino de la puerta de arriba. Vio que Emerald pegaba a Saviour varias veces antes de salir corriendo colina arriba. «¡Menuda reina del drama!», había dicho Lucy en una ocasión sobre
Emerald, o lo había murmurado. Durante las vacaciones en Francia, Emerald se había agarrado una pataleta porque no le gustaba
su nuevo bañador. Era una malcriada porque era hija única y
Dora y Saviour la trataban como a una princesita. Vio a Saviour
correr detrás de ella hasta alcanzarla, entonces ella volvió a pegarle y después cayó en sus brazos, y él la abrazó. En realidad, los
Martin solo se querían a sí mismos. Raff, Lucy y él eran solo sus
peleles. «Roland tenía razón, Lucy. No deberías haberte hecho
amiga de ellos. Y no deberías haber permitido que nos regalaran
cosas».

Atravesaron la puerta de arriba y Jonah ya no pudo verlos.
Volvió a bajar las piernas, pero se quedó sentado sobre la rama.
«Estas vacaciones no han sido baratas, precisamente, ¿sabes?». Eso

era lo que había dicho Dora el día que fueron de excursión a un pueblo cercano. Habían estado visitando una iglesia y después habían comido sentados fuera. Dora había dicho: «¡Qué agradable es poder alejarse de todo!». Y entonces Lucy había reaccionado de pronto. «¿Por qué no paras de decir eso, Dora?». Dora se había quedado sorprendida, pero después le había cantado las cuarenta a Lucy diciendo que era una pesimista. Las vacaciones debieron de costar una fortuna. Era una casa asombrosa. Y luego, cuando regresaron a casa, los Martin les regalaron a Raff y a él la videoconsola Wii. «No deberías habérselo permitido, Lucy. Por eso se hartaron. Por todo el dinero que se gastaron en nosotros».

Se bajó del árbol, se sacudió las manos en los pantalones y se palpó los bolsillos para comprobar que seguía teniendo las llaves y las cuatro monedas. Atravesó la verja del parque y se dirigió hacia Southway Street, pero por el camino largo, para no tener que pasar por delante del colegio. Mientras agitaba las monedas pensó en los Martin. Dora les había llevado a las Olimpiadas. ¿Cuánto les habría costado eso? Y Saviour le había llevado a él, solo a él, al estadio Oval para ver a Inglaterra jugar contra Sri Lanka. «Entonces no estaba harto de mí. Le gustaba tener a alguien con quien poder ir al críquet». En cierto modo, Emerald tenía razón con eso de que ellos eran chicos.

Un extraño grito le devolvió al presente. Se encontraba ya en Southway Street, a punto de llegar a su puerta. No había nadie frente a la casa de los okupas, pero los bebedores de cerveza seguían frente a los ultramarinos. Las nubes estaban descomponiéndose en pequeños cirros y volvía a hacer mucho calor. La que había gritado era la mujer vieja y harapienta de las trenzas; volvió a gritar, pero parecía ser solo un sonido, no una palabra. Estaba sentada en la acera con la espalda apoyada en un cubo de basura y las piernas estiradas. La mujer del diente de oro estaba sentada a pocos metros de distancia, encima de una caja, y el pirata de la cara roja salía de los ultramarinos con otras tres cervezas. El hombre de los kebabs estaba observándolos y Leonie había abierto su puerta en ese momento para gritarle a la de las trenzas que dejara de gritar. Y entonces Jonah experimentó un vuelco de alegría en el corazón, porque allí estaba Raff, con aspecto de chica, intentando abrirse paso por detrás de Leonie.

—¡Raffy! —Atravesó corriendo la calle. Con el pelo recogido, los rasgos de su cara eran preciosos. Se lanzaron uno a los brazos del otro, y Jonah abrazó a su hermano con fuerza, captando el aroma a aceite capilar, chicle y cebollas—. ¿Dónde has estado?

—Lo encontré en la tienda de los kebabs —anunció Leonie con un gesto al hombre de los kebabs, quien a su vez asintió—. Estaba comiendo un plato de comida tan grande como él. ¡Sí que tenéis hambre, chicos! Dijo que vuestra madre no estaba, así que lo traje aquí con Pat y conmigo.

—¿De dónde has sacado el dinero para el kebab? —susurró Jonah.

—Era gratis —respondió Raff.

Jonah miró al de los kebabs, que asintió de nuevo y se metió en su tienda.

—Se lo he recogido en un moño por ahora —dijo Leonie—. No le durará mucho, pero no puedo verlo yendo por ahí como un criminal. Dile a tu madre que puedo hacerle trenzas africanas, bucles o lo que quiera. No quiero su dinero, pero no puedo hacer más sin que ella me dé permiso.

47

Al entrar en la casa, oyeron que estaba sonando el teléfono de Lucy, Jonah cerró de un portazo y juntos fueron rodeando la cocina y la sala de estar, recogiendo cosas del suelo hasta que encontró el teléfono tirado en el recibidor. Estaba cubierto de hormigas e intentó sacudirlas.

—¡Deprisa! —exclamó Raff.

Jonah sopló las hormigas antes de pulsar el botón verde y llevarse el aparato a la oreja.

—¿Diga? —En ese momento de silencio, antes de que la otra persona hablara, se dio cuenta de que debería haber dejado que saltara el buzón de voz y dejaran un mensaje.

—Ah, hola, soy Christine Wicks, de... ¿Eres tú, Jonah?

—¿Quién es? —articuló Raff con la boca. Jonah se quitó una hormiga de la mejilla e intentó pensar en qué decir.

—¿Jonah? ¿Puede ponerse tu madre, por favor?

Ahora sentía una hormiga en el lóbulo de la oreja. Se apartó el teléfono para quitársela.

—Holaaa. ¿Me oye? —dijo Christine desde el otro lado. Jonah miró a Raff, que estaba intentando hacer una pompa con el chicle.

—Se —dijo cortante. Raff se rio y él se llevó un dedo a los labios.

—¿Hola? ¿Hablo... hablo con la madre de Jonah?

—Se. —Jonah volvió a emitir aquel sonido breve y cortante, lo que hizo que Raff se riera aún más.

—Me temo que apenas la oigo.

Jonah volvió a acercarse el teléfono a la oreja.

—Se. —Esta vez el sonido duró más, pero fue más gutural. Raff escupía saliva de la risa.

—¿Señora Armitage?

—Mwembe. —Las dos sílabas le salieron con un acento profundo y zambiano. Raff se desternillaba.

—Ah, sí, señora Wemby. Mis disculpas. Soy Christine Wicks, directora del colegio Haredale.

—Se. —Se acercó a Raff e intentó taparle la boca, sin conseguirlo.

—Señora Wemby, sus dos hijos han faltado hoy a clase, pero no hemos recibido ninguna notificación por su parte.

Jonah guardó silencio. Estaba intentando contener la risa él también y le daba miedo que le saliese de golpe si abría la boca.

—Señora Wemby, necesitamos notificación de todas las faltas antes de pasar lista.

—Se, se. —La repetición de aquella sílaba hizo que Raff soltara otro chillido y Jonah se apartó de él de inmediato. Sentía las hormigas que le subían por la nuca.

—La próxima vez que eso ocurra, por favor, llámenos, señora Wemby. Y, para las faltas de hoy, necesitaremos una nota. Jonah ha faltado medio día y Raff el día entero.

Raff se había caído al suelo de la risa y estaba temblando sin control. Jonah lo miró y se mordió los carrillos para evitar explotar.

—Necesitaré una nota mañana por la mañana, señora Wemby. Que explique que sus hijos no se encontraban bien. De lo contrario, pasarán a contar como faltas no autorizadas.

Raff estaba metiéndose el puño en la boca y tenía la cara mojada por las lágrimas.

—¿Señora Wemby? —dijo Christine.

—Se —respondió Jonah, y su hermano explotó de nuevo. Tuvo que ponerse la mano en la boca él también. Christine siguió hablando.

—Lo siento si la he pillado en un mal momento, pero es muy importante que tengamos esa nota mañana. Es la última semana del trimestre y necesitamos tener los registros actualizados...

—Se —dijo débilmente y por última vez, porque la risa le salió entonces por la nariz en una gran explosión. Se dejó caer de rodillas al suelo, el teléfono se le escapó de la mano y se deslizó por el suelo.

—¿Señora Wemby? ¿Se encuentra bien, señora Wemby? —mientras Christine hablaba desde el otro lado de la habitación, los chicos estaban tumbados en el suelo, girando de un lado a otro y tratando de recuperar el aliento.

Después de que colgara el teléfono y pudieran reírse en condiciones durante varios minutos, se quedaron callados y vieron las moscas que volaban sobre ellos.

—Me he tragado el chicle —dijo Raff—. Por error. Mientras me reía.

—No te morirás. —Recordó que Raff se había comido un kebab enorme—. ¿Le has dado las gracias al de los kebabs?

—Sí, tío. —Raff se incorporó—. Ahora me apetece un helado. Un Cornetto de chocolate.

—Eres un cerdo. —Jonah se incorporó también y se sacó las tres libras con cincuenta del bolsillo.

—¿Eso es suficiente para dos Cornettos? —le preguntó su hermano.

—No creo. Pero bueno, tengo un plan.

—¿Y no podemos comprar solo un Cornetto? Esta vez lo compartiré, te lo prometo.

—No. —Se puso en pie y le tendió la mano—. Venga. Vamos a apostarlo a un caballo.

48

La casa de apuestas era una sala pequeña y cuadrada con dos enormes máquinas de ruletas y una fila de pantallas de televisión colgadas en una de las paredes. Las veces que habían estado allí antes, estaba llena de hombres que miraban las pantallas o garabateaban en pequeños trozos de papel con bolígrafos también pequeños. Jonah recordó el olor del sudor y el murmullo ruidoso de las emociones. Era evidente que aquel día no se celebraba ninguna carrera importante. Había dos hombres, sentados en sendos taburetes, encorvados sobre el mostrador, alto y estrecho. Tras ellos, solo una de las pantallas estaba encendida y en ella se veía a los caballos conducidos por sus jinetes a la espera del comienzo de la carrera. Había solo dos pelotas de papel arrugadas en el suelo, que habitualmente estaba lleno de basura, y lo único que se oía era el murmullo tranquilo de las voces que salían de la pantalla. Hasta las luces de las máquinas de ruleta parecían ojos somnolientos y parpadeantes. Al otro lado del cristal, sentada en una silla tras la caja, estaba la señora de ojos de huevo bebiendo té y viendo su propia televisión en miniatura.

Se adentraron en la tienda sin saber si la mujer les echaría. Uno de los hombres era el de los kebabs, que parecía un gnomo subido en el taburete con las gafas de lectura. El otro hombre era blanco, con tatuajes en los brazos y las manos muy sucias. Llevaba uno de esos chalecos naranjas brillantes por encima de la camiseta. Tenía las botas mugrientas y apoyadas en el peldaño del taburete; justo debajo, en el suelo, había trozos de tierra.

Jonah se aproximó al hombre de los kebabs, que estaba mordiéndose un dedo, igual que un perro mordisquea un hueso, mientras con la otra mano rellenaba su hoja de apuestas. Sobre el mostrador, junto a él, había un ejemplar del *Racing Post*.

—Disculpe —le dijo—. ¿Podría echar un vistazo a su periódico?

El hombre lo miró por encima de las gafas, después miró a la señora de ojos de huevo, que había dejado su taza para toser, pero seguía mirando su pantalla. Volvió a mirar a Jonah con brillo en los ojos y se llevó un dedo a los labios. Dobló el periódico de manera que solo se viera media página y se lo pasó. Jonah lo miró. Eran los detalles de la carrera de las 16.20 en Chepstow. El hombre de los kebabs fue señalando los nombres de los caballos con su bolígrafo.

—Cinco minutos —susurró, se señaló el reloj y levantó cinco dedos. Era como si creyera que no sabía hablar inglés, pero Jonah sabía que era porque estaba acostumbrado a que la gente no le entendiera, por culpa de su voz y su fuerte acento—. Deprisa, deprisa —le dijo mientras con la mano hacía un gesto apremiante.

Sin parar de toser, la mujer de ojos de huevo se volvió al fin y los miró a través del cristal. Encendió su micrófono y la estancia se llenó con su tos. Era una tos con muchas capas, desde los escupitajos de sus labios hasta la ronquera profunda del pecho. También se oía el sonido de un motor procedente de alguna parte. Jonah se dio la vuelta y vio, a través de la puerta abierta, una camioneta que aparcaba frente a su casa.

—Sabes que no pueden apostar —dijo la mujer por fin—. Ni siquiera deberían estar aquí. A veces les dejo entrar con su padre. ¿Dónde está vuestro papi, bonitos?

255

—¡Se fue! —gritó el de los kebabs con impaciencia—. ¡Se fue hace mucho! —Se bajó del taburete para ayudar a Jonah a subirse al de al lado. Después acercó otro para Raff y lo aupó también.

Jonah volvió a mirar la camioneta. Era la de Saviour. Había dejado el motor en marcha y se había bajado del vehículo.

—Elige —le dijo el de los kebabs—. Dame el dinero. ¿Cuánto tienes?

Le mostró las monedas.

—Sí, sí, bien, bien. ¡Ahora elige! ¡Deprisa, deprisa!

Saviour estaba llamando a su puerta. Los okupas habían vuelto a salir. ¿Les preguntaría dónde estaban? ¿Los okupas los habrían visto entrar en la casa de apuestas? Jonah miró la lista de los caballos. Eran ocho y las probabilidades iban desde 3 a 1 hasta 50 a 1. Era una carrera sin obstáculos, lo que, si no recordaba mal, significaba que era improbable que ganaran forasteros.

—Deberíamos apostar por el de 3 a 1 —le dijo a Raff—. Orquídea azul. —En realidad no le gustaba el nombre, sonaba a perfume y, aunque fuera una carrera sin obstáculos, a Roland nunca le gustaba apostar por el favorito. Se quedó mirando las chaquetillas de los jinetes y después volvió a mirar los nombres impresos, en busca de alguna pista, sabiendo que los dioses estarían observándolo. Volvió a mirar hacia fuera. Saviour estaba llamando a los okupas. Vio que Ilaria cruzaba la calle para hablar con él. Sin embargo, no señaló hacia la casa de apuestas. Seguro que no los había visto entrar. Miró el periódico otra vez y se fijó en un caballo llamado Ratoncito Pérez. Se tocó con la lengua el hueco de la encía y saboreó la sangre. El Ratoncito Pérez. ¿Sería un mensaje? No un mensaje de un dios, sino de Lucy. «Siento no poder ser el Ratoncito Pérez, Joney, pero, si apuestas por este Ratoncito Pérez, me aseguraré de que ganes mucho dinero». Era Ratoncito Pérez el que tenía las probabilidades de 50 a 1, así que sería mucho dinero si ganaba. Pero la chaquetilla del jinete era aburrida, azul oscuro con mangas blancas; y en realidad no había oído su voz, solo se había imaginado lo que le diría. Solo tenían una oportunidad, así que quizá debería estudiar las estadísticas con más detenimiento.

Volvió a mirar hacia la puerta. La camioneta de Saviour seguía allí, con el motor en marcha. ¿Dónde se habrían metido Ilaria y él? Raff estaba inclinado sobre el periódico, pasando el dedo por cada nombre mientras lo susurraba en voz baja. Sabía leer bastante bien para su edad, pero muchos de los nombres eran demasiado complicados.

—¡Deprisita! —insistió el de los kebabs. Estaba de pie junto a él, mirando por encima de su hombro; extendió el brazo y señaló a Conejo de carreras. Tenía el dedo marrón y torcido, con solo un trocito de uña diminuta. Conejo de carreras tenía unas probabilidades de 12 a 1. Claro, Conejo de carreras también podía ser una señal, por lo de Dylan. El de los kebabs se señaló el pecho.

—Mi caballo —dijo con un asentimiento de cabeza.

El del chaleco naranja se había vuelto para mirarlos.

—¿Cuánto tienen? —preguntó—. Tiene que ser Orquídea azul o Hecho a medida. Creedme, chicos, no tiréis vuestro dinero en otra cosa.

Jonah notó que empezaba a dolerle la tripa y miró de nuevo la lista. Raff había llegado ya al último caballo. El dedo le impedía leer el nombre, pero se trataba de una yegua gris de cinco años: 20 a 1, así que era forastera. Su rendimiento hasta la fecha era 39978, que no tenía ni idea de lo que significaba. La chaquetilla era naranja, con diamantes rojos en la pechera. A Lucy le encantaría.

—Ella... no... está —leyó Raff, muy despacio y con cuidado. Entonces volvió a leerlo, más rápido esta vez—. Ella no está, ¡Ella no está! Jonah, ¡Ella no está! —Le agarró el brazo y se le iluminaron los ojos; fue como si Jonah estuviera viendo los ojos de su madre. «¿Es este, Mayo?». Captó el aroma a coco, cerró los ojos y la vio con total claridad; sonreía y asentía. Abrió los ojos y se volvió hacia el hombre de los kebabs.

—Este, por favor —dijo—. Ella no está.

—¿En cualquier posición? —le preguntó el hombre.

Jonah tomó aliento.

—Apuesto a que quedará en primer lugar. —El de los kebabs no paraba de asentir mientras les rellenaba la hoja de apuestas. «¡Gracias, Mayo! ¡Perdón por no haber creído en ti!». Todavía sentía su aroma allí mismo. El de los kebabs había dejado de escribir y miraba hacia la puerta. Él también miró. Leonie se había asomado y estaba con las piernas separadas y los brazos cruzados. Tras ella, vio que la camioneta de Saviour ya había desaparecido.

—Ya me parecía a mí haberos visto entrar aquí —dijo Leonie—. Sabéis que no podéis estar aquí. ¿Y vuestra madre? ¿Le habéis dicho lo que os he comentado del pelo? —El hombre de los kebabs le hizo un gesto con la mano para que se fuera, pero ella apretó los dientes y entró—. ¿Se lo has dicho? ¿Qué te ha respondido? —le preguntó a Raff, pero este se encogió de hombros.

Entonces se oyó el fuerte suspiro de la mujer de ojos de huevo a través del micrófono.

—Venga, bonitos —dijo—. Es ahora o nunca.

El de los kebabs se acercó a la ventanilla con la hoja de apuestas y su dinero. Leonie lo siguió y se colocó a su lado.

—¿Estás apostando por ellos? ¿Cuánto apuestan? Ya sabes que su madre no tiene dinero. —El hombre abrió la palma de la mano y le mostró las monedas.

—Es solo calderilla —comentó la de ojos de huevo—. Su padre les dejaba apostar. Pobres chiquillos, dejad que se diviertan un poco.

Leonie apretó más los dientes y se volvió para mirar hacia la pantalla. Los caballos estaban preparados en la línea de salida.

—Señorita Leonie, pero ¿qué narices hace ahora? —Pat la había seguido y estaba de pie en la puerta—. Su cita de las cuatro ya ha llegado.

—Tendrá que esperar —respondió Leonie mientras se sentaba en un taburete—. Solo hasta que acabe esta carrera. Los chicos han apostado tres cincuenta.

—¡Trescientos cincuenta! —exclamó Pat llevándose la mano a la boca—. ¿De dónde han sacado tanto dinero?

—¡Tres libras con cincuenta, tonta! —le dijo Leonie—. Solo por diversión. ¿Qué caballo es, chicos?

—Allí está —dijo Jonah señalando la pantalla. Ella no está era blanca, no gris, como se imaginaba. Era una yegua de aspecto nervioso, un poco delgada, y de pronto notó un vuelco en el corazón, porque no parecía en absoluto una ganadora. Daba pisotones y resoplaba, reticente a entrar en su casilla, y el jinete se tambaleaba sobre su lomo, vestido con su chaquetilla roja y naranja, tratando de mantener el equilibrio. Si aquel caballo no era un ganador, entonces Lucy no estaba allí y él se la había inventado. «¡Tienes que creer!». Eso era lo que le había dicho a Roland. Pero era una tontería, debería haber estudiado las estadísticas con atención, como habría hecho Roland. Ya estaban todos en sus puestos. Se abrieron las puertas y Jonah sintió que Raff le agarraba la mano y se la apretaba con fuerza.

—¿Cuánto vamos a ganar, Jonah? —susurró.

—Creo que unas setenta libras —respondió él—. Pero solo si gana la carrera. Puede que no gane. Lo entiendes, ¿verdad, Raff?

—Sí, ¡pero tienes que creer, tío! —Raff tenía la mirada fija en la pantalla.

Jonah le apretó la mano.

—Tienes razón —le dijo—. Claro que va a ganar.

Era una carrera corta, solo doce *furlongs*, así que no duraría mucho. Jonah vio como aquella masa de treinta y dos patas se convertía en una fila, unos pegados a otros, como una cadeneta de papel. Orquídea azul iba a la cabeza; era un caballo negro, brillante y musculoso. En segundo lugar, iba un caballo castaño llamado Paga la cuenta. Pies de fugitivo iba justo detrás, y después venía Ella no está, aunque no corría con mucha elegancia. Tras ella iba Hecho a medida. Dave el valiente iba después, y Conejo de carreras iba penúltimo. Ratoncito Pérez iba a la cola, cada vez más distanciado. Al tomar una curva de la pista, los caballos se solaparon y volvieron a fundirse en una sola forma. Cuando la pista se volvió recta de nuevo, se separaron y formaron otra vez la cadeneta de papel. Pero ahora había huecos entre los caballos. Solo los tres primeros iban pegados. Jonah buscó entre la fila de caballos. ¿Dónde se había metido? ¡Dios, allí estaba! Todavía no había encontrado su ritmo, y el jinete daba tumbos sobre su lomo como una marioneta, pero Ella no está había logrado situarse en segunda posición.

—¡Corre, Ella no está! —gritó Raff, inclinado sobre su taburete.

—Qué nombre tan absurdo para un caballo —comentó Leonie—. ¿Va ganando? ¡Decidme!

—El blanco —dijo Jonah. Parecía como si fuera Lucy la que corría. Inestable, pero veloz, centrada en su misión de conseguir ese dinero para sus hijos. Empezaba a alcanzar a Orquídea azul, y no se trataba de una curva, así que no era un cambio de perspectiva. Pero ¿qué estaba haciendo ahora? Era como si estuviera a punto de chocar con el otro caballo. Lanzaba la cabeza hacia delante y enseñaba los dientes... ¿Estaba intentando morder a Orquídea azul? El jinete tiró de las riendas, el caballo tropezó, pero siguió avanzando y, muy lentamente, fue ganando terreno otra vez. Volvió a alcanzar al otro; iban pegados, cuello con cuello.

Los adultos se habían acercado a mirar también la pantalla. Leonie tenía las manos entrelazadas y murmuraba. Pat tenía los puños en alto, como un boxeador. La voz de la tele hablaba cada vez más deprisa; era imposible distinguir lo que decía. Hasta la mujer de ojos de huevo salió de detrás de su mostrador y se acercó hasta situarse junto a Raff.

—¡Corre, Ella no está! —gritó Pat, levantando un puño por encima de la cabeza. Raff se puso en pie sobre el taburete, apoyando la mano en el hombro de la de ojos de huevo.

—¡Rápido, rápido! ¡Corre más rápido! —gritó. Y así fue. La yegua iba ahora a la cabeza y, si aguantaba solo unos segundos más...

—¡Vamos, Ella no está! —exclamó el hombre de los kebabs.

—¡Adelante, Ella no está! —vociferó el hombre del chaleco naranja mientras arrugaba su hoja de apuestas y la tiraba al suelo—. ¡Mueve ese culo flacucho!

Cruzó con el hocico la línea de meta por delante de Orquídea azul y Jonah se dejó caer al suelo desde el taburete.

—¡¡¡Toma!!! —gritó, pero los adultos se habían quedado callados. En la pantalla estaban volviendo a poner el empujón que Ella no está le había propinado a Orquídea azul.

—Ha ganado, ¿verdad? —preguntó Raff.

—Tienen que deliberar —explicó el hombre del chaleco naranja—. Tardarán unos minutos. Voy a por una cerveza. ¿Queréis un polo, chicos?

49

Los bebedores de cerveza se habían puesto en pie y daban vueltas por delante de los ultramarinos, más locos que nunca, con la piel brillante y mojada y los ojos vidriosos. El hombre de la cara roja hacía girar a la mujer de las trenzas, cuya falda se levantaba con el movimiento hasta vérsele las bragas negras y holgadas. La mujer del diente de oro estaba intentando participar enganchándose del brazo de la de trenzas, pero no lo lograba.

—Cuidado —dijo el hombre del chaleco naranja al pasar entre ellos—. ¿Venís, chicos?

—Esperaremos fuera —respondió Jonah. La tienda estaba abarrotada y, además, no quería ver al dueño.

—¿Queréis Cornettos?

Ambos asintieron y lo vieron entrar y abrirse paso hasta la nevera. Entonces Raff le dio un codazo.

—El Hombre Andrajoso se ha quitado la sudadera.

Estaba de pie frente a la tienda de kebabs, tan alto y estirado como siempre, sujetando una lata de cerveza contra su tripa desnuda, mirando al espacio como si fuera una estatua. Llevaba la sudadera del chándal anudada a la cintura. Era extraño ver la delgadez de su cuerpo, los mechones de pelo gris y rizado de su pecho.

«¿Él lo sabe, Mayo? ¿Sabe dónde te has metido?».

Los bebedores de cerveza se habían puesto a cantar —aunque más bien bramaban— y se tambaleaban de un lado a otro, rodeándolos a ellos. Raff los esquivó y fue a esperar su Cornetto junto a la puerta de la tienda. «¡¡Ella no está!!», gritaban al unísono. Alguien debía de haberles dicho el nombre del caballo. La mujer del diente de oro empezó a dar vueltas como loca, con los brazos extendidos como si fueran las alas de un avión. Golpeó al Hombre Andrajoso con una mano y este se estremeció y se apartó. Ella se detuvo, mareada, y trató de entrelazar los brazos con los de Jonah mientras le murmuraba las palabras de la canción. No tenía sentido tratar de encontrarla, le decía, porque nadie lo sabía y a nadie le importaba.

—¿Encontrar a quién? —preguntó él, apartándose de sus brazos. La mujer lo miró confusa, dio un trago a su lata y los otros dos siguieron con la canción. No era más que una canción. Jonah se dio la vuelta y siguió al Hombre Andrajoso.

Se había detenido pocos metros después de la tienda de Leonie. Se detuvo a su lado y levantó el cuello para mirarle la cara. «Lo sabe», pensó. Por debajo del escándalo que estaban montando los bebedores, Jonah oía su respiración. Parecía resfriado. El Hombre Andrajoso estaba enfermo.

—Disculpe.

El Hombre Andrajoso se quedó quieto mirando al cielo.

—¡¡Ella no está!! —cantaron de nuevo los bebedores de cerveza.

—¿Vio usted a mi madre el lunes?

Le salió una voz tan infantil que se sintió como un idiota, como cuando había hablado con Violet. El Hombre Andrajoso se quedó mirando al cielo. Jonah se fijó en su brazo. Su piel se parecía más a la de un árbol que a la de un humano, y tenía partes fibrosas, abultadas como cables metálicos, lo que demostraba la fuerza con que tenía agarrada la lata. «Él también fue un niño como tú», había dicho Lucy. Sí, con la piel suave y limpia como la suya. Le rozó el brazo con los dedos, muy suavemente.

—¿La vio salir de casa? —le preguntó.

De pronto, el Hombre Andrajoso bajó la cabeza y Jonah lo miró a los ojos. Eran de un negro profundo y líquido, y recibió a través de ellos una especie de descarga eléctrica. Tenía la cara cubierta de pequeñas protuberancias y la barba llena de mechones enredados, como los del resto de su cuerpo. En mitad de aquellos mechones de pelo se adivinaban sus labios, secos y cuarteados.

—¿Sabe dónde está? —le preguntó de nuevo.

El Hombre Andrajoso no dijo nada y a él le entraron ganas de llorar, porque sí, era como estar hablando con un animal, un animal que no sabía quién era ni le importaba. Tras él, los bebedores de cerveza seguían vociferando sobre la chica de su canción: su voz, sus ojos y su pelo. Miró de nuevo a los ojos del Hombre Andrajoso y lo intentó una vez más. En esta ocasión la voz le salió como un susurro.

—Le oí hablar en la acera. ¿La vio?

El Hombre Andrajoso movió la cabeza como si quisiera decir que sí. Sin dejar de mirarlo a los ojos, Jonah logró mover los labios para preguntar:

—¿Dónde está?

La lata de cerveza cayó al suelo, el Hombre Andrajoso levantó el brazo, largo y recto, y señaló con un dedo hacia el cielo.

«Así que está muerta». El estómago le dio un vuelco. Los borrachos cantaban cada vez con más fuerza y, a sus pies, la acera se inclinó como la cubierta de un barco. El Hombre Andrajoso la había matado y estaba en el cielo. Le dio una arcada, apoyó las manos en las rodillas y la boca se le llenó del zumo amargo que tenía en la tripa. Trató de vomitar, pero el líquido se le quedó pegado al labio, colgando en un hilo largo de baba. Entonces todo cambió de color: sus manos, sus pies, la acera y el hilo de baba, que brillaba como si estuviera hecho de diamantes líquidos. Volvió a mirar hacia arriba y vio que el Hombre Andrajoso se había convertido en Dios y seguía señalando con el dedo, pero su cara era ahora de color dorado.

«¿Estás muerta? ¿Es eso lo que quiere decir?». Notó más zumo amargo en los labios y escupió de nuevo, antes de mirar hacia arriba, hacia el lugar del que provenía la luz dorada. «¿Estás en el cielo?». El hueco entre las nubes era cada vez más grande y dejaba ver el azul de detrás. «Si lo estás, tienes que regresar. Raff y yo somos tus hijos». Las lágrimas le caían por las mejillas y entonces lo dijo en voz alta:

—¡Somos tus hijos! ¡Somos tus hijos!

Era ella, estaba en el sol, podía sentirla. Se rodeó a sí mismo con los brazos.

—Somos tus hijos —susurró. El Hombre Andrajoso había bajado el brazo. El azul era cada vez mayor. Se abrazó con más fuerza. «Quédate, Mayo, quédate», pero cada vez la sentía más lejana. El hombre lo miraba con su cara de Dios y, cuando le devolvió la mirada, vio las lágrimas que se acumulaban en sus ojos—. ¿La has matado tú? —susurró, y vio que una de las lágrimas rebosaba el párpado y resbalaba por la mejilla del Hombre Andrajoso.

—¡Vamos, pequeño Romeo! —Era la mujer de las trenzas, que tenía a Raff agarrado de las manos e intentaba bailar con él. Raff tiraba para soltarse. Jonah se secó la cara y volvió a mirar al Hombre Andrajoso.

—Dímelo. Dímelo, por favor.

El Hombre Andrajoso dobló las rodillas y levantó los brazos hasta la altura de los hombros. Se balanceó y giró de un lado a otro como un surfista. Él lo observó con atención, tratando de descifrar qué quería decir.

—¿Estaba borracha? ¿Salió borracha en mitad de la noche?

El Hombre Andrajoso apretó los puños y los colocó uno encima del otro, justo debajo de la tripa. No entendía lo que quería decir hasta que empezó a girar las caderas.

—Sexo —susurró.

—¿Qué estás haciendo, Hombre Andrajoso? —Raff había conseguido escapar de la mujer de las trenzas y estaba de pie junto a él. El Hombre Andrajoso empujó las caderas y empezó a mover su pene de puños hacia delante y hacia atrás. Raff se echó a reír. El Hombre Andrajoso empujó de nuevo las caderas y después otra vez más, moviendo los puños cada vez más deprisa. Raff dejó entonces de reírse y retrocedió—. ¿Qué le pasa a este tío? —le preguntó a su hermano.

Jonah seguía mirándolo; parecía frenético. Los bebedores de cerveza habían dejado de cantar y también lo miraban, pero desde más lejos.

—Creo que sabe lo que le ocurrió a Lucy.

—¿Cómo lo sabe? ¿La vio? ¿Qué ocurrió? —Raff lo agarró del brazo y le clavó las uñas.

—No lo sé. Calla, Raff. —El Hombre Andrajoso se detuvo, agotado. Le salían mocos de la nariz y los pantalones del chándal se le habían bajado hasta donde asomaban más pelos rizados y apelmazados, como la barba. Se quedó quieto, mirando a la nada durante un instante, y después se alejó subiéndose los pantalones por encima de su culo esquelético.

—¡Dímelo, Jonah! ¿Qué te ha dicho?

—Nada. No me ha dicho nada. Pensé que intentaba decirme algo. Con señas. Con mímica. —Le vieron cruzar la calle y alejarse por Southway Street en dirección al parque—. Pero quizá simplemente esté loco.

—Aquí tenéis, chicos. —Eran sus Cornettos. Raff arrancó el envoltorio todo ilusionado.

—Gracias —dijo Jonah. Tras ellos, los bebedores de cerveza habían comenzado a dar vueltas otra vez.

En ese momento salió Pat de la casa de apuestas.

—¡Caballeros! —anunció—. ¡Acaban de ganar ustedes setenta libras!

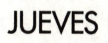

JUEVES

JUEVES

50

Estaba en un palacio, un palacio roto, en lo profundo de la selva, junto a un río. El Hombre Andrajoso estaba allí junto con muchas otras personas andrajosas, y una mujer hablaba con todas ellas a través de un megáfono. Miró hacia el río, tratando de imaginar dónde podría estar ella, pero en ese momento llegaba un barco lleno de soldados con pistolas automáticas. Entre ellos estaba el tío delgado, que contemplaba el palacio con sus extraños ojos de muerto. Entonces Jonah se agachó, aterrorizado.

Pero alguien empezó a llamar a la puerta.

«¡Mayo!». Trató de moverse, pero le costaba. El dolor de cabeza había empeorado y la voz del altavoz decía que llovía en Escocia. Más golpes. Era ella, estaba allí. ¡No estaba muerta! Los gestos absurdos del Hombre Andrajoso eran aleatorios. Pero ahora también se oían gritos, gritos a través de la rendija del correo, alguien que gritaba su nombre, una voz de hombre.

Así que no era ella.

Cesaron los golpes y, con la lengua, encontró el hueco en la encía, la carne esponjosa con el hueso debajo. Le ardía el estómago: si estaba muerta, nunca sabría que se le había caído el diente. Vio el dedo del Hombre Andrajoso, que señalaba al cielo, y su cara horrible, iluminada de oro. «Recuerda que él también fue un niño como tú». Oír su voz en la cabeza hizo que la sensación de la tripa empeorase. Era como si allí dentro hubiese una criatura tratando de darse la vuelta. Intentó girarse, hacerse un ovillo, pero no podía, algo se lo impedía. Entonces notó el fajo de billetes contra su pierna a través del bolsillo y recordó que no pasaba nada, porque, aunque estuviese muerta, seguía cuidando de ellos; siempre y cuando él creyese. Tenía que creer. ¿Cuánto dinero se habían gastado en su festín? Intentó mover la mano, meterla en el bolsillo, pero estaba atascada. ¿Por qué estaba atascada? Raff gruñó en su oído. Abrió los ojos.

Había un grupo de moscas volando por el techo, unas quince, chocándose suavemente contra la superficie blanca y cuarteada. También había avispas, procedentes de la caja de fruta de la entrada, y dos de ellas recorrían el mapa del tiempo que aparecía en la pantalla de la tele. Debía de haberse quedado dormido, justo al final de la película, mientras el hombre calvo decía aquellas cosas tan extrañas. Encontró el mando a distancia y bajó el volumen. Ahora que la mujer del tiempo hablaba en voz baja, oyó que, en el piso de arriba, estaban sonando las campanas tibetanas. Se quitó a Raff de encima y se incorporó. Su hermano volvió a gruñir y hundió en el sofá su cara manchada de chocolate.

—¡Jonah! ¡Raff! ¡Soy yo! ¡Por el amor de Dios, abrid la puerta!

Saviour. Jonah movió los ojos, miró hacia la entrada y vio la solapa metálica levantada. Recordó que Saviour había ido dos veces la noche anterior. La primera vez todavía había luz y ellos estaban cenando y jugando a la Wii. Habían visto su camioneta aparcar frente a la ventana de la sala de estar, habían parado el juego y se habían tumbado en el suelo. Saviour había llamado y se había asomado por la ventana mientras ellos se reían nerviosos.

—¡Jonah! ¡Raff!

Estaba vociferando. «Pero solo somos vuestros peleles». Jonah miró a su alrededor. Los restos de su banquete yacían dispersos por el suelo y ahora lo estaban disfrutando las hormigas. La segunda vez que Saviour había ido era realmente tarde; Raff se había quedado dormido y él estaba viendo la película solo: una película que daba mucho miedo sobre un soldado americano que quería atrapar a un hombre malo en la selva. El hombre malo, calvo y en la sombra, no paraba de acariciarse la cabeza mientras susurraba cosas. El sonido de la camioneta de Saviour le había devuelto de pronto al desorden de la sala de estar, iluminada solo por la luz de la pantalla. Había quitado el sonido a la tele y, cuando el motor de la camioneta se apagó, quedó todo en un silencio absoluto. Entonces se abrió la rendija del correo y oyó su respiración. Fue como si Saviour y él fueran dos soldados, buscándose el uno al otro, escuchando con atención a cada lado de aquella puerta endeble.

—¡Jonah, Raff, por favor! ¡Sé que estáis ahí! —Ya era de día y todo parecía más ordinario. Pero Saviour no gritaba el nombre de Lucy. ¿Por qué sería eso? La rendija del correo se cerró y Jonah sintió un vuelco al pensar que volvía a marcharse. «Antes me caías bien. Me caías mejor que Roland. Mejor que nadie».

Cerró los ojos, consumido de pronto por un recuerdo: el olor a ajos y campanillas, y aquella canción de David Bowie de cuando era niño. Una mañana de verano, quizá el verano pasado, cuando regresaban a Londres en la vieja camioneta de Saviour. Ellos dos iban en el asiento delantero y Emerald y Raff dormían en la parte de atrás. Se habían levantado antes del amanecer para ir a recoger ajos silvestres, y también habían recogido campanillas, y Saviour había envuelto los tallos en papel de periódico mojado. Luego iban de camino a casa, en la radio se oían interferencias, el aire golpeaba las ventanas destartaladas de la camioneta y los rayos de sol se reflejaban en los pelos de los brazos fuertes y bronceados de Saviour. Jonah se había mirado los brazos, delgados y mucho menos peludos, y Saviour había subido el volumen de la radio. La batería, aquella voz y el rasgueo de guitarra. «El cielo nos quiere, colega», le había dicho guiñándole un ojo, y ambos habían empezado a cantar con David. «¡Chicos! ¡Chicos, seguid bailando!». Saviour iba marcando el ritmo con la mano sobre el volante...

—¿Y seguro que no están en el colegio? —Saviour seguía en su puerta y estaba hablando con alguien. Jonah bajó más el volumen.

—No. Seguro. —Era Alison—. He buscado a Raff cuando he dejado a Mabel, y luego he ido a Primaria con Greta. Jonah tampoco estaba. —Hablaba a gritos—. Llevo días preocupada por ellos. No duermo por las noches. Dios, menos mal que me he encontrado contigo. Me siento fatal por ella, por lo que ha pasado; aunque ella misma se lo haya buscado, no se lo desearía a nadie. Pero últimamente tengo la impresión de que no cuida bien de los niños...

—Cuida bien de ellos. —La voz de Saviour se oía con más claridad porque había doblado la esquina de la casa y ahora estaba en la acera de Wanless Road. Se produjo un silencio. Entonces Alison agregó:

—¿Así que te parece bien enviarlos a casa de una vecina a pedir el desayuno? ¿Sin preguntárselo primero a la vecina?

—¿Cuándo fue eso? —Saviour estaba ahora junto a la ventana de la sala de estar. Jonah vio su silueta a través de las cortinas y sintió un vuelco en el corazón. No era un extraterrestre. No era un enemigo. No era un hombre malo.

—¡Ayer! Fue muy difícil, porque era mi primer día en mi nuevo trabajo y llegaba tarde, porque me había llamado mi madre. —Entonces vio a Alison. Iba vestida para ir a trabajar, con un bolso colgado del hombro. Era más alta que Saviour y mucho más delgada; llevaba unos pendientes alargados—. Básicamente, vinieron a pedir comida. Debería... No sé qué debería haber hecho.

Saviour estaba intentando ver el interior de la sala de estar.

—¿Les diste algo? —preguntó.

—Oh, Dios —respondió Alison—. Creo que... tienes razón. En realidad no quería implicarme.

—Claro. —Saviour se rodeó la cara con las manos y se asomó a través del cristal.

—Llegaba tarde, Saviour, porque me había llamado mi madre y... No sé si sabes lo de mi madre. —La voz de Alison se había vuelto muy aguda.

—Y no tenías tiempo de darles unos pocos cereales. —Saviour retrocedió. Se llevó las manos a las caderas y echó la cabeza hacia atrás para mirar hacia la ventana de su dormitorio.

—Es que no quería verme... arrastrada —respondió Alison—. Dora y tú conocéis a Lucy mucho mejor que yo, pero a mí me parece... muy difícil, y hace mucho tiempo decidí que... no respeta los límites, y a mí eso me parece...

—¡Jonah! ¡Raff! ¿Estáis ahí?

Saviour se había rodeado la boca con las manos y gritaba hacia la ventana de su habitación. Tras él, al otro lado de la calle, el hombre de los ultramarinos había salido de su tienda y contemplaba la escena.

—Pero bueno, estoy aquí ahora. Aunque no puedo quedarme mucho, no puedo llegar tarde hoy, porque tengo que marcharme antes para llegar al Día del Deporte, y luego el concurso de talentos que van a hacer...

Jueves. Jonah contempló a su hermano, que dormía profundamente.

—No entiendo por qué se han molestado en volver a organizar el Día del Deporte. En el colegio parece que no se dan cuenta de que la mayoría de los padres tienen trabajos de verdad...

Saviour soltó un gruñido. Volvió a acercarse al cristal, se agachó y trató de mirar por debajo de la cortina.

—¿Por qué no la llamas? —preguntó Alison—. Supongo que tendrás su número.

—Sí. —Saviour miró el reloj y se frotó la frente con los dedos.

—¿Te encuentras bien?

—Sí. Tengo que volver con Dora.

—Oh, Dios, sí. He oído que... no se encuentra muy bien.

—Hoy la operan. —Sacó el teléfono del bolsillo—. Tengo que llevarla al hospital a las nueve y media.

—Lo siento mucho. Tienes que irte. Dame el número de Lucy. —Alison agachó la cabeza mientras buscaba en su bolso.

—No pasa nada. —Saviour se encorvó sobre su teléfono y, segundos más tarde, procedente de la cocina, comenzó a sonar, muy débil, el móvil de Lucy. Era como si el teléfono fuese una Lucy diminuta y electrónica, una gota de su esencia roja y brillante. La criatura que tenía en la tripa cambió de postura y entonces recordó la cara de su madre cuando Saviour le entregó las campanillas: sus ojos brillantes y su alegría al hundir la nariz en ellas.

—No responde —dijo Saviour. El teléfono dejó de sonar. Volvió a guardarse el móvil en el bolsillo.

—Bueno, ya está. Tienes que irte y yo también. Voy a llamar a la policía.

Jonah se puso nervioso. Le agitó el hombro a Raff, pero su hermano se hizo un ovillo y empezó a hacer ruiditos de cachorro. Saviour le había puesto una mano en el brazo a Alison.

—Ali, yo estoy igual de preocupado que tú, pero no creo que la policía sea la solución.

—Lo siento, pero acabas de acusarme de darles la espalda. ¡Ahora no puedes intentar impedirme que haga algo al respecto!

Jonah vio que Saviour volvía a mirar el reloj. Había empezado a respirar con dificultad, como si hubiera estado corriendo. Se apartó de la ventana y le oyó regresar a la puerta de entrada.

—¡Venga, chicos, abrid! —gritó a través de la rendija del correo. Raff se incorporó de golpe con los ojos muy abiertos—. ¡Esta es vuestra última oportunidad! ¡Alison está a punto de llamar a la policía!

La rendija volvió a cerrarse y Raff se bajó del sofá y se fue corriendo al piso de arriba.

51

—¡Jonah! ¡Joder, por fin! —Saviour lo estrechó entre sus brazos musculosos. Estaba sudado y le apestaba el aliento, pero Jonah se dejó abrazar por aquel cuerpo grande y cálido.

—¡Aquí apesta! —exclamó Alison, que se había abierto paso por la puerta—. ¡Dios mío! —Estaba mirando la caja de fruta.

Saviour lo dejó en el suelo, se acuclilló frente a él y lo miró con esos ojos marrones y tiernos.

—¿Qué está pasando, colega?

«Creo que Mayo está muerta. Creo que el Hombre Andrajoso podría haberla matado». Abrió la boca para pronunciar esas palabras, pero entonces visualizó la cara de pasiflora de la Yaya Mala, allí zumbando, como una avispa.

—Estamos enfermos —dijo en su lugar—. Mayo dijo que podíamos quedarnos en casa.

Los ojos marrones de Saviour se entornaron y lo miraron fijamente.

—¿Aquí hay gasolina de verdad? —Alison estaba inspeccionando la lata roja y amarilla—. Parece antigua. Hay leyes sobre la posesión de gasolina. —Siguió avanzando—. ¡Lucy! ¿Está aquí?

Saviour se incorporó, le dio la mano a Jonah y ambos siguieron a Alison hasta la cocina.

—Oh, mierda. —Saviour le soltó la mano. Alison se había tapado la boca y la nariz con la mano, demasiado perpleja para hablar.

—Jonah, colega. —Parecía que Saviour iba a ponerse a llorar. Caminó hacia el cubo de basura espantando las moscas con la mano y abrió la tapa, pero volvió a cerrarla de inmediato. Jonah lo vio conteniendo las arcadas.

—¡Lucy! —Alison había salido de la cocina y gritaba escaleras arriba.

Saviour lo miró.

—Esto es demasiado, incluso para un chico fuerte como tú —le dijo con voz rasgada—. Lo siento mucho, Jonah, cariño —susurró—. Te he fallado.

—No pasa nada. —Jonah se acercó y le rodeó la cintura con los brazos. Saviour le revolvió el pelo y después lo apartó con delicadeza.

—Bueno, lo primero es lo primero —anunció—. ¡Vamos a sacar esto de aquí!

Saviour abrió el cubo de basura y Jonah se tapó la nariz. Vio que agarraba una taza sucia del escurridor y la usaba para empujar la basura agusanada hacia el interior de la bolsa.

—¿Dónde está mamá, Jonah? —preguntó Alison, que había vuelto a entrar—. ¿Y por qué está sonando su despertador?

—Ha salido.

—Sí, pero ¿dónde está?

Jonah vio que Saviour estaba cerrando las asas de la bolsa de plástico.

—¿Dónde ha ido, Jonah? —insistió Alison, cuyos pendientes se movían cuando agitaba la cabeza.

—A la tienda.

—¿A qué tienda? —Los pendientes daban vueltas a cada lado de su mandíbula—. ¿A qué tienda? Jonah, ¿puedes responder a mi pregunta, por favor?

—Ha ido a la farmacia —respondió—. A por medicina. Nos duele la tripa.

Saviour estaba llevando la bolsa de basura hacia la puerta de atrás y le lanzó una mirada.

—No me sorprende, teniendo en cuenta el aspecto de este lugar. —Los pendientes giraron un poco más—. ¿Y dónde está Raff?

—Arriba. Seguro que se ha escondido. —En el armario de Lucy, quizá, escondido de la policía y del hombre del orfanato, con su red. Saviour regresó del patio sacudiéndose las manos en los vaqueros.

—¿Por qué se iba a esconder? —Alison volvió a salir de la cocina. Saviour y él se miraron al oírla subir por las escaleras.

—¿De verdad te duele la tripa?

Jonah asintió y oyó que Alison llamaba a Raff en el piso de arriba. Necesitaba un plan, uno bueno, uno para poder aguantar todo el día, pero los ojos de Saviour eran como antorchas que iluminaban su cerebro en busca de sus pensamientos.

—Ya sé que se ha ido —susurró Saviour—. No hace falta que sigas fingiendo.

Hubo un momento de silencio absoluto. Jonah sintió que la criatura había abierto los ojos en sus tripas, pero, en la oscuridad, no podía ver.

—Se ha ido. Raffy y tú estáis solos. No pasa nada. Lo sé.

La criatura se movió y emitió un sonido, pero fue un sonido silencioso. Jonah asintió y Saviour dejó escapar un suspiro largo y suave.

—¡Aquí estás, Raffy! —Se oyó la voz de Alison a través del techo—. ¿Qué estás haciendo aquí? ¡Si estás enfermo, deberías estar en la cama!

Jonah estaba llorando y Saviour se había arrodillado para abrazarlo.

—Shhh —le susurró—. Todo saldrá bien. Os he fallado, lo sé, pero ahora pienso arreglarlo.

—Creo que está muerta.

Oyó el grito ahogado de Saviour. Entonces empezó a acariciarle la cabeza.

—¿De verdad, colega? —hablaba con voz muy tranquila y suave.

—El Hombre Andrajoso la vio. Con su novio.

—¿Su novio? —La mano dejó de acariciarle.

—El que la dejó embarazada. —Había empezado a llorar con más fuerza—. Por favor, no dejes que la Yaya Mala se quede conmigo y con Raff no. Por favor, Saviour, no dejes que nadie me separe de Raffy.

—¡Jamás! —Fue un grito susurrado, acompañado de una especie de descarga eléctrica. Entonces lo soltó y se hizo una cruz en el corazón para demostrarle que era una promesa.

—¿Por qué llora Jonah? —Raff estaba tras ellos, de pie junto a Alison, que lo tenía agarrado con fuerza del brazo. Hablaba con despreocupación, pero tenía los ojos muy abiertos.

—No estoy llorando —respondió Jonah mientras se secaba las lágrimas de la cara.

—¿Porque voy a ir al orfanato? —preguntó su hermano. Tiró del brazo para zafarse de Alison y se giró para dar una patada a un trozo del cerdito hucha.

—Tú no eres un huérfano, Raffy —le dijo Alison, sacando su móvil de nuevo—. No hay por qué dramatizar.

Saviour se aclaró la garganta.

—Lárgate, Ali —le dijo con firmeza—. Yo me encargo.

—Está bien —respondió ella con un suspiro—, si estás seguro. —Se recolocó el bolso encima del hombro—. Quizá podamos hablar después. O dile a Lucy que me llame cuando aparezca. Supongo que pasarás todo el día en el hospital. Espero que... que vaya todo bien. ¿Llegarás a tiempo para el concurso de talentos?

—¡El concurso de talentos! —A Raff se le iluminó la cara. Era igual que Lucy—. ¡Oh, tío! ¡Tengo que encontrar mi sombrero de fieltro!

52

—Cuidado con los montoncitos.

—¿Qué?

Los montoncitos de recortes de uñas y virutas de lápiz seguían en pie después de tantos días, como las pirámides. Jonah los rodeó con las manos para protegerlos de Saviour, que estaba limpiando la mesa. Vio el calendario otra vez colgado en la pared con su clavo. La mujer Camello arqueada hacia atrás, con el chakra del corazón abierto hacia el cielo; debajo aparecían los días convertidos en casillas. SLC. Fuera lo que fuera, sucedería al día siguiente. Saviour levantó la botella de vino de la mesa.

—¡No la tires!

—¿Por qué no?

—Podría tener ADN.

—¿ADN? —La botella retumbó al caer en el fondo del cubo—. Jonah, colega, ve a ayudar a Raffy a buscar su sombrero. Tengo que llevaros al colegio. —Había vuelto a la mesa y estaba revolviendo los dibujos de las flores. Parecía buscar algo—. Esto es de Dora —anunció mientras levantaba el libro con la máscara africana.

—Lo sé. Se lo dejó a mi... a Lucy. —Saviour lo había dicho como si creyera que alguno de ellos lo hubiese robado. Sintió el deseo de arrebatárselo, pero, en su lugar, observó que lo abría y contemplaba los garabatos a lápiz de Lucy.

Pero su verdadero nombre es CORDELIA. ¡Qué poco cordial Cordelia!
Darme cosas y después querer que te las devuelva.

Saviour cerró el libro y siguió limpiando. Parecía tener mucha prisa, y Jonah se preguntó por qué se molestaría en limpiar en ese momento, cuando tenía que llevar a Dora al hospital. Volvía a tener esa sensación, la extraña y terrorífica sensación de que Saviour —y todos los adultos— no eran más que niños que fingían.

—¿Dónde está el teléfono de tu madre?

—No lo sé. —Su esencia roja y diminuta. Lo había oído sonar. ¿Dónde estaba? Intentó acordarse y entonces vio a sus tres tíos africanos, que lo miraban muy serios y se llevaban el dedo a los labios.

—Jonah, colega, sé que has estado usando su teléfono. Dime dónde está.

En el suelo. Se le había caído durante su conversación con Christine —«¿Sigue ahí, señora Wemby?»— y había ido a parar debajo de la mesa. No quería que Saviour lo encontrara, aunque no sabía por qué. Se sentó a la mesa.

—¿Para qué lo quieres?

—Porque quiero revisar sus llamadas y sus mensajes. —Saviour se había dado la vuelta y estaba rebuscando por la repisa de la ventana. Jonah buscó el teléfono con el pie y lo arrastró hacia sí.

—Tendrá que estar en alguna parte. —Saviour sacó su móvil y buscó el número de Lucy—. ¿Recuerdas la última vez que lo usaste?

«Apágalo. Que no lo oiga sonar». Sus tres tíos de Zambia lo miraban con el ceño fruncido. Pero ¿por qué? Extendió el brazo y aparentó que estaba rascándose la pierna. Al incorporarse, vio que el zumo de naranja casi se había evaporado y las hormigas muertas formaban una masa densa y asquerosa en el fondo de la jarra.

—Saviour.

—¿Qué? —Saviour levantó la vista de su pantalla.

—¿Te acuerdas de cuando fuimos de vacaciones? —preguntó mientras buscaba con el dedo el botón de apagado del teléfono—. Y Mayo no paraba de rescatar insectos. —Lo apretó con fuerza.

—Insectos. —Saviour salió de la habitación con el teléfono pegado a la oreja. Lo siguió hasta la sala de estar y vio que rebuscaba entre las cosas de la repisa de la chimenea. Levantó la postal de Ofelia y le dio la vuelta.

—¿Hizo bien en rescatar a los insectos? Quiero decir que si eso es algo bueno.

Saviour dobló la postal de Ofelia por la mitad y se la guardó en el bolsillo trasero de los pantalones.

—¿Insectos? —preguntó mirándolo—. Debe de estar sin batería. Salta el buzón de voz. —Colgó el teléfono y miró el reloj—. Venga, tenemos que irnos. Jonah, ve y ayuda a tu hermano a buscar su sombrero.

53

—¡El ukelele está aquí debajo! —Raff estaba a cuatro patas mirando bajo la cama de Lucy. Las campanas tibetanas seguían sonando, pero debían de quedarles pocas pilas, porque sonaban raro. Jonah se acercó al reloj y trató de apagarlo, pero el botón no funcionaba. Además, los números del despertador se habían vuelto locos; ya no eran números, solo líneas parpadeantes al azar—. ¡Mi tirachinas! —gritó Raff, y le apuntó con él—. ¡Pfff! El reloj se ha roto, tío.

—¿Qué le has hecho? —Jonah intentó quitarle la parte de atrás, pero no pudo.

—¡Nada! —Ahora estaba apuntando a la lámpara—. Solo he intentado apagarlo, pero no se apagaba. ¡Pfff! Necesito la bola. ¿Dónde está la bola?

Jonah observó las tazas de té y la copa de vino manchada de pintalabios, todo apiñado en la mesilla. Levantó la tarjetita con la X que había acompañado a las flores. «¿Será un beso largo?».

—Creo que mi sombrero está por aquí, en alguna parte. —Raff había dejado el tirachinas y estaba otra vez a cuatro patas. Jonah se situó tras él con el despertador en la mano. Hacía mucho tiempo, quizá antes incluso de que naciera Raff, Lucy y él jugaban juntos al escondite. Ella elegía lugares diferentes para esconderse, pero, cuando le tocaba a él, siempre se escondía debajo de su cama. Aunque ella supiera dónde estaba, buscaba por toda la casa. «¡Joney! ¿Dónde estás, pequeño Joney?». La criatura de su tripa se agitó.

—¡Apaga ese trasto, tío! Algo le pasa.

Jonah contempló las líneas que antes formaban números. Agarró la chaqueta de punto gris que estaba colgada del poste de la cama y envolvió con ella el despertador para amortiguar el sonido; entonces se llevó el paquete de lana a la nariz. Tenía muchos olores diferentes. Se imaginó todas las moléculas aferradas a las fibras del tejido: moléculas de detergente, moléculas de comida, moléculas de sudor, moléculas de aceite de coco, moléculas de polvo.

—¿Qué haces con la chaqueta de Mayo?

—Es de Saviour. Se la prestó el día que llevamos a Dylan. —Ella no hacía más que temblar, sentada en la hierba, y él se la puso sobre los hombros.

—¿Qué hace Saviour? —Raff miraba por encima de su hombro. Oían a Saviour revolviendo cosas por el piso de abajo.

—Ordenar. Más o menos.

—¿Más o menos?

—Está buscando el teléfono de Mayo.

—¿Por qué?

Se encogió de hombros y después dijo:

—Lo sabe.

—¿Sabe que se ha ido?

Dijo que sí con la cabeza.

—¿Va a llamar a la Yaya Mala?

—No creo. —Extendió el brazo y le revolvió el pelo a su hermano, como haría un adulto—. ¿Qué pasa con tu sombrero? ¿Está ahí?

Raff se tumbó boca abajo, se metió debajo de la cama y empezó a sacar cosas. El ukelele salió volando entre una nube de polvo. Tenía todas las cuerdas rotas. Las campanas tibetanas parecían sonar con más fuerza y más deprisa.

—¡Aquí está! —Raff tenía todo el cuerpo bajo la cama y su voz sonaba amortiguada. Jonah se agachó a los pies de la cama y, al asomarse a aquel espacio oscuro y polvoriento, volvió a recordar. «¡Ah, estás aquí!». Él salía rodando por el suelo y se lanzaba a sus brazos sin parar de reír. Ahora se tumbó boca abajo y se arrastró hacia allí. Antes había mucho más espacio, no solo porque él era más pequeño, sino porque además había menos cosas. Le picaba la nariz. Empezó a mirar el resto de objetos cubiertos de polvo. Tenacillas para alisar el pelo. Las pesas de Roland. Parte de un tren de juguete. Pero ¿qué era eso que había justo al lado del rodapié? Mientras Raff se arrastraba hacia atrás con el sombrero de fieltro, él fue avanzando más. Sí, era un libro. No lograba alcanzarlo. Volvió a salir por donde había entrado y se puso en pie. Raff estaba sacudiendo su sombrero contra la cama para quitarle el polvo. Pasó junto a él para llegar hasta el cabecero, volvió a tirarse al suelo y quitó de en medio el tubo de aceite de coco. Allí estaba; había estado allí todo el tiempo mientras él lo buscaba, detrás del aceite de coco, apoyado de lado contra el rodapié.

El diario de Lucy.

54

—¿Cómo estoy, tío? —Raff se había puesto el sombrero. Le quedaba bien, igual que siempre. Fue a mirarse en el espejo de Lucy y Jonah se sentó en la cama con el diario en el regazo. Era bastante pesado, con tapas de cuero. Lo abrió y allí estaba —*Mayo-Lucy*— en la primera página, con tinta verde brillante. Letras grandes y pequeñas, retorcidas, desastradas, caóticas.

> *Resulta que D me ha regalado este cuaderno y este bolígrafo, con tinta verde brillante. ¡¡¡Un regalo por mi 40 cumpleaños!!! ¿Te lo puedes creer?*

Por los márgenes y entre los párrafos, sus garabatos.

> *Me ha dicho que me vendría bien escribir las cosas.*

Luego zigzags y espirales.

> *He estado un poco baja de ánimos estos últimos meses. Somos responsables de nuestra propia suerte.*
> *Y he hecho algunas cosas malas, así que tengo lo que me merezco...*

Había algunos dibujos que podían ser peces o pájaros. Bajó hasta un párrafo rodeado de corazones:

Pero a veces no me creo la suerte que tengo.
Mis monísimos, monísimos críos. A veces los miro y me fundo en un infinito de alegría...

—¡Ah uhhh! ¡Ah uhhh! —Raff estaba ejecutando los pasos de su baile; ponía caras y agitaba los brazos.

Jonah hojeó el libro. No había muchas entradas: no había escrito con mucha frecuencia. Algunas estaban escritas en verde, otras en azul y otras en negro. La más larga estaba escrita con un rotulador marrón. Siguió pasando las páginas hasta encontrar lo que había escrito sentada en el cojín de pana.

Hoy todo brilla más.

La suavidad de su madre contra su espalda, el hormigón del suelo calentado por el sol, su aroma, su mano seca y marrón cerrando el libro. Acarició las palabras con el dedo y después leyó la página.

Aparecías en mi sueño.
Me acariciabas la cara, era una caricia muy suave. Y al despertarme aún la sentía. Qué triste. Entonces me he acordado. A pesar de todo, sigo siendo madre. He ido de puntillas a verlos. Su respiración tranquila. Sus naricitas respingonas. Mis tesoros.
Pero entonces he recibido el mensaje, con un pitido muy leve, pero para mí ha sido como un disparo, y mis pensamientos han salido volando como una bandada de palomas viejas y locas.

—¡Apaga el puñetero despertador! —Raff había desenvuelto la chaqueta y estaba intentando quitarle la tapa, como había hecho él antes—. ¡Estúpido trasto! —Lo tiró al suelo. Rebotó y dio varias vueltas antes de detenerse, pero las campanas seguían sonando. Jonah volvió a mirar el libro. Había otra entrada después de esa, la última entrada, bastante larga, escrita con bolígrafo negro.

Domingo, 20.30 h

Me sentía mejor. Después con altibajos. J mirándome, tan nervioso. Lo he intentado. Los he llevado al Lido, hacía mucho CALOR. Sus cuerpos húmedos y resbaladizos. Mis tesoros. De camino a casa he visto que las pasifloras se habían abierto. Cientos de ellas, por la valla de la Casa Rota.

De pronto las campanas tibetanas se volvieron locas, chillonas, sonaban a toda velocidad, ya no parecían campanas en absoluto. Raff se levantó y empezó a darle patadas por toda la habitación.

De vuelta en casa, he preparado una jarra de zumo de naranja. Raff no paraba de hablar. Yo no podía decir nada. El abatimiento. Intento quitármelo de encima, pero es como un luchador de sumo.

Estoy esperando. Es mi postura por defecto. Dices que vendrás pronto y yo espero, y luego espero un poco más.
Hay cuentos de hadas que hablan de esto.

Después de eso había un pequeño dibujo: una torre, con una cara asomada a una de las ventanas.

Intento tener paciencia y recordar que me quieres y, como siempre me dices, intento verlo desde tu punto de vista. Y entonces me invade el pánico. Estoy atada a una vía de tren y siento que el tren se acerca. Me retuerzo, pero no sirve de nada. Lo único que puedo hacer es rogarte.

No me dejes. No me dejes, por favor.

—Está poseído por el diablo. —Raff dio una patada al despertador y lo lanzó contra la pared. Dejó un desconchón en la pintura, cayó al suelo y por fin se apagó. Raff soltó un grito victorioso y le dio otra patada. Jonah pasó de página. Garabatos, sobre todo espirales, y luego unas letras mucho más grandes; se notaba que el bolígrafo se había clavado con fuerza en el papel.

PERO POR LA PRESENTE DECLARO que, si me dejas, se lo contaré a TODOS. Irás por la calle y todos te señalarán diciendo, ¡FUE ÉL QUIEN LO HIZO! Ese es el hombre que contó TODAS ESAS MENTIRAS. Y pidió la muerte de su propio hijo.

Solo te digo que, si arruinas mi vida, yo arruinaré la tuya.

Otra vez la criatura, en la boca del estómago, cambiando de postura. Las palabras seguían por la otra cara, pero sus ojos se fijaron en el dibujo que cubría la página de la derecha. Era un dibujo horrible y sexi. Se apresuró a taparlo con la mano.

—¿Qué es eso? ¡Déjame ver!

—No. —Cerró el libro.

—¿Es el diario de Mayo? ¿Qué dice?

—¡Jonah! ¡Raff! ¿Qué estáis haciendo ahí arriba? —Saviour los llamaba desde la entrada—. ¿Habéis encontrado el sombrero?

—Ve a enseñarle lo bien que te queda, Raff. Corre. Luego seguimos con esto.

Su hermano salió corriendo de la habitación y bajó las escaleras. Jonah se agachó junto al montón de cartas que había en el suelo. La carta del hospital era de las primeras. La estiró.

Ha optado por una intervención quirúrgica con anestesia local. Experimentará una ligera molestia y después necesitará reposo. Por favor, pida que la recojan de la clínica no antes de las 11 a. m.

Volvió a abrir el diario hasta llegar a la página anterior a ese horrible dibujo, la página que acababa de leer, y deslizó el dedo por las palabras hasta encontrar lo que iba buscando.

Pidió la muerte de su propio hijo.

El bebé renacuajo que nadaba dentro de su tripa. Volvió a mirar la carta.

Es probable que experimente alguna hemorragia después de la intervención.

Las bragas manchadas de sangre. La máquina aspiradora del médico. Dejó caer la carta del hospital y, con un suspiro tembloroso, pasó a las dos páginas siguientes del diario.

En el dibujo de la página derecha aparecía un hombre desnudo con un pene enorme, que apuntaba hacia el cielo como si fuera un brazo, y una mujer, o una especie de mujer, con una cara salvaje y maléfica, envuelta alrededor de su cuerpo como una boa constrictor. Volvió a taparlo con la mano y leyó las palabras de la página izquierda.

Por supuesto que me odiarán a mí también. No, a mí me odiarán más. A mí me desterrarán y a ti te perdonarán, pobre víctima indefensa de mi monstruosa seducción.

Y luego está la carta del suicidio.

Eso tampoco sirve, porque sabes que jamás abandonaría a mis niños.

Pero es la única carta que me queda en la mano y sueño con poder jugarla, porque entonces estaría contigo todo el tiempo. No seré un espectro compasivo y traslúcido que gimotea y araña el cristal de la ventana. No. Si muero, me enredaré en torno a ti como una serpiente. ¡Si muero, JAMÁS te librarás de mí! Pero, cariño, estaré BUENÍSIMA. Te susurraré todas las guarradas que te gustan. Seré una muerta desvergonzada y tú me pedirás que pare, pero la tendrás muy dura.

Jonah levantó la mano del dibujo y pasó de página muy deprisa.

Si sigo viva, pierdo, lo mires por donde lo mires. Pero, si muero, gano. Si muero, vuelvo a ser yo.

—¡Jonah! ¿Qué estás haciendo ahí arriba? —Oyó los pasos de Saviour por la escalera y cerró de golpe el diario.

55

Estaban fuera esperando a Saviour, que había vuelto a entrar y estaba rebuscando por la cocina. Las nubes volvían a ser estratocúmulos y el aire olía a caca de perro y a rosas.

—¿Qué está haciendo ahora? —preguntó Raff.

Seguía limpiando y buscando. Había estado en la habitación de Lucy y había recogido las tazas y la copa de la mesilla. Y también su chaqueta gris. Se la había atado a la cintura.

—Puaj. —Raff también había visto la caca de perro. Se quedó mirándola con la nariz tapada.

Cuando Saviour salió, llevaba la bolsa de la piscina.

—Ya está. Llevo vuestros cepillos de dientes y algo de ropa. Ya pondremos una lavadora. ¿Necesitáis algo más?

Jonah miró dentro de la bolsa. En su interior estaba el libro de la máscara africana. ¿Saviour permitiría que Dora leyera los garabatos de Lucy?

—¿Para qué necesitamos la ropa y los cepillos de dientes? —preguntó Raff.

—Porque vais a quedaros con nosotros. No pienso dejaros aquí solos. —Cerró de golpe la puerta de la entrada, como si no fueran a regresar jamás a aquella casa.

Jonah se colgó la mochila de los hombros. Pesaba más, porque llevaba el diario.

—Venga, vamos. —Saviour le dio la mano a Raff y empezaron a caminar.

—Creo que Mayo va a venir al Día del Deporte. Y al concurso de talentos —comentó Raff—. ¿Tú no, Saviour?

Jonah miró a Saviour a la cara. Tenía el ceño fruncido.

—El año pasado se le olvidó venir al Día del Deporte —continuó su hermano—. Se puso muy triste al no verme ganar todas las carreras. Así que este año seguro que viene.

—No vendrá, Raff —le dijo Jonah—. Díselo, Saviour.

Se detuvieron los tres. Saviour se aclaró la garganta, pero no dijo nada.

—Jonah cree que está muerta —declaró Raff mientras daba una patada a una piedra—. Pero podría no estar muerta, ¿sabes? —Dio otra patada a la piedra—. Pero bueno, podría venir papi. Quizá le dejen salir de la cárcel para venir.

Saviour le puso una mano en el hombro.

—Raffy, lo principal es disfrutar del día —le dijo con voz ronca.

—¿Tú vas a venir?

—Veré qué tal va todo en el hospital. Con la operación de Dora.

—¡Tienes que venir al concurso de talentos! Em va a bailar claqué.

—Sí. Espero poder llegar.

—Y nuestro rap. También querrás ver eso, ¿no?

Saviour asintió.

—Pero Dora no podrá venir, ¿verdad? Tendrá que quedarse en el hospital.

—Eso es.

—¡Podrías grabarlo! ¡Así podrían verlo las dos! ¡Podrían verlo juntas cuando Mayo regrese!

Saviour volvió a asentir.

Raff lo miró.

—¿Por qué lloras? —preguntó con el ceño fruncido—. ¿Tú también crees que está muerta?

Jonah fijó la mirada en los labios de Saviour, esperando una respuesta.

—Sé que estará muy orgullosa de ti, Raffy —susurró—. Esté donde esté. —Le dio la mano a Jonah—. Orgullosa de los dos. Como siempre.

Reemprendieron la marcha agarrados de la mano y con la bolsa de la piscina colgada del hombro de Saviour.

—Saviour.

—¿Sí, Raff?

—¿Conoces a Furtix?

—¿Furtix?

—Ese hombre. Al que pegó papá porque estaba teniendo sexo con Mayo en la mesa.

—Felix. Felix Curtis —le corrigió Saviour.

—Sí, ese.

La bolsa se le había resbalado por el brazo. Le soltó la mano a Jonah para volver a subírsela.

—¿Qué le pasa?

—¿Crees que ella podría haberse ido a su casa?

—Felix Curtis —susurró Saviour, con el pulgar aún enganchado al asa de la bolsa y la mirada perdida. Después negó con la cabeza—. No creo, Raffy. —Se colgó la bolsa a la espalda y le estrechó la mano grande y áspera a Jonah.

56

La señorita Swann llevaba una camiseta de tirantes a rayas y unos pantalones cortos bastante largos. Estaba escribiendo números en la pizarra cuando él entró, pero, al verlo, dejó el rotulador y se le acercó.

—¡Jonah! ¡Has venido! ¿Dónde estabas? Estás... —Mientras lo miraba de arriba abajo, él fue consciente de la suciedad de su ropa, con la que había dormido esa noche—. Jonah, ¿hoy traes una nota?

Negó con la cabeza. Sintió que toda la clase lo miraba, se dirigió hacia su mesa, se sentó en su silla y metió la mochila debajo. Se produjo un silencio largo. Se quedó mirándose el regazo porque no quería mirar a nadie a los ojos.

—Está bien. —La señorita Swann recogió el rotulador de la pizarra—. Jonah, estamos repasando las fracciones. ¿Qué recuerdas de las fracciones?

Jonah miró a Harold, que puso una de sus caras raras.

—Son como... —Notaba el peso de la mochila contra las espinillas—. Las mitades y los cuartos.

—Muy bien. —La señorita Swann escribió en la pizarra ½ y ¼ con el rotulador chirriante—. Shahana acaba de preguntar cuál es la fracción más pequeña. ¿Tienes alguna idea, Jonah?

Muchos niños habían levantado la mano. Él dijo que no con la cabeza y se quedó mirando la mesa.

—Bethlehem, entonces.

—Un millonésimo —respondió Bethlehem. Jonah se agachó y alargó la mano hacia su mochila, pero Harold le había puesto la mano en el brazo y estaba mirándolo.

—¿Ha vuelto? —le susurró.

Dijo que no con la cabeza. No quería hablar con Harold.

—Tienes que contárselo a alguien, tío —respondió su amigo.

—Ya lo he hecho.

—¿A quién?

—Al padre de Emerald. —Miró hacia Emerald y le sorprendió ver a un chico en su lugar—. ¿Quién es ese?

—Es ella. Se ha cortado el pelo.

Mientras la miraba, Emerald levantó las manos y se las pasó por la cabeza aterciopelada. Su rostro parecía diferente, más adulto y sombrío, y entonces recordó al hombre calvo que le susurraba en el sueño.

—¿Y qué te ha dicho? —le preguntó Harold con interés—. Se lo va a contar a la policía, ¿verdad? ¿Todavía tienes la botella de vino?

—Veamos. ¿Cuál es más pequeña? ¿Un millonésimo o un billonésimo? —preguntó la señorita Swann. Cuando los demás levantaron la mano, Jonah se inclinó hacia delante y abrió la cremallera de su mochila.

—¿Qué haces? —le preguntó Harold sin apenas mover los labios.

—Nada. Cállate.

Harold se puso serio y se apartó.

—Un millonésimo es más pequeño. No, un billonésimo. ¡Un billonésimo! —gritó Bethlehem.

—¿Estás segura? —le preguntó la señorita Swann. Jonah tenía ahora el diario en el regazo y colocó encima la mano derecha.

—Un billonésimo sería más pequeño. Pero creo que sería demasiado pequeño —comentó Daniella.

—¿Demasiado pequeño para qué?

—¿Para que se pudiera ver?

—Pero ¿y si tuvieras un microscopio? ¿Tyreese?

Tyreese dijo que no existía algo que fuera «lo más pequeño», porque, fuera lo que fuera, siempre se podría cortar por la mitad, y Jonah se quedó quieto unos segundos, preguntándose si las cosas podían ser infinitamente pequeñas, igual que el universo podía ser infinitamente grande. Entonces abrió el diario y retiró la silla unos centímetros para poder mirar hacia abajo y ver las páginas mientras las voces hablaban a su alrededor. Lo había abierto por una página escrita con rotulador marrón. Al principio de la página, en letras grandes y cursivas, había escrito «Domingo».

Soy como una niña que espera la Navidad. Soy como...

Harold estaba diciendo que no se puede partir una molécula por la mitad, porque en el mundo siempre había seiscientos setenta y cinco «duodecillones» de moléculas, ni una más ni una menos.

¿Qué voy a hacer si se arrepiente? ¿Si no me llama? ¿Si eso ha sido todo: planteamiento, nudo y desenlace?
¡Me MORIRÉ!

Había dibujado espirales y zigzags. Después decía:

Tienes razón, soy una persona muy mala.

—¿Y qué pasa con el átomo? —preguntó Santi.

—¡Sí! ¿El átomo puede partirse? ¿Qué pasa si partimos un átomo?

El rotulador de la señorita Swann chirrió mientras escribía en la pizarra. A Jonah le interesaban los átomos, pero solo levantó la cabeza un segundo y, al volver a agachar la mirada, la voz de

296

la maestra se apagó; estaba lejos, en alguna parte, con el resto de la clase, y él se había quedado solo, navegando entre las palabras.

Esa sensación de domingo. Los chicos han ido a las Olimpiadas con Dora y Em. Estoy sola.

El día de las Olimpiadas, el mejor día de su vida. Tenían unos asientos de primera: a tan solo unas pocas filas de la pista, frente a la línea de meta de los 100 metros.

Y, por supuesto, tengo resaca, que siempre lo enfatiza todo.

Pero ¿qué está haciendo ÉL? ¿Por qué tarda tanto?
Tardé muchísimo en prepararme, parece increíble. Los niños ya estaban en casa de los Martin, así que tenía la casa para mí sola, y fue como en los viejos tiempos. ¡Me fumé un cigarrillo en la bañera!

Al final me puse el vestido rojo de licra y los zapatos brillantes. Seguí bailando, imaginando que él me miraba, y me bebí la botella de vino que se suponía que tenía que llevar.
Me fui a las diez de la noche. Todavía hacía calor. El olor de los cubos de basura. Y gente por todas partes, por el verano, y muchos se quedaban mirándome.

«Porque estabas borracha». Jonah se la imaginó caminando de manera provocativa, dando tumbos con sus zapatos brillantes. Entonces recordó el Sábado del Enfado, la mesa de la cocina, Roland entrando por las puertas de cristal abiertas.

D se me echó encima, se alegraba mucho de verme, y yo actué de manera automática, pero ni siquiera oía lo que me

297

decía. Tenía el pelo demasiado rubio y la piel demasiado rosa, y su voz sonaba demasiado alta y aguda. Sentí pena por ella, pero también...

No sé. Ella tenía pintalabios en los dientes. Soy una persona muy mala.

Jonah pasó la página. Las palabras marrones seguían y seguían.

Habían regado el jardín y estaba muy fresco y frondoso, olía a tierra mojada. Y estaba ese árbol enorme. Nos estábamos mezclando entre la gente, y entonces D me presentó a un tío, como hace siempre, intentando emparejarme. Yo no paraba de reírme, pero no me concentraba, estaba nerviosa porque no lo veía. ¿Y si no estaba ALLÍ? Del tío no recuerdo nada, salvo que se quedó mirándome las tetas. Volví a entrar en la casa. Había mucha luz y me miré en un espejo, y tenía un aspecto HORRIBLE, de puta barata. Me tomé otra copa de vino, pero me odié a mí misma. Y además él no estaba, pero no podía preguntar dónde estaba. ZORRA ESTÚPIDA Y TENDENCIOSA. Vi a D, que venía a buscarme, así que me fui corriendo. Estaba empezando a llorar y entonces doblé la esquina.
Su silueta. Avanzando hacia mí, mi amado, mi redención. Estaba borracha, no podía caminar con los zapatos, pero, Dios mío, ¡él corría! Literalmente corría hacia mí a través de la oscuridad, susurrando, ¡Lucy! ¡Cariño!

Me empujó contra la pared y me metió en una carpa llena de budleias, y empezó a besarme y a pasarme las manos por todo el cuerpo.

Me llamó cariño. Nadie en mi vida me había llamado nunca así.

El rotulador marrón se terminó. La señorita Swann estaba hablando sobre una guerra que era fría y un telón hecho de acero. Jonah tomó aliento y pasó las páginas hasta llegar al dibujo obsceno. El pene del hombre, tan grande como un brazo, un hombre enfadado agitando el puño; la cara enfadada de la mujer y el agujero peludo que tenía en el culo, como una cucaracha. Pasó la página para leer el final.

Si sigo viva, pierdo, lo mires por donde lo mires. Pero, si muero, gano. Si muero, vuelvo a ser yo.

(Y todo el mundo dirá: ¿cómo ha podido HACER eso? ZORRA egoísta. Sus pobres hijos, dirán, pero pensando que estarán mucho MEJOR sin esa zorra).

—¡Bueno! ¿Todo el mundo se ha acordado de traer el uniforme de Educación Física para el Día del Deporte?

57

Las nubes eran más pequeñas: altocúmulos, tal vez. Midió una de ellas levantando el puño hacia ella y después el pulgar. Caminaban en parejas hacia el parque y, como quería evitar las preguntas de Harold, él caminaba con Roxy Khan, la chica nueva. Veía la cabeza de Harold al principio de la fila, buscándolo, probablemente. Roxy Khan llevaba unas deportivas negras, pero se le caían a trozos. El dedo gordo del pie izquierdo asomaba por un agujero, envuelto en un calcetín blanco. Al verle el dedo, sin pensar, Jonah le buscó la mano. Se supone que debías ir de la mano de tu compañero, pero nadie lo hacía, a no ser que un profesor estuviera mirándote. Roxy apartó la mano, como si le hubiera dado una descarga eléctrica, pero él mantuvo la suya extendida, como haría con un animal muy tímido. Pasados un par de segundos, ella la aceptó. Tenía la mano caliente y húmeda, pero se la agarró con fuerza.

Un Día del Deporte sin Lucy, ni Dora, ni Saviour. Ni Roland, por supuesto. Se lo imaginó en su celda, contemplando el cielo a través de una ventana minúscula, preguntándose qué estarían haciendo. Y a Saviour en el hospital, quizá temblando y llorando en una silla del pasillo, como en el banco de Kumari, mientras Dora yacía en la mesa de operaciones y unos hombres con mascarillas blancas le cortaban los intestinos. ¿Y Lucy? Ya estaban en el parque y pasaron junto al árbol de las flores en forma de estrella.

Miró hacia el prado, donde se alzaban los árboles en torno al estanque, y se la imaginó apoyada en la barandilla, hablando con su acento inglés con Olive Sage.

«¡Oh, señorita Sage! Me temo que no puedo quedarme mucho. Mis dos hijos van a participar en unas carreras y es muy probable que ganen. Quizá quiera usted venir conmigo. Mi hijo pequeño, en particular, es un atleta con mucho talento».

Estaban llegando al campo con la hierba cortada y la pista dibujada con tiza blanca. Se detuvieron y esperaron a que les asignaran un puesto. El cielo estaba ya casi azul por completo y los de Infantil, sentados con las piernas cruzadas, llevaban puestas sus gorras. Jonah buscó a Raff. Allí estaba. Su sombrero de fieltro negro era como una aleta de tiburón en mitad de aquellas gorras. Más allá de los niños, los adultos peloteaban en las tres canchas de tenis.

Se produjo la señal y la fila de niños se puso en marcha. Jonah se acomodó en la hierba junto a Roxy y miró por encima de la pista hacia los padres. Había muchos menos de lo habitual. El Día del Deporte del año anterior había sido algo grandioso, celebrado justo antes de las Olimpiadas, y en comparación, el de hoy parecía muy discreto. Observó a los adultos y se preguntó si X estaría entre ellos.

Me empujó contra la pared y me metió en una carpa llena de budleias, y empezó a besarme y a pasarme las manos por todo el cuerpo.

Recorrió la fila con la mirada y se detuvo un instante en un hombre blanco de traje, un poco gordo y muy acalorado. No había muchos hombres: eran casi todas madres. Alison no había

301

llegado todavía y la madre de Harold no estaba. Nunca asistía. Se preguntó si la madre de Roxy estaría allí, o su padre; si acaso tenía madre o padre. Todavía tenía su mano agarrada y se preguntaba cómo soltarse, porque era demasiado extraño darse la mano estando sentados.

Se oyó un chirrido al encenderse el megáfono y entonces el señor Mann anunció la primera carrera. Un grupo de niños de primero de Primaria se puso en pie y siguió a su profesor, como si fueran patitos detrás de su madre. Era la carrera de disfraces, de modo que habían colocado un pañuelo, un sombrero y un bolso a intervalos a lo largo de cada carril. Jonah vio como los niños pequeños ocupaban sus puestos en la línea de salida y recordó su primer Día del Deporte. Lucy, con su mono rojo y sus zuecos, con el pequeño Raff apoyado en la cadera, había llegado con los Martin. Cuando Raff lo vio, se bajó de su madre y avanzó hacia él. Al abrazarse, Jonah había mirado a los profesores, preocupado porque alguno pudiera reprender a Raff y enviarlo de vuelta con Lucy; pero todos sonreían, porque el pequeño Raffy, de tres años, era la cosa más mona que jamás habían visto.

Roland había llegado más tarde, con la Yaya Mala. Llevaba su habitual ropa de excursionismo, pero la Yaya Mala iba muy bien vestida, con un sombrero enorme, un vestido ajustado de encaje y zapatos de tacón muy alto. Lucy, Raff y los Martin estaban sentados en la enorme manta de pícnic de los Martin, pero la Yaya Mala y Roland se habían quedado de pie en la acera junto al campo, por los zapatos de ella. Su padre los había saludado y ellos le devolvieron el saludo. Sintió pena por Roland. Estuvo lloviendo a intervalos todo el rato y él no hacía más que sacar el paraguas y después volver a guardarlo. Lucy y Dora comentaron después el atuendo de la Yaya Mala. A ambas les gustaba, pero creían que resultaba ridículo para un Día del Deporte y que además era demasiado vieja para ese vestido. Saviour les dijo que dejaran en paz a la pobre mujer.

Jonah se dio cuenta de que ya habían terminado todas las carreras de primero. No había prestado atención a ninguna de ellas. Ahora era el turno de los más pequeños, que estaban preparándose para la carrera del huevo y la cuchara. No eran huevos de verdad, sino de plástico, como pelotas de pimpón, lo que hacía que fuera más difícil, porque pesaban muy poco. Era la carrera que había ganado él cuando era así de pequeño. Recordaba haber mantenido la mirada fija en el huevo, como le había enseñado Saviour. Cuando le dieron su pegatina, Lucy y Raff fueron corriendo hacia él para abrazarlo. Lucy se había negado a participar en la carrera de las madres. Raff y él se lo habían rogado una y otra vez, pero les había dicho que se haría pis encima después de la lata de cerveza que le había dado Saviour. Así que habían animado a Dora, que ganó sin dificultad. Era tan alta, con unas piernas tan largas, que había recorrido la distancia en solo diez zancadas.

Saviour había convencido a Roland para participar en la carrera de padres. Había ido a estrecharle la mano y había tenido el valor de besar a la Yaya Mala en las mejillas, antes de agarrar a Roland del brazo. Este no paraba de decir que no con la cabeza, pero al final aceptó. En la línea de salida, ninguno de los dos parecía un corredor. Roland estaba demasiado rígido, con los hombros tensos, y Saviour era demasiado corpulento y bajito. Jonah sabía que ninguno de ellos ganaría, pero esperaba que Roland no quedase en último lugar, porque sabía que se sentiría avergonzado. Roland siempre se avergonzaba de todo. Lucy le había dicho a Dora que era por la Yaya Mala: porque no lo aceptaba tal y como era. «Una vez se pasó el día entero intentando enseñarle a atarse los cordones. ¡Un día entero! ¡Imagínate!».

Roland iba en última posición, y no era de extrañar, porque se inclinaba tanto hacia atrás mientras levantaba las rodillas que parecía que iba montado en una de esas bicicletas de circo. Saviour iba casi igual de mal, aunque su estilo era mejor e iban igualados por la cola, hasta que al final, de pronto, Saviour aminoró la marcha. Dejó que Roland le venciera para que no quedase en último lugar. Había sido amable con él, ¿o lo había tratado como a un pelele?

La carrera del huevo y la cuchara había terminado y las nubes habían desaparecido por completo, dejando aquel precioso vacío. Jonah se protegió los ojos con la mano y miró a Raff. Tameron y él tenían las cabezas pegadas y estaban cuchicheando, probablemente ensayando su rap por enésima vez. Saviour le había ayudado mucho con el rap, encargándose de las rimas. Roland era una buena persona que había hecho algo malo. Pero ¿qué pasaba con Saviour? ¿Y con Dora? ¿Y con Lucy?

Había logrado soltarle la mano a Roxy, pero se dio cuenta de que estaba mirándolo. Le devolvió la mirada. Roxy tenía los ojos verdes, como los guisantes. Sus pupilas eran pequeñas, debido al sol, por supuesto. Se centró solo en el ojo izquierdo y vio un círculo amarillo alrededor del verde; se fijó además en que la parte blanca que lo rodeaba tenía pequeñas ramificaciones rojas. Mientras contemplaba aquel espacio negro en el centro del iris verde, recordó la pregunta de la señorita Swann sobre si había o no una fracción más pequeña. Había infinito en ambas direcciones: hacia el espacio exterior y hacia el interior del ojo de Roxy. «¿Dónde estás, Lucy?». Lo preguntó en silencio, mirando el ojo de Roxy.

Entonces ella señaló con la cabeza hacia la pista, y allí estaba Raff, con el sombrero calado hasta los ojos, caminando hacia la línea de salida. El esprín de segundo año era la primera carrera propiamente dicha, así que todos los niños prestaron atención. Raff ganaría, a no ser que Tameron le venciera: la victoria estaría entre ambos. Salvo que... Por el rabillo del ojo, vio que un coche había entrado en el parque y avanzaba lentamente por el camino hacia ellos. Se volvió para mirar y sintió un vuelco en el corazón. Era un coche amarillo con pequeños rectángulos de color verde y una luz en el techo, que se encendía y se apagaba, pero muy despacio.

Volvió a mirar a Raff. Le habían prestado un uniforme de Educación Física, pero llevaba puestos los zapatos normales del colegio. No se habían acordado de llevar sus deportivas. Le asignaron la calle central, entre dos chicos blancos: Charlie, que era bastante rápido, pero al que se le daban mejor las distancias largas; y Milo, que era el hermano pequeño de Rufus, y puede que fuese bueno, pero no lo sabía. Tameron se colocó en la calle de fuera. ¿A Raff le importaría que Tameron le ganara este año? Algunos padres de segundo se habían situado a lo largo de la pista para animar a sus hijos.

Jonah se puso en pie, dispuesto a gritar el nombre de Raff, pero el problema era que el coche amarillo y verde se acercaba cada vez más. Y ahora, a su alrededor, los demás también se daban cuenta, y fue como si todo empezase a ir a cámara lenta. El señor Mann estiró el cuerpo y giró su enorme nariz hacia un lado. Miró por encima del hombro y, muy despacio, bajó el megáfono. Casi todos los padres se habían dado la vuelta también, igual que los niños. Jonah miró a Raff y este le devolvió la mirada.

El coche de policía se detuvo en el camino, justo donde se habían colocado Roland y la Yaya Mala el año que asistieron a la carrera. Se bajaron dos policías uniformados, con aspecto de tener bastante calor, y se acercaron caminando por la hierba. Los padres se estaban levantando y el señor Mann se abría paso entre ellos en dirección a los corpulentos agentes. Tras ellos, Jonah vio que otro vehículo había entrado en el parque: una camioneta grande y amarilla. Pero le había dicho a Raff que no existía la camioneta del orfanato. Volvió a mirar a su hermano. Todos los demás avanzaban, pero él empezó a retroceder, como si estuviese a punto de darse la vuelta y salir corriendo. ¿Era eso lo que deberían hacer? Miró a la señorita Swann. Como todos los demás, ella también miraba a los policías. Podrían lograrlo si se marchaban ya y corrían por su vida. Pero ¿dónde iban a ir? No podían volver a casa: ese sería el primer lugar donde buscaría la policía.

Empezaba a haber mucho ruido. Los padres hablaban todos entre sí y avanzaban hacia sus hijos, y los niños se habían puesto de pie, pero los profesores les gritaban que volvieran a sentarse. Se oía, además, el ruido de un motor, no el del coche ni el de la ambulancia, sino otra cosa, lejana, que se acercaba. El señor Mann estaba hablando con la policía y, de pronto, se dio la vuelta y lo miró directamente. Era demasiado tarde. Temiendo que fueran a llamarle para que se acercara, Jonah miró hacia Raff, pero no lo vio porque estaban todos los padres delante. Mientras se abría camino entre ellos, se dio cuenta de que habían dejado de moverse y miraban todos al cielo. Raff ya había echado a correr, moviendo los brazos como loco. Sin duda habría ganado la carrera; era asombroso lo rápido que corría y asombroso también que el sombrero no se le cayese. Empezó a correr tras él. En las canchas de tenis, todos los jugadores habían dejado de jugar y también miraban hacia arriba con las manos en las caderas. El ruido del motor empezó a sonar entonces más fuerte y se hizo reconocible. Jonah se dio la vuelta y, sin dejar de correr hacia atrás, vio aquel punto negro y giratorio que emergía del azul del cielo.

58

Siguió a Raff por el lateral de las canchas sin la esperanza de alcanzarlo, pero la hierba alta de detrás de las pistas hizo que su hermano avanzara más despacio. Era una hierba fina y pegajosa, llena de insectos, y había ortigas también, y basura, y muchas pelotas de tenis. Siguiendo el camino que Raff había dejado a su paso, Jonah lo alcanzó cuando llegó a los árboles. Eran árboles viejos y nudosos, cubiertos de zarzas, doblados, cuyas ramas alcanzaban las malas hierbas del suelo cubiertas de basura. Doblado él también, Raff se abrió paso entre las ramas. Jonah se arrodilló y se asomó a aquella oscuridad maloliente. Veía a su hermano acurrucado contra el tronco de un árbol, con los brazos alrededor de las piernas. El ruido del helicóptero estaba ya por todas partes y Jonah tuvo que gritar.

—¡Raff, sal de ahí! Tenemos que seguir avanzando. ¡Nos encontrarán si nos quedamos aquí!

Raff espantó una mosca de su nariz y dijo algo que él no oyó. Miró hacia atrás. Le sorprendió que los policías no le hubieran seguido aún y no estuvieran comiéndoles terreno a través de la hierba con sus porras y sus esposas colgadas del cinturón. Era cuestión de tiempo, porque el helicóptero estaba dando vueltas, probablemente buscándolos; habría un hombre mirando desde arriba con unos prismáticos muy potentes. Se tumbó en el suelo, con las manos en las orejas, y miró hacia arriba a través de la hierba. Pasó justo por encima de ellos y vio la parte inferior del aparato, sus pies largos y finos, su cola ruidosa y giratoria. El ruido era ensordecedor.

Agachó la cara y hundió la nariz en la tierra. Se tapó la cabeza con los brazos. «Por favor, Dios». Trató de recordar aquella sensación de estar bajo el agua, de creer en sí mismo lo suficiente, para que fuera real, pero solo veía al Capturador de niños haciendo sonar sus campanas mientras olfateaba el aire con su enorme nariz. «Por favor, Dios, no dejes que nos encuentren. Déjanos escapar». Pero ¿dónde iban a escapar? Junto a él había algo apestoso, seguramente una caca de zorro, pero no se atrevía a moverse ni un centímetro. «Por favor, Dios. Si nos atrapan, no dejes que se lleven a Raffy. Por favor, Dios, déjame ir a mí también al orfanato». Parecía que el helicóptero estaba alejándose, porque el ruido ya no era tan fuerte. Giró la cabeza hacia un lado.

—Se me ha caído el sombrero. —Raff había gateado hasta situarse a su lado. Jonah le dio la mano y se la apretó—. Supongo que no lo necesito. En el orfanato no me dejarán tenerlo.

Sin duda, el helicóptero se había alejado. Jonah se incorporó y miró hacia dónde iba. Parecía que daba la vuelta otra vez. Se sacudió la tierra de la cara y de la camiseta.

—¿Me dejarán quedarme para el concurso de talentos? —Raff se incorporó también—. ¿O me llevarán de inmediato?

Jonah le pasó un brazo por los hombros sin dejar de mirar el helicóptero.

—Creo que no nos han visto. Quizá... si nos quedamos aquí... —El helicóptero se alejaba de nuevo, sobrevolaba las pistas de tenis y se dirigía hacia el campo marcado con tiza, donde ahora solo quedaban policías. Miró hacia atrás, hacia los matorrales—. O podríamos colarnos por aquí. Arrastrarnos, como serpientes, y quedarnos muy quietos.

—Pero, si tienen perros, los perros nos encontrarán —dijo Raff—. Encontrarán mi sombrero y se lo darán al perro para que lo olisquee.

«¡Helados! ¡Piruletas!». La nariz del Capturador de niños, olfateando. Jonah volvió a tumbarse boca abajo y se arrastró por debajo de las ramas retorcidas. Más adelante vio un hueco, un pequeño claro, y se arrastró hasta él. Se trataba de un espacio pequeño y polvoriento, con un techo bajo compuesto de ramas y hojas, pero lo suficiente para estar de rodillas o incluso acuclillado. Los árboles estaban tan juntos que amortiguaban el sonido del helicóptero.

—Raffy, ven —llamó a su hermano.

Raff entró reptando y se quedaron allí sentados, mirando a su alrededor.

—Mola —murmuró su hermano. Era como tener su propia habitación verde llena de hojas, formada por un círculo de árboles bajitos y nudosos—. ¡Podríamos vivir aquí! Con todos nuestros guardias protegiéndonos. —Señaló uno de los árboles—. Mira ese. Es un elefante.

Jonah lo miró. En algunas partes, la corteza se había hinchado hasta formar bultos suaves y, en otras, se había plegado, como si fuera una cortina. Frunció el ceño durante unos segundos, pero entonces lo vio. Solo tenía una oreja, un trozo de hiedra que colgaba de una rama corta y fina, pero tenía una frente suave y ancha, y una trompa larga, con colmillos a cada lado. Lo mejor eran sus ojos, muy separados, pero al mismo nivel el uno del otro; pequeños, amables y sabios.

—Me acuerdo de esas dos niñas —comentó Raff—. Las dos gemelas.

—¿Scarlett e Indigo?

Su hermano asintió.

—Recuerdo que fuimos a su casa y tú estuviste saltando con ellas en la cama elástica.

La barbacoa. Raff era demasiado pequeño para subirse a la cama elástica, pero Roland le había subido a él. Le había dado un poco de miedo, pero Scarlett e Indigo le habían agarrado cada una de una mano y le habían ayudado a saltar.

—Antes jugaban con nosotros en el parque los domingos por la mañana —dijo Jonah. Eran el tipo de chicas a las que les gustaba jugar con niños más pequeños; cuidar de ellos, como hermanas mayores—. Su madre iba a pilates, así que era su padre quien solía llevarlas al parque.

—¿Furtix?

Jonah asintió. Pensar en Felix Curtis le hizo darse la vuelta y volver a mirar hacia el parque a través de las hojas. Apartó un par de ramas para crear una ventana.

—¿Por qué ya no vienen?

—¿Al parque? —preguntó mientras se asomaba. El helicóptero había descendido y estaba a punto de aterrizar. A su alrededor se levantaba una nube que parecía humo, pero que en realidad era el polvo de la tierra—. ¿Sabes una cosa, Raffy?

—¿Qué?

Empujó las ramas hacia abajo y se inclinó hacia delante. La camioneta verde y amarilla estaba aparcada en el camino y unas personas vestidas de verde estaban abriendo las puertas. Los niños, los padres y los profesores estaban todos hechos una piña al otro lado del camino.

—Creo que es el helicóptero del hospital. —Se volvió y miró a su hermano—. No nos está buscando a nosotros.

Raff se acercó a ver y pegó la mejilla a la suya. Las personas de verde estaban sacando algo de la camioneta: una especie de camilla.

—Es una ambulancia —dijo Jonah—. Está esperando para llevar al hospital a la persona que va en el helicóptero.

—¡Mayo! —Raff se puso en pie y trató de abrirse camino entre las ramas—. ¡Es Mayo la que está en el helicóptero! ¡La han encontrado! ¡La han rescatado de casa del hombre malo! —Salió de la cueva verde a base de patadas y puñetazos y empezó a correr a través de los matorrales.

—¡No puede ser Mayo, Raff! —gritó Jonah tras él.

—¡Sí que lo es! ¡Se han llevado a la cárcel al hombre malo y a ella la traen al hospital! —Raff salió corriendo por la hierba como si fuera una cría de rinoceronte.

—¡Raff!

Echó a correr detrás de él, notando las zarzas que le rasgaban las espinillas. Cuando llegó a la hierba, tropezó con algo y cayó. Para cuando volvió a ponerse en pie, Raff ya casi había llegado a las canchas de tenis. El helicóptero había aterrizado y las hélices giraban cada vez más despacio. Atravesó la hierba, con la respiración entrecortada después de la caída. Raff corría por entre las canchas. Cuando el ruido del helicóptero cesó, oyó sus gritos. ¿Sería posible que... pudiera ser ella? De pronto recordó las palabras de la carta del hospital que había en su dormitorio. *Es probable que experimente alguna hemorragia después de la intervención.* Vio a gente que se bajaba del helicóptero y abría la puerta lateral mientras los de la ambulancia acercaban la camilla. Echó a correr, pero le dolían mucho las piernas por los cortes y, de pronto, se notó muy cansado. Empezó a caminar de nuevo y vio que uno de los policías se acercaba a Raff con una mano levantada.

En las canchas de tenis, los jugadores estaban reunidos en un extremo, viendo cómo sacaban la camilla del helicóptero. El cuerpo que iba tumbado en ella estaba envuelto en una especie de plástico y tenía tubos a su alrededor. Dos de las personas de la ambulancia sujetaban los aparatos a los que estaban conectados los tubos. Fuera quien fuera, esa persona estaba gravemente herida. Se detuvo y se apoyó en la verja de alambre. Entonces sería mejor que no fuera ella. Quizá tener una madre fantasma que vivía principalmente en el cielo fuese mejor que tener una madre tan malherida que necesitaba tubos que le salían de dentro. Entornó los párpados para intentar distinguir si el herido era hombre o mujer, negro o blanco, pero le resultó imposible.

El policía había tomado a Raff en brazos y este se retorcía y pataleaba sin dejar de gritar «¡Mayo!». El señor Mann corrió hacia allá, seguido de la señora Blakeston y de la señorita Swann, aunque lo que hacía la señorita Swann no podría llamarse correr... «Oh, Raffy». Jonah se dio cuenta de que tenía las manos entrelazadas. «Oh, Dios, que sea ella. Por favor, Dios. Aunque lleve dentro un bebé muerto, aunque se le hayan podrido los brazos y las piernas... aunque solo sea una cabeza y un cuerpo, o solo una cabeza. Cuidaremos de ella, Dios. Le daremos de comer, la vestiremos y todo. Será nuestro tentetieso Mayo, y la llevaremos a rastras por la colina, y rodaremos tras ella, nos tumbaremos a su lado y estaremos los tres juntos, mirando al cielo, riéndonos».

Metieron la camilla en la ambulancia y se cerraron las puertas. El policía había entregado a Raffy al señor Mann y estaba hablando con la señorita Swann y con la señora Blakeston. Vio entonces que Alison se apartaba del resto del grupo del camino y se acercaba a ellos. Pero Raffy se escurrió entre los brazos del señor Mann y corrió hacia la ambulancia, justo cuando esta empezaba a moverse. Iba despacio y las piernas de Raff seguían siendo sorprendentemente rápidas. Parecía que iba a alcanzarla, pero el señor Mann echó a correr detrás de él.

—¡Raffy! —gritaba—. ¡No es tu madre!

Así que nada de tentetieso Mayo para rodar por la colina; no era más que un desconocido malherido, probablemente a causa de un accidente de coche. Jonah se dejó caer contra la verja de alambre y se preguntó si esa persona sería madre y si tendría dos hijos. ¿Cuántos años tendrían? ¿Sabrían ya lo que había sucedido? ¿Los habrían recogido del colegio e irían de camino al hospital, llorando y estrechándose la mano? Volvió a sentir a la criatura, que se despertaba en su tripa, como una cría de foca, moviendo la cabeza de un lado a otro, tratando de ver en la oscuridad. La ambulancia seguía alejándose despacio, porque no se les permitía ir deprisa en el parque. Una figura robusta y familiar se acercaba desde el otro lado y se apartó del camino para dejar pasar al vehículo. Raff seguía corriendo. ¿Cómo podía seguir corriendo tan deprisa? Pero Saviour volvió al camino y su hermano se abrazó a él.

Jonah empezó a caminar de nuevo mientras la ambulancia se alejaba y los hombres del helicóptero dejaban a los niños acercarse para echar un vistazo. Los profesores se acercaron con ellos, y también los padres, y todos estuvieron dando vueltas alrededor de aquel aparato negro y amarillo. Saviour seguía con Raff en brazos y estaba hablando con la señorita Swann.

«Se acabó, Mayo», pensó Jonah. «Todos saben que te has ido». Todavía sentía a la criatura, una masa de miedo y tristeza, pero experimentó cierto alivio al darse cuenta de que ya no tenía el control de la situación. Caminó despacio hacia el helicóptero, pero entonces se detuvo a un lado de la multitud.

Saviour dejó a Raff en el suelo y habló con Emerald, que estaba de pie a su lado. Después le dio la mano a Raff y lo condujo entre la gente hasta la puerta abierta en el lateral del helicóptero. El piloto se inclinó hacia delante y dijo que no con la cabeza, pero Saviour le dijo algo y le colocó una mano en el brazo. El piloto le escuchó durante unos segundos, después miró a Raff y asintió. Saviour lo aupó y el piloto lo alcanzó. Raff iba a subirse al helicóptero. «Gracias, Saviour». Era un buen hombre. Era su amigo. No eran sus peleles. Era un buen hombre que no había hecho nada malo, no le había arruinado la vida a nadie, como había hecho Roland. Vidas arruinadas. ¿Qué habría sido de Scarlett e Indigo? Si los Curtis seguían viviendo en la misma casa de la Calle del Enfado, ¿por qué no iban nunca al parque?

Todo había vuelto a empezar. Los padres estaban en grupos, charlando; los jugadores de tenis habían vuelto a su partido y los profesores trataban de organizar a los niños. Saviour y Emerald seguían asomados al helicóptero. Jonah se metió las manos en los bolsillos del pantalón. Tal vez la esposa de Felix Curtis le hubiera abandonado y se hubiera llevado a Scarlett y a Indigo a vivir a otra parte. Ahora se acordaba de ella: Jules, se llamaba. Menuda y delgada, con coleta y gafas de sol, como Felix Curtis. Cuando se quitó las gafas de sol, tenía los ojos rojos e hinchados... pero ¿cuándo fue eso? ¿Antes o después del Sábado del Enfado? Se había pasado por su casa para decirle a Lucy lo que pensaba de ella. Con aquella voz gélida. Se estremeció al recordarlo y agarró el fajo de dinero que llevaba en el bolsillo. Jules Curtis. ¿Se habría llevado a Scarlett y a Indigo y habría dejado a Felix Curtis abandonado en aquella casa? Lo imaginó saltando en la cama elástica, él solo, con su camiseta blanca y sus vaqueros azules, saltando y saltando, porque no tenía otra cosa que hacer. ¿Habría ido Lucy a verlo alguna vez? ¿Habría ido hasta allí montada en su bicicleta dorada?

Soltó el fajo de dinero. Tenía algo más en el bolsillo: un trozo de cartón. Lo sacó justo cuando el megáfono del señor Mann empezó a chirriar de nuevo. Era la tarjeta de las flores, con la X.

—Damas y caballeros, chicos y chicas... —gritó el señor Mann. En ese momento, Raff estaba de pie en la puerta del helicóptero y Saviour extendió los brazos para agarrarlo—. Tenemos que regresar al colegio. —Era todo un poco caótico. Los profesores intentaban reunir a sus clases, pero muchos de los niños se habían pegado a sus padres y ya caminaban hacia la puerta del parque—. Como saben, el concurso de talentos de Haredale comenzará a las tres y media. —Se oyeron aplausos, aunque pocos, porque todos se alejaban ya. Jonah se quedó mirando la X—. Aviso a los padres: si sus hijos van a regresar al colegio con ustedes, por favor, comuníquenselo a su profesor...

Felix terminaba en X. ¿Podría alguien utilizar como firma la última letra de su nombre? Miró hacia la colina. Por allí se llegaba hasta la Calle del Enfado. Estaba por detrás de la calle de los Martin, un poco más a la derecha. La señorita Swann corría de un lado a otro intentando hacer el recuento de los de cuarto. Saviour, Raff y Emerald seguían hablando con los del helicóptero. Jonah miró hacia lo alto del parque y después hacia el lugar donde comenzaban los árboles, en torno al estanque. No estaba tan lejos, y, en cuanto se metiera entre los árboles, se volvería invisible.

59

La Calle del Enfado se hallaba cerca de Bellevue Road, a unos diez minutos andando desde el colegio. Jonah no había estado allí desde el Sábado del Enfado, y no era tan ancha como recordaba; las casas tampoco eran tan imponentes, pero los árboles seguían enfadados, agitando sus puños de madera. Tenía otra vez mucha sed y le palpitaban los arañazos de las piernas mientras caminaba de un árbol a otro, fijándose en cada casa, sintiendo que cada una le devolvía la mirada. ¿Cuál era? Esa. Se acordaba de la vidriera con amapolas rojas. Y esa era la barandilla a la que Lucy había encadenado su bici dorada. Y aquella, la verja azul oscuro por la que Raff y él habían visto entrar a Roland, mientras esperaban en el coche.

Atravesó la verja y caminó hasta la puerta de la entrada. Claro, también habían estado allí aquel otro día, el día de la barbacoa, cuando Lucy se puso los vaqueros cortos y ajustados. Aunque solo se acordaba del jardín, con toda esa gente, y de saltar en la cama elástica con Scarlett e Indigo. Roland había sacado de su mochila los juguetes de Raff y se había sentado a jugar con él en la hierba, aunque de vez en cuando lo miraba a él y le saludaba con la mano.

El dibujo de las amapolas estaba hecho con montones de trocitos de cristal. Como piezas de puzle. Pasó el dedo por la plomada negra y recordó el lápiz de Lucy cuando dibujaba el lirio esquelético. Después se arrodilló y miró a través de la rendija del correo, como había hecho Roland, como le habían visto hacer a través del parabrisas cubierto de gotas de lluvia. El recibidor estaba limpio y vacío, con esas baldosas en el suelo —marrones, azules y crema—, como en casa de los Martin. Oyó una música lejana, pero hermosa. Parecía solo un instrumento, pero no distinguía cuál. Sonaba casi como una voz humana que contaba una historia, una historia muy triste. Escuchó durante un rato y después cerró la rendija sin hacer ruido, se puso en pie y se dirigió hacia la valla lateral, como había hecho Roland. A través de los listones de madera de la valla, más allá de un camino en sombra, distinguió un trozo de jardín bañado por el sol. Trató de abrir la puerta. El pomo giró y, como le pasó a Roland, la puerta se abrió sin más.

Atravesó el camino sombrío y se detuvo al salir a la luz deslumbrante del sol. Volvió a oír la música; triste, pero cálida y aterciopelada. ¿Qué instrumento era aquel? El jardín era más pequeño de lo que recordaba y estaba vacío. El día de la barbacoa estaba abarrotado. Cuando sus ojos se acostumbraron a la claridad, vio que la cama elástica seguía allí y que había una figura junto a ella, que podría ser un espantapájaros o un hombre muy quieto. Se protegió los ojos con la mano y comprobó que era un hombre. Por alguna razón, llevaba puesto un traje. Tenía una mano metida en el bolsillo de la chaqueta y contemplaba el parterre de flores ubicado frente a él. Tenía el pelo gris y los hombros caídos, de manera que el cuello y la cabeza le salían hacia delante como si fuera una tortuga. Parecía demasiado viejo para ser Felix Curtis.

Jonah pisó la hierba y aquel movimiento hizo que el hombre girase la cabeza. Pareció asustado de verlo allí. Dio un paso atrás y miró hacia la casa, como si buscara ayuda. La cristalera estaba abierta, como lo estaba el Sábado del Enfado. Ambos miraron hacia el espacio en sombra que se vislumbraba a través del cristal abierto, pero de dentro solo salía la música.

Volvió a mirar al hombre, que arrastró los pies un momento sin moverse del sitio, con la mano aún en el bolsillo. Después se acercó caminando por la hierba y él se humedeció los labios. Los tenía resecos y saboreó la sangre de la herida. El hombre se detuvo a un metro de distancia. Tenía el traje cubierto de pelos y pelusa, y llevaba calcetines puestos, pero sin zapatos; en vez de mirar a Jonah directamente, se quedó mirando el espacio que había junto a él.

—¿Es usted Felix Curtis? —le preguntó en un susurro.

Sin dejar de mirar al vacío, el hombre se aclaró la garganta durante unos segundos.

—Eso es —respondió. Parecía tener telarañas en la voz, como si llevase mucho tiempo sin intentar hablar. En el silencio, el instrumento musical fue elevándose, como un pájaro o un cometa. Jonah se fijó en las venas moradas que tenía Felix Curtis en la nariz.

—Me preguntaba si... si habría visto usted a mi madre.

Felix Curtis se giró hacia un lado y se protegió los ojos para observar el jardín. Movía los labios, como si estuviera ensayando las frases de una obra de teatro.

—¿Así que la has perdido? —le preguntó al fin.

—Sí —respondió él—. Se ha ido.

—Ah. —Se produjo de nuevo una larga pausa y entonces suspiró—. No sé si puedo ayudarte.

—Entonces ¿no la ha visto?

Felix Curtis dijo que no con la cabeza. Levantó la mano que no tenía metida en el bolsillo y se miró las uñas. Las tenía amarillentas y muy largas.

—¿Le envió unas flores?

Felix Curtis frunció el ceño y por fin lo miró a los ojos, solo un segundo, pero lo suficiente para que viera que eran verdes, como los de Roxy Khan.

—Flores —susurró—. No creo que... —Volvió a mirarse las uñas, pensativo.

—Lucy —dijo Jonah—. Se llama Lucy. Lucy Mwembe.

Felix Curtis dio un paso atrás, sorprendido. Murmuró algo con labios temblorosos y su piel se volvió tan gris como su pelo.

—¿Felix? ¿Quién es?

Una mujer había salido por la cristalera; una mujer menuda, gorda y con coleta. Caminó descalza por la hierba mientras se envolvía con su chaqueta de lana y se detuvo junto a Felix Curtis.

—¿Quién eres tú? —le preguntó, desconfiada, sin reconocerlo, y Jonah se dio cuenta de lo mucho que debía de haber crecido desde la última vez que lo viera; y de lo sucio que estaba después de haberse arrastrado por entre los matorrales.

—Jonah. —Al decirlo, sintió un hilillo de sangre caliente que le brotaba del labio.

—Jonah. ¿Y qué haces en nuestro jardín, Jonah? —La mujer se había fijado en la sangre y veía como resbalaba por su barbilla.

—Me preguntaba si...

—¿Sí? —Su tono era ahora más suave. Por la sangre.

Jonah se la limpió con el dorso de la mano y dijo:

—Si podrían darme un vaso de agua.

La mujer miró a Felix Curtis y se apretó más la chaqueta de lana.

—¿Sabes quién es?

—Es el hijo de Lucy —susurró Felix Curtis.

La mujer se puso rígida y se quedó mirándolo con el pulso en la garganta.

—¡Jonah! Claro, es Jonah. ¿Qué haces aquí? ¿Te envía tu madre? —Se fijó en los arañazos que tenía en las piernas.

—No. Es que... creo que me he perdido. Lo siento. —Se dio la vuelta para marcharse, pero ella le puso una mano en el hombro. Cuando volvió a mirarla, la ternura que vio en sus ojos le dio ganas de llorar y llorar—. Parece que vienes de la guerra, Jonah. Entra a tomarte un vaso de agua.

Caminaron juntos por la hierba, muy despacio, pasaron por delante de la barbacoa y atravesaron la cristalera. La cocina era grande, con un techo alto de cristal, y aquella música tan hermosa la envolvía como un líquido invisible. El techo de cristal estaba muy sucio, así que la luz que se filtraba a través de él proyectaba manchas y formas en cada superficie. La estancia estaba dividida por una encimera larga, con un fregadero y taburetes altos en torno al extremo. La música salía de dos altavoces situados en la estantería más alta de la pared del fondo. El equipo de música se encontraba en la estantería de debajo. Era raro pensar que aquel sonido tan bello se construía dentro de aquella pequeña caja metálica, a partir de patrones numéricos, largas filas de ceros y unos. Justo delante de ellos había una mesa de madera alargada, llena de papeles y libros, y también había un cuenco con dos naranjas arrugadas y algunas gomas elásticas.

La mesa en la que había estado tumbada Lucy.

Había cuatro gomas en el frutero: dos pequeñas y finas, una azul y una roja; y dos gruesas y fuertes, de las que usaban los carteros para sujetar los manojos de cartas, de esas que podían usarse como tirachinas. Allí era donde se había tumbado ella, donde Felix Curtis se había limitado a seguir: creando la fuerza que hizo que Roland se lanzase a por la cacerola.

La música se detuvo de pronto. La mujer la había apagado y estaba rodeando la encimera en dirección al frigorífico. Felix Curtis se sentó en uno de los taburetes. Apoyó las manos en la encimera y se quedó mirándolas, con la boca torcida formando una especie de sonrisa. ¿Estaría recordándolo? ¿Recordaría que se había limitado a seguir? La mujer sacó una jarra de agua del frigorífico. Al verla de lado, con la coleta que le salía de la nuca, se dio cuenta de pronto de que era Jules la que había ido a su casa, con esa misma coleta. Entonces estaba mucho más delgada. Mientras abría un armario para sacar un vaso, Jonah se aproximó a la encimera. Estaba llena de polvo. Todo estaba lleno de polvo.

—Aquí tienes —le dijo Jules. Eran Felix y Jules. O, quizá, Jules y Felix. Y se acordó de ellos en la barbacoa; él rodeándola de la cintura. Al aceptar el vaso, se fijó en las cacerolas y sartenes que colgaban encima del horno color crema de estilo antiguo, y se preguntó si la cacerola de la *ratatouille* estaría entre ellas. El agua estaba helada. Se la bebió toda y Jules fue a rellenarle el vaso. Le entró hipo y ambos adultos lo miraron. Avergonzado, señaló la fotografía que había en la pared.

—Scarlett e Indigo —comentó. En la foto aparecían sus rostros pecosos y sonrientes, como si acabaran de contarles un chiste muy gracioso.

Jules miró también la fotografía.

—Sí, así es.

De pronto, Felix Curtis volvió a ponerse en pie y avanzó hacia las estanterías. Sus manos habían dejado dos marcas en la encimera polvorienta.

—¿Están en el colegio? —preguntó Jonah.

—Sí. En el internado. Vendrán este fin de semana. —Cuando volvió a entregarle el vaso, aquel sonido aterciopelado y nostálgico inundó de nuevo la habitación. Jules abrió la boca y volvió a cerrarla antes de apretarse de nuevo la chaqueta. Vieron que Felix regresaba a su taburete arrastrando los pies y colocaba las manos con mucho cuidado en las marcas que había dejado. «Te limitaste a seguir. Y entonces mi padre te golpeó con la cacerola. ¿Lo recuerdas?».

Se quedó mirando las manos de Felix y de pronto lo vio en el banco del parque, con su vaso de café, sus gafas de sol negras y brillantes y su camiseta blanca. El instrumento murmuraba, después lloraba, hasta quedar reducido a un susurro, como si contara la historia de Felix, Lucy, Jules y Roland; y Scarlett e Indigo; y Raff y él. Mientras la escuchaba, se dio cuenta de que aquella historia explicaba por qué la tristeza tenía que existir. «Tiene que existir, ¿verdad, Mayo?». La vio decir que sí con la cabeza, vio sus ojos observándolo, con el amor sabio y paciente de un elefante.

—Jonah. —Levantó la mirada y vio que Jules estaba intentando decir algo, pero la música estaba demasiado alta. Negó con la cabeza y se acercó al reproductor—. Así está mejor. —La había bajado tanto que ahora apenas se oía.

Felix apretó las manos contra la encimera y torció el gesto. «Se limitó a seguir». Le resultaba imposible imaginarlo.

—Jonah. —Jules volvió a ponerle la mano en el hombro.

—¿Sí?

—¿Qué haces aquí?

Tenía los ojos azules y muy bonitos. El día que fue a su casa y blasfemó con aquella voz gélida, los tenía rojos e hinchados. El instrumento sonaba débil, pero seguía contando la historia, como si fuera la voz de un elefante. Trató de escucharlo con atención.

—¿Jonah? —Seguía con la mano apoyada en su hombro, y Jonah se dio cuenta de que había cerrado los ojos. Los abrió, bebió un poco más de agua y ella apartó la mano. Dejó el vaso sobre la mesa donde había estado tumbada Lucy—. ¿Te encuentras bien?

Asintió y miró a Felix, que había vuelto a levantarse del taburete.

—¿Has venido por lo de mañana?

—¿Mañana?

—Sí. Por lo de... tu padre. Es mañana, ¿verdad?

—¿Mi padre?

—Sí. —Mientras Jules rebuscaba entre los montones de papeles de la mesa, Felix volvió a subir mucho el volumen de la música—. ¡Está demasiado alta, cariño! —le dijo dándose la vuelta—. ¡No nos oímos si está tan alta!

Felix se quedó junto al reproductor de música, con las manos en los bolsillos, mirándose los calcetines. Jules suspiró y siguió buscando entre los papeles. Jonah vio cómo movía las manos. «¿Papá?». El corazón se le aceleró y sintió la llegada del tren de vapor, el mismo tren de vapor del final de *Los chicos del ferrocarril*.

—¡Aquí está! —Jules tenía en la mano una carta, que ojeó durante unos instantes antes de entregársela. Las palabras estaban impresas y, entre ellas, hubo unas que llamaron su atención.

Salida en Libertad Condicional.

Jules estaba diciendo algo y negando con la cabeza. Volvió a acercarse a las estanterías, le puso las manos a Felix en los hombros y lo echó a un lado. Salida en Libertad Condicional. S-L-C. Eso era lo que había escrito Lucy en el calendario.

La música cesó de nuevo y Jules se dio la vuelta.

—Jonah, no lo entiendo. ¿Sabías acaso que tu padre salía mañana de prisión?

El vapor se disolvía en el andén de la estación. Jonah se aclaró la garganta.

—La verdad es que no.

—Pero ¿por qué no? Tu madre debía de saberlo. —Jules recuperó la carta, la dobló y se quedó mirándolo con evidente desconcierto—. ¿Por qué has venido entonces?

Se quedó con la mente en blanco. Miró a Felix, que seguía mirándose los pies.

—No lo sé —respondió—. Tenía sed. Pero, bueno... —Miró de nuevo a través de la cristalera—. Creo que será mejor que me vaya.

—¿Dónde?

—¿Dónde?

—Sí, ¿dónde? ¿Te vas a casa?

—No. Vuelvo al colegio. Para el concurso de talentos. Empieza dentro de poco y mi hermano participa.

—Tu hermano... ¿Raphael? Ya me acuerdo. —Jules se guardó la carta en el bolsillo.

Jonah dio un paso hacia la puerta, pero entonces se detuvo.

—La música que sonaba...

Felix levantó la mirada.

—¿La música? —preguntó Jules.

—Me preguntaba qué era. El instrumento.

—Una trompeta. ¿Por qué? ¿Te gustaba?

Dijo que sí con la cabeza y Felix posó sus ojos en él por primera vez.

—La tocaba un hombre que se llamaba Miles Davis.

Jonah asintió de nuevo.

—Miles Davis —repitió, y miró hacia la puerta.

Jules se acercó y le tendió la mano.

—Bueno, pues adiós, Jonah.

—Gracias por el agua —respondió él mientras le estrechaba la mano.

—De nada. Me alegra que te haya gustado la música. Y... —Se detuvo y le dedicó una sonrisa muy tierna—... espero que a Raffy le vaya bien en el concurso de talentos.

60

Habían decorado el patio con globos y pancartas; había una tómbola, un juego para lanzar aros y una piscina para pescar patos de plástico. Habían situado una mesa de bebidas bajo el árbol grande y Jonah se fijó en Harold, que cobraba el dinero mientras la señora Blakeston servía copas de vino. Se abrió paso entre la gente, desesperado por encontrar a Raff y contarle lo de Roland. No lo veía. Llegó hasta el salón de actos.

Aquello estaba mucho más tranquilo que el patio. Lo más llamativo era la enorme pancarta situada sobre el escenario, donde se leía ¡*CONCURSO DE TALENTOS DE HAREDALE!* Las hileras de sillas estaban dispuestas para el espectáculo y, en el escenario en sí, se veían una batería y un piano. La señorita Watkins, todavía con los pantalones cortos del Día del Deporte, estaba preparando los micrófonos. Algunos padres caminaban de un lado a otro, contemplando los proyectos de Historia colgados en las paredes. No había ni rastro de Raff.

Había una mujer con chaqueta de punto amarilla que miraba su proyecto. Así que se acercó y miró él también.

—¿Lo has hecho tú? —le preguntó la mujer. Era bastante mayor, tal vez fuera abuela. Jonah asintió—. ¡Muy bien hecho!

—Gracias.

—¿Quién hizo esta foto? —preguntó ella señalando la foto donde se veía la laguna del cielo.

—Mi madre.

—Es muy buena fotógrafa. —La anciana volvió a mirarlo con una sonrisa y él le sonrió también.

—Mi padre sale de la cárcel mañana.

—¿De verdad? Qué bien. Me alegro mucho por vosotros. —Se alejó hacia el siguiente proyecto y Jonah volvió a mirar la fotografía. «Sí que eres buena fotógrafa, Ma...». De pronto captó un fuerte olor a coco y se quedó muy quieto, con el cuerpo alerta. Era como si Lucy se hubiera situado justo detrás de él; como si estuviera a punto de abrazarlo y apoyar la barbilla en su cabeza. Pero, al darse la vuelta, se encontró con los ojos grandes y grises de Emerald.

—Hola, Jonah —dijo. Llevaba una gorra de béisbol plateada, un chaleco azul oscuro y mallas. Tenía los pies descalzos y llevaba un zapato plateado de claqué en cada mano. Jonah miró a su alrededor y aspiró. El olor a coco se había esfumado—. El tuyo es sin duda el mejor.

—¿Qué? Ah, gracias. —Volvió a mirar su proyecto. En el escenario, la señorita Watkins golpeaba los micrófonos y decía «Un, dos».

—¿Dónde está Lucy? —le preguntó Emerald.

—No está aquí.

—Pero va a venir. ¡No puede perderse el rap de Raffy!

Jonah se encogió de hombros.

—Mi madre sí que no viene —declaró Emerald.

—Lo sé.

A través del megáfono, la voz del señor Mann pedía a todos los artistas que se situaran detrás del escenario y rogaba a los asistentes que empezaran a ocupar sus asientos. Emerald se sentó para ponerse los zapatos de claqué. Se quitó la gorra y la dejó a su lado, y Jonah se fijó en su cabeza rapada y aterciopelada. Le dieron ganas de extender el brazo y tocarla.

—¡Después del espectáculo, Raffy y tú venís a casa a dormir! —Emerald dio un salto y las suelas metálicas de sus zapatos golpearon el suelo de madera—. Mi padre tiene que volver al hospital, así que nuestro vecino Ben cuidará de nosotros. ¡Va a ser muy divertido! ¡Vamos a ver películas y pediremos *pizza*!

Jonah le sonrió.

—¿Por qué te has afeitado la cabeza? —le preguntó.

—Para parecerme a mi madre. La última vez se quedó calva del todo.

—Y después le volvió a crecer.

—Sí. —Tras ella, la señorita Watkins se agachó para manipular el equipo de sonido.

—¿Te acuerdas de mi padre?

Emerald lo miró con el ceño fruncido.

—Roland. —Pronunció su nombre con indecisión. Probablemente solo lo hubiera visto un par de veces.

Él asintió y dijo:

—Sale de la cárcel mañana.

Emerald soltó un grito y lo abrazó. Después le agarró ambas manos y bailó a su alrededor, repiqueteando con sus zapatos en el suelo.

De pronto sonó Justin Bieber a todo volumen. La señorita Watkins lo apagó y les llamó.

—Niños, tenéis que estar entre bambalinas. Sobre todo tú, Emerald. Eres la primera.

—¡Vamos, Joney!

—Yo no me quedaré entre bambalinas —susurró él—. Quiero estar entre el público para ver a Raffy.

61

El salón de actos estaba llenándose y él vaciló, porque quería sentarse en la fila delantera, pero no quería que algún profesor le viera y le enviara entre bambalinas. Entonces vio a Saviour, sentado ya al final de la segunda fila, haciéndole gestos y señalando un asiento vacío que había junto a él.

—Aquí estás. ¿Dónde te habías metido?

—Estaba... —trató de responder mientras se sentaba—. ¿Raff está bien?

Saviour dijo que sí con la cabeza. Jonah observó el telón de terciopelo azul que habían colgado especialmente para el espectáculo. Estaba a punto de empezar. «¿Vas a venir, Mayo?». Se dio la vuelta y miró entre el público. Todos los asientos estaban ocupados, incluso había algunas personas de pie en la parte de atrás. Hacía mucho calor y la gente había empezado a abanicarse con los programas de mano. Agarró el programa que tenía Saviour en el regazo. Primero Emerald, haciendo claqué al ritmo de *Baby* de Justin Bieber, pero ¿dónde estaban Raff y Tameron? Los penúltimos. La última actuación era aquella en la que debía participar él: todo el coro de la escuela cantando *Starman* de David Bowie. A Saviour le encantaría, porque le encantaban todas las canciones de David Bowie. Habría querido que Emerald bailara claqué al ritmo de *Changes* y le había explicado la idea a su profesora de baile. «Pero me miró como si estuviera loco», había contado él. Lucy le había respondido con un gruñido, entre risas: «Saviour, ¡es que estás loco!». Pero ¿cuándo había sido eso? ¿Cuándo le había contado Saviour a Lucy su idea para el baile de claqué?

La señorita Watkins, que se había cambiado los pantalones cortos por una camisa y unos pantalones de vestir, subió los escalones y asomó la cabeza por entre la rendija del telón de terciopelo azul. Le hizo un gesto al señor Mann para que se acercara y este la siguió hasta el escenario. Las últimas personas que quedaban de pie fueron ocupando los asientos que permanecían libres. La conversación sobre claqué. Ahora se acordaba. Dora no estaba, y tampoco Emerald, o eso creía. No. Saviour había ido solo, con una caja de fresas muy pequeñas. Era cuando habían ayudado a Raff con el rap, en el patio de hormigón; Saviour tumbado sobre el cojín de pana mientras Lucy descorchaba una botella de vino.

La señorita Watkins se situó junto al equipo de sonido y el señor Mann se colocó frente al telón y esperó a que todos se callasen. Entonces habló durante un rato sobre el buen año que habían pasado y sobre lo talentosos que eran todos los niños. Mencionó el Día del Deporte y dijo que esperaba que el evento de los talentos no sufriera ninguna interrupción. Todos se rieron, aunque no fuese tan divertido. Saviour tenía preparada su cámara. En realidad, era de Dora; una verdadera cámara de vídeo. Se apagaron las luces y el telón de terciopelo azul se abrió muy lentamente. Y allí estaba Emerald, con su pose de baile mientras Justin Bieber cantaba «*Oh-oh-oh-oh-oh-oh ahh*» como un ángel electrónico.

Cuando empezaron las palabras, Emerald se puso a bailar al ritmo de la música. A Jonah no le gustaba mucho Justin Bieber, pero, mientras veía la cara y los pies ágiles de su amiga, sintió la tristeza de la canción y pensó en lo que sería desear besar a alguien y ser su novio. Algunos de los niños empezaron a cantar y, cuando Justin llegó al segundo verso, se notaba que todo el público estaba deseando inundar el salón de actos con el estribillo. «*Like Baby, Baby, Baby, oh!*».

«Me llamó cariño». ¿Por qué las personas que se acostaban juntas se llamaban «cariño»? Se imaginó a sí mismo de adolescente, llamando «cariño» a una chica. No a Emerald, aunque sí que le gustaba de verdad. Miró a Saviour, que había dejado de grabar. Estaba encorvado, mirando el escenario con las mejillas mojadas por las lágrimas. ¿Estaría llorando por Dora? ¿Por los doctores que rebuscaban en su cuerpo abierto mientras su hija de nueve años bailaba? Volvió a mirar por encima del hombro. «¿Vas a venir, Mayo?». Olfateó el aire, tratando de percibir de nuevo el olor a coco. Junto a él, Saviour se secó la cara. Jonah le puso la mano en la pierna. Él asintió y volvió a levantar la cámara.

Después de Emerald salió un saxofonista de quinto curso llamado Jake, acompañado de la señorita Watkins al piano. Era una pieza de *jazz* bastante larga que acompañaba al clima. Si Lucy estuviera allí, estaría tarareando en voz baja. Luego llegó la exhibición de gimnasia de las niñas de primero, y se imaginó a Lucy emocionada por lo monas que eran. Pero entonces salió un grupo enorme que tocaba la flauta dulce, y eso habría hecho que Lucy se quejara, porque los espectáculos de flauta dulce siempre duraban demasiado. Habría soltado un gruñido entre risas, igual que cuando Saviour le contó su idea del claqué con la canción de *Changes*. Las fresas estaban envueltas en papel de periódico mojado y parecían joyas rojas muy pequeñas. «¿Te apetece una copa de vino?», le había preguntado Lucy.

La señorita Watkins estaba de cara al público con el dedo en los labios, porque había mucha gente hablando y los flautistas estaban esperando para empezar con su último tema, que era *Greensleeves*. Jonah volvió a mirar a Saviour. Estaba consultando el programa de mano y después miró el reloj. «¿Te apetece una copa de vino?», le había preguntado ella con esa sonrisa deslumbrante.

¡Uf! Por fin terminaron los flautistas y se bajaron del escenario. Llegó entonces el turno de los violinistas, que fueron horribles, superdesafinados; Lucy se partiría de la risa y se metería los dedos en los oídos. Miró hacia atrás por tercera vez. ¿Llegaría justo a tiempo para ver a Raff y a Tameron, riéndose por la broma que les había gastado y por haberlo preocupado tanto? Siempre andaba tomando el pelo a la gente.

«¿Quieres que la pobre Emerald baile con la música de un octogenario?».

«¡Tiene sesenta y pocos años! Y además tenía treinta y tantos cuando grabó *Changes*».

«Pero nunca ha sido una estrella del pop clásica, no como el adorable Justin...».

«¿De qué estás hablando?». Saviour la había agarrado de las muñecas, fingiéndose furioso, y ella se había carcajeado.

Quedaban dos antes del número de Raff y Tameron. Los guitarristas lo hicieron bien, siempre lo hacían bien, y para su última canción salió Lola, de sexto curso, a cantar con ellos. Tenía una voz estupenda y cantó *Summertime*, que a Lucy le habría encantado. Después subió al escenario todo primero de Primaria a cantar *Frère Jacques*. Adorables, como habría dicho Lucy, pero él tenía el estómago revuelto, porque estaba a punto de llegar el momento.

Hubo una pausa larga cuando los de primero de Primaria abandonaron el escenario y todos entre el público empezaron a hablar. Saviour levantó la cámara de Dora, preparado para grabar. Jonah contempló el escenario vacío y se negó a volver a mirar hacia atrás. Por fin la señorita Watkins salió y se sentó al piano, y un chico de sexto curso llamado Izzy colocó lo que parecía ser un pequeño círculo de cartón en mitad del escenario, antes de sentarse a la batería. Salió después un grupo de niñas de segundo, cinco en total, guiadas por Diahan, vestidas todas con trajes de baño y gafas de sol. Llevaban pelotas de playa. El público se echó a reír porque eran realmente graciosas, contoneando el culo mientras lanzaban besos al aire. Entonces se colocaron en fila, Izzy comenzó a tocar un ritmo y la señorita Watkins tocó algunos acordes en el piano. Cuando el público quedó en silencio, se oyó que las niñas estaban murmurando algo. Jonah se inclinó hacia delante y se rodeó las orejas con las manos para oír mejor. Era el estribillo de Camber Sands.

Almeja apestosa, Uh uh, Almeja apestosa

Ahora se movían de un lado a otro y daban palmadas; era muy extraño y muy MUY divertido. Jonah miró a Saviour, que le devolvió la mirada, le guiñó un ojo y se acercó la cámara a la cara.

Fue un gran preámbulo. Las palmadas se hicieron cada vez más fuertes, los espectadores se unieron también y algunos comenzaron a cantar. La señora Blakeston y Christine recorrían los pasillos entregando hojas de papel impresas, y, cuando a Jonah le dieron la suya, vio que era la letra de lo que estaban a punto de escuchar.

Cuando Raff y Tameron por fin salieron al escenario, explotó una sonora carcajada generalizada. Tameron llevaba gafas de sol y Raff su sombrero de fieltro, y ambos llevaban los pantalones tan caídos que se les veían los calzoncillos. Caminaron encorvados durante un rato, haciendo movimientos con los hombros y con las manos, y después, cuando el público se hubo calmado, Raff se acercó a un micrófono.

Me levanto temprano y meto el pan en la tostadora

Lucy y Jonah lo habían oído muchas veces ya, pero por fin estaba allí...

Voy a comerme el mundo y brilla el sol a esta hora

«Es Raffy, Mayo! ¡Mi hermano Raffy!». ¿Por qué no estaba ella allí? Se inclinó de nuevo hacia delante, lleno de orgullo y de tristeza.

Mis colegas y yo a la playa nos piramos
En el bus de dos pisos muy gorda la liamos

Raff miró a las niñas, les hizo un gesto y ellas colocaron las manos en unos volantes imaginarios mientras cantaban. Tameron y él chocaron las manos y llegó entonces el turno de Tameron en el micrófono.

El bus corre, ¡tío! ¡Parece un Ferrari!

Las niñas empezaron a dar vueltas por el escenario, haciendo sonar el claxon.

Pero el viejo conductor, narizón y gruñón

Raff se acercó tambaleándose al micrófono, doblado hacia delante, como si caminara con un bastón.

Va y nos dice

Tameron retrocedió y Raff agarró de nuevo el micrófono para encarnar al viejo y malhumorado conductor del autobús.

Ni comer, ni beber, ni vomitar
Controlad a esos niños

—Y la profe dice —dijo Tameron.
—¡Estoy en ello! —gritó Diahan, y se produjo un breve estallido de aplausos. Jonah dio la vuelta a la hoja de papel. En la otra cara figuraba una breve explicación de la canción.

332

*El rap de Raphael y Tameron está inspirado en la excur-
sión del grupo de segundo a Camber Sands en junio. Creo
que estarán de acuerdo con que se trata de un relato colori-
do e imaginativo que rememora un día muy especial.*

Busco a mi alrededor los acantilados de Dover
Pero entonces me fijo en algo y me agacho para ver

¡Esa rima era suya! Del principio, cuando Raff había empezado a escribirla, justo después de la excursión. Vio que Raff se aga-
chaba y recogía el círculo de cartón, que se suponía que era una
almeja, por supuesto.

Una almeja entera, bien cerrada como esta
La criatura de dentro se está echando la siesta

No se acordaba de esa parte. Aunque, claro, Tameron había
escrito gran parte de la canción. En ese momento, le quitó la almeja de cartón a Raff.

En mi mano encaja como un móvil para llamar
Me la acerco a la nariz y me echo a llorar

Todas las niñas se echaron a llorar y Diahan gritó:

Hay una criatura en la almeja
¡Y parece que se queja!

El público volvió a reírse. Jonah siguió leyendo la explicación
del papel.

*La idea fue de los chicos y ellos mismos se inventaron la
canción, aunque les ayudó algún amigo.*

A Saviour se le daba bien inventarse rimas. Volvió a mirarlo. Seguía grabando y articulando las palabras con la boca.

Dame mi Almeja apestosa, por favor, no se la van a llevar
Seño, mi criatura te enseño, y me la quiero quedar

«Seño, mi criatura te enseño». Esa rima era de Lucy. Muy buena.

Tameron quiere dar las gracias a Tyreese, Talcott, Theo-dore y DaMarco...

Sus hermanos. «Así que los nombres de todos los hermanos empiezan por T, salvo DaMarco». Lucy había comentado aquello hacía mucho tiempo, en una conversación sobre los hijos de los Thompson. «¿Crees que a DaMarco le importará?».

Se la enseño a mi madre y empieza a rebuznar
Dice que la almeja apesta y que la tengo que tirar

Había algunas personas más a las que Tameron quería dar las gracias: Anthony, que era su padre, y alguien llamada Reubina. Jonah se fijó en la siguiente línea.

Raphael quiere dar las gracias a Jonah, Lucy...

¿Por qué habrían escrito el nombre completo de Raff? ¿Se lo habría pedido él? Casi nunca le llamaban Raphael. Había un ter-cer nombre después del de Lucy, un nombre francés. Aparecía un chico con ese nombre en el libro que Madame Loiseau les había leído en segundo.

Uh-uh, Almeja apestosa...

Llegaban a la parte que daba miedo, la parte en la que la almeja se abre. Miró hacia el escenario. Tameron y Raff habían empezado a cantar juntos, en voz más baja, y el ritmo había cambiado un poco mientras avanzaban hacia el terrible clímax.

> Me tumbo en la cama con la almeja en la almohada
> Lo que dijo mi madre no me sirve de nada
> Pero al cerrar los ojos la luna se decide a salir

—¡Ahh! ¡Uhhh! —gritaron las niñas.

Saviour había bajado la cámara. ¿Por qué? Porque estaba llorando otra vez, y lloraba mucho. ¿Lloraría de felicidad o de tristeza? ¿Se acordaría de cuando estuvo tumbado en el cojín de pana inventándose todas esas rimas? Él volvió a mirar el programa de mano. «Jonah, Lucy y Xavier». Se quedó mirando el nombre y recordó cómo lo pronunciaba Madame Loiseau.

> Abro los ojos y la luz me ciega
> Miro a la Almeja apestosa y su olor se me pega
> No me lo puedo creer, se ha empezado a romper

«Xavier». Pero la X se pronunciaba como una Z. Zavier. Zavee-eh.

> Un fantasma de gelatina rezuma la almeja esta
> Me tapo la nariz de tanto como apesta
> ¡Ohh! ¡Almeja apestosa, a mi profe debí haber escuchado!
> ¡Ohh! ¡Almeja apestosa, en la playa haberte dejado!

Era el punto culminante y Raff y Tameron estaban gritando como locos, y las niñas se habían puesto las gafas de sol en la cabeza para mostrar su mirada horrorizada.

Corro por la casa y esa criatura apestosa me empieza a seguir
Salgo a la calle y me pongo a dar voces sin saber dónde ir

Aquella última parte había sido idea de Saviour. Jonah le dio un toque en el brazo, él se secó la cara y miró el nombre que estaba señalándole sobre el papel.

Sálvame de ese fantasma viscoso y apestoso
¡Sálvame de la criatura, porque su olor se ha vuelto asqueroso!

—¿Quién es ese?

Saviour frunció el ceño sin entender.

—Xavier. —Jonah lo pronunció con cuidado, como lo había hecho Madame Loiseau.

Saviour devolvió la mirada al escenario, así que volvió a darle un toque en el brazo.

—¿Quién es Xavier, Saviour?

62

Fue como recordar de pronto un sueño, un sueño que no podía creer que hubiera olvidado; todas esas miradas de ilusión, y sus manos, siempre tocándose. Cuando terminó el rap y comenzaron los aplausos, los recuerdos se le agolparon en la cabeza. El vestido rojo de Lucy, el olor de las tartaletas de frutas, la voz de él diciendo «Lucy, cariño»; y en verano, las campanillas; sí, él le regaló un ramo de campanillas y ella las aceptó con un brillo en la mirada. Los aplausos sonaban con fuerza y entonces oyó a Xavier Martin gritar «*Encore!*», que era una palabra francesa para decir «otra». Francesa como su nombre. Xavier, en su puerta, con la caja de fresas, aceptando entrar a tomar una copa de vino. Qué alivio: sentir que la casa se llenaba de pronto con la felicidad de Lucy. La gente estaba poniéndose en pie y él bajaba y bajaba cada vez más, por debajo de los aplausos.

—Por eso Dora dejó de venir —susurró—. Por eso dejaste de ser amiga de ella, Lucy. —Pero Lucy no estaba allí.

Miró hacia el escenario, donde Raff, Tameron y las chicas permanecían en fila, y Raff estaba mordiéndose los carrillos para evitar sonreír. Algunas personas se habían sentado, pero muchas seguían de pie, incluido Xavier Martin. Los aplausos continuaban y alguien en la parte de atrás lanzó un silbido. La señorita Watkins e Izzy salieron también al escenario. Cuando Jonah se bajó de su asiento, la hoja de papel con la letra de Camber Sands resbaló de su regazo y cayó al suelo sin hacer ruido.

En el patio se estaba bien, el aire era fresco y olía a limpio. Entró en su clase a por la mochila y captó, en el aula vacía, la esencia de agua de rosas de la señorita Swann. Mientras atravesaba el patio, oyó el comienzo de *Starman*, esos primeros acordes, y las niñas de sexto cantando *Goodbye love* con voces fantasmales. Le pesaba la mochila porque llevaba dentro el diario de Lucy, así que se la colgó al hombro mientras atravesaba la verja del colegio. No sabía qué hora era y cada vez había menos luz, como decía la canción... Se imaginó las filas de niños en el escenario, con los «Oh, oh, oh» que salían de sus bocas en forma de O. Ya no oía la canción, pero la melodía continuaba en su cabeza y fue tarareándola durante el camino.

La casa parecía muy ordenada y más silenciosa incluso que la calle. Sin dejar de tararear, entró en la sala de estar y miró hacia el otro lado de la calle. Leonie estaba frente a su tienda, fumando pensativa, sujetándose el codo con la otra mano. Al mirarla, pensó en Lucy cuando se fue a ver a Felix Curtis el Sábado del Enfado, montada en su bicicleta dorada, con sus zapatos brillantes. Se preguntó por qué tendría tantas ganas de acostarse con él, por qué no podría tener sexo con Roland, y dejó de tararear, tratando de entender esa parte de ella, la parte de ella que era Lucy, no Mayo; tratando de oír y de sentir la voz silenciosa de su cabeza.

Leonie volvió a entrar y él se fue a la cocina y se sentó a la mesa, limpia y vacía. Recordó a Saviour —Xavier— limpiando y tirando la botella de vino, y que él no quería que encontrase el teléfono rojo. Entonces recordó la primera vez que lo vieron, en el patio, con Emerald de la mano; su ropa desaliñada, su sonrisa amable y la sinceridad de su mirada.

—Nos cayó bien de inmediato, ¿verdad, Mayo? —susurró.

Miró el patio de hormigón a través de la ventana. Las malas hierbas con flores amarillas se habían multiplicado y las plantas de los maceteros también estaban creciendo. Al fijarse en el delfinio, de pronto pensó en Dylan; Dylan en su jaula, saliendo muy despacio para entrar en el inmenso jardín de los Martin.

—Fue hace solo unas semanas, ¿verdad? —murmuró—. Pero hacía frío. —Se rodeó con los brazos. «Ya estabas embarazada». Frío y sol, y la hierba verde y mojada. Lucy callada y tiritando. Dora sin parar de hablar mientras Xavier sacaba la bandeja del té y la chaqueta de punto gris.

Dora no paraba de hablar mientras él le ponía la chaqueta a Lucy sobre los hombros; hablaba sobre los conejos. Elsie se había quedado quieta, mirando a Dylan, que había empezado a dar saltos y a olisquearlo todo. «¡Oh, están hechos el uno para el otro!», había exclamado Dora. «¿A que son preciosos? ¡Tendrán unas crías muy bonitas!». Y él había girado la cabeza y los había visto, a Lucy Mwembe y a Xavier Martin, mirándose el uno al otro.

Descruzó los brazos, apoyó la cabeza en la mesa y se preguntó si el bebé renacuajo habría sido niño o niña. Después sacó el diario y el teléfono rojo de la mochila y los dejó uno junto al otro. Se quedó mirándolos durante un rato, después abrió el diario y encontró la página que había ojeado en clase.

Quiero contarle a alguien lo de hoy. Pero ¿a quién? No queda nadie. Solo un vacío. Estaba lloviendo y me he empapado, y la recepcionista se ha reído al verme. ¿No tiene paraguas? Le he dicho que mis hijos se lo habían llevado al colegio. Me ha gustado mencionar a mis hijos, para que supiera que tengo hijos de verdad, vivos. De todas formas, he tenido que quitarme la ropa mojada, porque querían que me pusiera una bata de nailon. De color verde oscuro con un ribete blanco y un cordón a un lado.

Sin embargo, sí que ha pasado a recogerme. Yo estaba medio dormida, temblando. No podía hablar. La estancia llena de actividad, los monitores, los instrumentos metálicos, el ruido. Las lágrimas que resbalaban por mis sienes hasta

metérseme en los oídos. Me ha llevado a casa, pero no podía
quedarse. Me ha dicho que volvería más tarde.

Eso es lo que dice. Y entonces yo le espero.

Se lo va a contar. Eso es lo que me ha dicho. Dice que solo te-
nemos que quitarnos de encima ese pequeño trámite. Pero ya no
sé si creerlo. Quiero que venga y me abrace, y me diga que él
también se siente triste por lo de nuestro bebé. Entonces no quie-
ro que venga, nunca, porque no quiero oír lo que creo que diría.

Jonah parpadeó, se secó los ojos y volvió a mirar hacia el patio,
pensando en la máquina de succión, en lo que podría ocurrirle a
una cosa que todavía no había nacido. ¿Crecería aun así hasta convertirse en una persona, en el cielo o donde fuera, o sería para siempre un renacuajo, ciego y mudo? *There's a Staar-maan!!* Se imaginó
que el bebé se convertía en una persona Estrella, luminosa y sola, que
deseaba conocer a sus hermanos terrestres.

Había algunas frases más escritas al final de la página. Volvió
a secarse los ojos.

Dora aparece entre mis pensamientos, como una especie
de muñeco sorpresa que surge de golpe.
«Acribillada por el cáncer».
Mi querida amiga. Si no fuera por todo esto, habría cui-
dado de ti, D. Me habría sentado junto a tu cama y te habría
acariciado el pelo.

Jonah advirtió un movimiento por el rabillo del ojo. Cerró el
diario, volvió a mirar por la ventana y vio al Hombre Andrajoso.
Estaba sentado en lo alto del muro, mirándolo. Cuando se puso
en pie, le hizo un gesto para que se acercara y desapareció por detrás del muro.

63

Al salir al patio, olió la humedad del cojín de pana. El hueco estaba allí y se quedó mirando su forma, la forma que ella había dejado atrás. Mientras lo miraba, el hueco comenzó a volverse algo vivo, parecía devolverle la mirada, como si supiera el miedo que tenía. «El miedo es como un imán». Levantó la mirada hacia la pared, hacia el lugar donde había estado el Hombre Andrajoso. «Puede hacer que sucedan cosas malas... Las atrae hacia ti, como limaduras de hierro». Giró la cabeza y miró hacia la cocina, donde había estado sentado. Vio el teléfono móvil sobre la mesa y el diario cerrado, con todas esas palabras dentro. Volvió a levantar la mirada y sintió que la Casa Rota lo absorbía.

Ayudándose de la bicicleta dorada, trepó por la pared y se sentó en lo alto contemplando el enorme agujero que antes era una ventana. El Hombre Andrajoso ya debía de haber entrado. Se miró las piernas. Tenía bastantes arañazos provocados por las zarzas. «Quiero a mi mami». Eso era lo que decían los niños pequeños cuando se hacían daño. Se llevó la mano a la tripa, sintió a la criatura y miró hacia el agujero.

«No puedo, Mayo». Se imaginó su cara, pero solo un segundo. «Estoy demasiado cansado». Incluso aunque lograra bajarse de la pared, tenía las piernas demasiado débiles para entrar en la Casa Rota. Con un nudo en el estómago, miró de nuevo hacia su patio.

Y luego otra vez al agujero, que era como la entrada a una cueva, y entonces volvió a verlos, a sus tres tíos de Zambia, que se asomaban para mirarlo. Tenían la cara parecida a la de Lucy, porque eran sus hermanos: los hermanos de los que había cuidado cuando murió su madre. Estaban esperándolo, así que, con un arrebato de valentía, saltó de la pared, pero el aterrizaje le hizo tambalearse y provocó mucho ruido. Se quedó helado y miró hacia el agujero, que era solo un agujero, sin tíos. Se acercó de puntillas y se asomó a la oscuridad, que olía a polvo, a pájaros y a zorros. Volvió a mirar hacia atrás, hacia el muro, y el cielo azul que se extendía sobre su cabeza. Entonces puso las manos donde antes estaba el alféizar de la ventana, se subió y se dejó caer sobre los escombros.

Estaba a oscuras y hacía bastante frío. Percibió otro olor, muy ligero, pero hizo que se le acelerase el corazón, porque era incienso. Miró a su alrededor en busca del Hombre Andrajoso, que era real, no como sus tíos, pero estaba demasiado oscuro, no se veía gran cosa. Se quedó quieto hasta que pudo ver mejor y entonces comenzó a caminar sobre los escombros, acordándose de haber ido desde la otra dirección con Raff ese mismo lunes. Se alegraba de que Raffy no estuviera con él. Ahora veía mejor y la estancia parecía vacía, pero tenía la sensación de que alguien lo observaba. «Respira». Sí, se le había olvidado respirar. Trató de tomar aire, pero le costaba. Contempló la casita infantil y se preguntó si el Hombre Andrajoso estaría allí. No, era demasiado grande para caber por esa puerta tan pequeña. Empezó a caminar de nuevo; notaba los escombros duros a través de las suelas de los zapatos, y el aire frío hacía que le escocieran los arañazos de las piernas. «Respira». Respiró y empezó a oír en su cabeza el estribillo de *Starman*, muy bajito. Sus ojos se habían acostumbrado lo suficiente a la oscuridad como para permitirle ver los objetos mezclados con los escombros. Vio el tablero de Monopoly y la pelota de pimpón, el tren de juguete y el muñeco de un solo brazo. Advirtió que, además de tener solo un brazo, tenía parte de la cabeza aplastada. «Como Felix Curtis». Estaba también la cama, esa cama tan extraña, tan limpia y ordenada, con el colchón, las sábanas y las mantas. Tal vez el Hombre Andrajoso estuviera tumbado debajo, observándolo. «Dos sillas viejas y medio cabo de vela...». Recordó cómo su madre les leía esas palabras, con esa suavidad en la voz. Oyó de nuevo a las palomas, porque estaba ya casi debajo del agujero del tejado, con la luz que entraba a través de él; y vio la alfombra, esa vieja alfombra llena de bultos, con el estampado de ceros y cruces. Había pasado por encima el lunes de esa misma semana.

Se detuvo y olfateó el incienso, como había olfateado el coco.

—¿Estás aquí, Mayo? —susurró. No le apetecía llamarla Lucy. Buscó con la mirada al Hombre Andrajoso, más despacio y con más atención esta vez, deteniéndose en cada rincón; pero, o estaba escondido debajo de la cama, o se había ido a la entrada o a la cocina, o quizá al piso de arriba. Miró hacia arriba. Estaba situado en el lugar justo para ver el rectángulo de cielo, bordeado de pájaros, cuyas colas ribeteaban el azul—. Es como una piscina —susurró. «Podríamos zambullirnos en ella. ¿Verdad, Mayo?».

Entonces los ojos se le llenaron de lágrimas, y las lágrimas resbalaron por su cara, porque la extrañaba mucho. Pero entonces oyó un ruido procedente de arriba y el miedo detuvo el llanto.

—¿Mayo? —Miró hacia arriba. Aunque tal vez fuese el Hombre Andrajoso, que lo observaba a través de un agujero en la pared. Se quedó muy quieto, como una estatua, con el cuello doblado, atento a cualquier sonido. Solo oía a las palomas; pasado un rato, estiró el cuello y miró de nuevo a su alrededor. Estaba la cama. Y la casita infantil. Y ese trozo de tubería de hormigón por la que solía arrastrarse, pero ella era demasiado grande. Y, en la pared, el agujero de luz, el agujero por el que había entrado desde el mundo exterior. Se estremeció y pasó por encima de la alfombra.

Estaba muy sucia, pero aún se veía el estampado. Había líneas que se cruzaban unas encima de otras, formando cuadrados, y dentro de esos cuadrados había otras formas: círculos, cruces y coronas.

Unas eran rojas y otras negras, y de hecho era más un tablero de ajedrez que simples ceros y cruces. Mientras estudiaba los dibujos, se metió las manos en los bolsillos y palpó el fajo de dinero de la carrera de caballos.

—Hemos ganado este dinero gracias a ti, que eres muy lista —susurró—. ¿Verdad, Mayo?

Se agachó y levantó una de las esquinas de la alfombra. Estaba pegajosa y la parte de abajo era como de goma, y además pesaba mucho. Necesitó ambas manos para levantar la esquina lo suficiente para retirarla. Se tambaleó un poco y recuperó el equilibrio antes de mirar hacia abajo. No había logrado quitar gran parte de la alfombra y, además, estaba empezando a desenrollarse de nuevo para volver a cubrir lo que había destapado. Pero, antes de eso, le dio tiempo a ver el pie.

64

Se quedó muy quieto. Durante aquel breve instante, había visto que el pie tenía las uñas rojas y anillos dorados. Pensó en los pies de Lucy con sus zuecos, y con los zapatos brillantes de tacón alto, y en sus pies descalzos, caminando por la casa. Entonces recordó la luz del sol el lunes por la mañana, sus propios pies enredados en la sábana; su sueño, los pájaros gritones y la hora en el reloj; las 4.37.

Se quedó así durante largo rato, viendo como las imágenes aparecían y se evaporaban en su cabeza. El Lido, el domingo, los pies de Lucy colgando en el agua; no entró al agua y él se había preguntado por qué. Mucho antes, cuando era muy pequeño, sentado en un arenero, le había enterrado los pies. Eran unos pies fuertes y marrones con anillos dorados en los dedos. Aunque por entonces tenía las uñas moradas. Las vacaciones en Francia, sus pies recorriendo el borde de la piscina, rescatando a los insectos con la red. «¡Qué agradable es poder alejarse de todo!». La voz falsa y alegre de Dora y el rostro taciturno de Lucy, sus labios apretados, sus ojos entornados como la rendija del correo.

«¡Qué agradable es poder alejarse de todo!». Las imágenes se habían esfumado y solo quedaban esas palabras en su cabeza. Pasado un rato, decidió que debía intentar levantar la alfombra de nuevo, pero no con las manos, porque no quería tocar el pie por accidente. Miró a su alrededor. Ya veía bastante bien en la penumbra, así que no tardó en encontrar lo que estaba buscando. Un palo, que era más bien un trozo de madera, todo astillado, con clavos. Dio media vuelta y metió el palo por debajo de la esquina de la alfombra. Fue complicado, porque la alfombra resbalaba por la madera, pero entonces la goma se enganchó en uno de los clavos y, empleando toda la fuerza de sus bíceps, consiguió levantarla para volver a ver el pie.

Sí, los anillos dorados y las uñas rojas, pero lo habría reconocido sin eso, porque un pie es tan particular como una cara. Entonces sus brazos no aguantaron más y soltó el palo. La alfombra volvió a cubrir el pie. «Mayo». Se agachó y se preguntó si le quedaría algo de vida. ¿La suficiente para encender el incienso? Quemaban incienso en los funerales. Quizá hubiera estado preparándolo todo.

Miró a su alrededor. Cuando volvió a fijarse en su forma, le pareció muy pequeña y plana. «¡Estás muy bien escondida, Mayo!». Recordó su juego del escondite, hacía ya mucho tiempo. ¿Raff había nacido entonces? Se turnaban para contar y él siempre se escondía bajo la cama, y ella lo buscaba por toda la casa. Todo había quedado en silencio. Miró de nuevo a su alrededor y se preguntó por el Hombre Andrajoso. «¿Dónde te has metido, Hombre Andrajoso? ¿También te has escondido?». Giró lentamente sobre sus pies, mirando con atención, hasta que sus ojos regresaron a la alfombra. «¿Estabas jugando con el Hombre Andrajoso, Mayo?». Se la imaginó contando, con las manos en los ojos antes de decir: «¡Voy!». La criatura en su interior se había despertado, miraba en la oscuridad; entonces se agitó y, de su propia boca, salió un sonido que nunca había oído. «Mayo». No había querido acercarse al pie, pero ahora, como el anhelo era insoportable, se preguntó si podría arrastrarse por debajo de la alfombra para acurrucarse junto a ella. Aunque no estuviese viva, seguiría siendo su cuerpo; seguiría siendo su Mayo.

Se puso a cuatro patas e intentó avanzar, como un bebé que intenta gatear. Entonces se tumbó de lado sobre la porquería y se hizo un ovillo. Notó que la criatura se movía, intentando darse la vuelta en ese espacio tan pequeño, pero no podía, porque estaba expandiéndose; no era una lombriz, ni una foca, sino algo más extraño, una de esas criaturas prehistóricas. Y era peligrosa. No malvada, ¿cómo iba a ser malvada? Solo tenía unos pocos días de vida, no conocía nada, solo la oscuridad, pero aun así era peligrosa, porque, si se lo permitía, se apoderaría no solo de su cuerpo, sino también de su mente. Tenía que lograr que volviera a dormirse. No podía seguir creciendo y no debía abrir la boca, no debía aprender a gritar. «Shhh». Se llevó las manos a la tripa. Era como si pudiera verla, ver su cara antigua de recién nacido, esos rasgos sin formar, esos ojos ciegos. «Shhh». Formaba parte de él, pero, si le daba voz, sería entonces su voz y el antiguo Jonah quedaría absorbido.

Entonces oyó a alguien saltar desde la pared del jardín.

Se puso rígido, pero se quedó quieto, acurrucado sobre los escombros. La persona venía sin aliento, jadeaba, y se imaginó su cara al detenerse y contemplar el agujero de la pared. Luego percibió que la silueta de la persona bloqueaba la luz del sol; más que advertir la diferencia con los ojos, la sintió. Un gruñido y el impacto al aterrizar sobre los escombros. Y entonces esa respiración sibilante, con él, en la Casa Rota.

65

—Jonah, colega. —Su voz con acento *cockney* sonaba terrible y entrecortada. Se inclinó sobre él y trató de tomarlo en brazos, pero Jonah se ovilló con más fuerza y se pegó al suelo para resistirse. Xavier dejó de intentarlo y soltó un suspiro largo y débil. Se sentó a su lado, entre quejidos y gruñidos, y le puso la mano en la espalda—. Jonah, colega —repitió.

«Jonah, colega. ¿Cómo va eso?». Le había guiñado el ojo y habían chocado la mano. Hacía tanto de aquello: en el patio, el lunes por la mañana.

—Jonah, tengo que sacarte de aquí.

—¿Por qué? —Su propia voz sonaba somnolienta, pequeña y lejana, pero a la vez clara y despierta.

—Porque... —Xavier giró la cabeza y miró a su alrededor—. Este no es lugar para ti, Joney.

—¿Por qué no es el lugar? —Qué voz tan extraña la que le salía de dentro, tan débil y a la vez tan clara, como si fuera un niño fantasma, o como si la voz llegara desde otro planeta.

—Porque... —Xavier hizo una pausa y Jonah sintió una especie de pánico que le salía de dentro y se dio cuenta de que Xavier también tenía una criatura. Pero entonces volvió a ponerse en pie y, con una voz firme y adulta, le dijo—: Vamos. —Se agachó e intentó tirar de él otra vez, pero se zafó de sus manos.

—No. —Se había dado la vuelta hasta quedar tumbado casi junto a ella, con las rodillas y las manos sobre el borde de la alfombra—. Quiero quedarme aquí. —Por el rabillo del ojo veía el rectángulo de cielo—. Quiero quedarme con Mayo. —Ahora su voz sonaba como la voz infantil de Raff, aguda y temblorosa.

—Colega, por favor. —Esta vez Xavier sí que logró levantarlo y se tambaleó con él durante unos pasos, antes de que Jonah se resbalara entre sus brazos.

—No. Me quedo con Mayo. —Se agachó y agarró el borde de la alfombra, pero estaba pegajoso y asqueroso. Lo soltó y se limpió las manos en el suelo—. No pienso dejarla sola —declaró mientras se sentaba.

—Jonah, no está... —Xavier suspiró quejumbroso—. ¡No está aquí, colega! ¡No lo entiendes! ¡No es ella!

«¡No eres tú!». El corazón se le aceleró, aleteando como un pájaro. Era todo mentira, ¡una broma!

—Entonces ¿dónde está? —Se dio la vuelta para mirar a Xavier.

—Lo que quiero decir es que... —Xavier se tapó la cara con las manos y el alegre pajarillo de su corazón cayó al suelo como una piedra. «Quiere decir que no estás en tu cuerpo. Quiere decir que tu cuerpo solo es tu ropa usada». Un arrebato salvaje se apoderó de él, se puso en pie y empezó a retroceder mientras gritaba su nombre. En su arrebato vio a Xavier, frente a él, gritando también, intentando hacer que se callara. Pero se rindió y se tapó los oídos con las manos.

—¡Mayo! —Jonah se dio la vuelta y gritó hacia el bulto que había bajo la alfombra, porque tenía que salir, tenía que estar viva... Hasta que sus gritos se convirtieron en sollozos y volvió a caer al suelo de rodillas.

—Ya basta, colega. —Esta vez, cuando Xavier lo levantó, le aprisionó con fuerza los brazos—. Ya es suficiente por ahora, ¿de acuerdo? No estará sola durante mucho tiempo. La policía vendrá y... cuidará de ella. Ellos se la llevarán.

—¡No! —Se resistió con todas sus fuerzas. «No permitiré que te lleven, Mayo». Ahora que la había encontrado, no volvería a perderla. Pero Xavier lo tenía apretado con tanta fuerza que al final se cansó y, sin parar de llorar, se quedó inerte, desesperanzado. Xavier se lo echó al hombro y empezó a llevarlo hacia el agujero de la pared, pero no veía por dónde pisaba y perdía el equilibrio constantemente. Al llegar a la casita infantil, trastabilló y cayó hacia atrás, de culo. Jonah aprovechó para alejarse y Xavier se quedó en el suelo, gimoteando. Él miró de nuevo hacia la alfombra. Un haz de luz nublada y brillante entraba desde el agujero del tejado y se proyectaba sobre la forma de su cuerpo. Se quedó quieto, mirando, tembloroso. «¿Eres un fantasma, Mayo?». ¿La vería ascender hacia la piscina del cielo, atravesarla y subir hasta el lugar donde estaban reunidos los dioses con sus togas? «No te vayas. Tienes que quedarte». Podría ser como los fantasmas del banco, Olive Sage y Hilda Jenkins, y la pequeña Kumari; podría quedarse y esperarlos a Raffy y a él, y se marcharían juntos, de la mano.

—Jonah. —Xavier había conseguido levantarse—. No perdamos los nervios, colega. Solo durante un rato, ¿de acuerdo?

Jonah contempló la casita infantil. Era una casa muy bonita, con un pequeño porche y una barandilla. Tenía cortinas en las ventanas y una aldaba en la puerta delantera. La puerta estaba entreabierta, así que se arrodilló y la empujó.

—Colega, no entres ahí.

Al colarse a rastras por la puerta, su cara se encontró con un manto de telas de araña. Se detuvo y se las quitó de encima. Después siguió avanzando, palpando con las manos el suelo polvoriento para ver lo que había. Cosas de plástico. Juguetes. Fue tocándolo todo con los dedos; una tetera y una taza, y lo que debía de ser un plátano. Algo más grande, también de plástico, algo que hacía un poco de ruido al tocarlo. Lo echó a un lado para poder entrar del todo, se dio la vuelta y cerró la puerta.

«Qué agradable es poder alejarse de todo». Aunque en realidad no era más que una caja, una caja de madera, metida entre los escombros. Sobre su cabeza, el tejado tenía una grieta y, a través de ella, vio las vigas de la Casa Rota. Una casa rota dentro de otra casa rota. Como una muñeca rusa. Las dos ventanas eran cuadrados vacíos, pero tenían sus cortinitas a cuadros, colgadas de unos ganchos. Retiró la cortina de la ventana de atrás y notó los insectos que correteaban por la tela y por su mano. Ahora entraba más luz en la casita y alcanzaba a ver la tubería de hormigón y el otro extremo de la habitación, donde estaba el agujero de la pared. Se puso en el regazo el objeto que hacía ruido y sonrió para sus adentros al comprobar que era una de esas cajas registradoras de plástico que imitaban a las que se utilizaban en las tiendas antiguas. «¿Te acuerdas, Mayo?». Había una en la guardería a la que le llevaba de pequeño. Le había enseñado a pulsar las teclas para que saltaran los números y también el botón que hacía que se abriera el cajón del dinero.

Xavier estaba arañando la puerta. Jonah empujó con los pies para mantenerla cerrada, soltó la caja registradora y se aferró a los alféizares de las ventanas. Mientras escuchaba la respiración de Xavier, que sonaba como una sierra al cortar la madera, recordó el dibujo del libro *Alicia en el país de las maravillas*: Alicia había crecido demasiado tras beberse el brebaje de la botella.

—Yo no la he matado, Jonah.

Xavier tenía la cabeza al otro lado de la cortina de la ventana delantera. Jonah soltó los alféizares y, con los codos encogidos, puso los dedos sobre las teclas de la caja registradora. Notaba que había dinero de plástico en el cajón y le dieron ganas de abrirlo.

—Jonah, tienes que escucharme, porque va a venir la policía y puede que no tenga otra oportunidad.

Deslizó los dedos por las teclas. Si pulsaba el uno, ¿se oiría un ring? Oyó la respiración acelerada de Xavier y pensó de nuevo que debía de tener su propia criatura dentro.

—Yo no he matado a tu madre, Jonah. —Su voz sonaba muy temblorosa—. Pero es posible que la gente crea que sí. Solo quiero que Raff y tú sepáis la verdad.

Frunció el ceño y pensó en el hecho de que Xavier no la hubiera matado. Se acordó de la tía de Shahana, el fantasma asesinado, con un cuchillo clavado, y apretó con fuerza una de las teclas. Un ring y un ligero clic cuando el número saltó.

—¿Qué ha sido eso? ¿Qué estás haciendo? —Xavier había colocado la mano en la cortina. La levantó y, al ver su cara enorme intentando asomarse, a Jonah casi le entró la risa.

—¿Qué te ha parecido *Starman*? —le preguntó, con su voz clara y lejana, y una sensación de adormecimiento y ligereza.

—¿Qué? —La cara de Xavier desapareció. Le oyó moverse sobre las piedras, que debían de estar clavándosele en las rodillas—. No me he quedado a escucharla. He venido a buscarte.

—Ah.

—Salí corriendo a la calle —le dijo—. Pero no estabas. Así que volví y registré el patio del colegio.

«*There's a Staar-maan!*». Un salto de octava, igual que *Somewhere over the rainbow*.

—No sabía que tu nombre fuera francés —le dijo.

—No había razón para que tuvieras que saberlo. —Parecía como si Xavier estuviese jugando con las piedras, agarrándolas y dejándolas caer desde su mano—. Mi verdadera madre era francesa. Ella lo pronunciaba de forma diferente.

—Za-vee-eh. Como lo decía Madame Loiseau.

—Eso es —confirmó Xavier.

—¿Por qué te lo cambiaste?

—No me lo cambié yo. Fue mi familia inglesa. No sabían cómo lo pronunciaban los franceses.

Jonah escuchaba las piedras que caían de la mano de Xavier, pensando en la fotografía del muchacho de pelo rizado y ojos tristes que había colgada en el recibidor de los Martin.

—¿Y por qué tu verdadera madre te entregó a una familia inglesa?

—No lo hizo. —Hubo un momento de silencio—. Ella no quería que me fuera, pero vinieron a por mí.

Jonah pulsó otra tecla y saltó el número. Xavier guardó silencio.

—Pero ¿por qué fueron a por ti? —le preguntó. Oyó de nuevo las piedras y se las imaginó cayendo una a una de la mano de Xavier.

—Ella solía dejarme solo —le explicó pasados unos segundos.

—¿Y ellos pensaban que no debería? ¿Pensaban que era irresponsable por su parte? —Apretó otra tecla.

—Sí. A veces me dejaba solo durante mucho tiempo.

Pensó en el pequeño Xavier, solo en una cocina desordenada. Apoyó la cabeza contra la pared de la casita infantil y volvió a acordarse del lunes por la mañana. Saviour y Emerald, abrazados en el patio de infantil. Saviour levantando la mirada. Era agotador pensar en todo eso, pero lo hizo, retrocedió hasta el principio: los pájaros piando, la cama vacía, el agua de la bañera, la puerta abierta; el zorro, de pie sobre la camioneta blanca y sucia; el mango y la botella de vino, y todas esas hormigas, y aquel destello rojo, en el macetero de fuera.

—Los mensajes que envié.

—¿Qué?

Frunció el ceño al intentar recordarlo.

—Cuando me hice pasar por Mayo... Lucy. Debiste de pensar que... —Se detuvo. ¿Qué había pensado él? ¿Qué sabía entonces? Era agotador, como una partida de ajedrez, pero hacia atrás.

—Sabía que erais Raff y tú. —Xavier volvió a retirar la cortina y se asomó de nuevo. Se detuvo y volvió a dejar la cortina en su lugar—. Sabía que ella había muerto. —Emitió otro sonido horrible, como un animal, y luego susurró—: Y que Raff y tú estabais solos.

—Entonces debes de ser un hombre malo. —Lo dijo con extrañeza más que con enfado, pero entonces Xavier dejó escapar otro quejido horrible y gutural. Pensó en Roland, que era un buen hombre que había hecho algo malo, y en Felix Curtis: bueno, era difícil saberlo. Pulsó otra tecla en la caja registradora y esta vez fue el cajón el que salió. «*There's a Staar-maan!!!*». Las voces de los niños eran preciosas, y lo miraban sonrientes. «Xavier Martin es un hombre malo», les dijo él, y, sin parar de cantar, asintieron. Recordó entonces aquellos ojos extraños y brillantes cuando se pasó por casa con la caja de ciruelas el lunes por la tarde. «No pensé que lo fuera. A veces sí. Pero no estaba seguro del todo. Antes me caía bien. Mejor que nadie».

Puso los dedos en el cajón y palpó las monedas de plástico. Había cinco: una de cincuenta peniques y cuatro más pequeñas. Intentaba recordar esa palabra, la palabra que se parecía a «su incendio»; la había visto escrita en su diario, pero no la recordaba.

—Así que se ha quitado la vida —dijo.

—No. No es eso lo que ha ocurrido. —La voz de Xavier sonaba más baja y más firme.

—Lo escribió en su diario. —Pasó el dedo por el canto de la moneda de cincuenta peniques—. Pensaba que, si lo hacía, podría ser tu... —¿Cómo era esa palabra? Cerró los ojos e intentó ver la letra de Lucy.

—La gente escribe todo tipo de cosas en sus diarios. —Xavier se aclaró la garganta—. Pero Lucy no se ha quitado la vida. —Su voz sonaba más firme aún—. Jamás haría eso, aunque lo escribiera, aunque se sintiera muy mal. Y sabes por qué, ¿verdad?

«Y entonces me he acordado. Sigo siendo madre». La criatura se movió, pero no debía hacerlo; no había espacio. Cerró el cajón y se encorvó sobre el juguete, para que sus esquinas duras se le clavaran en la piel.

—¿Jonah? —Xavier estaba en la ventana y había retirado de nuevo la cortina—. Jonah, es muy importante que sepas esto. Lucy no se quitaría la vida, porque, a pesar de todo, os quería.

«He ido de puntillas a verlos. Su respiración tranquila. Mis tesoros». Se clavó el juguete en el cuerpo y sintió el dolor en las costillas.

—Ha sido un accidente, Joney. Un jodido accidente de mierda.

«No podéis entrar ahí, es demasiado peligroso, ¿me oís?». La cara de Leonie, enfadada; no, preocupada, incluso asustada. Le asustaba lo que pudiera sucederles. «Tú nunca te asustas, ¿verdad, Mayo? Crees que el miedo es un imán. Papá decía que no deberías ser tan temeraria. Y ahora mira lo que ha ocurrido. Mayo, ahora mira lo que...».

—Joney. —La ternura que percibió en la voz de Xavier le hizo llorar con más fuerza—. Lo siento mucho, colega. Por favor, sal de ahí.

66

—¿Cómo ha acabado con la alfombra encima? —preguntó pasado un rato.

—¿La alfombra? —Parecía que Xavier también había estado llorando—. Fui yo.

—Ah. —Jonah frunció el ceño—. ¿Por qué lo hiciste?

—No lo sé. —Xavier hablaba de pronto con la voz muy aguda.

—Deberías haberla dejado mirando hacia la piscina —susurró él.

—¿Qué?

—Le gusta la piscina. —No podría zambullirse en ella, no con la alfombra encima. La criatura había empezado a revolverse de nuevo. Dejó que la caja registradora de plástico resbalara de su regazo y se llevó las manos a la tripa.

—Cuando la gente muere —estaba diciéndole Xavier—, eso es lo que se hace. No quería que...

«No quería que nadie te encontrara, Mayo». Una astilla gélida y brillante, como un cuchillo. Era agradable, porque eso frenaba a la criatura; impedía que se levantara. «No quería que nadie te encontrara, por si acaso pensaban que te había matado él».

—La escondiste —le dijo—. Pensabas que todos se olvidarían de ella. —La astilla ardía ahora: con una llama azul y estable.

—Eso no es... ¡Oh, Dios! —Xavier estaba llorando, lo que le dificultaba el habla.

—La dejaste sola. —«No me dejes, por favor». Las marcas del bolígrafo de Lucy sobre el papel. Xavier estaba susurrando algo. Se inclinó hacia delante, pero no logró oírlo—. Le echaste encima esa alfombra apestosa y la abandonaste —le acusó.

—No quería que... —susurró Xavier—. No quería que los animales... o los insectos...

Se acordó de los gusanos del cubo de la basura y pensó en ella, debajo de la alfombra. Le dio una arcada y se llevó las manos a la boca. La caja registradora cayó al suelo.

—No quería que... —Xavier hablaba ahora con más claridad—. Joney, me tumbé junto a ella. Intenté... Dije su nombre.

«Dijo tu nombre, Mayo». Seguía con las manos en la boca, con los dedos húmedos por la saliva.

—Le acaricié la cara. No paraba de acariciarle la cara.

«Me acariciabas la cara, era una caricia muy suave. Y al despertarme aún la sentía».

—Y hablé... hablé del bebé. Ya sabes, la prueba de embarazo que encontraste.

«Quiero que venga y me abrace, y me diga que él también se siente triste».

—No paraba de decirle que... que ella era mi Lucy. Mi adorada Lucy. —Su voz no era más que un susurro.

Jonah dejó caer las manos sobre su regazo.

—¿Y ella... te oía?

No hubo respuesta, pero entonces se dio cuenta de que Xavier seguía susurrando. Echó a un lado la cortina, se asomó y vio que le había dado la espalda a la casita infantil para mirar hacia la alfombra. La luz todavía se filtraba por el rectángulo abierto del tejado; era un haz pálido y polvoriento. «Está hablando contigo, Mayo. Está llamándote "cariño". ¿No le oyes?».

De pronto Xavier miró hacia atrás, por encima del hombro, y sus miradas se encontraron.

—Murió enseguida, Joney. —Hablaba con calma y claridad—. No le dolió. Miré hacia abajo y lo supe por cómo estaba tumbada. Se le había roto el cuello.

—¿Hacia abajo?

—Sí. Desde ahí arriba. —Señaló con la cabeza hacia el hueco por el que entraba la luz, y entonces Jonah recordó al Hombre Andrajoso frente a la casa de apuestas, señalando hacia el cielo—. Es ahí donde estábamos —continuó Xavier—. Y se cayó.

Se acordó de los pájaros, cantando a primera hora de la mañana, como locos, mientras el planeta se inclinaba hacia el sol. «Te caíste. ¿Fue el amanecer lo que te hizo caer?». Se la imaginó inclinada por el giro del planeta, se imaginó sus pies descalzos, que resbalaban, su boca abierta y sus ojos de sorpresa.

67

—¿Cuánto tiempo te quedaste tumbado junto a ella? —preguntó Jonah. Había estado pensando en el lunes por la mañana, cuando vio a Violet encima de la camioneta blanca de Xavier. Había mirado a Violet, no la camioneta, y por eso no se había dado cuenta.

—Hasta que oí el cierre de los ultramarinos. —Así que había estado allí todo ese tiempo, mientras Raff y él desayunaban sus galletas de cereales—. Pensé que tenía que llevar a Em al colegio. Pero... sabía que no podría protegeros a Raff y a ti de todo esto. Quería que Em estuviera en clase antes de que llegara la policía.

—Pero la policía no llegó. ¿Por qué pensaste que vendrían, si nadie lo sabía?

—Pensé que alguien lo habría oído. —«Alguien te habría oído gritar»—. El de los ultramarinos, o incluso tú. Y, si eso no pasaba, pensé que se lo dirías a alguien de todos modos cuando te dieras cuenta de que tu madre no estaba.

—Pero entonces nos viste en el patio.

—Sí. Me preguntaste por el críquet.

—Y no dijiste nada.

—Tenía que llevar a Dora a su cita con el médico. Eso era lo siguiente. Llevar a Dora al hospital y afrontar todo aquello. —Hizo una pausa—. Pero luego hubo más cosas. Siempre había algo más. —Se quedó callado.

—Pero sabías que estábamos solos.

—Sí. —Volvió a emitir ese horrible sonido—. Pensaba en vosotros todo el tiempo.

—¿Cómo podías pensar en nosotros y no...?

Se produjo otra larga pausa. Parecía que Xavier estaba llorando.

—Vine por la noche —susurró.

—¿Qué noche?

—El lunes por la noche. Entré por la parte de atrás. —Jonah recordó haberse despertado el martes por la mañana pensando que la había oído entrar, pero después se decepcionó al encontrar su cama vacía. Bajó las escaleras y vio que la puerta de atrás estaba abierta—. Me senté en el rellano y estuve escuchando vuestra respiración.

—Estabas borracho. —Esos ojos, ese aliento cuando les llevó las ciruelas.

—Lo estaba. Totalmente borracho.

Borracho al atravesar la Casa Rota y pasar junto al cuerpo de Lucy; borracho en el rellano, escuchando su respiración.

—¿Por qué te fuiste?

—Para decírselo a Dora. Quería estar allí cuando se despertara y decírselo, quitármelo de encima. Y después regresar.

—Pero no se lo dijiste. Ni regresaste.

—No. Me dijo que había recibido noticias de Lucy. Que Raff y tú ibais a venir a tomar el té. —Se detuvo y, cuando siguió hablando, le temblaba la voz—. Así que fui a comprar el pollo. Era más fácil. —Un suspiro largo y tembloroso—. Pero no porque... Jonah, no era a mí a quien intentaba proteger. Daba vueltas en círculo. Sabía que debía contarlo, pero también sabía que, al hacerlo, perdería todo el control sobre lo que os pudiera pasar. ¿Lo entiendes? No quería que os llevaran con la madre de Roland. —Su voz sonaba temblorosa y débil, pero Jonah se sentía helado, a kilómetros de allí—. Solo quería prepararos un pollo asado. —Parecía un perro lastimero cuando hablaba—. Pensé: «Voy a prepararles un

360

pollo asado y después... después ya veré. A lo mejor convenzo a Dora para que os quedéis».

—Tú fuiste quien arregló la valla. —Había recordado el taladro en mitad de la noche y la camioneta al marcharse.

—Sí. ¿Qué noche fue esa?

—La noche que llovía. Estabas intentando esconderla.

—Colega. —Negó con la cabeza—. No quería que Raffy y tú la encontrarais.

—No querías que nadie la encontrara. Por Dora. No querías que Dora lo supiera. Ni Emerald. Te importaban más ellas que nosotros.

—Estaba esperando a que tú dijeras algo, Joney. —Volvía a emitir ese sonido lastimero—. Pensé que se lo contarías a alguien. Cada día. Cada hora que pasaba. Quería que dijeras algo. Quería quitármelo de encima. Pero no decías nada. Incluso... incluso me enfadé contigo. Es que... —El llanto se apoderó de él.

—La dejaste embarazada. Y después la obligaste a operarse para matar al bebé. —Se estremeció—. Por eso se quedó en la cama. Le dijiste que te pasarías el domingo por la noche. —Su cara en el espejo, sus ojos, su pintalabios—. Primero fuiste a los ultramarinos y compraste el mango y el vino, y después viniste. ¿Por qué?

—Tenía que decírselo. Teníamos que dejar de vernos. Porque Dora estaba muy enferma.

—No. ¿Por qué trajiste una botella de vino?

—No lo sé. Pensé que... podríamos tomar juntos una copa. Que ella lo entendería y no pasaría nada. Que seguiríamos siendo amigos.

«Pero tú te pusiste triste, Mayo». Jonah se rodeó fuertemente con los brazos al recordar que la había oído, pero había creído que era un sueño. Entonces se acordó otra vez del vino y de la copa, junto a la cama.

—Tuviste sexo con ella, ¿verdad? Bebisteis vino y te acostaste con ella. —Apretó el puño y golpeó la pared de la casita infantil—.

¿Por qué hiciste eso si habías venido a decirle que no querías seguir acostándote con ella?

Cuando oyó a Xavier llorando, se sorprendió y olvidó su rabia. Escuchó desde dentro de su casita y se sintió de nuevo adormecido y ligero. Se acordó de una visita a una iglesia. ¿Dónde? ¿Cuándo? Ah, sí, las vacaciones en Francia, el día que habían ido al pueblo. Un pueblo antiguo, con un río verde y una anciana diminuta vestida de negro que atravesaba renqueante el puente. La iglesia era muy grande y en ella hacía mucho frío; tenía vidrieras en las ventanas. Raff, Emerald y él salieron corriendo a explorar. Habían jugado con la cera que goteaba de algunas de las velas blancas, y Emerald había besado la estatua de un bebé, y todos se habían quedado mirando una vitrina de cristal que contenía lo que parecía ser un esqueleto vestido. Después habían encontrado ese cubículo de madera con la cortinilla en la ventana. Al principio, Raff pensó que era un retrete, pero el asiento de dentro era un asiento sin más. Jugaron en él durante un rato, hasta que Dora se acercó y les dijo que no lo hicieran. «Es un confesionario», les explicó. «El cura se sienta dentro y, si has sido malo, vas a hablar con él a través de la ventana y le cuentas las cosas malas que has hecho. Y después él te pregunta si lo sientes y, si es así, entonces no pasa nada. Vuelves a ser bueno otra vez».

Xavier estaba hablando al otro lado de la cortina.

—Yo la quería —decía—. Tienes que entenderlo. Estaba... volviéndome loco.

—¿Así que cambiaste de opinión? ¿Ibas a quedarte a vivir con nosotros?

—No podía. Ojalá hubiera podido. Pero ¿cómo iba a hacerlo? Y pensaba que ella lo entendía. No puedes dejar a alguien que tiene... que tiene...

«Dora. Adora. Adorable Dora. "Acribillada por el cáncer". Mi querida amiga».

—Pero se volvió loca.

«Te oí, pero pensé que era un sueño y seguí durmiendo. Si me hubiera despertado, habría ido a abrazarte».

Xavier estaba contándole lo que había ocurrido después; se detenía y volvía a empezar, y después volvía a detenerse. Jonah se abrazó con más fuerza al ver lo que Xavier estaba recordando, con los ojos cerrados. Vio las casas dormidas tras las luces naranjas de la calle, con los tejados grasientos y el cielo de color arcilla. Vio a Xavier abrir la puerta y salir a tomar el fresco, y a Lucy detrás de él, llorando, con su pareo rojo y el pelo revuelto. Con su móvil rojo, que hacía juego con el pareo y las uñas de los pies. La vio abrir el móvil y decir que iba a llamar a Dora. Y vio a Xavier intentando arrebatárselo; y a Lucy, que se aparta, enfadada y vehemente, y sale a la acera descalza, y él la sigue con sus Crocs. Entonces las luces de la calle se apagan y de pronto todo se vuelve gris. Ella se cuela por el hueco de la valla, con facilidad, pero Xavier tiene que dar una patada al tablón de madera antes de poder seguirla. Lucy corre por el camino y las espinas le arañan las piernas, hasta que llega a la cocina, enorme y oscura, donde se detiene y mira su teléfono. Pero le oye a él detrás y entra corriendo en el recibidor, y el planeta se inclina, y la luz baja por las escaleras como una alfombra dorada.

Entonces sube corriendo las escaleras y su cara se ilumina con el sol dorado; los pájaros salen volando. Resulta extraño estar ahí arriba, entre paredes ruinosas, como un soldado antiguo en lo alto de un castillo. Ella mira a los pájaros, manchas chillonas que cruzan el cielo de algodón de azúcar. Entonces mira hacia su casa, sí, y a través de un hueco ve la ventana de su propio dormitorio. Y entonces lo oye, justo detrás de ella, subiendo por las escaleras, y ve que la viga está ahí... «Mayo, no».

La viga es ancha, pero está muy alta, y Xavier tiene miedo al verla caminar por ella. Dice: «¡Cariño! ¡Por favor, vuelve!». Pero ella sigue caminando descalza, pisando las cacas de pájaro, y llega al otro lado y se agarra a la pared. Jonah ve ahora a través de sus ojos, cuando mira hacia su casa y ve su pequeño patio de hormigón, con los maceteros, el cojín de pana y la bicicleta dorada. Su pequeña vida en común: Lucy, Jonah y Raff. Pero le da la espalda a todo eso y, apoyada contra la pared, vuelve a abrir su teléfono móvil.

Ahora Xavier está hablando de Dora, dice que se había tomado una pastilla para dormir y se había quedado «fuera de combate», pero que ya se le habría pasado el efecto. Jonah las ve a las dos, como si estuviera viendo una pantalla dividida: Lucy, en lo alto de la viga, con los pájaros y la luz deslumbrante del sol, con el ceño fruncido mientras busca el número de Dora; y abajo, en casa de los Martin, que está en silencio y con las cortinas echadas, la cara relajada de Dora mientras duerme en su cama enorme. Y entonces Xavier, asustado, empieza a caminar por la viga también y le dice que no haga ninguna locura, que no eche a perder la vida de todos. Ella le da la espalda, apoyada en la pared, se lleva el teléfono a la oreja y aún está a salvo, con la tripa pegada al ladrillo. El sol ya calienta y las moléculas esparcen las ondas de luz azul; el teléfono de Dora está sonando, pero lo más probable es que esté en la cocina. Dora no lo va a oír, pero el estúpido de Xavier no lo sabe. Está muy asustado, intentando evitar que Lucy le arruine la vida a todo el mundo. Él ya ha cruzado la viga y le arrebata el teléfono mientras, con la otra mano, se sujeta a la pared; ella se da la vuelta, furiosa, e intenta recuperarlo, pero no hay espacio suficiente para que forcejeen de esa forma. Entonces Xavier consigue levantar el brazo y lanza el teléfono por los aires, con mucha fuerza, para alejarlo de ella. Pero Lucy intenta alcanzarlo, cree que puede lograrlo... extiende ambas manos, su pie resbala y sus manos se agitan en el aire. Xavier percibe el desequilibrio y trata de agarrarla con la mano; alcanza su relicario, pero la cadena no es más que un hilo alrededor de su cuello. Todo sucede muy deprisa, como en un destello; Lucy está en la viga y, al instante siguiente, ya no está. Jonah no la ve caer. En su lugar, ve como el teléfono vuela describiendo un arco antes de aterrizar en la tierra blanda del macetero.

364

68

—¿Existe de verdad gente buena? —le preguntó a través de la ventana de la casita. Llevaban un rato en silencio y vio que Xavier levantaba la cabeza al oír su voz—. Me refiero a gente buena que no haga cosas malas.

—No lo sé. Puede que sí —respondió Xavier—. Pero creo que casi todo el mundo ha hecho al menos una o dos cosas malas.

Jonah soltó la cortina, se apoyó contra la pared y trató de pensar en las cosas malas que había hecho. Se había enfadado con Harold y con Emerald. Había llamado «gilipollas» a Emerald. Se peleaba mucho con Raff. Se había enfadado mucho con él por terminarse la lata de Coca-Cola y le había dejado irse solo. ¿Había sido culpa suya? ¿O habría sido una fuerza que se movía en su interior y a la que no podía controlar? Volvía a sentirse adormecido y ligero; sus pensamientos daban vueltas en el espacio infinito de su cerebro. Pero entonces oyó que Xavier se ponía en pie: sus quejidos y el movimiento de los escombros.

—Vamos, colega.

Contempló la puerta de la casita. Sentía el cuerpo lleno de agujas y alfileres, pero no podía soportar moverse y removerlo todo. En su lugar, descolgó la cortina de cuadros para poder asomarse correctamente por la ventana. Xavier, con las manos en los bolsillos, miraba hacia la alfombra, que seguía situada bajo el haz de luz.

—¿Has sido tú quien ha encendido el incienso?

—¿Incienso? —Xavier se dio la vuelta—. ¿Qué incienso?

—¿No lo hueles?

Xavier olfateó el aire y negó con la cabeza.

—¿Qué vas a hacer ahora? —le preguntó Jonah.

—¿Ahora? —Suspiró—. Ahora voy a llevaros a casa. A Raffy, a Em y a ti. A nuestra casa. Y después... —Suspiró de nuevo—. Después voy a llamar a la policía, como debería haber hecho el lunes por la mañana.

—¿Y qué pasa con Dora? —Dora, en el hospital, toda vendada, como una momia egipcia, esperando a Saviour.

—No te preocupes por Dora, colega. No es tarea tuya.

Jonah observó la cara vieja y arrugada que, en otro tiempo, fue la cara del niño pequeño de la fotografía.

—No quiero que lo hagas —le dijo.

—Jonah, colega —le respondió Xavier con la voz ronca de nuevo—. Jonah, es... es lo que hay que hacer.

—Te encerrarán. Como encerraron a Roland. Aunque tú no la empujaras, pensarán que fue culpa tuya.

—Bueno. —Xavier se aclaró la garganta—. Es que fue mi culpa. Todo es culpa mía. Me merezco lo que me pase. —Levantó los hombros y los dejó caer.

—No quiero que te encierren —le dijo Jonah—. No quiero... quedarme solo.

—Todo saldrá bien, colega. Ben será vuestro canguro. Ya le he contratado.

—Puede que la policía piense que la has asesinado. Te meterán en la cárcel para siempre jamás, y Dora y Em...

—Tengo que contárselo, colega —dijo suavemente—. No hay otra manera.

En un momento de pánico, Jonah dio una patada a la puerta de la casita.

—¡Pero es demasiado tarde! ¿No te das cuenta? —Salió

arrastrándose, se puso en pie y se quedó mirando a Xavier—. ¡Pensarán que lo has mantenido en secreto porque la mataste de verdad, aposta!

—Quién sabe lo que pensarán. Pero se acabaron las mentiras. No puedo con más mentiras. —Le tendió una mano.

Pero él se cruzó de brazos y dijo que no con la cabeza.

—Esta noche no.

—¿A qué te refieres?

—No llames a la policía esta noche. —Xavier cerró los ojos y dejó caer los brazos—. No creo que Dora deba enterarse justo después de su operación. —Hizo una breve pausa—. Y no quiero contárselo a Raffy. Esta noche no. Quiero que esté feliz y que coma *pizza*. —Se acercó más a él—. Así tú podrás ir a ver a Dora un rato y regresar para meternos en la cama.

No hubo respuesta. Descruzó los brazos y abrazó a Xavier por la cintura. Se quedaron así, sin moverse, y entonces apoyó la cabeza en la tripa de Xavier y este le puso la mano en el pelo.

—Y entonces mañana vendrá Roland. Puedes llamar a la policía cuando él ya esté aquí.

—¿Roland?

—Sí. Sale de la cárcel. ¿No lo sabías?

—Joder, gracias a Dios. —Xavier estaba llorando de nuevo—. Creo que sí lo sabía, pero se me había olvidado. —Se secó los ojos y asintió—. De acuerdo. Mañana entonces. —Miró por encima del hombro. Ambos miraron. El haz de luz se había ido.

VIERNES

VIERNES

69

Estaba de nuevo en la Casa Rota, rebuscando entre los escombros, y ahí estaba de nuevo el muñeco, boca abajo, salvo que no era un muñeco: era el bebé. Se agachó para mirar: la abolladura de la cabeza no tenía muy mal aspecto, pero debía de estar muerto, un recién nacido no podría sobrevivir tantos días solo. Entonces se dio cuenta de que oía un sonido, un sonido muy leve que se repetía. Un sonido dulce. La ropa del bebé estaba muy sucia, pero se veían los elefantes amarillos del estampado. Colocó el dedo en el espacio diminuto situado entre los omóplatos y sintió sus latidos. Después lo colocó sobre su brazo doblado y le miró a la cara; se parecía mucho a su padre, Xavier Martin. Pero entonces el bebé abrió los ojos y eran iguales que sus propios ojos, los ojos que veía en el espejo, oscuros y pensativos.

—Hola, pequeñín —susurró. Los ojos se quedaron mirándolo. Tenía una boquita paciente y sus fosas nasales eran pequeñas y octogonales. Sentía mucha ternura hacia él, pero era una ternura mezclada con el pánico, porque ya era demasiado tarde, había pasado demasiado tiempo sin atención. Volvió a cerrar los ojos, pero sus fosas nasales seguían aspirando el aire. Levantó entonces la cabeza y vio a Violet, que los observaba a varios metros de distancia—. ¡Así que tú eres la que ha estado dando de comer al bebé! —Se sintió esperanzado, porque tal vez Violet fuera suficiente, tal vez pudiera convertirse en una madre para ambos. La miró a los ojos, buscando el cariño en aquella postura inmóvil, y oyó el canto del silencio en los oídos.

Fue el canto del silencio lo que le despertó, acurrucado en el futón, en la espaciosa habitación de Emerald. Mantuvo los ojos cerrados, escuchando —«¿Es así como suena el universo, Mayo?»—, y entonces la criatura se movió, grande y densa. Él se acurrucó con más fuerza.

Se quedó así durante un rato y después debió de quedarse dormido otra vez, porque vio de nuevo la abolladura en la cabeza del muñeco bebé, y la cabeza se había convertido en calavera, y vio el alma que estaba atrapada dentro. Fue Pearl la que dijo que el alma de los muertos escapa a través de la parte superior del cráneo. «A través de esa parte blanda que tienen los bebés, Mayo». Ella le había permitido tocar la de Raff, con mucha suavidad, cuando era un recién nacido. Pero esa parte se endurecía a medida que te hacías mayor. Por eso había que romperlo. «Debería haberte liberado, Mayo». Debería haber vuelto a retirar la alfombra para romperle el cráneo. Le picaban los ojos por las lágrimas. Los abrió, giró sobre el futón y se quedó boca arriba.

La habitación estaba como siempre, como si no hubiera sucedido nada, lo cual era extraño; como la extrañeza de salir a Southway Street con Xavier el día anterior y ver los árboles, en sus enrejados, y oír a las abejas en los arbustos de lavanda y sentir el sol en la nuca. Era una habitación grande, lo suficiente para que cupiera la cama de cuento de hadas de Emerald y el futón doble en el que estaban tumbados Raff y él. Habían dormido en ese futón muchas veces y siempre le había gustado su firmeza y la ligereza de la colcha y el olor del detergente que utilizaban los Martin. Pero ahora deseaba estar en su habitación, con la cortina caída, con el póster de Raff tirado en el suelo y con el dormitorio de Mayo pegado al suyo. Podría levantarse e ir a verla; o al menos sentir su olor, ver su cama y todas sus cosas tiradas por el suelo. «Era mejor entonces, Mayo», le dijo, desolado. Ya ni siquiera se molestaba en intentar llamarla Lucy. «Pensé que era algo muy malo, pero en realidad era mejor cuando no sabíamos dónde estabas».

Se dio cuenta de que tenía la ropa puesta, sucia y llena de polvo, y el dinero de la carrera seguía en su bolsillo. Ben, el canguro, había logrado cargar con ellos hasta arriba, pero no se había molestado en desvestirlos. Se tumbó de costado. El diario estaba allí, y también su teléfono, tirados en el suelo junto al futón. Se los había llevado a la cama porque no quería dejarlos abajo. Extendió el brazo y pasó los dedos por el diario. De vuelta en su cocina, después de estar en la Casa Rota, había intentado dárselo a Xavier, y también el teléfono, porque eran «pruebas» de las que había que deshacerse, como la postal de Ofelia y la botella de vino. Pero Xavier no los quiso. Le había dicho que Raff y él eran hijos de Lucy y que todo lo que era de ella ahora les pertenecía; de todas formas, había llegado el momento de sincerarse.

Había estrechado el diario contra su pecho mientras caminaban por Southway Street, para protegerse de la irrealidad de los rayos del sol, de los cubos de basura y de los arbustos de lavanda. Al llegar al colegio, se habían abierto paso entre toda esa gente ruidosa y feliz y habían encontrado a Raff con Tameron, rodeados de admiradores. Raff, todo contento, se había lanzado a los brazos de Saviour, sin saber que en realidad era Xavier. Estaba tan emocionado por la idea de ir a casa de los Martin y comer *pizza* que había salido corriendo delante de ellos, atravesando el parque. Jonah había caminado junto a Xavier, con el diario siempre pegado al pecho. Había un cumulonimbo a dos o tres kilómetros por delante de ellos, y un arcoíris, muy brillante, pero los colores solo existían gracias a los conos que tenía en la parte de atrás de los ojos.

Jonah y Xavier vieron juntos el resumen del críquet, con el brazo de Xavier sobre sus hombros, mientras Raff y Emerald corrían como locos por la casa. Después llegaron las *pizzas* y también Ben, el adolescente de al lado, y Xavier se levantó del sofá.

Intentó abrazar a Emerald, pero ella estaba demasiado ocupada huyendo de Raff. Jonah mantuvo la mirada fija en él mientras se preparaba para marcharse. «Pero vas a volver», le dijo en silencio. «No se lo contarás a nadie hasta mañana, ¿verdad?». Fue horrible sentir aquel pánico silencioso. Le dieron ganas de lanzarse a sus brazos como había hecho Raff, abrazarlo con fuerza, impedir que se fuera; era la única persona del mundo que sabía la verdad, la única con la que poder compartir el dolor. En su lugar, vio como Xavier le daba una cerveza a Ben y les decía a Em y a Raff que se portaran bien. Después cogió sus llaves.

Cuando Xavier se hubo marchado, Ben se lio uno de esos cigarros gordos y puso *El libro de la selva*, y Raff y Emerald no pararon de saltar mientras cantaban las canciones. Él se quedó sentado con la espalda muy recta y el diario en el regazo, contemplando la pantalla iluminada. Le dieron ganas de salir corriendo en mitad de la noche, atravesar el parque, llegar hasta su casa, trepar el muro, volver a entrar en la Casa Rota y abrirse paso entre las piedras. Sería mejor estar con el cuerpo muerto de Mayo sobre aquellas piedras frías que allí sentado, solo, en un vacío con trozos de *pizza*.

Después, tumbado en la habitación de Emerald, trató de pensar en Roland. «Ro». Veía en su cabeza la caligrafía de la carta que había escrito desde la cárcel, pero, por alguna razón, le costaba tener una imagen nítida de su cara. No dejaba de pensar en la historia de Ganesha; el padre que no reconoce a su hijo y le corta la cabeza. «No». Se imaginó de nuevo el andén lleno de vapor de *Los chicos del ferrocarril*, y el vapor que se disipaba, y Bobbie gritando: «¡Papi!».

Deslizó la mirada hasta el póster de Justin Bieber que Emerald tenía colgado encima de la cama. La cara malhumorada de Justin no encajaba con el resto de la habitación. No quería que Em supiera lo de Xavier y Lucy. «Y Dora tampoco». La odiarían. Todos la odiarían, incluso más que el Sábado del Enfado. Tal vez incluso los dioses la odiaran y no le permitirían renacer, pero tampoco le permitirían ir al cielo. Mientras miraba a Justin, recordó el vacío de los ojos de Violet en su sueño, y después el zorro muerto, medio aplastado, al que Tyreese había querido prender fuego. Vio a los muchachos acuclillados en la acera y la llama del mechero de Theodore quemando el pelaje del animal. «Mírale el ojo», oyó decir a Tameron. «¿Me está mirando, señor Zorro?». Empezó a ocurrírsele una idea y cerró los ojos para verla en imágenes, pero era extraña y daba miedo, así que volvió a abrirlos.

La casa de los Martin estaba en silencio. Escuchó el canto del silencio. ¿Sería el sonido del universo, que siempre estaba allí, por debajo de los demás sonidos, o provendría de sus propios oídos? Volvió a tocar el diario. «Lo primero que hay que hacer es contárselo a Raff, ¿verdad, Mayo?». El silencio seguía sonándole en los oídos. Tomó aliento y trató de pensar en cómo contárselo a su hermano. «Todo saldrá bien, porque puedo contarle lo de Roland». Lo recordó en la carrera de padres, con los pantalones planchados, levantando mucho las rodillas mientras corría, y Saviour —no, Xavier—, que se quedaba atrás para quedar el último. «Todo saldrá bien porque...». Se incorporó con los codos para mirar a Raff. Se fijó en sus pestañas rizadas, en su boquita carnosa y en el agujero de la nariz. Raffy quería a Xavier más de lo que quería a Roland. En realidad, no conocía a Roland. «Lo primero que hay que hacer es...». Se recostó de nuevo y recordó la sensación de pánico cuando Xavier abandonó la casa. «Lo primero que hay que hacer es impedir que Xavier lo cuente». Si se lo rogaba, si le prometía que él tampoco lo diría... Se incorporó y se puso el diario en el regazo. La palabra que se parecía a «su incendio»... Encontró la página.

Y luego está la carta del suicidio.

Eso tampoco sirve, porque sabes que jamás abandonaría a mis niños.

Pero es la única carta que me queda en la mano y sueño con poder jugarla.

Suicidio. Que significaba «quitarse la vida». Lo que había hecho la madre de Lucy, pero Lucy no. Se quedó mirando la carita de Raff y después contempló ese dibujo tan obsceno y horrible antes de pasar la página.

Si sigo viva, pierdo, lo mires por donde lo mires. Pero, si muero, gano. Si muero, vuelvo a ser yo.

(Y todo el mundo dirá: ¿cómo ha podido HACER eso? ZO-RRA egoísta. Sus pobres hijos, dirán, pero pensando que estarán mucho MEJOR sin esa zorra).

Cerró el diario, se quedó mirando a Justin Bieber y volvió a tener la misma idea. La idea empezaba a convertirse en una especie de plan, pero no sabía si el plan era bueno o malo. «¿Mayo?».

Tal vez si bajara. Tal vez si se tumbara en su sofá.

«Quédate dormido, pequeño Raffy». Se levantó de la cama y salió de la habitación sin hacer ruido.

70

Las cajas de *pizza* y las latas de refresco estaban tiradas por el suelo, y el cenicero de Ben ya había rebosado. Se dio cuenta de que no había hormigas, ni moscas, incluso aunque la ventana se hubiera quedado abierta. Se acercó y se asomó. Más allá del parque, bajo el cielo sin nubes, se veía la ciudad de Londres, aún dormida. Mientras contemplaba la forma de los edificios, fue consciente de un sonido procedente de la parte trasera de la casa; un jadeo rítmico que le recordó a la respiración del bebé. Se dio la vuelta y, al hacerlo, se fijó en que habían descolgado el retrato de Lucy y lo habían colocado mirando a la pared. Siguió el sonido entre las cajas de *pizza*. En la cocina, los jadeos se convirtieron en extraños sollozos. Daría miedo si no supiera lo que era, pero ahora lo sabía. Entró en la terraza interior.

Las orquídeas se habían vuelto locas. Debía de haber miles de caritas sonrientes, casi todas con puntos, pero algunas con manchas y otras lisas. Estaban despiertas y silenciosas, y Xavier profundamente dormido, tumbado en el sofá de Dora con los zapatos aún puestos. ¿Por qué habría escogido el sofá de Dora? ¿La querría más a ella? ¿Con quién estaría soñando? ¿Soñaría con Dora, cubierta de vendas, o con Lucy, cubierta con su pareo rojo? Había amado a Dora primero y habían vivido juntos durante tanto tiempo que estaban ya muy mezclados el uno con el otro. Cuando mezclas dos colores de pintura, ya no puedes separarlos nunca más. Todo en aquella habitación, en aquella casa, incluida Emerald, era el resultado de esa mezcla.

¿Qué era entonces Lucy? ¿Qué representaba para ambos? La habían arrastrado hacia sus vidas, pero en realidad no era parte de ellas, como lo eran el uno para el otro. De pronto vio los dedos de Dora mientras le sujetaba a Lucy la barbilla, mostrándole su boca a Xavier. «¿Lo ves? La asimetría».

No era más que su muñeca, su muñeca de piel marrón. Vio algo rojo por el rabillo del ojo y giró la cabeza al captar una chispa de Lucy. Era el pezón pintado del maniquí que había junto a la puerta. Ariadna la Triste. Se volvió y miró las orquídeas, las grullas de papel, el móvil de espejos, la estufa y el sofá rosa vacío. Ella no estaba allí. No quedaba ningún rastro. Estaba solo, completamente solo, salvo por el maniquí y el hombre que roncaba. Percibió la arbitrariedad de la estancia y de su presencia en ella: la arbitrariedad de todo. Moléculas, unas más pesadas, otras más ligeras, pero moléculas, al fin y al cabo; seiscientos setenta y cinco duodecillones de moléculas, causadas simplemente por una gran explosión.

Se acercó al maniquí. La primera vez que había estado allí, le había resultado imponente, tan alta, en su pedestal. Pero ahora la nariz le llegaba al codo de Ariadna. Le tocó el brazo blanco. Era suave. Le miró la cara, que a su vez miraba hacia el jardín. Se dio la vuelta y miró también; y allí, en las sombras de la mañana, vio al espantapájaros, encorvado lánguidamente con su chaqueta de raya diplomática y su sombrero de paja. Volvió a mirar al maniquí; ¿estarían mirándose el uno al otro? Pero la cara del maniquí no tenía ojos, solo unos huecos suaves. No soportaba el vacío de aquellos huecos, así que volvió a mirar las orquídeas. Las flores también lo miraban ciegamente. Había algo malicioso en ellas, en su manera de sacar la lengua; le sacaban la lengua aunque, en realidad, no pudieran verlo. Contempló las grullas, pero no eran más que trozos de papel colgados con hilos. Luego miró otra vez al espantapájaros sin vida.

«Mayo». Cerró los ojos y lo dijo para sí, tratando de impedir que el vacío se colara dentro de él. La palabra quedó colgada en su cerebro. Estaba vacía; todas las palabras lo estaban. Sus pensamientos se formulaban con palabras, así que también ellos estaban vacíos, y además debería haber mantenido los ojos abiertos, porque el vacío procedía de su interior. Asustado, pensó en su propio nombre, Jonah, pero era el más vacío de todos. Apretó la mandíbula y se quedó dando vueltas en el vacío.

Le costó un gran esfuerzo volver a abrir los ojos y supo que, cuando lo hiciera, no debería mirar los ojos vacíos del maniquí. Debía tener cuidado, mucho cuidado, porque aquel vacío era mucho peor que la criatura. Recorrió el suelo frío de piedra y se quedó mirando a Xavier. Estaba despatarrado y tumbado boca arriba, con los puños apretados contra el pecho, y sus ronquidos eran como sollozos pidiendo misericordia. Recordó el hambre del muñeco bebé de su sueño. ¿Xavier se estaría muriendo? ¿La tristeza, el miedo y la culpa podrían matar a una persona si se mezclaban bien? Se acercó más. Xavier estaba expulsando el aire tras haber llenado los pulmones; era un sonido mucho más suave y triste que el de la inhalación. Parecía tan viejo y feo, con las mejillas flácidas y caídas, con los poros abiertos y resplandecientes, pero también vio al niño que había sido, el niño soñador, y de haber sido su madre le habría acariciado la frente.

Xavier cambió de postura cuando Jonah se subió junto a él, se tumbó de costado y se abrazó a su pecho. Apestaba, más que nunca, pero se acurrucó a su lado. Notó su boca en la coronilla; murmuraba contra su piel. Sus ronquidos se calmaron y se convirtieron en exhalaciones más suaves y jadeantes. Se quedó allí tumbado, muy quieto, durante unos minutos, con la cara hundida en su pecho. Y entonces decidió lo que tenía que hacer. Salió de entre los brazos de Xavier y volvió a subir las escaleras.

71

Al principio, Raff no quería despertarse, pero, cuando Jonah le susurró que quería hablarle de Mayo, se incorporó de golpe, con los ojos muy abiertos. Jonah se llevó un dedo a los labios y señaló la puerta. Agarró el diario, se guardó el teléfono en el bolsillo y juntos bajaron las escaleras en silencio. Raff recogió su sombrero de uno de los casilleros y después salieron de la casa.

El parque aún estaba cerrado, pero la verja de arriba era fácil de saltar. Hacía viento y el manto de cirrostratos volaba a toda velocidad por el cielo. Después de saltar, Raff empezó a correr. Se le voló el sombrero, pero Jonah lo atrapó y corrió tras él, gritándole que esperase. Raff bajó corriendo la colina, atravesó los árboles y volvió a aparecer. Solo se detuvo al llegar al estanque. Él se detuvo también, sin aliento. Estaban frente al banco de Kumari y vio que había una ardilla encima, sentada sobre sus patas traseras y con un trozo de algo entre las manos. Raff caminó describiendo un círculo, sin dejar de mirar al suelo. Entonces se detuvo y se quedaron mirándose uno al otro.

—¿Qué es ese libro? —preguntó—. ¿Es el diario de Mayo?

Jonah asintió y su hermano lo miró a los ojos. En lo alto de un árbol oyeron el graznido de un cuervo. Raff arqueó una ceja, más o menos un milímetro.

Jonah tomó aliento.

—Ha muerto —susurró.

Raff asintió, se metió las manos en los bolsillos y miró otra vez al suelo.

—¿Quién? —preguntó.

Jonah tardó unos segundos en comprender.

—Mayo —respondió.

Su hermano frunció el ceño sin levantar la cabeza.

—Di su nombre —le ordenó.

—Lucy.

—Di su nombre completo.

—Lucy Mwembe —dijo Jonah tras aclararse la garganta—. Lucy Mwembe ha muerto.

—¿Cómo lo sabes? —Raff tenía la cara tensa y apretada, intentando comprender—. ¿Lo has leído en su diario?

Jonah dijo que no con la cabeza.

Su hermano miró hacia el estanque. Hundió las manos más aún en los bolsillos y suavizó el gesto.

—De todas formas, yo ya lo sabía —comentó después de suspirar profundamente.

La ardilla seguía allí, mirándolos, como si quisiera decidir a cuál de los dos darle el trocito de comida.

—¿Cómo lo sabías?

—Si hubiera estado viva —respondió Raff encogiéndose de hombros—, habría venido al concierto. —Le quitó el sombrero y se lo puso. Se metió otra vez las manos en los bolsillos y empezó a caminar de un lado a otro.

Jonah miró a la ardilla. Sabía que debía intentar ayudar a Raff, decir algo para que no fuera tan malo, pero la criatura se movía mucho y le impedía pronunciar palabra. Cuando Raff dejó de andar y se sentó en el banco de Kumari, la ardilla se escabulló. Jonah trató de ver dónde se había metido. Después se sentó junto a su hermano.

—Entonces, ¿ella también tendrá un banco? —le preguntó Raff.

Él se encogió de hombros.

—¿Junto a Olive Sage?

—No quería estar aquí abajo. Quería estar en lo alto de la colina, ¿te acuerdas?

—Ah, sí. —Ambos se quedaron mirando el estanque.

—¿Crees que tu palito blanco seguirá ahí dentro? —preguntó Raff.

Él asintió. Ya se habría hundido en el agua marrón y reposaría en el fondo embarrado.

—¿Y qué era, por cierto?

—Era una... era una tontería.

—¡Una tontería! —Raff le clavó el codo en el costado—. Dime lo que era, jodido Piquito.

La ardilla no había ido lejos, se había quedado en una rama junto a ellos; seguía mirándolos, pero ahora tenía el trozo de comida en la boca.

—Es un palo que te dice si estás embarazada.

Silencio.

—Entonces, ¿está embarazada? —preguntó Raff—. ¿Además de muerta?

—No creo que pueda estar muerta y embarazada al mismo tiempo. —La ardilla pareció darle la razón—. De todas formas... —Se estremeció. «Ha optado por una intervención quirúrgica»—. Dejó de estar embarazada antes de morir.

—De todas formas —repitió Raff—. De todas formas. ¡De todas formas! —Era como cuando lo imitaba para fastidiarle, salvo que ahora había empezado a llorar. La ardilla trepó hasta una rama más alta, con el trozo de comida aún en la boca. Jonah empezó a llorar también. La ardilla los observó, ambos encorvados y llorando, sentados uno junto al otro.

72

—¿Dónde está? —preguntó Raff.

Jonah se secó la cara y después se secó la mano en la camiseta.

—Está en la Casa Rota.

—¿Qué? —Raff se quedó mirando a su hermano—. ¿Qué hace en la Casa Rota?

—Es allí donde murió. Es ahí donde ha estado todo el tiempo.

—¡La Casa Rota! —exclamó Raff negando con la cabeza. Jonah advirtió que la ardilla seguía allí, atenta—. Tienes mocos, tío.

Jonah asintió. Había sucumbido a la criatura y había estado llorando sin parar, temblando, como Saviour el martes por la noche.

—Es ahí donde fuiste —le dijo Raff—. Al final del concierto. Con Saviour. —Volvió a asentir y se lamió la baba salada de los labios—. Pero ¿cómo sabías que estaba allí?

—Me di cuenta —respondió mirando de nuevo hacia el estanque.

Raff se puso en pie y dio una patada a una piedra. La siguió y volvió a golpearla. Así llegó hasta el borde del estanque y entonces se dio la vuelta.

—¿Fue Furtix quien la mató?

—No la mató nadie —le respondió Jonah—. Fui a ver a Felix.

—¿Cuándo?

—Ayer. Después del helicóptero. No volví al colegio, me fui a la Calle del Enfado.

Raff siguió dando patadas a la piedra.

—¿Estaban allí las gemelas?

—No. Ahora van a un internado. —Vidas arruinadas. Eso era lo que Roland había escrito en su carta. Y también lo que había dicho Xavier mientras le explicaba por qué había intentado arrebatarle el móvil a Lucy: «Para que no arruinara nuestras vidas».

—¿Por qué murió, entonces? —Raff se dio la vuelta, otra vez con la cara tensa y apretada—. Si nadie la mató.

—Se cayó. Se subió a lo alto de la Casa Rota y se cayó.

Raff empezó a caminar de un lado a otro, mirando al suelo como si buscara algo. Parecía estar tarareando para sus adentros, haciendo una especie de sonido. Cuando al fin se detuvo y lo miró, tenía los ojos húmedos y muy limpios, como los de un cachorro.

—¿Se cayó aposta? —preguntó con dientes temblorosos.

«He ido de puntillas a verlos. Su respiración tranquila». Jonah se abrazó al diario y dijo que no con la cabeza.

—Jonah. —El castañeteo de los dientes hacía que le resultara difícil hablar.

—¿Qué, Raffy?

Aquellos ojos húmedos se fijaron en los suyos y, con gran esfuerzo, fue formando las palabras con la boca.

—Dime si fue aposta.

—No fue aposta, Raffy —le dijo. «Sabes que jamás abandonaría a mis niños»—. No quería morir. —Dejó el diario en el banco, se puso en pie y se acercó a su hermano. Le puso las manos en los hombros—. No quería perderse el concierto.

Raff asintió. Después puso sus manos a ambos lados de la cara de Jonah y estiró hacia atrás hasta que la piel de este quedó tirante. Jonah sintió como sus rasgos se agrandaban y alisaban. Raff articuló las palabras con la boca, pero no emitió ningún sonido.

—Cuéntame lo que ocurrió.

Jonah apartó las manos.

—Vale, Raffy, te lo contaré —susurró. No creía que fuese a hacerlo, creía que guardaría el secreto de Xavier, pero Raff era su hermano, y el hijo de Lucy. Le dio la mano y lo condujo de nuevo hasta el banco de Kumari, donde se volvieron a sentar lado a lado. Raff estaba temblando—. Pero es un secreto, Raff.

Raff asintió y se miró el regazo. Después levantó la cabeza y, con los ojos muy abiertos, siguió asintiendo una y otra vez, como si no pudiera parar. Jonah agarró el diario y lo abrazó mientras empezaba a hablar.

No tardó mucho, solo unas frases, en contar desde los besos en la carpa de budleias, la noche antes de que fueran a las Olimpiadas, hasta la viga de madera y el teléfono rojo. Utilizó sus propias palabras, combinadas con algunas del diario y otras de Xavier. Se escuchó a sí mismo hilando las palabras y le sonaron absurdas, como si fueran un trabalenguas sin sentido.

Cuando se detuvo, Raff se quedó callado. Entonces dijo:

—¿Así que fue un accidente?

—Sí.

—¡Qué tonta, Mayo! —Trató de sonreír y eso hizo que Jonah empezara a llorar de nuevo.

—Para, tío —le dijo Raff. Estuvo un rato dándole palmaditas en la pierna y después trató de pasarle el brazo por los hombros. Jonah negó con la cabeza sin poder controlar los espasmos de su cuerpo.

Raff dejó caer los brazos y se sentó sobre sus manos. Esperó un poco y luego intentó ponerle la mano en el muslo.

—Vamos, Piquito.

—¡No me llames así!

Raff se inclinó hacia él y le apartó el pelo para poder mirarlo a la cara.

—Pobre Joney —dijo con suavidad. Jonah se volvió y hundió la cara en el pecho de su hermano, que era muy pequeño—. Pobre Joney —repitió Raff con voz temblorosa.

Jonah le rodeó con los brazos, el diario resbaló de su regazo y cayó al suelo.

—Pobre Raffy —le dijo con la voz ronca. Era mejor llorar juntos, porque eso frenaba a la criatura. Raff le acariciaba la espalda con las manos y él hacía lo mismo con Raff. Se quedaron abrazados durante largo rato.

—¿Por qué es un secreto, Joney? —le preguntó al fin Raff.

—Por Dora —susurró él—. Dora se pondría muy triste. No se encuentra muy bien.

—Y Em se pondría triste —agregó Raff—. No quiero que Em se ponga triste. —Soltó a Jonah y se enderezó—. ¿Así que Xavier también guardará el secreto?

—Eso creo. Siempre y cuando... —Intentó pensar en el plan—. Siempre y cuando nadie le pregunte.

—¿Aún te cae bien Xavier?

«Jonah, colega. ¿Cómo va eso?». Se encogió de hombros.

—No creo que sea un mal hombre —continuó Raff—. Creo que ha hecho algunas cosas malas.

Jonah guardó silencio.

—¿Qué vamos a hacer ahora?

—Vamos a ir a la Casa Rota a ver a Mayo.

Raff pareció asustado.

—¿Sigue... igual que siempre?

—No lo sé. Está tapada. Xavier la tapó.

—Pero vamos a destaparla. —Raff tragó saliva y su hermano asintió—. ¿Y luego qué?

—Tenemos que ayudar a su alma a escapar. Si se queda atrapada dentro de ella, entonces tendrá que ser un fantasma.

—¿Y cómo escapará su alma?

—A través de la cabeza. —Hizo una pausa—. Será como... como un funeral. Todo saldrá bien, Raffy. No durará mucho.

—¿Qué vas a hacer con su diario? —preguntó Raff mientras lo recogía del suelo—. ¿Podemos quedárnoslo?

—No lo sé —respondió mientras se lo quitaba—. Yo quiero, pero dentro está el secreto.

—Y no quieres que lo sepa nadie.

Dijo que no con la cabeza.

—Yo tampoco quiero que lo sepa nadie —le aseguró Raff. Luego se quedó callado unos segundos, pensativo—. Podríamos enterrarlo —sugirió—. Como si fuera un tesoro.

Jonah lo miró y asintió.

—Como un tesoro. Y, cuando seamos mayores, podremos desenterrarlo. —Se sacó el teléfono rojo del bolsillo—. Podríamos enterrar esto también. —Mientras lo miraba, se acordó del árbol elefante.

73

Se respiraba la misma sensación de seguridad en el interior de su círculo de árboles guardianes. Hacía más frío que el día anterior y había menos insectos. Los pájaros piaban sobre sus cabezas y la tierra olía a lluvia.

—¿Dónde? —susurró Raff.

Jonah señaló hacia el otro lado de aquel refugio verde. El elefante seguía siendo un elefante, tan sabio y amable como siempre. Raff se arrastró hacia allí y empezó a cavar con los dedos en el hueco situado entre dos de las raíces. Jonah miró a su alrededor y atisbó una bolsa de plástico naranja, medio escondida bajo una montaña de hojas. Miró a Raff para comprobar que no le veía antes de arrancar con cuidado la última página del diario. «Si sigo viva, pierdo, lo mires por donde lo mires». La dobló intentando no mirar el horrible dibujo y se la guardó en el bolsillo antes de meter el diario en la bolsa de plástico. También metió allí el teléfono.

—Tiene que ser profundo, Raffy. O podría desenterrarlo un zorro.

—Ayúdame entonces.

La tierra solo estaba blanda los primeros centímetros, después resultaba más difícil cavar. Jonah utilizaba el talón del zapato y entonces Raff encontró una lata de cerveza, que espachurraron y doblaron para formar una especie de pala. Las ardillas se acercaron a mirar y Raff pensó que podría convencerlas para que ayudaran, pero, cuando las llamó, salieron corriendo. Tuvieron que hacer muchos descansos y tardaron mucho tiempo hasta que el agujero fue lo suficientemente ancho y profundo. Jonah hizo un nudo con las asas de la bolsa naranja y dejó el paquete en el agujero.

—Es como un funeral —susurró Raff—. ¿Es lo mismo que vamos a hacer con Mayo?

—No. —Se quedaron mirando el paquete naranja durante un rato antes de empezar a echarle tierra encima. La aplanaron con las manos y colocaron hojas y ramas por encima antes de salir gateando. A lo lejos, al otro lado de las canchas de tenis, un hombre vestido con pantalones cortos y un chaleco caminaba a grandes zancadas por el sendero. Jonah miró al cielo y se fijó en los destellos de luz que se filtraban entre los cirrostratos. Aún era muy temprano.

Southway Street seguía dormida bajo las nubes veloces. Entraron en la casa y se quedaron en el recibidor unos segundos, escuchando el silencio.

—No huele mal —comentó Raff.

—No. Porque Xavier vació el cubo de basura, ¿te acuerdas?

—Y lo ordenó todo. —Raff entró en la cocina, pero volvió a salir—. Tengo que hacer pis.

Arriba, el cuarto de baño seguía igual que el resto de la semana. Tal vez había un par de moscas muertas más en el agua de la bañera. Se turnaron, y, mientras Raff hacía pis, Jonah se asomó a la bañera y se la imaginó allí tumbada, con la cara bajo el agua, como Ofelia. Cuando entraron en el dormitorio de Lucy, percibió un rastro fantasmal, pero no eran más que los olores, las prendas y todas las moléculas mezcladas. Raff se tumbó en su cama, pero él le dijo que se bajara.

—¿Por qué?

—Necesito las sábanas —le explicó antes de quitar la sábana encimera.

—¿Para qué las necesitas?

—Para envolverla.

—¿Qué? ¿Igual que has envuelto el diario?

—Más o menos.

—¿Vamos a cavar un agujero?

—No. Vamos a quemarla. Como en la India. Así el alma podrá salir.

Raff se quedó mirándolo. Después se dio la vuelta, se descalzó y se puso los zapatos brillantes de Lucy.

—No hagas eso.

—¿Por qué?

—Tenemos que darnos prisa. Hay que hacerlo antes de que se despierten todos. —Mientras hacía un fardo con las sábanas, vio la copa de vino junto a la cama. La copa de vino de Xavier. La levantó.

—¿Jonah? —Raff seguía con los zapatos brillantes, pero tenía cara de miedo.

—¿Qué, Raff? —le preguntó mientras examinaba la copa. Estaba manchada y polvorienta, y había un poso de vino reseco en el fondo. La acercó a la luz y se preguntó qué aspecto tendría el ADN.

—¿Qué pasa con la Yaya Mala?

Jonah guardó la copa de vino entre las sábanas.

—No pasa nada —le dijo—. Se me había olvidado decírtelo, pero ya no tenemos que preocuparnos por la Yaya Mala, porque van a sacar a Roland de la cárcel.

—¿En libertad conmocionada? —preguntó Raff.

—Libertad condicional. —Al colocarse el fardo de sábanas bajo el brazo, se acordó de la carta del hospital. Otra pista. Se agachó frente al montón de papeles que había junto a la cómoda.

—¿Cuándo?

—Hoy, Raffy. Vamos a verle hoy.

—¿Y va a vivir con nosotros? ¿En esta casa? —Raff todavía le miraba con el ceño fruncido, y tenía razón, porque costaba trabajo imaginarlo.

—No lo sé, pero venga. —Hizo una pelota con la carta del hospital.

Raff se quitó los zapatos de tacón.

—¿Y puedo quedarme con estos zapatos? —le preguntó—. ¿Papá me dejará quedármelos?

—¿Para qué los quieres? Son zapatos de chica.

—Pues podríamos venderlos. Valen mucho dinero.

—No es verdad, Raff. No valen nada. Venga, vamos.

74

En el recibidor, agarraron la lata de gasolina y la escalera de mano y salieron al patio. Jonah colocó la escalera contra el muro. Se quedó quieto un momento, pensando, y se palpó el bolsillo. Había metido la carta del hospital arrugada con el dinero de las carreras. La página del diario, cuidadosamente doblada, se hallaba en su otro bolsillo.

—Espera un segundo. —Volvió a entrar corriendo en la cocina y sacó la página. «Si sigo viva, pierdo». La desdobló y la alisó sobre la mesa.

Fuera, Raff ya se había subido al muro. Jonah le pasó las sábanas y después, con más dificultad, la lata de gasolina, antes de subirse también. Saltó al otro lado, se dio la vuelta y alzó los brazos. Raff lanzó el fardo de sábanas y después trató de bajar la lata de gasolina hasta sus manos, pero pesaba mucho y la soltó antes de que pudiera agarrarla. Cayó con fuerza al suelo y quedó tumbada de lado. A la luz del día, parecía muy oxidada. Raff bajó de un salto, recogió la lata y la llevó con decisión hasta la ventana rota. Jonah lo siguió. Se asomaron a la oscuridad.

—Huele a incienso —susurró Raff.

—Sí. —El olor era mucho más fuerte que el día anterior.

—¿Lo encendió Mayo?

—No puedes encender incienso si estás muerto, Raffy. —Él también susurraba.

—Así que fue Saviour.

—No fue él. Se lo pregunté y me dijo que no.

Raff se quedó callado y después dijo:

—¿Podría haber sido... no sé... Dios o alguien así?

—No creo. De todas formas, tú no crees en Dios.

—Ah.

—Pásame la lata.

Sin soltar las sábanas del brazo, colocó la lata sobre el saliente de ladrillos y se incorporó para subirse de un salto. Escudriñó la habitación y se fijó en el lugar donde la luz del cielo se filtraba entre las vigas; el lugar donde estaba la alfombra. Al hacerlo, por el rabillo del ojo percibió un puntito naranja muy pequeño y brillante.

Giró la cabeza. Parecía que flotaba en el aire, como una luciérnaga, salvo porque estaba completamente quieto. Quieto, porque se trataba de la cabeza encendida de una vara de incienso. Estaba clavada en la caja que había junto a la cama. Y, tras ella, sobre la cama, yacía un bulto muy alargado.

El bulto de una persona.

Raff oyó el grito ahogado de su hermano y se asomó para poder seguir el curso de su mirada. También soltó un grito ahogado. Se quedaron muy juntos, con el corazón acelerado.

—¿Quién es? —susurró Raff.

—No lo sé —respondió Jonah. La persona estaba tumbada boca arriba, con las manos detrás de la cabeza.

—¿Es un hombre?

—Sí. —A juzgar por la barbilla prominente y la barba revuelta.

—¿Está dormido?

Como si le hubiera oído, el hombre se incorporó con un movimiento fluido y giró la cabeza, con su barba y su gorra, para mirarlos.

—Oh, Dios mío —susurró Raff—. Así que vive aquí.

El Hombre Andrajoso. Por supuesto. Le vieron bajar las piernas de la cama, apoyar los pies en los escombros y las manos en los muslos. Parecía que los estaba mirando, pero era difícil de saber en la penumbra.

—Así que es él quien quema el incienso —susurró Raff—. ¿De dónde lo saca?

—A lo mejor se lo da el de los ultramarinos.

—Es raro que le guste el incienso. Teniendo en cuenta cómo huele.

—Sí. —La tristeza del Hombre Andrajoso y su incienso. Jonah le vio inclinarse hacia delante; se quedó así, doblado, haciendo algo, aunque no veía qué era.

—Son los zapatos. Se los está poniendo —le dijo Raff—. Se está atando los cordones.

—Ah —dijo Jonah. Oyó la voz cantarina de Lucy. «En Coromandel, cerca de la ribera, donde las calabazas crecen al sol». Recorrió con la mirada aquella estancia sombría y cavernosa, con la esperanza de ver crecer calabazas entre los escombros. El Hombre Andrajoso terminó de atarse los cordones y se puso en pie. Se dio la vuelta y estiró la manta para alisarla.

—Está haciendo la cama —le susurró Raff, fascinado.

«En el corazón de un bosque nefasto, vivía el Yonghy-Bonghy-Bò». El Hombre Andrajoso había terminado de hacer la cama y se había llevado las manos a las caderas. Era como un actor en el escenario, mirando hacia la luz que caía del cielo; hacia el lugar donde estaba la alfombra. «Dos sillas viejas, medio cabo de vela y una jarra vieja sin agarradera». Se fijó en los grafitis de las paredes. Palabras y formas, y más caras; geométricas, como la de la cocina, con la que se había asustado Raff el lunes por la tarde. Percibió la historia de la habitación, plasmada en las diferentes capas de la pared: en el papel pintado de debajo de los grafitis, en la escayola, en los ladrillos, en los escombros y en los objetos enterrados entre los escombros. «Estos eran sus míseros trastos en el corazón de un bosque nefasto». Fue consciente de que sus pensamientos también formaban capas, siempre cambiantes: la imagen del Yonghy-Bonghy-Bò, con los árboles altos y finos, y la pluma rizada del sombrero de la señorita Jingly, antes de dar paso a la habitación que tenía delante, con toda su oscura complejidad.

—¿Qué deberíamos hacer, Joney?

—No estoy seguro. —Se quedó mirando al Hombre Andrajoso—. Quizá tengamos que volver más tarde —susurró. Pero entonces el Hombre Andrajoso giró la cabeza sobre su cuello fino y alargado. Levantó el brazo, un brazo elegante, y les hizo un gesto para que se acercaran.

—Quiere que vayamos —le dijo Raff.

«Una vez que en la arboleda Bong se hallaba, donde las calabazas crecen al sol, a un pequeño montón de piedras llegó el Yonghy-Bonghy-Bò». El Hombre Andrajoso tenía las manos en las caderas y esperaba a que se acercaran. Raff se bajó de la cornisa y entró en la habitación antes de bajar la lata de gasolina. El peso de la lata le hizo tambalearse sobre los escombros. Jonah percibió el fuerte olor de la gasolina y vio sobre la cornisa la mancha húmeda que había dejado la lata.

—Vamos.

—De acuerdo. —Agarró el fardo de sábanas y saltó para juntarse con Raff. Se miraron con los ojos brillantes en mitad de la oscuridad.

—¿Dónde está Mayo? —le preguntó Raff.

—Por allí. —Señaló con la cabeza hacia la alfombra. El Hombre Andrajoso estaba mirándolos, quieto como una estatua. Guio a su hermano a través de los escombros, sintiendo que el hombre los seguía con la mirada.

Por supuesto, la alfombra no estaba tan lejos, a diez o quince pasos, pero fue como si tardasen una eternidad. Al oír que Raff se tambaleaba de nuevo, miró por encima del hombro. Como un fantasma, el Hombre Andrajoso había atravesado la habitación y estaba allí, junto a Raff, ayudándole a recuperar el equilibrio.

«Cansado estoy de mi soltería; en esta costa pedregosa y perdida». La voz de Lucy sonaba cálida, como un hilo susurrante en su cerebro. Vio que el Hombre Andrajoso le quitaba la lata de gasolina a Raff, desenroscaba la tapa y la olía. «Si usted quisiera ser mi esposa, mi existencia sería maravillosa». Pero ella le había dicho que no, por Handel Jones, su marido, y el Yonghy había huido. «Qué triste, Mayo».

La lata colgaba del brazo alargado del Hombre Andrajoso y goteaba por el suelo. Raff y el hombre lo miraban. Era hora de ponerse en marcha.

Cuando llegó hasta la alfombra, se detuvo, y los otros dos se detuvieron a cada lado. El estampado de la alfombra, que era más bien un tablero de ajedrez que un patrón de ceros y cruces.

—¿Dónde está? —susurró Raff.

—Ahí debajo.

Raff se quedó mirando la alfombra. Jonah miró al Hombre Andrajoso. Tenía la lata de gasolina abrazada contra su pecho y la mirada triste y sombría.

—¿Cómo lo sabes, Jonah? —La voz de Raff sonaba tensa y aguda, como un silbido—. ¿Has mirado? ¿La has visto?

Se quedó callado, recordando en su mente las palabras de aquel poema infantil. Junto a él, su hermano emitía leves sonidos, como el gimoteo de un perro. Se llevó las sábanas a la cara y olió el coco. Después dejó el fardo en el suelo y sacó la copa de vino. Se estiró y la lanzó con fuerza hacia la oscuridad. Oyó que se estrellaba.

Raff dejó de gimotear.

—¿Por qué has hecho eso? —le preguntó.

—Era una pista. Tenía el ADN de Saviour.

—¿Qué es el ADN?

—Es como... partes de él. —De pronto se sintió avergonzado y miró al Hombre Andrajoso, pero este no parecía haberle oído. Miró a Raff a la cara. Se había encogido, tenía las mejillas chupadas, como si de pronto estuviera desnutrido, con los ojos muy abiertos y fijos en la alfombra. Jonah tomó aliento y trató de concentrarse. Necesitaban madera, algo que ardiera con facilidad. Miró a su alrededor. Había estado pensando en la casita infantil, o en desmontarla tal vez, pero quizá bastara con los libros, quizá pudieran hacer una pila con ellos y tumbarla a ella encima. Primero tenían que envolverla. Se agachó para recoger las sábanas y trató de sacudirlas, pero eran demasiado grandes y no podía estirar tanto los brazos.

—¿Qué estás haciendo ahora?

—Tenemos que extenderlas. Raffy, ¿me ayudas?

—Pero ¿para qué?

—Para poder... —Lo había imaginado con mucha claridad en su cabeza: aquel capullo blanco y limpio, pero ahora se daba cuenta de que jamás podría envolver así su cuerpo, y no entendía cómo había llegado a pensar que podría hacerlo. Ni siquiera tendría fuerzas para levantar la alfombra—. No pasa nada, Raffy. —Dejó caer las sábanas de nuevo al suelo. Tal vez pudiera echar la gasolina sobre la alfombra y prenderle fuego, para que ella ardiera debajo. ¿Qué más daría envolverla con unas sábanas si iba a acabar reducida a cenizas? Pero, claro, quemarla sin verla... Sin que Raff la viera. Dejarla ahí, bajo esa alfombra mugrienta.

—¿Qué pasa, Joney?

—No puedo hacerlo. No podemos hacerlo, ¿verdad? Es una estupidez.

—Entonces, ¿nos vamos a casa?

Raff miró por encima del hombro, pero entonces el Hombre Andrajoso dejó la lata de gasolina en el suelo y agarró el borde de la alfombra con ambas manos.

Se produjo un tumulto de movimiento: el Hombre Andrajoso levantó los brazos y retiró la alfombra; Jonah dio un salto hacia atrás, se tapó la nariz con una mano y empleó la otra para apartar a Raff con él. El rojo de su pareo, sus piernas, el extraño ángulo de su cabeza, y el grito de Raff al darse la vuelta y salir corriendo.

Jonah dio dos pasos más hacia atrás, ahora con las dos manos en la nariz. Oyó que Raff tropezaba y caía sobre las piedras, pero no podía dejar de mirar el rojo. El pareo estaba muy sucio y se le había subido por los muslos. Seguía anudado en su pecho y los extremos del nudo caían hacia su garganta. Solía darle dos vueltas alrededor de su cuerpo, después agarraba las dos esquinas, tiraba con fuerza y se lo anudaba; se lo había visto hacer cientos de veces.

—¡Mayo! —Tras él, Raff gritaba esa palabra entre sollozos una y otra vez; era el sonido más terrible que jamás había oído.

Se fijó entonces en su cara.

Era ella, pero no del todo: era una versión de ella, de un sueño lejano sobre el futuro. Tenía la piel pálida y la frente sobresaliente, como la de un cavernícola, con los ojos ensombrecidos. Su boca dibujaba una sonrisa extraña y lateral, como si estuviera acordándose de lo divertido que era estar viva.

—Mayo —susurró contra su mano. Los sollozos de Raff empeoraron y a él se le llenaron los ojos de lágrimas. «Mayo», pensó. «Por favor, ven, porque Raffy se ha caído. Está llorando, Mayo. Por favor, ven, porque no me gusta tu cara muerta». Levantó la mirada. Vio los retazos borrosos del cielo y las nubes veloces.

Entonces el Hombre Andrajoso se acercó y le quitó las sábanas. Las extendió formando un enorme cuadrado blanco junto a Lucy y, con mucha suavidad, deslizó las manos por debajo de su cuerpo y la giró hasta colocarla sobre las sábanas. Ahora estaba boca abajo y Jonah le vio el trasero, porque, por la parte de atrás, el pareo se le había subido más allá de la cintura. Su trasero había cambiado —estaba plano y muy oscuro, como si fuera todo ello un cardenal— y eso le hizo llorar. Pero el Hombre Andrajoso ya había agarrado las sábanas y estaba envolviéndola con ellas, con bastante fuerza, hasta que quedó solo un bulto. Un bulto bastante pequeño en realidad. No era tan bonito como se había imaginado, simplemente un bulto de algodón blanco. Después el Hombre Andrajoso se incorporó y miró a Raff mientras se sacudía las manos en el chándal. Jonah también le miró.

—No pasa nada, Raffy. Ya puedes volver.

Raff se quedó donde estaba, acurrucado junto a la casita infantil, de modo que se acercó a él y le pasó un brazo por los hombros.

—No es ella, Raffy. Su cuerpo en realidad no es ella. Ella no está dentro, ya no. Es como... una vaina vacía.

—Entonces, ¿dónde está?

—Está aquí. Está... —dijo. «Mayo, ven. Ven por Raff. Deja que él te sienta. Por favor, ven».

El Hombre Andrajoso se había acercado a ellos. Se metió la mano en el bolsillo, sacó algo y se lo ofreció, como había hecho el lunes por la mañana.

Jonah se quedó mirando el objeto que brillaba en la palma de su mano, estiró el brazo y lo agarró.

—Gracias —susurró. Se preguntó por qué el Hombre Andrajoso se lo habría quitado a Lucy del cuello, pero entonces recordó que Xavier lo había agarrado cuando ella cayó: vio la cadena partida, que bailaba en el aire como una serpiente dorada, y el relicario, que se precipitaba al vacío sobre las piedras. Lo abrió y contempló la foto diminuta en blanco y negro: la madre de Lucy, que ya llevaba muerta mucho mucho tiempo. Volvió a cerrarlo y se lo dio a Raff.

—Tenemos que quemar su cuerpo, Raffy. Así podrá... Así podrás... —Lo levantó del suelo—. Necesitamos los libros. —Se quedó mirándolos. Casi todos eran libros de bolsillo con dibujos en la cubierta. En uno de ellos, aparecía una mujer de aspecto alocado que corría con la ropa ondeando al viento. *Cumbres borrascosas*. Se agachó para recogerlo y soltó un grito ahogado cuando una araña enorme se le subió en la mano.

—¿Jonah?

—No pasa nada. —Se sacudió la araña y trató de pasarle el libro a Raff—. Vamos, Raff, tenemos que hacer una pila. Para el fuego.

—No quiero —susurró Raff, mirando el relicario.

—Hacemos una cosa, Raffy. —Se metió la mano en el bolsillo y sacó el fajo de dinero de las carreras—. Cuando hayamos terminado, iremos a comprar chucherías. Todas las que quieras.

Raff dijo que no con la cabeza; los dientes le castañeteaban sin control.

Jonah volvió a mirar los libros.

—Vale. Quédate aquí. Lo haré yo. No tardaré mucho. Y, cuando le prenda fuego, no tenemos que quedarnos. —Había pensado que se quedaría mirando durante un rato, quizá para poder ver cómo su alma escapaba del cráneo partido—. Volveremos corriendo a casa. Nos iremos a nuestra casa. ¿Vale, Raffy?

Raff asintió. Él se agachó y recogió con los brazos un montón de libros. El Hombre Andrajoso hizo lo mismo.

Después de construir una pila alargada, intentó levantar la lata de gasolina, pero estaba muy débil. El Hombre Andrajoso se la quitó. Abrió la tapa, inclinó la lata y un hilo fino de líquido comenzó a caer sobre los libros. «Me encanta el olor a gasolina...». Eso era lo que había dicho Lucy en el autobús, con la lata en su regazo, cuando iban de camino a recuperar el coche.

El Hombre Andrajoso levantó su cuerpo envuelto en sábanas y lo colocó con delicadeza sobre la cama de libros. Después vertió más gasolina por encima y el algodón blanco se empapó y se le pegó al cuerpo. Cuando se quedó vacía, la tiró a un lado y rebotó sobre las piedras. Después se volvió y lo miró de nuevo, a la espera, alerta. Jonah tardó un par de segundos en entender por qué.

—¡Oh, no! —susurró.

—¡Jonah! ¿Qué pasa? —preguntó Raff detrás de él, con voz de pánico.

—Se me han olvidado las cerillas.

Se produjo entonces un ligero cambio en el rostro del Hombre Andrajoso; no fue una sonrisa, ni una expresión ceñuda, sino una especie de relajación. Se dio la vuelta y se dirigió hacia la puerta con paso ligero. Dio un salto, salió de la habitación y desapareció.

—¿Dónde ha ido? —preguntó Raff.

—A por fuego. De la cocina. —El bote de miel de la mesa y el *camping* gas. Y el bote con palitos que olía a tartaletas de frutas. Clavos, eso es lo que eran. ¿Por qué tenía el Hombre Andrajoso un bote de clavos? Seguramente habría estado tomando bebidas calientes con miel, para el resfriado. ¿Su madre le prepararía bebidas calientes cuando era pequeño? ¿Pensaría en ella cuando se preparaba una?

Sacó la carta del hospital arrugada y la tiró entre los libros, junto a los pies de Lucy, empapados de gasolina. Retrocedió y entonces el Hombre Andrajoso reapareció en la puerta con una vela encendida y una caja de cartón. Jonah se dio cuenta de que no podía saltar con la vela sin que se le apagara la llama, de modo que se acercó y se la pasó.

Se dio la vuelta. Desde la puerta, la habitación parecía muy larga hasta llegar a la ventana rota. El bulto blanco de su madre descansaba sobre la montaña de libros, bañado por la luz suave y gris del cielo. Más allá, Raff seguía acurrucado junto a la casita infantil.

Mientras el Hombre Andrajoso y él regresaban junto al cuerpo, la cera de la vela le goteó sobre la mano. Estaba caliente, pero no demasiado. Raff había empezado a gimotear de nuevo; le dieron ganas de ir con él, pero tenía que sujetar la vela. El Hombre Andrajoso iba doblando y enrollando la caja de cartón para formar una especie de vara. La cera siguió goteando sobre su mano.

—¿Raffy?

No hubo respuesta. El Hombre Andrajoso metió la vara en la lata de gasolina, para que el cartón absorbiera los posos que

401

quedaban. Luego volvió a agarrar la vela y Jonah se entretuvo arrancándose la cera de la mano. Quería rodear al Hombre Andrajoso para ir junto a Raff, pero el hombre le hizo un gesto para que se apartara hacia el otro lado. Obedeció, pero siguió haciéndole gestos, así que retrocedió más aún, lo cual le parecía mal, porque estaba cada vez más lejos de Raff.

—¡Apártate tú también, Raffy! —Vio que Raff giraba la cabeza hacia él, como un conejo. Se encendió la llama en la vara de cartón e iluminó los grafitis de las paredes. Las caras pintadas observaban con malicia, como un público impaciente, y, sin más, el Hombre Andrajoso dio un paso al frente y acercó la vara encendida al bulto blanco.

—¡Raffy, apártate!

Se produjo un zumbido intenso y, por un segundo, pareció que el Hombre Andrajoso también estaba en llamas, pero se tiró al suelo y rodó por los escombros para que no le alcanzara el fuego. Se puso a cuatro patas, después se levantó y miró lo que había hecho, con la cara iluminada de color naranja. Jonah miró también, observó el bulto envuelto en llamas, negro ya, como los cuerpos negros en llamas de los dibujos infantiles. El fuego se pegaba al cuerpo, lo necesitaba para reunir energía y poder así subir y subir, hacia los pájaros.

—¡Jonah!

—¡Raffy! —Jonah se dirigió hacia él. Tenía que sacarlo de allí. Pobre Raffy.

Se detuvo porque una llama fuera de control le cortó el paso y empezó a avanzar sobre los escombros. «Hombre de Pan de Jengibre. Hombre de Pan de Jengibre». Claro, era por la gasolina, por las gotas que se habían caído de la lata. El fuego se alimentaba de esas gotas, porque la gasolina era energía, la energía líquida de las cosas que estaban vivas hacía un millón de años. Las llamas eran pequeñas, le llegaban a la altura de los tobillos, pero, cuando alcanzaron el resto de los libros, se produjo otro zumbido.

—¡Raffy, deprisa! ¡Tenemos que irnos a casa! —¿Dónde se había metido? ¿Se habría ido ya, o era él el que estaba junto a la casita infantil? Era difícil ver con el humo. Volvió a gritar su nombre, tratando de alzar la voz por encima de los silbidos y el crepitar del fuego. Miró de nuevo hacia el cuerpo de Lucy, pero estaba oculto por el humo denso y gris.

Se giró hacia la ventana rota. Había hileras de fuego por todas partes, ondulantes y amenazadoras, pero todavía quedaba tiempo.

—¡Jonah!

—¡Raffy! —¿Dónde estaba? La habitación estaba llena de cortinas de fuego, que se alimentaba de la energía de los objetos, y los sonidos eran cada vez más fuertes.

—¡Jonah!

¡Allí estaba! Se había movido, justo detrás de la casita infantil, cerca de la pared. No debería haber ido hacia allí. Pero daba igual, porque aún quedaba tiempo. Solo tenía que... Hacía mucho calor. Y el humo.

—¡Raffy, no pasa nada! ¡Raffy, tenemos que salir por el otro lado!

—¿Qué otro lado? —Había empezado a toser.

—¡Por la cocina! ¡Ve hacia la cocina!

Raff no paraba de toser. Estaba detrás de la casita infantil, quizá demasiado cerca aún, porque las llamas ya acariciaban sus paredes.

—¡Raffy!

El fuego devoró la casita y ascendió como una catarata invertida. Hacía mucho mucho calor y Jonah retrocedió. Pero podría bordearla, podría llegar hasta Raff, hasta el lugar del que provenía la tos. Primero fue hacia la izquierda, pero se dio la vuelta, porque no quería pasar junto a las cortinas de fuego. Había empezado a toser también, pero sí, por aquel camino iba mejor, hacía menos calor. Aunque no veía nada, no veía a Raff, y el sonido del fuego era ensordecedor.

—¡Raffy! —Se humedeció los labios ardiendo y cerró los ojos para protegerlos del humo al darse cuenta de que corrían un peligro mortal. PELIGRO MORTAL. Vio las palabras en letras de neón a través de los párpados cerrados—. Raffy. —Intentó gritar, pero le salió una voz ronca y empezó a toser de nuevo. «Raffy. Ya voy a buscarte». Debía de estar muy cerca, quizá a menos de un metro, pero no estaba seguro de en qué dirección ir.

«No pasa nada, Mayo. Voy a ir a por él». Abrió los ojos y siguió avanzando a ciegas mientras tanteaba con las manos entre las llamas. Oyó un rugido, pero no provenía del fuego, sino de su cerebro. Sintió algo en la mano y la apartó, pero el fuego parecía habérsele pegado. Se tambaleó, tratando de ahuyentar el fuego, se metió la mano bajo la axila, después se agachó y la colocó entre los muslos. Estaba todo muy oscuro, como si fuera de noche. ¿Sería de noche? ¿Cuánto tiempo llevaban allí metidos? «Mantente agachado». ¿Quién había dicho eso? Le había pasado algo en la mano. La apretó contra su pecho y se hizo un ovillo. ¿Era ella la que le había dicho que se mantuviese agachado? ¿Habría escapado a través de su cráneo? ¿Estaría allí con él? «Mantente agachado, Joney, porque el calor va hacia arriba». Iba a gatas, apoyándose solo con una mano. El calor va hacia arriba. Tenía que decírselo a Raff. Pero ¿dónde estaba? «Un bebé muy fuerte y valiente». Estaba justo allí hacía un minuto. Tal vez hubiese salido por ese otro lado.

«Shhh». Era como si estuviese debajo de una montaña y hubiera nubes alrededor de la montaña. Y la montaña se moviera. Una montaña en movimiento que se acercaba y una cara, una especie de cara entre las nubes. ¿Sería la cara de la montaña o simplemente las nubes? Muy densas. Nimbostratos. La cara de las nubes lo miró y unos brazos le rodearon. ¿Sería Dios? Una cara alargada y triste, con gorra. Y esos brazos largos y fibrosos. El Hombre Andrajoso. La cremallera caliente de la sudadera del chándal.

Lo levantó del suelo. Tenía la cara contra su hombro y el Hombre Andrajoso lo sujetaba entre sus brazos. Pero ¿y Raff?

Estaban ya en la puerta. En realidad estaba muy cerca. Y entonces subieron y llegaron al recibidor. Trató de hablar, pero no podía, así que intentó golpearle el pecho al Hombre Andrajoso. En la cocina, el humo era mucho menos denso y vio los árboles a través de la puerta trasera abierta. Pero ¿y Raff? Tenían que volver. Trató de soltarse y el Hombre Andrajoso lo dejó en el suelo. Hizo el amago de regresar al recibidor, pero el hombre lo agarró.

—Raffy. —No fue más que un susurro; no podía haberle oído nadie. El Hombre Andrajoso le había soltado y ahora estaba tirado en el suelo, y la mano...

Oyó el agua correr, lo cual era algo bueno. El Hombre Andrajoso había abierto el grifo, aunque era extraño que funcionase después de tanto tiempo. El agua caía sobre el fregadero roto de debajo y el Hombre Andrajoso acercó algo al chorro, un trozo de tela grande, quizá una sábana o una manta. «Deprisa. Porque Raff está solo». Pobre Raffy. Notó que todavía tenía el dinero de las carreras en el bolsillo, lo cual era bueno, porque dejaría que Raff se comprase lo que quisiera. Vio que el hombre se echaba la tela empapada por encima, sobre la cabeza y los hombros, como si fuera una capa. Era una tela a rayas, muy grande; le tapaba casi todo el cuerpo. Se puso en pie y le siguió hasta el recibidor. Vio que se detenía en el umbral de la habitación en llamas y lo miraba a través del humo. Entonces se cubrió la nariz y la boca con un extremo de la tela, como un hombre del desierto, y saltó al interior de la otra habitación.

«No pasa nada, Raffy. El Hombre Andrajoso ya va a salvarte». Se quedó en el recibidor, con la mirada fija en la puerta, hasta que todo se llenó de humo y ya no pudo ver más. «Si me quedo aquí, mirando... Si creo, si lo deseo, si rezo...». Y entonces oyó otra cosa, algo que se colaba por encima de los rugidos ensordecedores del fuego, un sonido que conocía muy bien —¡niinoo, niinoo!—. Todo saldría bien. Ya venían a ayudarlos. «Raffy, ¿lo oyes? ¡Aguanta un poco!». Se produjo entonces un quejido, un quejido largo y profundo, el quejido de un gigante herido, y no pudo evitar retroceder. Otro quejido. Se dio cuenta de que era la Casa Rota la que se quejaba, desde lo profundo de sus huesos al romperse; el techo del recibidor comenzó a derrumbarse, primero en ráfagas de polvo, después a pedazos enormes. Volvió a entrar corriendo en la cocina.

Se hallaba de nuevo en el suelo, bajo la mesa, que era un buen sitio para esperar. Regresarían pronto. Solo tenían que atravesar el derrumbe del recibidor. Palpó el dinero de las carreras. «Lo que tú quieras, Raffy». Ya no veía los árboles, pero distinguía la puerta trasera, el rectángulo con una luz muy débil. Oyó voces procedentes del exterior, pero decidió quedarse donde estaba y esperar a Raffy y al Hombre Andrajoso, que iban de camino. Entonces percibió un movimiento en el rectángulo de luz, porque había una silueta en medio, la silueta de un hombre con un abrigo muy grande. «¿Papá?». Salió de debajo de la mesa y trató de ponerse en pie. El humo le dificultaba la tarea. Era justo lo contrario al andén de la estación de *Los chicos del ferrocarril*, porque, en vez de ser cada vez más nítida, la silueta iba volviéndose más y más difusa. «Papá, ¿eres tú? ¿Estás ahí?». Avanzó dando tumbos y volvió a caer al suelo. «¿Papá?».

SÁBADO

75

Era un bombero, no Roland, el que había aparecido en la puerta de la Casa Rota, pero el hombre que estaba entonces sentado en la silla junto a él sí era Roland, estaba casi seguro de ello. Veía sus pantalones claros y sus extrañas manos azules apretadas entre los muslos, pero no podía girarse y ver el resto de su cuerpo; no podía moverse en absoluto. Trató de decir su nombre, pero tenía algo en la boca, algo que le bajaba por la garganta. Era horrible.

Parecía encontrarse en una especie de tanque. ¿O sería un submarino? Había muchas máquinas, y la silla que tenía al lado, que ahora estaba vacía... y otra silla junto a la pared. «Dos sillas viejas, medio cabo de vela...». Había un hombre vestido con uniforme rosa oscuro que no paraba de entrar en la habitación, le examinaba y después volvía a salir. ¿Iría a ver a Raff? Se llamaba Bo, lo llevaba escrito en el uniforme: *Bo Jensen*. «Yo soy Bo», le había dicho con una sonrisa, señalándose la chapa del uniforme (con el dedo azul), pero era bajito y aseado, con la cabeza pequeña y limpia: no se parecía en nada al Yonghy-Bonghy-Bò. «Y tú eres Jonah. ¿Es la primera vez que estás en el hospital?». Jonah había intentado responder, pero, claro, no podía, por culpa del tubo, y Bo Jensen se había llevado el dedo a los labios. Ese dedo extraño y azul.

Soñó que él era el Yonghy, que huía por las laderas resbaladizas de Myrtle, hasta el mar calmoso y en paz, donde le esperaba la tortuga. «No quiere casarse conmigo», le explicaba. «Mejor será que nos vayamos». El ojo de la tortuga era como el de Ganesha, muy amable y brillante, y resultaba fácil subirse a su caparazón. «Aquella mar agitada y espumosa la tortuga velozmente surcaba». Sin embargo, él no paraba de mirar hacia atrás, porque oía a la señorita Jingly, que lloraba y lloraba, subida en su montón de piedras.

Abrió los ojos. Roland, sin duda era Roland, sentado ahora en la otra silla, la que había junto a la pared, de modo que lo veía entero. Todavía tenía las manos azules y llevaba un delantal azul. Quizá había estado preparando tartaletas de frutas. Volvió a entrar en el sueño, pero la tortuga se había convertido en una especie de caballito de mar, lo cual le recordó una cosa: ¿dónde estaba el dinero de las carreras de caballos?

Después, las dos sillas estaban vacías. Roland debía de haber ido a ver a Raff. ¿Por qué no llevaban allí a Raffy? «Dos sillas viejas y medio cabo de vela». No había velas. Pero sí había una jarra, una jarra de plástico del hospital situada sobre la mesita plegable. De hecho, era la segunda vez que estaba en el hospital. Eso era lo que había intentado decirle a Bo. Sin embargo, la primera vez había sido hacía mucho tiempo y solo se acordaba de algunas partes. Sus botas Wellington recién estrenadas, subiendo por una rampa, una rampa muy inclinada. Eran unas botas rojas. Y entonces llegaron al pasillo, largo y amarillo. La yaya Sadie le había dado el juguete para que lo llevara él. Era el sonajero en forma de mono a rayas. Estaba muy emocionado e iba asomándose a las puertas abiertas de las habitaciones, pero la yaya Sadie le llevaba de la mano, no se detenían..

Roland había vuelto a sentarse en la silla que tenía al lado y en sus manos azules sujetaba un trozo de papel. Se acordaba de aquel trozo de papel, recordaba haberlo dejado en la cocina. Ah, sí, era la página de su diario. «Si sigo viva, pierdo...». La palabra esa que se parecía a «su incendio», que quería decir «quitarse la vida». Se le había vuelto a olvidar, pero daba igual. Fingir, contar una mentira, era algo malo, y le preocupaba que el karma pudiera devolvérsela. Pero probablemente fueran todos bolas de billar y los dioses estuvieran apoyados en sus tacos, viendo cómo rodaban y rebotaban.

Las manos azules dieron la vuelta a la página para contemplar aquel dibujo obsceno. Entonces regresó Bo Jensen y él dejó de ver a Roland, porque Bo se había puesto en medio, estaba observando las máquinas y escribiendo cosas en su carpeta. Quiso contarle a Bo la primera vez que había estado en el hospital, lo emocionados que estaban la yaya Sadie y él, caminando por aquel pasillo amarillo tan concurrido. La gente decía que era imposible que se acordara, pero sí que se acordaba, recordaba sujetar el monito a rayas, recordaba sus botas Wellington de color rojo y él mirando y mirando... ¿dónde estaban?

Bo se había ido y Roland estaba llorando otra vez, sollozaba y gemía, con las calabazas, dentro de la jarra sin agarradera. Si pudiera levantarse, quitarle el tubo de la boca y darle algo de agua. «Ella pena aún y a diario lloriquea; en su montón de piedras cubierto de yedra». Sus botas Wellington de color rojo en la rampa inclinada, la emoción y el pasillo largo y amarillo. Y entonces llegaron a una sala muy grande con mucha gente acostada en camas. A través de la ventana recordaba que se veía la inmensidad del cielo. ¡Y allí, por fin, estaban Mayo y papá, en un rincón! Papá estaba sentado en la silla, sonreía, no lloraba, y Mayo, su querida Mayo, sonreía también, tumbada en su cama. En sus brazos, un fardo. ¿Un fardo de qué?

—Shh. —Roland estaba justo allí, de pie a su lado, con el rostro descompuesto—. Papá está aquí. —Esa extraña mano azul le acarició el hombro. Si al menos pudiera sacarle el tubo de la boca. Si pudiera decirle dónde estaba Raffy. «¿Dónde está, papá?». Notó que la pregunta le salía de dentro, con urgencia, y trató por todos los medios de emitir algún sonido—. Shhh —repitió Roland—. Tranquilo, cielo. Papá está aquí.

411

«Papá se levantó de la silla y me tomó en brazos; a través de la ventana vi el parque. Y en la cama estaba Mayo, que no paraba de sonreír, un poco pálida y cansada. Entonces le pasó el fardo a la yaya Sadie y a esta se le iluminaron los ojos. Todos parecían muy felices. ¿Adivinas lo que era el fardo, Raff? Sé que crees que no me acuerdo, pero sí me acuerdo. Me acuerdo de todo. Me senté en el regazo de Mayo y la yaya Sadie me puso el fardo encima. Miré hacia abajo y vi tu carita arrugada de mono. Te di el juguete y lo agarraste con el puño. ¡Y parecías tan valiente! Me reí, y los demás también, porque eras muy gracioso. Y Mayo dijo: "Me alegra que sea un niño, porque os lo vais a pasar muy bien juntos". Un puño pequeño y fuerte. Una carita valiente. Un hermanito valiente y fuerte».

JULIO 2018

JULIO 2018

76

Había pasado un buen rato donde Leonie. Su cita de las seis y media no había aparecido y él se había quedado absorto tocando. Ahora le dolían los músculos de la boca y su sombra ya era alargada. La camioneta de los helados estaba en su lugar de siempre dentro del parque, con un corro de niños bajo la ventanilla. Una niña pequeña, que llevaba puestas solo unas bragas, se acababa de pedir uno de esos polos en forma de cohete que tanto le gustaban a Raff. Debería darse prisa, porque estarían todos preguntándose dónde se había metido, pero algo le hizo detenerse y observarla. Tenía rasguños recientes en ambas rodillas. Se alejó un poco de la camioneta, con sus piernas arqueadas, antes de romper el envoltorio del polo y dejarlo caer al suelo. Él frunció el ceño, aunque, siendo sincero, había basura tirada por todas partes. Mientras chupaba el polo, la niña se quedó mirándolo y se fijó en la cicatriz. Había dado por hecho que llevaba solo unas bragas porque estaría en la piscina infantil, pero entonces se dio cuenta de que la piscina no estaba llena. Había tres adolescentes en monopatín dando vueltas alrededor de los pequeños tiburones de hormigón.

—Se me ha caído el polo. —La niña estaba mirándolo con los labios y la barbilla manchados de color morado. El polo había empezado a derretirse en el suelo de grava.

Había algo molesto en su manera de mirarlo, pero aun así sacó algo de dinero del bolsillo.

—Te compraré otro —le dijo.

Uno de los adolescentes le lanzó una mirada, supuestamente de desprecio. La niña le dio la mano y lo llevó hasta el final de la cola. Era la mano mala, porque llevaba la trompeta en la buena, pero ella se la agarró con fuerza. Pensó en darle el dinero sin más y marcharse, pero le resultaba imposible con la niña agarrada y apoyada en él. Se compró para él un cucurucho y, al dar el primer lametazo, se preguntó de nuevo si Xavier estaría allí. Había asistido el año anterior, con una bolsa de habichuelas de la ecoaldea, pero no estaba en buena forma. Les había enseñado fotos de su yurta, que había construido él mismo. Una cabaña baja y circular hecha de listones de madera entrelazados. Dentro no tenía casi nada: solo una cama plegable, bien hecha, y una vela. Al ver las fotos, había recordado aquel poema que Lucy solía leerles... «Estos eran sus míseros trastos en el corazón de un bosque nefasto». ¿Cómo se llamaba el hombre del bosque, con la cabeza enorme y el sombrero diminuto? No se acordaba.

La niña se alejó sin darle las gracias. Jonah se quedó mirándola. Parecía muy pequeña para estar sola. Siguió caminando hasta llegar a la altura del hospital, levantó la mirada y trató de identificar la ventana de la habitación donde había estado ingresado cuando le subieron de la UCI. Había pasado allí semanas, mirando las nubes, solo en su habitación del pabellón infantil, siempre con sed, y aquel terrible picor bajo las vendas.

«Solo no, Jonah, cariño». Vio a su abuela negando con la cabeza. Era cierto, casi siempre había habido alguna visita; se habían turnado para estar con él, incluso por la noche. Le habían leído cuentos, sobre todo al principio, cuando le dolía demasiado para hablar. Sadie había escogido los libros y había sido la mejor lectora con diferencia, porque a cada personaje le ponía una voz distinta. Roland no lo había hecho mal. Un poco monótono, quizá.

Aunque mejor que Xavier, que hacía pausas todo el rato porque se dejaba llevar por sus pensamientos. En el silencio, escuchaba los sonidos lejanos de los demás niños del pabellón y a veces creía poder oír la voz de Raff. Dentro de la habitación solo se oía la respiración de Xavier, el pitido del monitor al que estaba conectado y el tictac del enorme reloj que había sobre la puerta. Había contemplado mucho aquel reloj, para olvidarse un rato del cielo y de las nubes, lo suficiente para saber que el segundero disminuía ligeramente la velocidad cuando subía y volvía a acelerarse en la bajada. Había pensado en preguntarle a Xavier si se alegraba de lo del secreto, pero siempre se sentía demasiado cansado y le dolía mucho la garganta.

No estaba disfrutando mucho del helado y además iba a comer pollo asado dentro de poco. Tiró lo que le quedaba dentro de un cubo de basura desbordado y, en ese momento, le pitó el teléfono dentro del bolsillo. Lo sacó y vio que era un mensaje de Sadie. Sadie, antes conocida como la Yaya Mala. Y que resultó no ser tan mala después de todo.

La cena está lista. Estamos esperándote. ¡Espero que no hayas decidido ir a casa de Frank!

Pobre Sadie. Estaba preocupada por él. Le daba miedo que se hubiera perdido o se hubiera metido en líos. *Lo siento mucho*, escribió. *Llego en 5 minutos.* Y luego, como se sentía culpable, añadió: *Besitos.* Se guardó el móvil en el bolsillo y subió la colina a toda prisa, recordando el miedo que le tenían a la yaya años atrás. Al llegar al estanque, los graznidos de los patos en el agua le hicieron recordar aquel chillido y el círculo de ojos que los miraban. Tal vez lo que había pasado era que la habían confundido con el pavo real. Raff y él se habían puesto histéricos y habían empezado a gritar como locos. Gritaban y corrían, agarrados de la mano, dando tumbos por el suelo del jardín. Bordearon la casa, se escondieron debajo del coche de Sadie y se quedaron los dos abrazados allí. La yaya tuvo que sacarlos a rastras; primero a él, después a Raff, y estuvo sacudiéndoles la porquería mientras sollozaba, tan alterada como ellos.

Se dio cuenta de que se había detenido y había dejado la funda de la trompeta en el suelo para taparse las orejas con las manos. Era curioso que un recuerdo pudiera permanecer latente en varias neuronas del córtex y de pronto resurgir, tan poderoso como siempre. Pero seguía sin acordarse del nombre de aquel hombre tan triste del poema. El pavo real había muerto poco después, según le dijo Sadie: atropellado, justo enfrente de casa. Retorció los hombros y desterró aquel recuerdo.

Los patos se habían tranquilizado y todo estaba a oscuras y en silencio bajo los árboles. Se relajó apoyado contra la barandilla, sabiendo que debía darse prisa, pero no tenía ganas de alejarse del pasado. Raff y él eran muy pequeños por entonces. En aquella época no tenía idea de lo pequeños que eran. Pensó en la niña de las piernas arqueadas y se preguntó si debería ir a buscarla, preguntarle si se encontraba bien, si necesitaba ayuda. Pat y Leonie no eran las únicas que se habían sentido mal por no darse cuenta del aprieto en el que se encontraban, o por no actuar en base a sus sospechas. La pobre señorita Swann se había quedado destrozada, igual que Christine, la señora Blakeston y el señor Mann. Durante el funeral, para el que habían tenido que esperar meses, debido a la investigación, Alison lo había abrazado, llorosa. «¡Si hubierais confiado en mí!», le había dicho entre sollozos. Sadie había dicho más o menos lo mismo, sentada en aquella silla junto a la cama del hospital. «Jonah, siento mucho que pensarais que no podíais recurrir a mí». Había cerrado el libro sobre su regazo para pronunciar su pequeño discurso. «Sé que me porté muy mal aquel día, al gritarle a Raffy». El jarrón era de su madre, un estúpido trozo de cristal, pero se había dejado llevar por lo que había hecho el pobre Roland. Había sido imperdonable asustarlos de ese modo, y después lo del pavo real. Aquello la había atormentado. Fue algo terrible en un día terrible.

Contempló el banco de Olive Mary Sage —*No está lejos*— y volvió a acordarse, con total claridad, de que antes solía sentir la presencia de su madre: su olor y su mirada sonriente y cariñosa. Se dio la vuelta, apoyó la espalda en la barandilla y su mirada reparó en las palabras del banco que tenía delante.

KUMARI
BELLEZA ETERNA, RADIANTE

Unas palabras muy familiares. El banco donde había llorado Xavier, donde Raff y él habían intentado consolarlo. La criatura se movía, así que se sentó en el banco. Ahora era una persona totalmente diferente: todas las células de su cuerpo habían sido reemplazadas, su equilibrio hormonal había cambiado y cinco años de experiencia habían modificado su personalidad. ¿Dónde estaba aquel niño de nueve años que había sido? ¿También había muerto? ¿O estaría latente en sus neuronas, latente, pero completo, como la princesa durmiente en aquel cuento de hadas?

—Éramos muy pequeños.

Lo había dicho en voz alta y percibió el leve fantasma del eco. Miró hacia los demás bancos que había a su alrededor, pensando que tal vez pudiera ver a Olive Sage, o a Hilda, o a Kumari... o incluso al perrito Snowy. «Éramos muy pequeños». Era a Xavier a quien quería decírselo. Era complicado pensar en Xavier. Se quedó mirando el estanque y se imaginó el palito blanco, aún intacto, en el fondo enfangado.

«Tienes un secreto, Jonah Armitage. A mí puedes contármelo si quieres». Era la voz de Kitten. Sadie le había enviado a ver a Kitten cuando salió del hospital y se fue a vivir con ella. El nombre de Kitten no le pegaba: era muy alta, con una nariz enorme y el pelo blanco y tupido. Había ido a verla una vez a la semana durante

419

algunos meses. Le caía bien. Era más lista que la señorita Swann, y también más divertida y relajada. Poseía una gran cantidad de conocimientos. Habían hablado de religión y de lo que se cree que ocurre después de la muerte; él le había hablado de los dioses con sus togas, que miraban hacia abajo a través de su piscina de agua, y de Lucy, que miraba hacia arriba y quería zambullirse en el cielo. Habían mantenido una conversación muy interesante sobre la propia voluntad y ella le había enseñado el término latino *causa sui*, que significaba «ser la causa de sí mismo». La cita era de un filósofo, un alemán, ¿cómo se llamaba? Era algo sobre sacarte a ti mismo de la ciénaga del vacío. Kitten se había mostrado muy interesada por la criatura para averiguar qué era en realidad. Al final había concluido que se trataba de un Jonah pequeño —muy pequeñito— que no tenía palabras para encontrarle sentido a lo que estaba sucediendo. «Mientras que tú, Jonah...», se había inclinado hacia delante mientras se colocaba el pelo detrás de las orejas. «El Gran Jonah, sentado aquí conmigo, en esta habitación...». Era una habitación preciosa, con una alfombra suave y un ventanal enorme por el que se veían los árboles. «El Gran Jonah posee el lenguaje y el entendimiento. Aunque no me lo cuente todo, puede contárselo a sí mismo y descubrir su significado, y dar forma a la historia...».

A Kitten le entusiasmaban las historias. El apodo de la Yaya Mala había surgido en algún momento y ella había aprovechado para hablarle de Baba Yaga, la vieja bruja de los cuentos de hadas antiguos. Jonah no le había contado el secreto, pero al final le confesó que había escuchado a Sadie hablando por teléfono, la noche del Sábado del Enfado, acurrucado con Raff en lo alto de las escaleras. «Dijo que no lo quería, por su pelo afro». Kitten lo miró asombrada y él empezó a preguntarse si se lo habría imaginado todo. Ella le sugirió hablarlo con Sadie. «No puedes vivir en la misma casa con ella sin aclarar algo tan importante como eso».

No se lo preguntó a Sadie, pero sí que sacó el tema con Roland, y este, a su vez, los reunió para hablar todos juntos. Sadie les explicó que estaba hablando con una amiga abogada sobre la posibilidad de adoptarlos a ambos, alegando que Lucy no era apta como madre. «Claro que os quería a los dos. Pero...». Había hecho una pausa para mirar a Roland. «Tenía dudas sobre Raff. No sabía si Roland era su padre. Y me preocupaba que, si no era hijo de Roland, a mí no me permitieran adoptarlo y acabara en un orfanato».

El cielo había adquirido una tonalidad rosa a través de los árboles y el aire era cada vez más frío. El pollo ya se habría quedado seco y Sadie y Dora estarían un poco borrachas. Y también Xavier, si acaso estaba allí. Roland no, porque en realidad no le gustaba beber y además los llevaría a todos a casa en el coche de Sadie. Se preguntó si volverían a discutir sobre política y reemprendió la marcha, salió de entre los árboles y subió por el sendero hacia la puerta de arriba. Las personas con las que se cruzaba parecían encendidas bajo aquella luz rosada. «¿Confías en mí, Jonah?». Los ojos de Kitten, de un dorado oscuro, como la melaza. El palito blanco, hundido en el fango. Estuvo atento por si veía a la niña de las piernas arqueadas, pero no la vio. Con suerte, alguien la habría vestido y le habría puesto unas tiritas en las rodillas desolladas.

La placa todavía estaba nueva y brillante. Pasó el dedo por encima de las palabras.

LUCY NSANSA MWEMBE
ADORADA MADRE DE JONAH Y RAFF

Fue Tomas, el padre de Lucy, quien les habló del segundo nombre de esta. Era un nombre bemba que significaba «felicidad», según les explicó. Y el segundo nombre de Raff —Bupe— significaba «regalo». Tomas había acudido a Londres para el funeral, acompañado de Collins, su hijo mayor. Les llevaron un regalo —un libro sobre el equipo de fútbol de Zambia— y también la medalla que había ganado Lucy en el Campeonato Infantil de Natación de África.

Su banco estaba ubicado bajo un arce que había estado soltando sus helicópteros cargados de semillas. «Sámaras». Se sentó y agarró una para examinarla de cerca. Cuatro alas orientadas hacia abajo para dejarse llevar por la brisa, como un helicóptero. Aquel punto lejano, que se volvía cada vez más grande y ruidoso, y Raff corriendo entre la hierba. Miró más allá de las canchas de tenis, hacia donde estaban los árboles cubiertos de maleza, y de pronto recordó que habían enterrado el diario y el teléfono móvil. ¿Seguirían allí, en la bolsa de plástico, bajo el árbol elefante? ¿Habrían cavado lo suficiente con sus manitas? Cerró los ojos y vio la caligrafía de su madre, con todos esos garabatos con bolígrafos de diferentes colores. El olor de la tierra mientras la echaban por encima del paquete de plástico naranja. Pero eso fue la mañana del incendio. No era bueno pensar en el incendio. Se agarró la mano herida y, en su lugar, pensó en lo que Sadie había dicho por teléfono aquella noche. La había malinterpretado. Y después le había contado a Lucy lo que creía haber oído y eso había pasado a formar parte de la historia de la Yaya Mala.

—Mayo —susurró. Antes solía hablar con ella a todas horas, tratando de sentir su cercanía. En ocasiones había aparecido de pronto, con la forma de un gato que paseaba por encima del muro, o de un girasol, o de un deportivo rojo—. Mayo —susurró de nuevo—. Te quiero, Mayo. —Recordó que estaba intentando llamarla Lucy para parecer más adulto. Quiso pensar en algo divertido que poder decirle, porque sería agradable contarle un chiste, hacerla reír, pero la tristeza y la incomodidad del momento se lo impedían. En su lugar, le preguntó qué opinaba sobre el giro de los acontecimientos. «Está bien que al final Sadie resultara ser buena y que vivamos con ella. ¿No te parece, Mayo?». Observó a los jugadores de tenis y trató de percibir su respuesta, de ver una señal, pero se le ocurrió entonces otra pregunta más importante. «¿Te molesta, Mayo?». Cerró los ojos con fuerza. «No te molesta, ¿verdad?». La investigación había finalizado con un «veredicto inconcluso», pero todos pensaban que había cometido un suicidio. Se suponía que no debía decir «cometer un suicidio». Kitten le había dicho que así sonaba como si fuera un crimen, que era mejor decir que «se suicidó» o que «se quitó la vida». Había insistido en que no debía sentirse rechazado, ni pensar que era culpa suya. «Tenía una enfermedad que era como un nubarrón», le había dicho. «Un nubarrón denso y oscuro. Pero, bajo ese nubarrón, os quería a los dos». Él había fingido tanto que resultaba fácil olvidarse de lo que había sucedido en realidad. Y ahora también resultaba fácil no pensar en ello. Pero ¿le molestaría a Mayo? ¿Y a Xavier? ¿Pensaría en ello una y otra vez, en su yurta, con su cerveza y su vela? ¿Desearía haber dicho la verdad? ¿Le enfadaría no haber tenido que hacerlo?

Oyó que la verja de arriba se abría y se cerraba. El sonido de las baratijas y unos pasos familiares. Mandíbulas que mascaban. El olor a chicle.

—Hola, Piquito.

Sonrió sin abrir los ojos.

—No me llames así. —Normalmente el ruido del chicle le molestaba, pero de pronto se sentía tranquilo—. ¿Cómo sabías que estaba aquí?

—Te he visto desde la ventana. Estaba mirando. ¿Dónde estabas?

Abrió los ojos. El sol se ocultaba con rapidez, aunque en realidad era la tierra al moverse, girando sobre su eje. Por encima, una hilera de cirros de un rosa neón.

—He ido a la casa.

Raff siguió mascando chicle mientras asimilaba la información.

—Podrías habérmelo dicho.

—Lo siento. Se me ocurrió en el tren. —De pronto se acordó del sueño en el que volaba, de las grúas que se inclinaban para mirarlo—. Adivina a quién he visto.

—Al Hombre Andrajoso.

El Hombre Andrajoso. Se estremeció y se aclaró la garganta.

—No seas estúpido, Raff. Murió hace cinco años.

—Ah, sí. —Hizo una pausa y explotó una pompa de chicle—. ¿A quién entonces?

—No te caía bien.

—La *hippie*.

—¿Qué *hippie*?

—La de la ropa blanca y el acento raro.

—¡Ilaria! —Se había olvidado por completo de Ilaria. Le había preguntado qué significaba «Om» y ella le había respondido que era el sonido del universo.

—No, a ella no. Piensa.

—¿No será esa maldita bruja que no nos dio de desayunar?

—¿Alison? No, ella no.

—Bueno, entonces, ¿a quién? —Raff estaba impaciente.

—A Leonie. A Leonie y a Pat.

—Ah, ellas. —Raff siguió mascando sin mucho interés. Por encima de las nubes rosas apareció la primera estrella.

—¿Está Xavier?

—No.

Aliviado, se imaginó a Xavier en su yurta, encendiendo la vela antes de abrir una lata de cerveza, él solo. «Dos sillas viejas y medio cabo de vela». Yonghy-Bonghy-Bò, así se llamaba. El pobre Yonghy. Se acordó de Xavier en la fiesta callejera de David Bowie en Brixton, llorando sin parar, y de Roland tratando de abrazarlo. Volvió a fijarse en la estrella. Venus, el planeta hermano de Tierra. Miró a Raff, que se había sentado a su lado en el banco.

—¿Qué pasa? ¿Sadie y Dora ya están borrachas?

—Están en ello. Pero no llevamos aquí tanto tiempo. —Raff jugaba con sus baratijas. Las sujetaba con el puño y después las dejaba caer sosteniendo la cadena—. Hemos tardado siglos con el coche. Había mucho tráfico. Deberíamos haber venido todos en tren.

—¿Papá está bien?

—No mucho —respondió Raff con una sonrisa—. Dora no para de darle la murga con Helen.

Helen era la nueva novia de Roland. Se rio al imaginarse el bochorno de su padre. Miró a su hermano a la cara. Tan mayor ya, con la piel tirante sobre los huesos.

—¿Y Em?

—Charlando con Sadie.

—¿De qué?

—No sé. De ropa o algo así. —Raff estaba examinando la medalla de natación de Lucy: 25 metros estilo mariposa, Oro, 1986.

—¿Te acuerdas de cuando llamábamos Yaya Mala a Sadie?

Raff asintió.

—Pensábamos que iba a meterte en un orfanato.

—Ah, sí. —Ahora Raff estaba jugando con el relicario de Lucy. Lo abrió y miró la foto de su otra abuela.

—Sabes que fue todo un error, ¿verdad?

Raff cerró el relicario, pero no respondió.

—¿Te acuerdas del diario?

Su hermano asintió de nuevo. Estaba preparándose para hacer otra pompa, hundiendo la lengua en el chicle.

—Y el teléfono. ¿Te acuerdas de su Nokia con tapa?

Raff frunció el ceño y empezó a soplar.

—Quizá deberíamos ir a desenterrarlos.

La pompa no le salió.

—Podríamos.

El ruido del chicle empezaba a ser molesto. Suspiró y se levantó del banco. Notó el dolor en los dedos amputados y se protegió una mano con la otra. El sol se había ido y había dejado una línea naranja y borrosa en el horizonte. A lo lejos, en la ciudad, el brillo intermitente de las luces eléctricas. ¿Sería mejor no desenterrar el pasado?

Miró a su hermano, que estaba otra vez jugando con sus baratijas.

—Deberíamos pedir que le pongan un banco al Hombre Andrajoso.

—Ah, sí. —Raff estaba mirando su medalla, que había ganado dos semanas atrás en el Campeonato de Atletismo de Campo a Través—. ¿Por qué?

—¿Por qué crees, joder? —Le dio un empujón a su hermano. Este chasqueó la lengua y Jonah volvió a empujarlo con más fuerza. Raff se enderezó sin darle importancia y desenredó su cadena. Jonah lo agarró por debajo de las axilas y lo levantó del banco. Ambos cayeron sobre la hierba y estuvieron un rato forcejeando, hasta que Raff consiguió liberarse.

—¡Baja esos humos, hermanito! —Se puso en pie, se colocó el pelo y se sacudió la hierba de los vaqueros. Jonah se quedó tumbado de costado, con ganas de llorar. El Hombre Andrajoso, tambaleante, con aquel fardo a rayas y la espalda en llamas.

Raff empezó a dar vueltas de un lado a otro, tarareando para sus adentros. Jonah dejó que le brotaran lágrimas y aspiró el aroma de la hierba húmeda y de la tierra de debajo.

—Le conseguiremos un banco, tío. —Raff se dejó caer a su lado y le puso una mano en el hombro, pero él la apartó.

—No te acuerdas, ¿verdad? No te acuerdas de sus gritos.

Raff se quedó callado. Ni siquiera mascaba el chicle. A través de las briznas de hierba, Jonah veía las luces rojas de las grúas y el brazalete esmeralda que era la noria de London Eye.

—La casita infantil empezó a arder —le dijo—. Y me metí dentro de la tubería, pero no recuerdo nada más.

Junto al London Eye se veía la silueta de la Torre de St. Stephen, con su sombrero de bruja y el Big Ben colgado de su cuello como una medalla gigante. ¿Qué impulsaba a las personas a hacer las cosas? ¿Qué había impulsado al Hombre Andrajoso a salvar a Raff? ¿Y qué le había impulsado a él a intentar salvar a Xavier Martin?

—¿Cuánto cuesta un banco? —preguntó Raff.

—Mucho.

—Conseguiré el dinero, no sufras. —Había empezado a mascar de nuevo—. Venderé el teléfono con tapa. Ahora por los Nokia antiguos te dan una pasta.

—Que te jodan, Raff. —Se tumbó boca abajo y hundió la cara entre los brazos.

—¡Vale, vale! ¡No hace falta decir tacos, tío! —Raff le colocó la mano otra vez en el hombro—. No venderé el teléfono. —Estuvo pensando unos instantes mientras masticaba—. Participaré en una carrera con patrocinador. ¡Correré el maratón de Londres!

—No puedes correr un maratón. No te dejarán. Eres demasiado pequeño.

—Seguro que sí me dejan si les digo para qué es. —Volvió a sentarse, pensativo otra vez—. ¿Qué quieres que ponga en la placa?

—¿En la placa?

—Sí, en el banco.

«Recuerda que él también fue un niño como tú». Se quedó mirando la torre diminuta hasta que ya no pudo verla. ¿Qué impulsaba a las personas a hacer cosas buenas y qué las impulsaba a hacer cosas malas? ¿Tendrían elección, o lo llevarían escrito en los genes? Tal vez tuviera que ver con la infancia. Y, de todas formas, ¿quién era capaz de decidir lo que estaba bien y lo que estaba mal? Antes solía pensar en los dioses, que los miraban desde arriba: los adultos definitivos, los que daban sentido a las cosas y estaban a cargo de todo. Pero, si existían esos dioses, ¿quién los había creado a ellos? ¿O habrían conseguido sacarse a sí mismos de la ciénaga del vacío?

—Bueno —dijo Raff—, el caso es que deberíamos irnos. Tengo hambre.

—Yo también. —Se incorporó y se inclinó hacia delante para ponerse en pie, pero entonces dejó escapar un grito de asombro y volvió a sentarse. En la oscuridad habían aparecido unos garabatos brillantes y plateados.

—¿Qué es eso? —preguntó Raff con voz temblorosa.

—Una nube —respondió él.

—Es la nube más rara que he visto nunca.

—Está muy muy lejos de aquí. En la mesosfera. Está hecha de polvo de meteoros congelados.

—¿Congelados? —Raff se rodeó las rodillas con los brazos—. ¿Cómo pueden congelarse en un día tan caluroso?

—Ahí fuera hace frío.

—¿Cuánto frío?

—Menos 130 grados Celsius.

Raff soltó un suave silbido.

—¿A qué distancia está entonces? ¿A años luz?

—¡No! A unos ochenta kilómetros.

—¿Ochenta? No es tanto. ¡Podríamos ir hasta allí!

—Si tuviéramos un cohete.

—¡Necesitamos un cohete! ¡Yo quiero ir, tío! —Raff se puso en pie de un salto y estiró los brazos hacia arriba, como si quisiera salir disparado hacia el cielo. Desde el otro lado de la ciudad, las grúas le saludaban. Como catapultas, como aliados. Como hermanos en la batalla.

AGRADECIMIENTOS

Me gustaría dar las gracias a los muchos artistas y escritores de mi familia, en su mayoría desconocidos, por proporcionarme inspiración y alegría. Gracias a Judith Laurance, Shaun Growney y Flick Allen por alimentar y reconocer mi escritura durante los años, y a todos los padres, tíos, primos y hermanas por su interés y su apoyo. También me gustaría dar las gracias a Valerie Goodwin, a Tina Cook y a todos los miembros del equipo de Tina, sin quienes no habría reunido jamás el valor para escribir una novela.

Hubo muchas personas de gran talento que me llevaron de la mano a lo largo de este proceso. Gracias de corazón a Steve Simmonds, Nicola McQuaid, Catherine Birkett, Angela Coles, Judith Laurance, Shaun Growney y Emily Ingle por su cuidadosa atención, su sinceridad implacable y sus sugerencias, siempre brillantes; y por ayudar a mantenerme durante todo el camino. Gracias a Rhona Friedman por dejarme usar su piso (y perdón por la bolsita del té); también por el título de Zombies y por tu pericia legal.

Muchísimas gracias también a todos aquellos que criticaron, aplaudieron y despedazaron los primeros borradores. Flick Allen, Martin Toseland, Alex Uxbridge, Clive Brill, Mike Harris, Sarah Naughton, Alex Goldring, Lisa Jewell, Sarah Bailey, Tony Laurance, Rachel Bourgeois-About, Miriam Laurance, Cathy Growney, Polly Tuckett, Irene Branach, Sush Amar, Marion Dell, Tom

Groves, Suzie Smith, Sophie Lambert y Lennie Goodings fueron fundamentales para la redacción de la versión definitiva y publicable de la novela. En concreto, me siento en deuda con la maravillosa Lennie Goodings por dedicar a mi libro su tiempo, su talento y su criterio.

Gracias a St. Saviour's School por ser una gran escuela y por ser el corazón de una comunidad cariñosa y comprometida. Me inspiré mucho en St. Saviour's para crear Haredale, pero me gustaría aclarar que Haredale es una institución muy inferior. Gracias a muchos miembros de la comunidad de St. Saviour's por su interés y su apoyo, y en especial a Nicola Munyama por hablarme de Zambia; a Ian Proctor por hablarme de los cadáveres; y a Jake Powell-Dunphy por Almeja apestosa.

Gracias a mi agente, Jo Unwin, por su entusiasmo, su ingenio y su sabiduría. Gracias también a Isabel Adomakoh Young y a Milly Reilly, de JULA. Gracias a Suzie Dooré por su astucia editorial, por las comidas y la tarta, y por ser divertidísima en Twitter. Y gracias a Micaela Alcaino por el magnífico diseño de la cubierta, a Jane Robertson por sus correcciones meticulosas, a Ore Agbaje-Williams y al resto del equipo de Borough Press por el laborioso trabajo que supone lanzar libros al mundo.

Y ahora voy a subir la intensidad y a decirle a Steve Simmonds que no merezco su amor inquebrantable, su fe y su paciencia. No tengo ni idea de cómo me ha tolerado durante estos últimos cinco años.

Y, por último, a mis chicos. ¿Qué puedo decir? Nada demasiado efusivo, por miedo a avergonzarlos. Gracias por las risas, por la jerga londinense y por quedaros impresionados con tanta cantidad de palabras. Si alguna vez leéis este libro, chicos, espero que no sea demasiado inquietante. Estoy aquí, casi siempre, y mi idea es quedarme.